Stefan Andres
Der Knabe im Brunnen

SERIE PIPER

Zu diesem Buch

Der Knabe im Brunnen: Das ist das Spiegelbild vom kleinen Steff. Aber dieser hält ihn für einen wirklichen Jungen, mit dem er spielen möchte. Als er sich von ihm getäuscht glaubt, zerstört er mit einem Steinwurf das Bild. Die kindliche Vermischung von Realität und Imagination sowie seine strenge katholische Erziehung mit ihren Grundsätzen von Schuld und Buße lassen ihn glauben, den Jungen im Brunnen verletzt zu haben, und er leidet schrecklich an seinen Gewissensbissen. – In dieser romanhaften Autobiographie, die erstmals 1953 erschien, schreibt Stefan Andres mit hinreißendem Einfallsreichtum und Humor in leicht verschlüsselter Form über seine Kindheit. Als jüngstes von sechs Kindern des Müllers Stefan Ainert erlebt der kleine Steff eine Kindheit voller Spannungen zwischen seiner neugierigen Lust auf das Leben und den Hemmungen durch die engen religiösen und konventionellen Grenzen.

Stefan Andres, geboren am 26. Juni 1906 in Breitwies/Trier, studierte Theologie und Germanistik. Nach ersten Veröffentlichungen in den dreißiger Jahren zog er 1937 mit seiner Familie nach Positano südlich von Neapel. 1950 kehrte er nach Deutschland zurück, 1961 ging er erneut nach Italien, wo er am 29. Juni 1970 in Rom starb. Als Romancier, Lyriker, Dramatiker und Essayist hinterließ Stefan Andres ein umfangreiches Werk, unter anderem »Die Sintflut«, »Die Hochzeit der Feinde«, »Die Versuchung des Synesios«, »Positano«, »El Greco malt den Großinquisitor« und »Wir sind Utopia«.

Stefan Andres
Der Knabe im Brunnen

Roman

Piper München Zürich

Von Stefan Andres liegen in der Serie Piper außerdem vor:
Wir sind Utopia (95)
El Greco malt den Großinquisitor (1675)
Noah und seine Kinder (2278)

Ungekürzte Taschenbuchausgabe
1. Auflage Februar 1986
4. Auflage September 1999

Umschlag: Büro Hamburg,
Andreas Rüthemann, Julia Koretzki
Umschlagabbildung: Franz von Lenbach (»Hirtenknabe auf einem Grashügel«, Städtische Galerie im Lenbachhaus, München)
Satz: Hablitzel & Sohn, Dachau
Druck und Bindung: Clausen & Bosse, Leck
Printed in Germany ISBN 3-492-20459-7

Das Vermögen, sich tief und gut zu erinnern, ist eine der wesentlichsten Gaben der Musen an den Dichter. Denn die Erinnerung allein schafft den Raum, in dem wir leben, und sie ist es, die uns an die Hand nimmt und zurückführt zu allen Stufen der Entfaltung unseres Seins – bis in die Stunden des Frühlichts, da wir, noch keimend, vom silbernen Licht der unteren Welt, aus der wir stammen, umglänzt waren. Wer sich mit Liebe und gut und tief erinnert, befindet sich wie in einer Dichtung, so wunderträchtig ist die Erinnerung und so wirklich zugleich: rauschende Muschel, Bienenstock, Brunnen und – süßer mütterlicher Blutstrom, der uns nährt im Schoße dieser dunklen Welt dem Tage der neuen Geburt entgegen.

Wiege, Mond und Wasser

Es gab eine Zeit, da die beiden Seiten des kleinen Bettes, in dem ich lag, auf und nieder gingen: hoch die rechte, nieder die linke; hoch die linke, nieder die rechte – immerzu. Im Zimmer war es fast dunkel. Aber der Mond kam und blickte um die Ecke. Er sah die Wand vor meinem Bett an. Diese Wand blickte auf mich, mein kleines Bett und das große daneben. Darin lag mein Vater, und hinter ihm – ich sah sie nicht – hörte ich die Mutter atmen. Ich blickte vorsichtig über die linke Seite meiner Wiege. Das Holz war braun und glänzte. Dahinter, darüber – der lange, lange Mann, das war der Vater. Meine Augen wanderten über ihn, von seinem Kopf angefangen bis zu seinen Füßen. Es dauerte eine Weile. Und dabei sah ich: seine Hand, die das Wiegenband hielt, ging langsamer hin und her – und die Wiege auch. Schließlich streckten sich die Finger an der Hand, die Hand legte sich flach auf das Linnen und bewegte sich nicht mehr. Auch die Wiege bewegte sich nicht mehr. Die Wände des Zimmers standen still und guckten mich an. Sie hatten dunkle Gesichter, nur die eine, die der Mond anschaute, war hell. Die Wände hatten alle viereckige Dinge im Gesicht. Die Zimmerdecke lag breit und genau über allem. Ich wußte, sie drohte auf mich herabzufallen. Da sagte ich in die Dunkelheit: »Steff, wieg!« Ich sah, wie die Hand, die flach und ruhig dalag, sich sofort bewegte, zuerst schnell und mit einem Ruck und dann langsamer. Ich wandte mein Gesicht auf den Kissen der Hand zu und ließ sie nicht aus dem Blick. Wenn sie sich flach hinlegte und das Zimmer stillstand und zugleich mein Bett, sagte ich sofort: »Steff, wieg!« Voll Zufriedenheit bemerkte ich, wie meine Worte immer wieder

Wandel schafften, bis die Zimmerdecke schließlich doch herabsank, aber sehr sanft – und alles zudeckte: meine Wiege, die Hand des Vaters und ihn selber und die Wände mit den viereckigen Dingen darauf, auch den Mondkringel auf dem Glas in der hellen Wand; er hatte mir gerade zugeblinzelt, der Mond.

Dieser Mond rollte an manchen Abenden über den Buchenwald, der den Berg hinter dem Mühlbach ganz bedeckte. Gelb und rund war er und konnte rollen. Er brauchte sich nicht vor dem Dunkel zu fürchten, er war wie eine Stalllaterne voller Licht. Ich liebte ihn sehr und hätte ihn gerne gestreichelt. Er mußte wohl sehr glatt und warm sein, so wie Mutters Brust. Es war auch sicherlich Milch im Mond, wovon konnte er sonst so mild sein und freundlich. Oder es war Mehl darin. In der Mühle des Vaters drehte sich der Zylinder, und hob man den Vorhang, stäubte es weiß herab. So machte es der Mond über dem Buchenwald. Es war Mondmehl, man fand es nicht am andern Tag. Die Bäume hatten es gegessen. Oder war doch Milch im Mond, und die Bäume hatten sie getrunken? In manchen Blumen fand ich solche Milch. Einmal sah ich den Mond bei hellem Tag. Zuerst dachte ich, er ist es nicht, und ich ließ ihn gehen. Es gab so viel am Himmel. Doch von jetzt ab sah ich ihn öfters bei Tag und schließlich mußte ich es glauben, daß er es war. Es bestand kein Zweifel mehr: er lief von zu Hause fort, so wie ich es häufig tat. Als ich bemerkte, daß er des Abends manchmal dünn, manchmal dick hinter dem Wald heraufkam, und als ich von den Erwachsenen durch Fragen herausgebracht hatte, daß es wirklich immer derselbe Mond war, zweifelte ich nicht daran, daß er krank sein mußte. Ich ließ eine Zeitlang von ihm ab, wenn er nicht gerade rund war und sehr leuchtete. Überhaupt nahm ich es ihm ein wenig übel, daß er nie näher kam. Eines Tages aber bekamen wir – der Mond und ich – einen festen Streit. Es war noch nicht Abend. Er war schön rund und lächelte mir zu. Ich zeigte zum Berg hin und rief, daß ich ihn dort oben treffen möchte. Eigentlich durfte ich nicht allein und vor allem nicht des Abends den Buchenhang hinaufsteigen. Aber der Mond war zu schön, und ich wollte ihn haben oder doch anrühren. Er schien auch meine Bitte verstanden zu haben, – er schwebte auf den Buchenhang zu. Ich lief, den Kopf im Nacken, immer den Mond im Blick, am Haus entlang. Und ich sah: der Mond lief mit mir in derselben Richtung durch die Wolken. Plötzlich war er fort, und ich lag im Wasser des Mühlgrabens. Unser Knecht, der gerade dem Maulwurf Fallen stellte und das Plumpsen hörte, zog mich heraus. Ich weinte sehr über den Mond und seine Falschheit. Lange Zeit blickte ich mit einem tiefen Groll zu ihm in die Höhe.

Rund um die Mühle war Wasser in mannigfacher Gestalt. Da war der Brunnen in der Gartenmauer, zu dem die Mutter und die Geschwister mit dem Eimer gingen. Ich sah den großen Holzeimer an der Welle baumeln und gleich darauf an der rasselnden Kette verschwinden. Aber ich konnte nicht sehen, wohin er fiel; das Mäuerchen war zu hoch – höher als der Tisch, auf den ich auch noch nicht sehen konnte, wenn ich davorstand. So ließ ich, wenn ich so zuschaute, den Eimer fallen, wohin er mochte; die Hauptsache, er kam gefüllt herauf und ergoß sich auf dem Arm der Mutter, der Magd oder der Schwester in den Zinkeimer, der vor mir stand. Das Wasser aus dem Brunnen funkelte in der Sonne. Es spritzte und schäumte wie Milch, und aus dem geöffneten Brunnen roch es feucht und kalt und, für meine Nase, tief. Der Brunnen wurde mit einer Holztür jedesmal abgeschlossen. Obenauf – aber das konnte man nur vom Garten her sehen – lag eine Schieferplatte, wie denn der Brunnen rundum aus Schiefer gebaut war. Diese lose Schieferplatte, so hatte Vater mir eines Tages gesagt und darauf gezeigt, dürft ich nicht anrühren. Ja, sogar die Nachbarschaft hätt ich zu meiden, hatte er mir mit drohend erhobener Stimme eingeschärft. Und der riesengroße Mann, der sonst nicht gerade sehr streng war, hatte die Pferdepeitsche hochgehalten – die Geißel, so sagten wir – und er knallte damit in die Luft, daß es mir in den Ohren gellte, und rief: »Wenn du über den Pütz gehst, dann kommt de Wassermann aus dem Pütz herauf un knallt mit der Geißel un holt dich herunter in den Pütz. Et is schon mehr als ein Jung vom Wassermann geholt worden. Un die bleiben immer da unten!« Sprachlos gemacht von dieser Drohung meines Vaters, ging ich zum Hause hinüber und verkroch mich in den Falten von Mutters Röcken. Als sie, die nicht wußte, auf welche Weise mich Vater wegen des Pützes ermahnt hatte, nun andern Tages den Buchsbaumstreifen überschritt, der mir als ewige Grenze zwischen dem erlaubten und unerlaubten Bereich des Gartens angewiesen worden war, da lief ich auf sie zu, zerrte sie an der Schürze rückwärts und rief: »De Vatter kommt mit der Geißel un knallt! Un de Wassermann kommt un holt Euch in den Pütz herunter!«

Ich begann, den Geschwistern über den Pütz Fragen zu stellen. Vor allen Dingen wollte ich wissen, ob schon ein Junge hineingefallen wär. Als mir das ohne weiteres bejaht wurde, fragte ich, wie er geheißen hätt. Jemand nannte einen Namen, den ich aber nicht behielt. Was der Junge da unten tät, wollte ich weiter wissen. Ach, der müßt die Gänse des Wassermanns hüten. Ob er denn nie mehr aus dem Pütz heraufkommen könnt? Ja, wie denn, fragten sie mich. Ich schlug vor, ihn im Eimer heraufzuziehen. Aber alle sagten mir: nein, der Junge dürft nicht den Eimer berühren. Wirklich, er könnt nie mehr heraufkommen. Seit dieser Zeit sah in meinen Augen die Tür des Pützes wie das Tor zu einer andern Welt aus. Ich wußte: eines Tages wäre ich groß genug und dann würde ich auch Wasser ziehen gehen – in den Pütz hineinschauen und vielleicht einmal den Jungen drunten sehen, vielleicht . . .

Zwischendurch vergaß ich aber den Jungen und den Pütz für Wochen. Doch immer wieder erinnerte ich mich an ihn, dessen Namen ich nicht wußte. Ich wollte aber auch nicht noch einmal fragen; denn manchmal gruselte es mich vor dem Jungen, und da war ich froh, seinen Namen nicht zu wissen.

Ein Wasser ganz anderer Art befand sich neben dem Eishaus unserer Mühle. Sein Spiegel lag von drei niedrigen Sandsteinmauern gefaßt da, mit der vierten Seite stieß es an das Eishaus. Dort standen in einem waagerechten Balken festgemacht die Schützelbretter. Oft sah ich Vater zu, wenn er über ein schmales Brückchen ohne Geländer, auf das ich ebenfalls nie und nimmer den Fuß setzen durfte, zu den Schützeln ging und sie an einer Kurbel hochdrehte. Dann lief das Wasser aus dem kleinen sandsteinumfaßten Mühlteich in die Kandel. So hießen die Wasserrinnen aus dicken Bohlen, die in das Eishaus hineinragten. Die Kandel standen ein wenig schräg, so daß das Wasser mit Gewalt auf das Wasserrad drunten im Eishaus fiel. Wenn die Mühle ging, stand der Wasserspiegel im Teich ein wenig niedriger als in den seltenen Stunden, da die Mühle aus irgendeinem Grunde ausruhte. Ich liebte dies Wasser hinter dem niedrigen, breiten Sandsteinmäuerchen, auf welchem auch die Frauen das Linnen wuschen oder plaudernd dasaßen. Ohne mich ihm ganz zu überlassen, nämlich hineinzusteigen, konnte ich es mit meinen Händen und Armen innig anrühren. Ich stand dann über den weichen Stein der Umfassung gelehnt, die Ärmel meines Röckchens, so gut ich es vermochte, hochgekrempelt, und quirlte mit den Armen in dem vielen Wasser. Neben mir stand Nikla, der Sohn des Nachbarn von der Knickwiesisch-Mühle, der nur drei Wochen jünger war als ich. Er hatte immer eine rote, gestrickte Zipfelmütze auf, sprach sehr langsam und ließ stets den Mund offenstehen. Er hatte auch nicht viel Freude am Wasser. Ich ging immer zu den Knickwiesisch-Leuten in die Stube hinein, wo er bei seiner Großmutter saß, und holte ihn, um im Wasser zu spielen. Das Spiel bestand einfach darin, die Arme in dem Wasser herumzurühren. Ich suchte es mit beiden Armen zu packen und festzuhalten, aber es schwappte weg. Man spürte wohl die Schwere, aber nur einen Augenblick, dann hingen nur noch ein paar Tropfen an den Händen. Und von neuem begann das Spiel. Das Gefühl, den glatten Wasserleib in den Armen zu haben, die bis zum Schmerzen kühl und steif und rot wurden, war mir sehr angenehm. Und das Licht auf dem Wasser, der Himmel, der in Stücke zerbrach, und plötzlich der Teil eines Gesichts, das zerschwankte und zerfloß ... Es gab da Augenblicke des Erschreckens, der Wonne, und wieder wischte das Vergessen über meine Augen, und der Zustand der reinen Wollust war wieder da: das Wasser war glatt, kühl, es bewegte sich so schön und hielt mich fest, bis ich einen Schlag auf dem Gesäß spürte und eine Hand mir von hinten ins Genick griff und mich fortschleppte, nach Hause. Das Wasser hatte sich nach und nach meiner ganzen kleinen Person bemächtigt, und es war ein Wunder, daß ich nicht immerzu den Schnupfen hatte.

Zwischen der Mühle und dem Buchenhang lag eine große Wiese. Vom Stall und dem Schuppen war sie durch den Mühlbach getrennt. Die Brücke über diesen Bach bestand im Vorderteil eines Leiterwagens, der mit seinen Rädern die Pfeiler im Wasser bildete. Über diesen Wagenteil war eine große Leiter geschoben, und auf ihr lagen Bohlen. Einmal, als die Geschwister alle beim Heu- oder Grummetmachen auf der Wiese schafften, wollte ich sie besuchen. Ich hatte nur ein Hindernis zu überwinden, die Brücke. Kaum daß mein Fuß die Bohlen berührte, kniete ich mich nieder und rutschte Stück für Stück weiter, bis ich mitten auf der Brücke war. Ich blickte über den Rand der Bohlen und sah das Wasser an den Speichen des Rades strudeln. Ich hörte auch die Stimme des Wassers. Es platschte nicht wie im Schützelbecken, wenn ich mit den Armen darin hin und her fuhr, nein, es hatte eine ganz andere Stimme: es gluckerte, schwatzte; es strudelte um die Speichen, sprang klingend über die Steine und sah aus wie eine unaufhörliche Reihe von weißen Katzen. Und ein Tier, das lang war wie ein Seidengarnröllchen und ebenso schimmerte, schwebte unter den Weiden dicht über dem Wasser hin und her. Erst später bemerkte ich, das es Flügel hatte. Unter dem Schatten der Haselnußstauden stand das Wasser tiefer und floß nicht so schnell. Es war dort auch dunkel. In diesem Dunkel sah ich etwas, und dann war es fort. Als ich genauer hinschaute, denn ich hatte mich ein wenig erschreckt, sah ich etwas wie eine dicke Peitschenschnur, die sich durch das Wasser hin und her bewegte. Über dem Wasserspiegel aber erblickte ich einen kleinen Kopf mit strengen Äugelchen. Es war also ein Tier, ein sehr langes Tier, ein Tier wie ein Schlauch. Und es konnte schwimmen.

An diesem Tag wäre mir noch viel mehr vor die Augen gekommen, hätte nicht jemand auf der Wiese einen hellen Schrei ausgestoßen. Ich guckte hinüber und sah die weißen Kopftücher stillstehen. Dann lief eines der Kopftücher auf mich zu. Ich sah, es war meine Schwester Katharina. Sie zählte sechzehn Jahre bei meiner Geburt, damals war sie ungefähr neunzehn Jahre alt. Sie packte mich, hob mich auf den Arm und trug mich den Rest der Brücke hinüber auf die Wiese, wo ich dann, was ich gerne tat, den Heupferdchen zusah. Ihr Springen war so ungestüm und schnell, daß ich mich immer duckte, wenn sie auf mich zusprangen, – als wären es wirkliche Pferde. Vielleicht hatte auch ihr Name etwas mit diesem Respekt vor den Springern zu tun. Ich saß lange, ohne mich zu bewegen, auf der Wiese und tat mir Heu auf den Kopf. Es roch sehr gut. Die Heupferde und andere springende und krabbelnde Wesen hielten mich wohl für einen Heuhaufen. Am Abend nach solch einem Tage kam mancherlei zwischen Hemd und Haut hervor, vor allem aber der juckende Rest von Blumen. Es war noch die Zeit, da ich gewisse Blumen, wenn sie besonders licht und frisch aussahen, zu essen pflegte. Vor allem waren es die ersten Gänse- und Schlüsselblümchen, die ich gerne aß, wenn ich sie lange genug angeschaut hatte. Ich leitete auch Nikla zum Essen der Blumen an, aber er stieß mit der Zunge auf seine langsame Weise die zerkauten Teile der Blütenkrone wieder heraus und schnitt ein Gesicht, als wollte er weinen.

Eine sehr ernste Weise nahm das Wasser an, wenn ich abends mit den Frauen an der Dhron entlang zum ›Bildchen‹ ging. Das war ein bleiches Kapellchen im Wald nahe am Bach, wo er unter dunklen Fichten in einer Schlucht fließt und sich in der Tiefe am Gestein reibt und tosend von einer Stufe zur andern herabfällt. Die Frauen beteten stets den Rosenkranz. Immer kehrten dieselben Worte wieder, und manchmal vernahm ich zwischen den Aves seltsame Sätze, etwa: ‚deines Leibes, Jesus, den du, o Jungfrau, im Tempel aufgeopfert hast' – ‚den du, o Jungfrau, im Tempel wiedergefunden hast.' Oder: ‚Herr, gib den Seelen im Fegfeuer die ewige Ruh!' Die Stimmen der Frauen klangen eintönig, traurig, inständig. Mir fielen ihre Gebete ins Herz, und ohne daß ich ein Wort begriffen hätte, wurde ich ebenfalls traurig. Ich drückte mich in die Falten von Mutters Röcken und lauschte. Hinter den Gebeten der Frauen – drunten in der Tiefe – gab es einen anderen Jungen, den sich auch der Wassermann geholt hatte. Man hörte seine Stimme unter dem eintönigen Tosen des Wassers weinen. Dieser kleine Junge, den ich für viel kleiner als mich selber hielt, war das Christkind. Sooft man es mir kopfschüttelnd beibringen wollte, das Christkindchen läg nicht dort unten in der Dhron, nein, der Wassermann dürft es gar nicht anrühren, – ich sagte Ja und nickte, und doch blieb das Christkindchen drunten unter den Wellen; es ertrank ohne Unterlaß und blieb trotzdem am Leben. Die Frauen sprachen in ihren Gebeten von ihm unaufhörlich, eintönig, voll der Trauer, so wie die Wellen drunten in der Dhron über sein Gesicht weggingen – unaufhörlich, eintönig, voll der Trauer. Und das Christkind lag da unten – für uns! Denn so beteten die Frauen ja: ‚Der für uns – der für uns – der für uns.' Das machte mich sehr traurig. Meine Gedanken waren noch ganz klein und schwach und konnten mir nicht helfen. Ich wußte ganz genau, wie das Christkind aussah: es hatte ein sehr langes, weißes Hemdchen an. Sein Gesicht war wie aus Wachs. Das Wasser hatte sein Haar ganz dünn und glatt gemacht. Oben auf dem Kopf trug es eine kleine Krone, es sah also fast so aus, wie ich es von den Bildern her kannte.

Im ‚Bildchen' knieten die Frauen alle auf den Fliesen nieder. Eine oder zwei der Frauen, die der Mutter Gottes eine Kerze versprochen hatten, zündeten sie an und steckten sie vor das hölzerne Bild in den Halter. Die Mutter Gottes aber glich, so schien es mir, jener Müllerin, deren Sohn in der Mosel ertrunken war. Ich war mit meiner Mutter und meiner Schwester abends zur Totenwache mitgegangen. Da hatte Junks Kathrin neben der Leiche des Sohnes gesessen und seinen Kopf in den Händen gehalten. Seit der Zeit sah sie für mich aus wie die Mutter Gottes, und die Mutter Gottes wie Junks Kathrin. Der aus Holz geschnitzten Frau in dem goldenen Mantel hinter dem Gitter rannen wie der Müllerin die Tränen über die hageren Wangen. Wenn Junks Kathrin zum ‚Bildchen' ging, blickte ich sie immer heimlich an, wie sie auf den toten Jesus hinter dem Gitter starrte und dann von Zeit zu Zeit nickte. Und sooft sie nickte, tropfte eine Träne von ihrer Nasenspitze auf ihre Hand, – und sie merkte es nicht.

Die Mühle

Bei Tag und Nacht war im ganzen Hause vom Keller bis zum Speicher die klappernde Stimme der Mühle zu hören. Hatte die Mühle nichts mehr zu fressen, so schrie der Hahn. Er war aus Holz, saß auf dem Rand des Trichters und schaute mit dem Kopf tief gebückt auf das Korn, das unten langsam verschwand. Es kam mir seltsam vor, daß die Mühle, wenn sie nichts mehr zu fressen hatte, nicht selber schrie, sondern den Hahn dazu brauchte. ‚Lüllüllüll-lüllüllüll' schrie er und warf sich mit aller Gewalt nach hinten und machte so lange Lärm, bis der Trichter wieder gefüllt war. In der Nacht, wenn ich schlecht geträumt hatte, wurde ich vom Mühlenhahn geweckt. Dann sah ich, wenn der Mond schien, wie der Vater mit beiden Beinen aus dem Bett sprang und, ohne die Kerze anzumachen, in die Hose schlüpfte, die am Bettpfosten bereithing, und durch die Hose hindurch in die Pantoffel, die er jeden Abend genau an denselben Platz stellte. Schellte der Hahn tagsüber, sprang sofort, selbst wenn wir bei Tisch saßen, der Vater auf oder, falls er mit dem Mehlwagen unterwegs war, der Knecht. Der Löffel flog neben den Teller, der Stuhl ruckte, die Türe knallte. Die Mühle hatte Hunger, der Hahn rief es durchs Haus, und man lief, sie zu füttern. Das war anders, als wenn die Schweine oder die Kühe vor Hunger ihre Stimmen erhoben oder das Neugeborene in der Knickwiesisch-Mühle. Die Mühle war, das hörte man aus der Stimme des Hahns, sehr erzürnt. Auch die Mienen derer, die zum Aufschütten eilten, sahen aus, als fürchteten sie, die Mühle könnte plötzlich zu schimpfen anfangen, ihren Trichterkopf gewaltig schütteln und auf ihren Stein- und Eisenrädern durchs ganze Haus laufen, bis auf den Speicher, wo viele dralle Säcke standen und Berge von Korn in den Winkeln lagen. Darum liefen die großen Leute so gehorsam zur Mühle hin, das war gewiß, und so dachte ich nicht weiter darüber nach.

Freundlich war die Mühle überhaupt nur anzusehen, wenn sie mit vollen Backen kaute. Dann zitterte alles an ihr, ihre Kinnladen klapperten im Takt, und ihr Bauch wackelte.

Manchmal war die Mühle krank. Dann nahm Vater den Trichter ab, zog der Mühle den hölzernen Rock aus, und ein langer Eisenkerl, so dürr wie ein Weberknecht, der immer steif neben der Mühle stand, beugte sich über die runden

Steine. Mit zwei seiner eisernen Spinnenarme packte er den oberen Stein an den Seiten und hob ihn hoch, ohne zu keuchen, ohne ›Hauruck‹ – ohne alles, ganz leise. Und Vater drehte den Stein herum, bis die untere Seite nach oben kam, und der eiserne Weberknecht ließ den Mühlstein auf den unteren herabsinken, ganz sacht, als ob er's nur zum Spiel machte. Alsdann nahm der Vater seinen Schärfhammer, setzte eine Brille auf, die seine Augen ganz verbarg, daß er wie ein Käfer aussah, und legte auf den Stein einen Sack. Er setzte sich darauf und begann mit dem geschärften Hammer auf den Stein zu schlagen. ›Pick-pick-pick‹ machte es, die Funken stoben, winzige, helle Steinchen flogen umher, und Vater rief mir zu: ich sollt ja nicht zu nahe kommen. Ich fragte ihn dann vielerlei, etwa: ob der eiserne Weberknecht jetzt nicht müde wär? Ob der Hammer dem Stein nicht wehtät? Ob ich auch Schrenzen in den Mühlstein machen dürft? So hießen die Mahlrillen, die von der Mitte des Steines nach außen liefen. Als ich einmal, da der Vater für eine Weile weggegangen war, mit dem Schärfhammer in den Stein gepickt hatte, kam er darüber und zog mir, wie er sagte, ein paar Schrenzen übers Gesäß.

Wenn die Mühle wieder heil und gesund war und der hölzerne Hahn wieder tief gebückt in den Trichter guckte, als wollte er in die Körnerfülle hineinpicken, kletterte ich das Treppchen hinauf, lehnte meine Arme auf den Rand des Trichters, legte das Kinn auf die Hände und schaute zu. Vor mir geschah etwas Unfaßliches. Ich vergaß, daß ich in einen Mühltrichter blickte und daß diese kleinen Körperchen Korn waren. Ich sah nur eine gelbe Landschaft, darin in der Mitte ein goldener Berg lag. Der Berg versank langsam, und es gab dann einen Augenblick, da war der Berg eine Ebene geworden. Gleich darauf entstand ein Tal. Oft griffen meine Hände in die schöne Gleichförmigkeit der Körner und machten Unordnung. Ich wartete und sah zu, wie die Spuren meines Tuns langsam vergingen, wie wiederum eine Ebene entstand, eine sanfte Kaule in der Ebene, wie sich ein Runten rund um die Mitte bildete, aus dem Runten ein Hang, aus dem Hang eine Berglehne und schließlich eine Rutsch, auf der alles den Berg herab nachkam und das tiefe Tal wieder füllte. War das Korn bis auf einen kleinen Rest verschwunden, sprang plötzlich an der Seite das Klappbrett nach oben, der Hahn warf sich nach hinten, nach vorn und gellte und schellte; der Berg war fort, die Ebene war fort, das Tal war fort. Ich blickte dem in der schüttelnden Öffnung entschwundenen Korn traurig nach. Aber Vater hatte mir den Weg gezeigt, den das gemahlene Korn hinterher nahm. Das Korn mußte ja gemahlen werden, hatte er gesagt, sonst hätten die Menschen kein Brot. Trotzdem sagte ich oft: »Die armen, schönen Körner!«

»Ja«, sagte darauf der Vater, »aber auch de Menschen sterben, dann können auch de Körner sterben.«

»Wat is dat: sterben?« fragte ich, ich hatte noch niemanden sterben gesehen.

»Mein Mutter war einmal in diesem Haus«, sagte mein Vater, »un mein Vatter, all waren einmal in diesem Haus. Dann sein se gestorben.«

»Un wie geht dat?« fragte ich.

»Se essen eines Tages kein Brot mehr, trinken kein Wasser un keinen Wein mehr, sein ganz still, atmen net mehr, werden kalt. Man legt se in e Kist, trägt se in de Kirch un schließlich auf den Kirchhof. Dort macht man en Loch in de Erd, un se kommen hinein. Aus dem Fleisch wird Erd. Un de Seel geht in den Himmel. Dort sein se dann.«

»Stirbst du auch?« – Wenn ich mit Vater allein in der Mühle war oder auf dem Wagen ein Stück mit ihm fuhr, versuchte ich, ihn mit Du anzureden, aber daheim duldeten die Geschwister das nicht, da mußte ich wie die übrigen Kinder zu den Eltern Ihr sagen. –

»Ja«, sagte der Vater, »wir sterben all.«

Er war sehr groß gewachsen, und wenn er mit mir sprach,

setzte er sich gern auf einen der Mehlsäcke. Dann kletterte ich ihm schnell auf die Knie, nahm eines der langen, hängenden Schnurrbartenden und spielte damit. Er machte den Hund nach und schnappte knurrend nach meiner Hand, als wollte er mich beißen. Ich lachte, und er sog an seiner Pfeife und blies mir den Rauch ins Gesicht. Er roch nach Mehl und Schweiß und Tabak. Wenn er sprach, bebte seine Brust, und ich drückte das Ohr an sie dran. Er erzählte mir gern vom Himmel, Gott und den Heiligen. An der Mühle aber, am Wasser und den Bergen und Sternen zeigte er mir, »wie dat alles geht«. So sagte er.

»Also guck mal hier! Dat Korn läuft hier durch. Un dat Korn sein wir. Aus uns wird nix, wenn wir net aufgeschüttet werden. Wir rutschen all zwischen de Stein. Un die drehen sich, drehen sich! Dat hat schon alles sein Art. Und da weinen de Menschen un wollen et net einsehen. Denn siehste: dat Korn is doch noch da, nur is et jetzt kein Korn mehr, sondern Mehl. Hier« – und er öffnete mir, wie oft tat er es! – eine schmale Tür in einem Schrank, der von dem Boden bis zur Decke des Mühlenraums ging. Diesen Schrank konnte ich mit meinen kleinen Armen fast umschlingen. Wenn Vater die schmale, hohe Tür aufgemacht hatte, sah ich, wie sich darin etwas bewegte, etwas Hartes, Glänzendes. Es sah aus wie Teller, nur daß ein Teller in den nächsten überging. Ich hielt den Finger daran, und er kam von einem Teller auf den andern, ohne daß ich ihn vom Rand des Metalls wegnahm, das Vater die Schnecke nannte. Mein Finger stieg immer höher und er hatte doch die Schnecke zuerst unten berührt. Auf dem Gewinde der Schnecke lag Mehl, und das wurde wie mein Finger aufwärts bewegt. Wieder legte ich den Finger unten auf den Rand des glatten, sich drehenden Tellers und ließ ihn hinaufsteigen. Ich konnte vor Aufregung kaum atmen.

»So steigen de Seelen in den Himmel«, sagte der Vater, »wenn se in der Mühl dieser Welt gemahlen sein. Un dann fallen se aus der Schneck in den Zylinder.« Er schob den Vorhang von einem andern, aber sehr großen, an der Decke hängenden, waagrechten Schrank zurück. Weiß stäubte das Mehl herab, daß ich zuerst nichts sehen konnte. Vater hob mich empor, nahm mich auf den Arm und ließ mich in den Kasten blicken. »Dat is de Zylinder. In den wird dat Mehl hineingehoben durch die Schneck hier. Un de Zylinder is rundherum aus Seide. In der Seide sein lauter klein Löchelchen, dahindurch fällt dat ganz fein Mehl, wenn de Zylinder sich dreht. Un so fein müssen wir gemahlen sein, um – um in den Himmel ze kommen, damit die Engel Brot aus uns backen für Gott! Un wenn er uns dann aufißt, werden wir Gottes Leib, so wie dat Brot dein Leib wird, wenn du et ißt!«

Ich ließ die Rede des Vaters über mich fallen wie das weiße Mehl. Immer wieder war es dasselbe, duftende, fromme Mehl, das über mich stäubte. Ich nickte ein wenig, wunderte mich, schüttelte auch wieder des Vaters Rede wie den Mehlstaub ab; doch wenn wir allein waren, setzten meine Fragen stets von neuem ein: »Sein die Seelen auch weiß?«

»Ganz weiß, wenn sie gut gemahlen sein.«

»Aber hat Gott denn Hunger, Vatter?«

»Ja, er hat uns lieb un will uns haben.«

»Wenn aber dat Mehl net durch den Zylinder geht?«

»Dat Mehl mahlen wir dann noch emal. Vieles muß man öfters tun, bis et gut getan is.«

Das leuchtete mir ein. Wie oft hatte ich versucht, mit dem losschnellenden Daumen oder Zeigefinger einen Klicker (so nannten wir die Murmeln) so zu bewegen, daß er den andern traf; und doch wollten die andern Kinder noch immer nicht mit mir spielen, weil ich stets danebenschoß und, wenn sie den Klicker gewonnen hatten, ihn nicht hergeben wollte und schrie.

Das Eishaus lag neben der Mühle. Es war darin, trat man ein, zunächst ganz dunkel. Langsam entdeckte man an der großen Wand das Wasserrad. Man sah es nur zur Hälfte, denn der untere Teil stand in einer breiten, tiefen Rinne. Ins Eishaus ging ich nur zusammen mit dem Vater. Er mußte mich aber, nachdem wir eingetreten waren, noch eine Weile an der Hand halten. Hierhin kam er nur, um den Kandel über das Wasserrad zu schieben oder ihn zurückzuziehen und auch, um das Eis vom Rad zu schlagen, wenn die Kälte sehr groß war und das Wasser, statt das Rad zu drehen, es mit glitzernden Ketten und Stangen festhielt. Dann sah der Vater sehr grimmig drein. Wir gingen in den Schuppen, wo die Geräte standen, und er nahm die Eisaxt. Die war groß und blinkte. Er zündete das Stallicht an und gab es mir; dann gingen wir ins Eishaus.

»So, bleib du mal hier stehen«, sagte er, »un halt die Lanter schön hoch.« Er spuckte in die Hände, blickte sehr böse zum Eis hinüber und ging darauf zu. Mit beiden Armen schwang er die Axt. Ich hob das Licht, und der Stahl blitzte. Gleich schrie das Eis auf und verschwand klirrend und klingend in großen Stücken in der Rinne unter dem Rad. Es funkelte und stiebte dabei rings um den Vater von Eisstückchen. Er schlug zu, keuchte und stieß grimmige Worte hervor, und das Eis mit seinen gleißenden Zapfen war wie ein bissiges Tier, das seine Zähne zeigt. Schließlich stand der Vater mitten im Rad, hieb nach oben, nach unten, nach allen Seiten! Stieg er dann heraus, war er naß am ganzen Körper, von Schweiß und Eiswasser. Er ging die Stiege hinauf und wechselte das Hemd und ließ am Ofen die hartgefrorene Jacke auftauen. Ich stellte mich mitten in die Stube mit meinem Stallicht, blies es aus und sagte: »Et war sehr viel Eis! Aber jetzt können wir wieder mahlen.«

Manchmal besuchte ich die Nachbarsmühle, die gleich hinter unserm Mühlteich lag. An dieser Mühle gefiel mir am besten der Großvater – der Nudeljäb, so nannte man ihn. Seine Söhne fuhren mit dem Wagen das Mehl aus, und er besorgte die Mühle. Selbst im Winter kam er morgens pudelnackt aus dem Haus und sprang in das Wehr. War das Wasser eingefroren, hieb er es mit der Eisaxt auf und tauchte an der Stelle bis zum Hals ein. Dabei schrie er vor Lust, prustete und gurgelte. Man hörte ihn bis in unsere Schlafstube. Dann lief ich ans Fenster und winkte dem Nudeljäb. Er hatte rote Backen. Mir kam er wie ein Spielkamerad vor, besonders gefiel mir sein schneeweißes Haar. Einmal kam ich in die Mühle, um Nikla zu suchen, aber er war nicht da. Da hörte ich im Mahlraum Musik, die Mühle stand still. Der Nudeljäb aber sprang auf den Bohlen zwischen den Säcken hin und her, immer auf dieselbe Weise. Mit einer Hand hielt er etwas, das wie Silber glänzte, zwischen den Lippen und entlockte dem Ding allerlei lustige Töne, die ihn so froh machten, daß er springen und sich drehen mußte. Mit der andern Hand hatte er einen halbvollen Mehlsack ans Herz gedrückt. Eine Wolke aus ziehendem Mehlstaub umgab ihn, und wenn er das Ding von den Lippen hob, sang er etwas wie: ‚Hoppdididupp, hoppdididupp – lustig, ihr Leut.' Ich stand zuerst still, und er merkte gar nicht, daß ich da war. Er sprang und sang, drehte sich, drückte den Sack an die Brust und blies in das glänzende Ding, und die Mühle, die nichts zu fressen hatte, kam mir gar nicht streng oder böse vor. Ich mußte laut lachen und lief auf den Nudeljäb zu. Er sah mich, ließ den Sack fallen und wirbelte nun mich auf die gleiche Weise im Kreise, immer die glitzernde Musik zwischen den Lippen. Ich ließ mir sie zeigen, und er wies mir, wie man das machte. Da blies ich fest hinein und zog den Atem ebenso fest an. Ein großes Wonnegefühl überlief mich, und ich schob die Musik zwischen den Lippen hin und her, schnell und noch schneller. Da hielt sich der Nudeljäb die Ohren zu, sprang wie mein Hampelmann, wenn ich am Faden riß, in die Höhe und machte ein so zorniges Gesicht, daß ich die Musik auf einen Mehlsack legte und beleidigt davonging, nicht über Nudeljäb, sondern über die Musik, weil sie an meinen Lippen anders tönte als bei ihm.

Die erste Hose, der rote Koppel und der Juden-Siegfried

Wenn der Vater selber mit dem Mehlwagen in den Hag fuhr, wartete ich an der Ecke des Gartens, wo der Weg durch die Wiesen hinauf zum Hölzewäldchen lief. »Vatter«, rief ich dann laut, wenn er vorüberfuhr, »holt mich doch mit in den Hag!«

»Nein, nein«, sagte er und hob mich neben sich auf die Mehlsäcke, »du hast ja noch en Röckelchen an. Wenn du en Bux hast, dann hol ich dich mit in den Hag.«

»Wo is de Hag, Vatter?«

»Hinterm Berg, an der Mosel!«

»Hann da all Kinder Buxen an?«

»Nur de Jungen!«

»Hann die Mädcher kein Buxen?«

»Unnerbuxen, wat weiß ich!«

»Warum hann die Mädcher kein Buxen?«

»Ach, du bis net gescheit, dat fehlt noch gerade, dat die Mädcher – – nänä, die kriegn kein Buxen. Dat is nun mal so, en Mann muß de Buxen anhaben, die Frauleut hann Röck!«

Ganz plötzlich brach ich in Schluchzen aus. Und ich rief laut, daß ich auch Buxen haben und auch mit in den Hag fahren wollt und daß i doch kein »Fraumensch« wär.

Aber Vater nahm mich auch diesmal, als wir dieses so wichtige Gespräch hatten, nicht weiter mit als sonst – bis zum Kirschbäumchen, das etwa drei Minuten von der Mühle entfernt stand, dicht vor dem Hölzewäldchen. Dieses Kirschbäumchen liebte ich aus vielen Gründen. Es war noch so klein und stand so allein da und konnte nirgendwo hingehen. Neben dem Stämmchen stand ein Stab, und beide: Stab und Stämmchen waren nicht viel dicker als meine Beine. Ich blieb am Kirschbäumchen stehen, blickte dem Vater nach, der dort, wo der Weg steil wurde, von den

Säcken herabsprang und neben den Pferden einherging. Manchmal sah ich, wie er sich ein wenig in den Schultern bückte. Bald kam ein feines, bläuliches Wölkchen hinter seinem Kopf hervor. Er fuhr in den Hag, und ich mußte im Tal bleiben, weil ich noch keine Bux hatte. Das dachte ich und sagte es auch dem Kirschbäumchen und fuhr dabei über seine glatte Rinde. Und ich dachte an den Hag. Aber das Wort war ebenso geheimnisvoll verlockend wie leer. Es gab dort Jungen, die Buxen anhatten. Und Häuser wird es dort geben. Und die Mosel. »Dat is en großer, großer Bach«, hatte Vater gesagt, »darin können Ochsen versaufen, und Schiffe können drauf schwimmen.« Schiffe? »Dat sein Häuser«, hatte er mir erklärt, »die schwimmen können.«

Ich mußte in den Hag! Ich ließ das Bäumchen stehen, lief fort, sah noch einmal zu ihm zurück und lief zu den Mühlen hinunter. Im Garten stand Katharina. Ich machte mich an sie heran und begann wiederum ungestüm zu weinen. Sie kniete sich zu mir hin, streichelte mir Kopf und Wangen und fragte. Aber ich weinte noch heftiger. Schließlich rief ich: »Katharina, ich will en Bux han!« Ich erklärte ihr auch genau warum. Sie ging mit mir zu Mutter in die Küche. Mutter hörte sich alles an, endlich sagte sie: »Ach, dù dumme Jung!« Aber Katharina machte mir doch die Hosen. Sie waren rötlich und aus einem sehr weichen Stoff. Doch sollte ich sie noch zusammen mit dem Röckelchen tragen, und das bedeutete, unter ihm verborgen. So pflegte ich denn in der nächsten Zeit, auf der Bank hinter dem Tisch hin und her trippelnd, das bunte Röckelchen zu heben und jedem Besucher meine Hosen zu zeigen. Jeder mußte sie bewundern: der Nudeljäb, die Frauen aus der Nachbarsmühle, aber auch die Landfahrer, die Handwerksburschen, die Zigeuner, vor allem aber die Juden und unter ihnen zuerst der rote Koppel, der mir fast so befreundet war wie der Nudeljäb. Zum roten Koppel sagte ich: »Guck mal, Bonem, ich hab en Bux! Jetzt bin ich en Mannskerl un fahr mit dem Vatter in den Hag.« Der rote Koppel strählte seinen roten Schnurrbart und sagte endlich: »En scheen Bux, en prächtig Bux! Stopp dat Röckelchen obenrein, un du kommst damit bis Trier. Hier haste fünf Pfennig vom Bonem, un kauf dir dafür, wat de willst.«

Der rote Koppel kam oft zu uns, er hatte einen schweren braunen Stock mit allerlei Knoten in der Hand und trug Ledergamaschen und einen Wettermantel. Wenn er mit dem Vater in den Stall ging, war ich wie ein Schatten hinter den beiden her. Sie stellten sich neben eine Kuh oder ein Kalb und begannen über das Tier, das sich um die Männer überhaupt nicht kümmerte, sondern ruhig weiterfraß, zu sprechen, so laut, daß man im Hause jedes Wort verstand. Der rote Koppel befühlte das Tier hinten und vorn und von allen Seiten. Wenn die Kuh mit dem Schwanz schlug, wich er flink aus und beschimpfte sie, als wär's ein Mensch. Nach einer Weile begann der rote Koppel wieder zu schreien, nun aber noch viel lauter als vorher, diesmal konnte man seine Stimme vom Hölzewäldchen her hören. Und beide Männer sagten zwischendurch Wörter, die ich nicht verstand, ganz kurze Wörter, wie sie sich die Müller beim Kartenspiel zuriefen. Nur daß die Stimme des roten Koppel soviel lauter war als die der Spieler. Die Stimme des Vaters blieb ganz ruhig. Schließlich warf der Koppel die Arme gegen den Himmel, schüttelte sie und klagte, daß der lange Steff ihn ruinieren, daß er ihm den Hals umdrehen tät, daß er, der rote Koppel, kapores ging, wenn er noch weiterhin auf die Breitwies käm. Und er schwor, er wollt die Kuh samt den Hörnern in seinem Bauch liegen haben, wenn sein Wort nicht gut und ehrlich wär, – aber der lange Steff sei sein Tod. Ich begann, wenn die Sache so weit gediehen war, mich dem roten Koppel zu nähern, bis ich neben ihm stand, denn ich fürchtete, er könne wirklich auf der Stelle sterben. Und ich sagte laut zu Vater: »O – tut ihm doch den Willen, er hat mir ja auch fünf Pfennig geschenkt!«

Die beiden Männer schauten mich an und lachten. Aber gleich ging der Handel aufs neue los, und der Koppel sagte, daß der lange Steff der rauhligste Kerl im Dhrontal und an der Mosel wär. Und mein Vater sagte, daß der rote Koppel ein Jud wär und es bliebe und am liebsten noch die Sonne bescheißen tät, wenn er den Hintern nur hoch genug bekäm.

Schließlich aber sagte der Koppel, seinen roten Schnurrbart streichelnd: »Naja, Steff, weil du et bist! De Müller un de Jud gehören zusammen, komm her und schlag ein, aber e Gauner bleibste.« »Un wat du bleibst, weißt du auch«, sagte mein Vater und hielt ihm die Hand hin. Da schlug der rote Koppel mit der seinen drauf und sagte wieder so ein kleines Wort, das ich nicht verstand. Und der Vater wiederholte das Wort und schlug noch einmal auf die dargebotene Hand des Koppel. Darauf nahm der rote Koppel die Kuh oder das Kalb, führte das Tier in den Hof, gab mir das nach und nach üblich gewordene Fünfpfennigstückelchen und kam wohl auch noch zu einem Schwätzchen in die Stube.

War es gerade Mittagszeit, sagte der Vater zu ihm: »Komm, Bonem, setz dich bei, wir hann Judenfreitag, et gibt kein Schwein weit und breit!«

Daß der rote Koppel durchaus kein Schweinefleisch essen wollte, sondern zuerst vorsichtig über den Tisch spähte, das brachte ihn mir nur noch näher. Ich nahm an, auch er ekle sich vor Schweinefleisch, von dem zu essen, zumal wenn es fett und gebraten war, mir wie eine Strafe erschien. Und daß der rote Koppel sodann, wenn er sich setzte, feierlich sein Messer herauszog, an dem eine Gabel angebracht war und nicht unser Besteck nahm, das interessierte mich, zumal Vater jedesmal darüber lachte, ganz besonders. Wenn aber Bonem, kaum daß wir das Tischgebet begannen, eilig nach seiner Mütze griff und sich den Kopf bedeckte, griff ich ebenfalls eilig danach und zog sie ihm herunter. Er setzte sie hurtig wieder auf und rückte von mir fort; ich rückte ihm nach und zog sie ihm ab, bis über diesem Mütze-auf-und-

Absetzen das Tischgebet zu Ende war. Doch wußte der rote Koppel, daß er jetzt einer strengen Ermahnung gewärtig sein durfte. Ich sagte also: »Du, Bonern, wenn man betet, zieht man de Mütz ab!« »Ja, Steffchen«, sagte er dann und hob beteuernd beide Hände, »du hast gut reden – aber wir Juden müssen alles anders machen.« Und er sagte noch manches, was ich nicht verstand.

Man hatte mir versichert, daß der Gott vom roten Koppel und der Gott meines Vaters derselbe sei, was ich auch sofort einsah. Und da begriff ich nicht, warum dieser selbe Gott von uns verlangte, die Mütze abzunehmen, vom Koppel sie aufzusetzen, von den Frauen aber überhaupt nichts forderte; denn Mutter und die Schwestern hatten, wenn sie sonntags in der Chaise in die Kirche fuhren, den Kopf bald in Kapuzen oder Tücher gehüllt, bald trugen sie Hüte oder sie hatten gar nichts auf und durften doch beten.

So entstanden nach und nach, ohne daß ich freilich diese meine Erkenntnis in Worte fassen konnte, zwei göttliche Wesen: das eine war der Vater, von dem mir mein Vater erzählte, wenn ich auf seinen Knien saß. Dieser Vater im Himmel fuhr auf der Sonne durch die Luft, hatte die ganze Welt auf seinen Knien, spielte mit den Sternen, wie ich mit den Klickern, nur viel, viel besser. Er bewegte mit seinem Atem die Wolken und die Wipfel der Bäume. Die Fische sprangen, weil er an sie dachte. Die Vögel sangen seinen Namen. Die Blumen kamen aus der Erde, um ihn zu sehen. Die Bäche liefen ihm entgegen. Die Berge waren sein Bett, der Mond seine Ampel. Er war überall, unsichtbar wie der Wind, schnell und furchtbar wie der Blitz, und lieblich wie die ersten Schlüsselblumen, wenn die Sonne zum erstenmal wieder ins Tal schien nach so langer, dunkler Winterszeit. In jenem andern Gott aber, der Koppel gebot, die Mütze beim Gebet aufzusetzen, und uns, sie abzuziehen, in ihm erblickte ich ein hohes, geheimnisvolles Wesen, das an nichts Freude hatte. Es nannte sich einfach Gott. Aber dieser

Name kam mir sehr streng vor. Ja, dieser Gott war es, der dem Bonem befahl, die Mütze beim Beten anzubehalten und mir, sie abzuziehen. Er war es, der nicht duldete, daß man seinen Namen außerhalb der Kirche und außerhalb eines Gebetes sagte. Er war es auch, den die Leute mit furchterweckenden Mienen und vor Grimm bebend aussprachen, bald laut und bald leise, wenn sie wollten, daß anderen Übles geschehe. »Da sei Gott dafür!«, so schlossen viele Verwünschungen und »Gott soll ihm nicht verzeihen!« keuchten sie, wenn sie über einen sprachen, der ihnen Böses angetan hatte. Dieser Gott besuchte mich manchmal, wenn der hölzerne Hahn den Vater und auch mich weckte. Er war dann ganz dünn über die bleiche Zimmerdecke verteilt und schaute mich an – ein einziges, viereckiges Auge, das unverwandt auf meine Wiege blickte. Oder er befand sich in Mutters Kapuze, die auf dem Zapfenbrett, nachdenklich vornübergebeugt, hing. Das Gesicht konnte man nicht sehen, aber es war doch in der Kapuze. Aus Luft gemacht, ganz und gar unsichtbar, ich spürte seine Nähe. Es schaute mich nicht an, nein, es blickte auf die Bohlen, das Luftgesicht... Es dachte sich etwas Neues aus. Ich aber mußte hernach wissen, was es gedacht hatte. Wenn ich es nicht wußte, war es mir böse. Dann sagte ich voll Angst zu Vater, wenn er aus der Mühle zurückkam: »Steff, wieg!«

Eines Abends nun, als ich Vater mit diesen Worten bat, meine Angst zu vertreiben, zog er an dem Band, aber – die Kufen des Bettes bewegten sich nicht. Und er sagte leise: »Wat is denn dat? Die Wieg geht ja net mehr!« Mit dem stand er auf, fühlte die Wiegenbalken in der Dunkelheit ab und sagte sehr überrascht: »Oje, die Wieg will net mehr! Ich glaub, du bis zu alt geworden. Ja, dat is nämlich so: die alt Wieg tät's ja gern, aber sie darf net mehr. Kinder über drei Jahr darf kein Wieg mehr wiegen.«

Ich sagte kein Wort. Ich weinte auch nicht, aber ich war ganz sicher, daß es Gott war, welcher der Wiege das Wiegen verboten hatte. Immer, wenn es hieß: das darfst du nicht –, man nicht –, er nicht –, da steckte Gott dahinter. Da hatte er sich wieder etwas ausgedacht. Aber ich war meiner Sache nicht ganz sicher. Ich untersuchte am andern Morgen mit Scheu und Neugierde die Wiegenbalken. Da waren also, ich sah es sofort, unter dem braunen, glänzenden Holz vier Klötzchen befestigt. Das konnte unmöglich Gott gewesen sein, der hätte keine Nägel dazu nötig gehabt. Ich dachte den ganzen Vormittag über die Klötzchen nach. Auch die Wiege hatte es nicht selber gemacht, sonst wäre das Holz an der Stelle einfach hervorgewachsen – oder abgesprungen. Beim Mittagstisch nun stellte ich die große Frage, es klang ebensoviel Klage wie Anklage in meiner Stimme: »Wer hat mir de Klötzchen unter de Wieg geschlagen?«

Alle blickten sich der Reihe nach an: der Vater die Mutter, die Mutter meine blondhaarige Schwester Katharina, diese meine rothaarige Schwester Lischen, diese den großen, schwarzhaarigen Bruder Martin, dieser die kupferhaarige Schwester Franziska, diese den weißköpfigen Bruder Nickel, der nur fünf Jahre älter war als ich. Aber keiner sagte ein Wort. Sie lächelten, über ihre Teller gebeugt. Franziska und Nickel kicherten sogar. Da stand der Neumagener Pitter, so hieß unser Knecht, von seinem Stuhl auf, blickte durchs Fenster vors Haus, setzte sich wieder und sagte zu mir: »Dä jetzt zur Stub reinkommt, dä war et!«

Indem hörten wir einen Schritt auf den Fliesen draußen, es klopfte, die Klinke wurde niedergedrückt und herein trat, das Gesicht vom Wind gerötet, die Backen in einem freundlichen Lächeln auseinandergezogen – der rote Koppel. Ich starrte ihn an wie das Böse selber. Er hatte noch kaum Vater und Mutter begrüßt, als ich auf die Bank stieg, hinter dem Rücken meiner Geschwister mich durchdrückte, zum Ofen lief, das Stocheisen ergriff und mich so vor den roten Koppel hinstellte. Er betrachtete mit unsicherem Lachen den kleinen Gegner. »Na, Steffchen?« fragte er endlich und wollte noch etwas sagen, aber ich schrie, so laut ich konnte: »Du warst et, du warst et!« Da rief der rote Koppel und hob die Hände: »Natürlich war ich et, ich bin et ja immer. Aber wat is et denn, Steffchen, wat hab ich denn jetzt wieder gemacht?«

»Du hast mir de Klötz unter de Wieg geschlagen«, rief ich und hob das Stocheisen. Der Koppel fing mit der Linken den Schlag ab und mit der Rechten fuhr er gegen meinen Vater: »Wat hab ich, Steff?«

Vater und Mutter zwinkerten und flüsterten ihm etwas zu. Der rote Koppel blickte erst mich, dann die andern ringsum an und sagte: »Nuja, nuja, de Jud is ja gut für alles.« Und er griff in die Tasche, suchte und gab mir ein Geldstück, damit wir, so sagte er, gute Freunde blieben. Ich blickte die große, silbrig glänzende Münze an, warf sie aber, da sie nicht wie das übliche Fünfpfennigstückelchen aussah, auf den Boden und rief: »Dat is kein Geld!« Und ich verließ an Katharinas Hand, beim Gelächter der andern, gekränkt die Stube.

Da die Klötzchen an der Wiege nun einmal dranwaren und niemand sie abmachen wollte, so sehr ich auch darum bat, blieben sie dran. Selbst Katharina weigerte sich, indem sie sagte, das Nagelausziehen müßt man studiert haben. So lernte ich mit fast vier Jahren langsam, wie man schlief, ohne gewiegt zu werden. Ich hatte die vermeintliche Untat des roten Koppel auch schon beinahe vergessen, als ich auf einem Bittgang von einer der Frauen erfuhr, daß es die Juden gewesen seien, die Christus ans Kreuz genagelt hatten. Kaum, daß ich das Wort ‚nageln' hörte, dachte ich an den roten Koppel. Ich nahm zwar nicht an, daß er es allein gewesen war; die Frauen hatten ja gesagt, es wären die Juden – also viele, alle Juden zusammen gewesen. Ich war sehr bedrückt über diese Entdeckung, daß mein Freund bei dieser bösen Tat mitgewirkt hatte. Aber daß Gott den Tod des armen Jesus gewollt hatte, bedrückte mich noch

Dorf Leiwen, das ich noch nie gesehen hatte. Die beiden Frauen hatten sich mittlerweile eine gute Strecke in die Kartoffelfurchen hineingegraben. Sie ließen in ihrem langsamen, gebückten Vorwärtsschreiten eine Straße von gelben Knollen hinter sich. Manchmal reckten sie sich, blickten gegen die nahen Berge im Umkreis und gruben weiter. Die Sonne rückte ebenfalls immer weiter von mir fort, und ich fühlte mich sehr allein. Außerdem lockte der Bach, man konnte sein Plätschern ein wenig hören. Unauffällig rutschte ich dem Ende des Ackers zu. Der Runten war so steil, daß ich wohl leicht hinabrollen, aber nicht schnell hinaufklettern konnte. Wenn nun wirklich der Juden-Siegfried mit dem Sack käme, könnte ich nicht bei Mutter und Katharina auf dem Kartoffelacker Zuflucht suchen. Aber er würde schon nicht kommen. So legte ich mich der Länge nach hin, rollte mich einmal wie ein Sack herum und lugte nach Mutter und Katharina aus, ob sie meine Vorbereitungen zum Entweichen bemerkt hätten. Aber sie gruben, und man sah von ihnen nichts als den drallen Rock und die schwarzbestrumpften Waden. Da ließ ich mich rollen, und zwar, wie ich es gerne tat, um die eigene Achse. Ich sah den Himmel, die Bäume, die Gräser; den Himmel, die Bäume, die Gräser; und dann, als es schneller ging, sah ich nur noch etwas Grünes, Blaues, Grünes – und schließlich nur noch den Himmel.

Ich lag rücklings auf der Wiese. Das Grummet war längst abgemäht, und die Wiese hatte schon wieder ein Polster aus kurzem Gras. Ich sah aus den Augenwinkeln Herbstzeitlose neben meinen Schläfen stehn. Am Himmel wälzten sich die Wolken. Sie waren weiß und geballt und hatten Großmütterbäuche. Sie lagen wie ich auf dem Rükken und blickten in die Höhe und ließen sich treiben. Wohin nur? Und was ist in den Wolken? Regen – gewiß, aber sonst noch mancherlei. Sogar kleine Steinchen, die hernach dahinschmelzen. Und wo kommen sie her? Ich hörte in meinem Träumen Vaters Stimme, wie er sang:

»Weißt du, wieviel Wolken gehen?« Und sie haben alle einen Namen! Der große Vater in seinem Sonnenwagen da oben, er kennt sie alle beim Namen. Die da mit dem dicken Bauch heißt Marjam. Und wenn der Vater droben eine Wolke ruft, bekommt sie gleich einen Kopf, einen langen Hals, so eine große Eile hat sie, den Weg zu nehmen, den ihr der Sonnenvater zeigt. Aber das ist kein Kopf, das ist ein Wolkenkind! Ja, die Marjam hat ein Kind gekriegt, und noch eins kriegt sie. Die beiden da haben Streit. Hui, wie die sich da aufreckt! Aber das ist keine Wolkenfrau, das ist ein Wolkenpferd, es bäumt sich. Seine Hufe werden immer größer – ha, da fliegt ihm ein Bein fort.

Auf der Wiese aber im Windschatten des Runtens war es still. Ich hörte die Gräser raspeln, hörte Krabbeln, Gesumm und dann einen Schritt. Ich blickte über meine Stirn fort und sah: da kam jemand, jemand mit langen, dürren Beinen, die in schwarzen, geflickten Hosen steckten. Und nun sah ich den Sack. Er trug ihn hinter sich, den Zipfel hielt er auf der Schulter mit beiden Händen fest. Von der Anstrengung des Haltens ging er ein wenig gebückt und sah vor sich auf die Erde. Er konnte nicht viel älter sein als meine Schwester Katharina. Sein Gesicht war traurig. Ich hatte den Juden-Siegfried noch nie gesehen, doch wußte ich sofort, daß er es war, er mußte es sein. Ich verhielt mich wie ein Käfer, wenn ich ihn mit meinem Finger berührt hatte. Ich stellte mich tot und ließ Arme und Beine weit von mir gestreckt ruhig liegen. Fast wäre er auf mich getreten, da entdeckte er mich. Er war so sehr erschrocken, daß er mit einem Bein in der Luft stehenblieb, der Sack fiel ihm von der Schulter. Ich bemerkte sein Erschrecken, aber es machte mich nicht mutiger. Der Sack stand mir zu nahe, und der war sehr groß, das sah ich mit einem Blick.

»Nu, wem gehörst denn du?« fragte er, und gegen den Kartoffelacker blickend: »Biste dem langen Steff sein Jung?«

Ich nickte nur ernsthaft.

»Un nu hörste de Maulwürf machen Musik?« fragte er, beugte sich ein wenig über mich und versuchte zu lächeln. »Oder willste hören die Spitzmäus acheln?« Als ich immer noch keine Antwort gab, fuhr er fort: »Du mußt gut losen, un du hörst de Würmer schnarchen un de Maden pispern!«

»Bist du – de Juden-Siegfried?«

Er nickte und gleich hinterdrein ließ er sich neben mir nieder. Ich rutschte ein wenig zur Seite und hielt mir das Gesicht zu, doch blickte ich zwischen den Fingern hindurch, voller Angst, daß er nun den Sack aufmachen würde. Und wirklich, er griff nach dem Sack und schnürte ihn auf. Da wollte ich schreien, aber die Furcht hatte meine Stimme gelähmt. Er blickte mich erschrocken an. »Nu, wat schreiste, beißt denn die Kuh? Zeig ich dir eppes, dat is so schön wie de Dom ze Köllen!«

»Steckste mich denn net in de Sack?« stieß ich weinerlich hervor.

»Nu, kann man machen aus dir Briefpapier?« fragte er wegwerfend. Er zog darauf aus dem Sack eine Schachtel heraus, und aus der Schachtel etwas wie eine Leiter, daran ein kleines Wesen hing, das wie ein Mensch aussah, aber doch keiner war. Überall, nur nicht im Gesicht, hatte es Haare, und die waren wie mein Sonntagsröckelchen aus braunem Samt. Der Juden-Siegfried drückte unten die Leiter zusammen, und da bewegte sich das kleine Wesen, schwang hin und her und überschlug sich schließlich, immer die Hände an der Stange. Es wiederholte sein Kunststück viele Male, bis ich sagte: »Laß jetzt, et is müd!« Schließlich fragte ich, wie das Tier heißen tät.

»Aff«, sagte der Juden-Siegfried und wiederholte, »Ja, dat is en Aff. En echter Aff, beinah wie lebendig.«

Ich war sehr glücklich, endlich dieses Tier einmal zu sehen. Ich hatte es so oft gehört: »Du bis ein Aff«, und Katharina sagte manchmal zu mir »Du Äffchen.«

Ich ließ es nun selbst einmal um das Stäbchen schwingen, und der Siegfried nickte: »Du kannst et! Un nu zeig et deiner Mutter un sag ihr: dat hat mir de Juden-Siegfried geschenkt. Un sollt ihr nicht geben eure Lumpen dem Moses, sondern mir.«

Damit stand er auf, schloß seinen Sack, lachte mir noch einmal zu und ließ mich in meinem Glück sitzen. Ich ließ den Affen schwingen, bis schließlich Mutters Stimme und die Katharinas erschallte. Da lief ich zu ihnen hin und rief: »De Juden-Siegfried war hier un hat mir en Aff geschenkt!«

Das Gesicht im Brunnen

Schräg gegenüber dem Eishaus war der Garten. Eine Treppe führte hinauf, denn der Garten lag höher als der Weg. Neben dieser Treppe befand sich, und zwar in der Gartenmauer, der Pütz. Seine steinerne Hirnschale hatte genau im Scheitel ein großes Loch. Dies Loch war im Boden des Gartens sichtbar, und der Vater hatte mich oft und streng davor gewarnt.

Eines Tages sollte der Pütz obendrauf fest geschlossen werden. Ein alter Mühlstein wurde herbeigerollt und umständlich von vielen Männern und mit allerlei Stangen und Ketten und Rollen in den Garten emporgehoben. Als sie nun alle zum Mittagessen gegangen waren und hernach auf der Wiese ein wenig ruhten, machte ich mich an den Pütz heran. Die Holztür stand offen, und von oben, wo nun kein Deckel mehr war, schaute der Himmel herein. Ich war, das stellte ich mit Überraschung fest, ein wenig größer geworden, dennoch konnte ich noch nicht über die Brüstung des Ziehbrunnens blicken. So schob ich einen der herumliegenden Steine herbei, stellte mich drauf, blickte in die Tiefe – und erschrak zuerst wie vielleicht noch niemals bis zu dieser Stunde. Der Schrecken war aber gemischt mit Wonne, die immer stärker wurde und zuletzt über den Schrecken siegte. Drunten sah ich einen kleinen Jungen heraufblicken. Daß es ein Junge und kein Mädchen war, wußte ich ja aus der Erzählung der andern, an die ich mich nun erst, kaum daß ich das Gesicht drunten im Wasser erblickte, wieder erinnerte. Lange Zeit hatte ich vergessen, daß der Junge im Pütz war, und ich schämte mich nun, da ich ihn sah, daß ich ihn vergessen hatte. Ich glaubte aber auch zu sehen, daß es ein Junge war. Unter ihm war der Himmel, so wie bei mir der Himmel über mir war, – das sah ich ganz deutlich. Und ich beugte mich weiter über den Brunnenrand hinaus. Nun bemerkte ich, daß der Knabe im Brunnen dasselbe tat. Ich empfand das als ein Zeichen, daß auch er mich besser sehen wollte. Wenn ich jetzt zu ihm in den Brunnen stürzte, so fragte ich mich, ob ich dann wohl bis in den Himmel drunten hinabsinken würde? Der Knabe drunten war zwar nicht bis in den Himmel hinuntergefallen, aber wenn er es wollte, könnte er sich sofort in das endlose Blau sinken lassen. Er stand ja auf dem Kopf wie die Fliegen, wenn sie an der Stubendecke saßen. Das mußte lustig sein! Und so zu sinken – immer tiefer – bis in den Himmel hinab! Aber vielleicht blieb ich zuerst einmal bei dem Knaben im Brunnen und half ihm beim Gänsehüten. Die Wiesen liegen da drunten wohl auch um den Brunnen herum, nur daß alles auf dem Kopf steht!

Diese Gedanken zogen mir sehr schnell durch den Sinn, huschend und schwebend, ich bemerkte sie kaum. Denn ich schaute immerzu den kleinen Jungen an und wartete atemlos darauf, was er tun würde. Vielleicht, daß ich ihm den Eimer hinunterwarf. Jedoch ich wußte, daß ich nicht stark genug war, ihn wieder heraufzuziehen. Und einen Erwachsenen rufen, das wollte ich unter keinen Umständen tun, – niemand sollte den Jungen sehen, es sollte nur mein Freund sein. Überdies müßte ich zuerst erfahren, ob er nun überhaupt heraufkommen wollte. Vielleicht gefiel es ihm drunten so gut, wie es mir hier oben gefiel. So beugte ich mich denn noch tiefer in den steinernen Schlund des Pützes und rief: »Du – Jung!« Kaum hatte ich das gesagt, als eine Stimme aus der Tiefe kam. Ja, er hatte mir Antwort gegeben. »Willste raufkommen, oder soll ich runterkomkommen?« Er antwortete sofort: »Kommen!« Ganz deutlich hatte ich es jetzt gehört. Ich zog den Kopf ein wenig zurück und blickte den Weg hinunter. Nein, das konnte ich nicht tun. Vater und Mutter und Katharina und auch die andern würden weinen, wenn ich nicht mehr da wäre. Und sie suchten mich gewiß überall. Ich führte da unten im Brunnenland ein schönes Leben. Wer aber würde dann mit dem Vater in das Eishaus gehen und ihm das Licht halten? Und Reisig in die Küche tragen? So schüttelte ich denn den Kopf. Doch wollte ich wissen, wie tief es wär und wie das überhaupt ging mit dem Hinunterfallen. Ich las einen Stein auf, beugte mich weiter vor, spähte hinab. Da war wieder der Junge da. »He!« machte ich und lachte. Und auch er lachte. »Ich kann net kommen!« rief ich, er aber rief zurück: »Kommen!« »Nein«, rief ich, »ich darf net! De Eltern weinen sonst. Un ich hab viel ze tun, ich muß heut Steinchen aus den Erbsen lesen un – un – ich muß rumpen.« Ich merkte plötzlich, daß ich mit Arbeiten prahlte, die ich noch nicht verrichten durfte, denn das Butterfaß drehte die Magd oder eine der Schwestern, und die Erbsen, Bohnen und Linsen lasen alle zusammen nach dem Abendessen. Der Junge im Brunnen hatte das auch wohl gemerkt, denn er rief höhnisch: »Umpen!« »Rumpen!« rief ich darauf voll Zorn, und wieder machte er auf diese freche Weise: »Umpen!« Da warf ich blitzschnell den Stein, den ich noch immer in der Hand hielt, in die Tiefe. Ich wollte ihn treffen, aber es gab einen dunklen, klatschenden Laut, und der Junge und der Himmel dahinter und auch der Brunnenrand, über den er sich bückte, waren verschwunden. Ich war erschrocken. Das durfte nie jemand erfahren, daß ich einen Stein hinabgeworfen hatte. Ich erinnerte mich, daß Mutter einmal meinen Bruder Nickel ohrfeigte, weil er ein Stückchen Holz in den Pütz geworfen hatte. »Wirf's überall hinein, meinetwegen dem Kaiser in de Supp, aber net in de Pütz!« Und nun wußte ich erst, daß Mutter das gesagt hatte, weil da unten der Junge war. Ich spähte schnell nach allen Richtungen, ob jemand meinen Steinwurf beobachtet hätte, dann näherte ich mich wieder dem Brunnenrand. Aber als ich schnell hinabschaute, sah ich nichts als ein leises Zittern. Der runde Spiegel des Wassers sah wie ein Auge aus, das mich starr und zornig anblickte. Ich zog meinen Kopf sofort zurück und ging davon.

Im Laufe des Nachmittags legten die Männer den Mühlstein oben auf den Pütz. Das Loch im Mühlstein wurde mit einem sehr schweren, runden Eisenteller, an dem ein Griff war, zugeschlossen. Als ich am Abend mit meiner Schwester Katharina zum Pütz ging, blickte ich wieder hinein, sah aber nichts. Der Brunnen war dunkel, nicht einmal sein zorniges Auge konnte ich sehen.

Meine Wiege, die nun ein Bett geworden war, stand schon seit einigen Monaten neben Katharinas Bett. Ich wartete an diesem Abend, da ich schlaflos lag, nicht auf ihr Kommen. Ich war sogar sehr zufrieden, daß ich in dem langsam mit Dunkelheit vollaufenden Zimmer allein war. Die Kleider an den Zapfenbrettern wurden länger und immer ernster, das Fenster machte ein Gesicht, als wollte es über mich weinen. Das Glas klirrte ganz leise im Takt der Mühle. Unter dem Fenster rauschte der Bach, der nun viel Wasser führte. Sobald ich die Augen schloß, sah ich den Jungen im Brunnen. Er lag wie ich in einem kleinen, braunen Bett. Er hatte um den Kopf ein weißes Linnen gewickelt. Auf dem strahlenden Weiß war aber ein großer, roter Flecken. Der Junge sah bleich aus. Er blickte in der Stube hin und her und fürchtete sich. Da rief er laut, und herein kam platschend der Wassermann. Er sah wie der Nudeljäb aus, wenn der aus dem Wasser stieg; nur war er viel größer und nicht rot, sondern grün im Gesicht. Auch der große Schnurrbart war grün wie das feine Gras im Bach, wo das Wasser ganz tief war. Und der Wassermann fragte: »Na – wat is denn?« Der Junge sagte klagend: »Mir tut der Kopf so weh!« »Ah so«, sagte der Wassermann, nahm die Peitsche, kam an mein Bett, knallte zweimal, daß ich in die Höhe fuhr. Da wurde ich wach und sah, daß sich Katharina über mich beugte: »Wat haste denn? Haste schlecht geträumt?«

Einmal träumte ich, daß ich beim Wassermann zu Besuch wär. Er sah jetzt halb wie Vater und halb wie der Nudeljäb aus. Ich wunderte mich nicht. Rings um uns war Wasser, aber es ließ uns durch wie die Luft. Wenn wir tief Atem schöpften, konnten wir springen, hüpfen, fliegen, schwimmen, wie wir es gerade wollten. Wir waren nicht allein, nein, alles, was ich kannte und liebte, war da: die Mutter, die Geschwister, die Nachbarn, die Mühle, der Pütz, der Hund, die Hühner, die Pferde, die Kühe, die Wagen, die Blumen, die Bäume – alles, alles. Aber die Menschen – auch die Mutter und die Geschwister und alle Tiere und Dinge waren so klein wie Klicker und Gänseblümchen. Und nichts bewegte sich, nichts sagte ein Wort. Es war eine Stille, wie ich sie auf der Mühle noch nie gehört hatte. Aber alles glänzte und strahlte in einer Farbenglut, die mich über die Maßen vergnügt machte. Nun erst sah ich auch den Jungen aus dem Brunnen. Er war klein und leuchtend wie alles andre. Ich nahm ihn zwischen Daumen und Zeigefinger, zeigte ihn dem Wassermann und aß ihn – aber ohne zu kauen, ich schluckte ihn einfach herunter. Und der Wassermann nickte. Darauf fing ich an, auch die andern Menschen, die Tiere und Dinge auf dieselbe Weise zu verschlingen. Als ich alles gegessen hatte, war ich sehr zufrieden und ich rieb mir den Bauch. Und nun sprang und hüpfte und flog und schwamm ich weiter neben dem Wassermann durch die stille und durchsichtig klare Flut. –

In der Mühle vom Nudeljäb gab es auch einen Pütz. Er war in der Küche, aber so oft ich auch das Brett hob und schnell hineinblickte, ich entdeckte nichts in der Tiefe. Ein kühler und nasser Hauch kam herauf, das war alles. Ich hatte mir in den Kopf gesetzt, daß die Ausgänge dieser Brunnen in der Tiefe alle so nah und weit voneinander entfernt sein müßten, wie ihre Eingänge oben auf den Mühlen. Und so konnte der Junge im Brunnen ebensogut aus dem einen wie aus dem andern Pütz heraufblicken. Es drängte mich nun, auch noch in den Pütz vom Schlaf-Michel zu gucken. Er war taubstumm und ging als Schuster in die Häuser der Müller und Bauern. Seine Frau, die im Haus und Garten arbeitete und selten vor die Türe trat, schien ebenfalls taubstumm, aber sie war es nicht. Ich fürchtete mich ein wenig vor dem aus Schiefergestein erbauten, düsteren und ziemlich zerfallenen Häuschen. Der Pütz des Schlaf-Michel lag im Garten unter einem krummen Zwetschgenbaum.

Da ich noch nie in dem Häuschen gewesen war, wußte ich mir keinen andern Rat, als durch die Gartenhecke einzudringen. Nikla war bei mir, und da ich nicht wußte, wie ich ihm die Sache mit dem Jungen im Brunnen hätte verraten sollen, sagte ich ihm, wir gingen dem Schlaf-Michel an die Zwetschgen. Er kletterte auch sofort auf den Holzbock, um an die stumpfblauen Früchte zu gelangen und stopfte sich die Hosentaschen voll, während ich dabei war, das schwere Brett des Brunnens auf die Seite zu schieben. Aber ehe es mir noch gelang, hörte ich hinter mir ein gewaltiges Keuchen und ein Schnauben, wie auch wir Kinder es hervorbrachten, wenn wir den Atem scharf zwischen den Lippen hervorstießen, so daß diese wic Pferdelippen bebten. Ich wandte mich herum und sah in des Schlaf-Michel zornstiebende Augen. Er blickte sich schnell im Kreis um, wen er mit seinem Knieriemen, den er in der Rechten schwang, zuerst verdreschen sollte. Er schnappte nach Nikla, der aber sprang von dem Holzbock, der nahe an der Hecke stand, aus dem Bereich des Riemens. Der Zorn des Schlaf-Michel war nun ganz auf mich gerichtet. Er kam mir mit gespreizten Knien langsam näher, und dann sprang er ein wenig auf und ab und hin und her wie der Nudeljäb, wenn er Musik machte. Er schnaubte und stöhnte, seine Augen funkelten, seine lange, haarige Hand griff nach mir. Hätte der Pütz offen gestanden, wäre ich, ohne noch mit einem Gedanken zu überlegen, hinabgesprungen, so schrecklich kam mir der taubstumme Mann in seinem Eifer vor. Als er mich anrührte, schrie ich laut auf. In diesem Augenblick – ich hatte erst einige Schläge erhalten – kam Schlaf-Michels Frau heraus. Sie hielt etwas wie einen Sauerkrautstampfer in der Hand und fiel, ohne ein Wort zu verlieren, von hinten über ihren Mann her. Ich benützte den ersten Augenblick, da er sich unter dem kräftigen Schlag überrascht von mir abwandte, um durch das Loch in der Hecke zu entweichen.

Seit diesem Tag war der Pütz nicht nur von der Peitsche des Wassermanns, sondern, und noch stärker vielleicht, vom Knieriemen des Schlaf-Michel bewacht. Ich betrachtete die wenigen Schläge, die ich bekommen hatte, ohne es mir ausführlich einzugestehen, als eine Strafe für meinen frechen Steinwurf an den Kopf des armen Jungen im Brunnen, der mir seit diesem Augenblick nur noch einige Male nachts erschien und dann für immer aus meinen Träumen entschwand.

Das Dorf und die Kirche

Das Korn war gemäht, und die Garben standen in Kaasten, wie die Geschwister sagten, aneinander gelehnt. Ich nannte diese Versammlung von vier, fünf Garben: Häuschen. Zum Ährenlesen war ich noch zu klein, und so kroch ich mit Nikla unter die Garben, und wir saßen in unserm Häuschen, und niemand wußte, wo wir waren. Wir lauschten auf die Stimmen der Erwachsenen, und ich freute mich, daß sie fern waren und nicht wußten, in welchem Häuschen wir steckten. Es war sehr heiß in unserer engen Behausung. Das Korn duftete, ein Strohhalm knickte mit einem leisen Laut, irgendein Tier, das wir nicht sahen, krabbelte an der Wand unseres Häuschens. Wir sprachen lange Zeit keine Silbe, wir hielten sogar den Atem an, wenn draußen ein Schritt hart durch die Stoppeln trat. Die Hitze wuchs, und der Schweiß trat uns aus den Poren, ich spürte am ganzen Körper ein Jucken. Mit der Hitze stieg mir eine angenehme Angst ins Blut. Ich streichelte leise und immerzu einen glatten, heißen Kieselstein, der sehr groß war. Manchmal hörte ich, wie mein Name gerufen wurde. Dann kam der Wagen über das Feld, er quietschte ein wenig, und die Pferde wehrten sich gegen die Mücken und schüttelten sich im Geschirr. Wir hörten, wie Kaasten um Kaasten auf den Wagen gereicht wurde. Die Männer stachen mit den Gabeln in die Garben und stemmten sie in die Höhe. Ich hörte, so nahe waren sie schon, wie sie keuchten, und wie der Vater, der auf dem Wagen hockte und die Garben legte, die Arbeitenden ermahnte, schneller zu machen, da ein Gewitter aufstieg. Und nun war der Kaasten neben uns an der Reihe. Ich zitterte vor Erwartung, was nun geschäh, aber ich blieb dennoch hocken. Auch Nikla rührte sich nicht. Wir konnten unsere Gesichter nicht sehen, wir fühlten uns nur. Da brach plötzlich Licht herein, und eine Männerstimme schrie auf. Gleich darauf lachte man. Wir krochen auf allen vieren heraus wie kleine Tiere. Vom Licht waren wir geblendet und schämten uns vor den Erwachsenen. Wir hielten die Hände vors Gesicht und begannen zu weinen.

Im stillen freute ich mich darüber, daß das Gewitter so nahe war. Die Erwachsenen hatten für uns keine Zeit und benahmen sich vor dem Donner und Blitz ähnlich wie wir beide uns vor dem plötzlich grellen Augusthimmel und den rauhen Stimmen der Männer benommen hatten. Die Garben flogen auf den Wagen, – aber auch die Wolken flogen über den Kronberg heran. Der Wind blies so stark, daß die Frauen ihre weißen Kopftücher enger und fester knüpften. Die Mähnen der Pferde wehten. Sie warfen die Köpfe, schüttelten sich wiehernd im Geschirr und rissen die Augen und die Mäuler auf, als hätten sie das Gewitter hinter den Ohren sitzen und wollten es sehen und sich wegbeißen.

Die Stimme des Vaters vom Wagen droben kam laut, knapp und so herrisch, wie sonst nie. Mutter lief mit dem Rechen über die Stoppeln, um die Ähren von den Plätzen, wo die Kaasten gestanden hatten, aufzusammeln. Die übrigen Frauen liefen erregt umher, und mir kam es vor, als bliese sie der Wind durcheinander. Die Kopftücher wurden immer weißer, der Himmel immer gelber und grüner und violetter.

Endlich lag der Wiesbaum über den Garben, und der eiserne Knebel am Ende des Wagens zog ihn nieder, daß keine Garben herunterfallen konnten. Der Vater schrie: »Jo – u!« und kletterte über die Wiesbaumleiter vom Wagen. Der Knecht nahm das Zu-der-Hand-Pferd am Zügel, und der hochbeladene Wagen schwankte langsam über die Stoppeln. Aber auch das Wetter hatte inzwischen seine Wolken hochgetürmt und fuhr heran und neigte seine Last über uns: zuerst Blitze, die lautlos an den Wänden der Wolken auf und ab sprangen, dann aber Donnerschläge. Wir begannen alle zu laufen. Die Scheune war schon nahe und öffnete das Tor wie ein Maul, um uns alle schnell, schnell einzuschlucken. Da standen wir plötzlich wie mitten im Backofen, wenn er hell brannte. Es krachte, als wären hundert Kastenwagen trockenes Holz vom Himmel auf die Mühle herabgefallen.

Eine Frau stürzte sich über mich und hob mich empor. Ich hatte die Augen geschlossen. Die Frauenstimme flüsterte an meinem Ohr, – und als ich merkte, daß Katharina zu mir sprach, war ich ganz ruhig: »Et hat in de Pappel eingeschlagen, net in de Mühl!« Ich öffnete die Augen, blickte aber schnell weg und bat Katharina, mich ins Haus zu bringen. Es war so dunkel in der Stube, daß sie eine Kerze ansteckte. Gleich darauf kam Mutter in die Stube und lobte die Pferde. Sie hatten den Wagen ganz allein, ohne ihn anstoßen zu lassen, in die Scheune hereingezogen. Von Max, dem Handpferd, sprach sie, als wär's ein Mensch. »Wenn de Max net vernünftig gewesen wär«, sagte sie, »hätten wir dat ganze Korn nochmal auf't Feld fahren müssen.« Denn nun fiel der Regen herab, als wollte er die Mühle wegschwemmen. Man konnte ihr Klappern kaum noch vernehmen. Die Pappel, unter der wir oft Ringelreihen getanzt hatten, war zerschlagen.

Es war kurze Zeit danach, als ich auf mein inständiges Bitten hin endlich zum erstenmal in die Kirche und das hieß zugleich: ins Dorf, über den Berg, an die Mosel mitfahren durfte. Katharina hatte mir zu diesem großen Sonntag ein Paar kurze Höschen gemacht und ein Jäckchen mit Schößen, die mir viel zu lang schienen, weil sie die Hosen fast verdeckten. Sie erinnerten mich auch zu sehr an das Röckelchen, und das mußte ich werktags ja immer noch tragen.

Ich war früher als sonst wach. Ich ging durch das Haus und erzählte es den Tieren und allen Dingen – die Menschen wußten es ja –, daß ich nach Leiwen in die Kirche mitfuhr. Der Hund, der Spitz hieß, erfuhr es, die Katze, die Hühner, und dann die Kühe und Kälber, die Schweine und sogar die halbwilden Kaninchen, die unter den Trögen und unter den Kisten im Stall ihre Höhlen hatten und nur kamen, wenn man sie mit einem Kohlblatt oder einer ähnlichen Leckerei lockte. Die Pferde fuhren ja mit, und Max betupfte mir mit seiner weichen Schnauze das Gesicht, als ich ihm zurief: »Ja, du, heut mußt du aber fest ziehen. Ich fahr mit in de Kirch. Guck, ich hab schon mein neu Bux an!«

Der Neumagener Pitter schwang sich auf den Bock und knallte mit der Peitsche, Vater und Mutter stiegen in die Chaise und nahmen mich zwischen sich, die übrigen Geschwister kamen zu Fuß hinterdrein. Eine Hand hatte ich auf das Knie des Vaters, die andere auf das der Mutter gelegt. Und ich tat nichts als mit weitaufgerissenen Augen geradeaus zu schauen. Sogar den Weg bis zum Kirschbäumchen schaute ich an, als hätte ich ihn noch nie gesehen. Als wir an dem Kirschbäumchen vorüberfuhren, sah ich auf die andere Seite. Ich schämte mich ein bißchen in meinem Glück, weil es nicht mitkommen konnte. Dabei überlegte ich nicht genau, ob es denn überhaupt möglich oder auch für ein Bäumchen ratsam wär, in der Chaise nach Leiwen in die Kirche zu fahren. Ich empfand nur, ohne es in Worte zu fassen: das Bäumchen war mein Freund, es stand immer auf derselben Stelle, und ich fuhr an ihm vorüber.

An der Grenze, wo ich den Weg nicht mehr kannte, wurde ich stumm und taub und hörte nicht mehr auf die Fragen meiner Mutter. Die Buchen warfen ein grünes Licht über uns, die Fichten standen still und dufteten. Die Chaise klapperte, und der Neumagener Pitter knallte mit der Peitsche.

Nun kamen wir auf die Höhe, wo der Weg aus dem kleinen Tal der Dhron in das große Moseltal hinüberläuft. Ich fühlte, wie mein Blick, der drunten am Bach immer gegen den Berg anstieß, in die Ferne fliegen konnte, weiter und noch weiter.

»Dat is de Mosel«, sagte Vater, und sein langer Finger wies in die Tiefe vor uns.

Was mir bis dahin nur aus den Worten der andern bekannt war, nun sah ich es. Der grünglänzende und gewundene Wasserlauf, das Flußtal, die Weinberge, die blauen Höhen der Eifel – alles war nun zu mir gekommen, so wie ich zu ihm. Während ich schaute, fühlte ich mich angeschaut vom Fluß und von den Bergen. Und mir war, als hätten sie auf mich ebenso gewartet wie ich auf sie. Eine große Freude schaukelte mich, das Schütteln der alten Chaise hatte nun etwas mit dieser Freude zu tun, mit dieser stillen Lust der Augen, so hoch oben im Licht zu fahren.

»Da«, sagte der Vater, »jetzt siehste den Berg Kron besser. Hier oben hat de Kaiser Konstantin sein Haus gehabt. Hier oben is ihm de Herrgott erschienen un hat ihm gesagt, dat er Christ werden müßt.«

Ich nickte nur – wer der Kaiser Konstantin war, wußte ich nicht; aber daß ihm der Herrgott hier oben erschienen war, das konnte man diesem Berg über dem Fluß ansehen.

»Da unten is Trittenheim«, sagte der Vater und zeigte auf die Häuser hinab, die jenseits der Mosel in der Sonne lagen und mit ihren dunklen Schieferdächern wie ein gewürfeltes Tischtuch aussahen.

»Un dat Haus mit dem Turm is de Kirch.«

»Wat is dat – en Turm?«

»En Turm? – Dat is en Turm, wo die Glocken drin sein un die Uhr. Wart, in Leiwen zeig ich dir en Kirchturm.«

»Un was is dat?« Ich zeigte auf die kleinen Bäumchen, die von oben bis unten Blätter hatten und alle an einen Stab gebunden waren.

»Dat is en Wingert. An den Weinstöcken wachsen die Trauben, un aus denen macht man den Wein.«

Ich wollte die Trauben sehen und gab nicht Ruhe, bis wir hielten und einen Weinstock sorgfältig betrachtet hatten. Vater pflückte mir sogar eine einzige Beere, das dürft man wohl, so sagte er, um einem kleinen Jungen zu zeigen, was eine Traube wär. Ich verzog das Gesicht, die Beere war noch nicht reif und machte mir lange Zähne.

Als wir nach Leiwen kamen und durch das Dorf fuhren, machte die Zahl der Häuser einen tiefen Eindruck auf mich. Die Häuser Trittenheims, die ich nur von oben und aus der Ferne gesehen hatte, waren mir wie Spielzeugklötzchen erschienen. Die Straßen waren gekehrt, und die Leiterwagen standen neben den Misthaufen vor den Häusern. Die Stalltüren und die Tore der Scheunen waren alle geschlossen, und überall gingen schwarzgekleidete Menschen. Die Fahrt durch Leiwen kam mir endlos vor. Immer gab es etwas Neues zu sehen: dort rankte sich eine Rebe, die ganz anders aussah als jene in den Weinbergen, unter den Fenstern des ersten Stocks entlang. Ein Haus sah ich, in dessen Fenster große Gläser mit bunten Zuckerbohnen standen, ich erkannte sie sofort. Daneben lagen silberglänzende Päckchen und bunte Tütchen. An der Haustür hing ein Schild, auf dem war ein Junge abgebildet, der alle Zähne zeigte und lachte und etwas in der Hand hielt. Über einem andern Haus war ein weißes Band gemalt, und darauf standen Buchstaben.

Meine Fragen: »Wat is dat?« kamen immer schneller und atemloser.

»Dat is en Geschäft.«

»Wat is dat – en Geschäft?«

»Da kauft man, wat man braucht.«

»Wat is kaufen?«

»Wenn du ein Fünfpfennigstückelchen hinlegst un eppes dafür kriegst.«

»Un wat is dat da?«

»En Wirtschaft. Da geht man rein un kann eppes trinken: Wein und Bier und Schnaps.«

Mutter stieß den Vater an: »O Steff, dat braucht de Jung doch noch net ze wissen!«

Vor der Kirche hielt die Chaise. Vater zeigte mir den Turm, die Uhr daran und die Schallöcher, hinter denen die Glocken sichtbar waren. Sie schwangen hin und her und fingen gerade an, zuhauf zu läuten. Ich hatte noch nie ein Geläut gehört. Die kleine Glocke von Heidenburg drang bei günstigem Wind zwar bis auf die Breitwies, klang aber nur wie ein zartes Gewimmer. Aber was da nun im Kirchturm summte, sang und bebend durch die Schallöcher drang, das klang mir wie die Stimmen der Engel. Ich schloß die Augen und ließ den Kopf im Schwingen der Glocken hin und her wiegen. Ich dachte an das Wasser, wenn man die Arme hineinsteckte und hin und her schwenkte. So geschah es nun den Ohren. Vater zog mich an der Hand weiter, wir gingen über den Friedhof. Er erklärte mir, daß das Gräber seien, und daß darin der Rest von Menschen liegen tät. Vor einem Grab blieb er stehen: »Da – hier – bleib mal stehn. Schlag mal dat Kreuz! Hier liegt mein Vatter begraben, dein Großvatter!« Und er führte mich zum Grab der Großmutter und dann zu winzigen Gräbern, wo zwei meiner Geschwister beerdigt lagen. Ich blickte nichtsverstehend auf die Erdhügel und die Kreuze. Mein Ohr wollte nichts von Gräbern hören, es war nur dem Gebrumm und Getön der bronzenen, immerfort sich wiederholenden Stimmen geöffnet, die durch meinen Leib zitternd auf und ab stiegen und wieder nach allen Seiten entwichen und um ihn herum trieben wie eine tönende, unsichtbare Flut. Vor den Gräbern stehend erfüllte mich ein Gefühl von Glück und festlichem Gehobensein, daß meine Füße sich leichter setzten, daß alles an mir sich drehte.

An der Kirchentür hob mich der Vater zum Weihwasserkessel. Ich sah, das machte man wie zu Haus, und so bekreuzigte ich mich eifrig. Dann wollte ich stehenbleiben, aber wir standen im Haupteingang, und der Vater zog mich mit sich auf die rechte Seite, wo nur Männer waren. Die Familie trennte sich, und ich sah Mutter und Katharina einen Augenblick ratlos nach. Durch die farbigen Fenster floß die Sonne. Den Kopf in den Nacken gelegt schritt ich dahin. Die Glocken läuteten immer noch. Ein Mann, der von Kopf bis Füßen in ein rotes Gewand gehüllt war und in der Hand einen Stab trug, an dem oben ein goldener Knauf glänzte, kam meinem Vater freundlich entgegen und grüßte ihn. Ich erfuhr, das war der Kirchenschweizer. Vater setzte mich auf eine Bank, während er selbst sich zuerst hinkniete, das Kreuz schlug und eine Weile still verharrte. Ich sah: die Bauern waren alle säuberlich rasiert und hatten weiße Kragen an, ihre Anzüge rochen, wie es im Kleiderschrank riecht. Jetzt verstand ich, warum am Sonntagmorgen die Männer bei uns zu Hause vor den Spiegeln standen, Schaum im Gesicht und mit dem Messer quer hindurch schabten und dazu Gesichter schnitten, daß man Angst bekam; und daß sie nach einem Kragenknopf riefen und nach einem Hosenknopf und daß sie überhaupt so feierlich aufgeregt taten, bis sie dann endlich das Haus mit steifen Schultern und hochgerecktem Hals verließen, wie man sie sonst die ganze Woche nicht sah. Die Brüder waren nicht bei uns, sie hatten zu den Schuljungen nach vorne gemußt, und ich kam mir zwischen den großen Männern wie in einem Wald aus lauter Sonntagsanzügen vor.

Als es schellte, knieten alle nieder, und ich konnte, da ich mich auf die Kniebank stellte, gut sehen, was da vorne vor sich ging.

»Wo is de Herrgott?« fragte ich ziemlich laut. Katharina hatte mir gesagt, daß man in der Kirche bei Gott zu Besuch sei.

»Im Tabernakel«, flüsterte Vater und ließ mich wissen, ich sollt jetzt beten.

»Wo is denn de –«, das Wort war mir zu schwer, und es wurde daraus etwas, darin Tabak vorkam. Der Mann rechts von mir begann zu kichern. Aber Vater wies mit dem Finger nach vorn. »Da, wo de Pastohr jetzt steht, da is de Tabernakel.«

Der Pastor war sehr hübsch angezogen, weiß und grün und über den Schultern hatte er ein goldenes Tuch. Ich sah, wie er eine kleine Tür aufschloß.

»Dat is de Tabernakel«, flüsterte Vater, »dat Schränkchen, dat er jetzt aufschließt.«

»Is de Herrgott denn im Schrank?«

»Ja, et Brot is ja auch im Schrank. Un de Herrgott is unser Brot.«

»Ihr habt doch gesagt, *wir* sein dat Brot vom Herrgott?«

»Dat auch! Jetzt mach dat Kreuz, wenn de Pastohr die Monstranz hebt, dat golden Ding da, siehst du, da is de Herrgott drin.«

»Wo?«

»In dem Brot!«

»Ich seh nix!«

»Du kannst ihn net sehen, du siehst nur Brot!«

Die Männer sangen. Als es schellte, knieten alle nieder und verneigten sich tief. Ich machte es ihnen nach, schlug das Kreuz und stand auf. Alle klopften sich die Knie ab und husteten, auch ich klopfte auf meine schwarzen Strümpfe und versuchte ein bißchen zu husten. Dann begannen hinter uns halb unter der Decke der Kirche einige Stimmen zu singen. Man sah niemanden, nur eine braune, sehr lange Bank schwebte wie ein Nest hinten in der Kirche. Ich verstand kein einziges Wort von dem, was sie sangen. Schon seit einer Weile spürte ich in meiner Nase einen Duft, der mir ebenso angenehm war wie der Gesang von droben. Der Pastor ging am Altar hin und her. Manchmal drehte er sich schnell herum und rief etwas, so, als wollte er uns eine Frage stellen. Alle antworteten, aber wiederum verstand ich nichts, selbst Vater brachte Laute hervor, wie ich sie noch nie von ihm gehört hatte.

»Wat habt Ihr gesagt, Vatter?« Aber er sagte nur, das wär Latein. Ich fragte nicht weiter. Mir war alles recht. Sogar daß ich nichts verstand: nichts von den Glocken, nichts von dem Duft, nichts von den farbigen Fenstern, nichts von dem Gesang und vor allem nichts von dem, was der Pastor da vorn eigentlich machte. Er ging immer wieder hin und her, drehte sich herum und warf die Arme auseinander, wie zu Haus die Magd, wenn sie etwas nicht verstand oder nicht konnte. Und er bückte sich, kniete sich, hob die Arme in die Höhe, hielt sie neben die Ohren, als wollte er besser hören. Und er ging zu den Jungen und ließ sich Wein einschütten, zu meinem großen Verwundern sah ich: über seine Finger. Was mich aber noch viel mehr verwunderte: er kam zwischendurch zu uns, kletterte in eine goldene Bütte, die oben an der Wand hing, las zuerst aus einem Buch und fing dann plötzlich an, mit uns zu schimpfen. Er schlug mit der Hand auf den Rand der Bütte und sagte, wir sollten uns schämen. Ich blickte ein paarmal zu meinem Vater hin und war sehr verwundert, daß er sich ruhig ausschimpfen ließ, ohne etwas zu entgegnen. Auch niemand sonst sagte ein Wort.

Nach der Kirche gingen Vater und Mutter mit mir in das Haus, wo das lange Schild über der Tür war. Dort trank Vater ein Glas Wein, Mutter hatte etwas Rotes im Glas. Vater ließ mich kosten. Und er zeigte auf die Bank neben dem Ofen und sagte zu mir: »Heute biste zum zweitenmal in der Wirtschaft. Als wir dich tauften, da kamen wir auch von der Kirch hierher un legten dich dorthin auf de Ofenbank.«

Die Frau, die den Wein gebracht hatte, setzte sich jetzt zu uns und betrachtete mich voll Freundlichkeit. Und sie sagte, ich wäre ein hübsches Bündelchen gewesen. »Wieviel hat er noch gewogen, Suschen?« Meine Mutter sagte und blickte mich stolz an: »Ei, zwölf Pfund!«

»Ich hab ihn auf der Mehlwaag gewogen«, sagte mein Vater.

»Dann hat er auch noch mehr gewogen«, rief einer der Bauern. Alle lachten. Warum sie lachten, begriff ich nicht, wie ich überhaupt nur selten hinter das Lachen der Erwachsenen kam.

Mein Vater wandte sich an die Frau, die uns den Wein gebracht hatte: »Weißte noch, Apollonia, als wir den Kleinen dann hier bei dir getauft hann?«

Sie nickte und erinnerte sich noch, wie der Küster sich Würfelzucker in den Wein getan hätt, das Glas wär übergelaufen. »O dat Schwein«, warf meine Mutter ein, drückte das Kinn an die Brust und schüttelte sich.

Apollonia erzählte, wie der sonst so fromme Küster mit

der Hebamme getanzt, die Stühle umgestoßen und dann auch noch in den Kübel des Lorbeerbaums gepißt hätt, so daß der noch vor Mariä Himmelfahrt eingegangen wär. Drei Tage lang hätt der alte Schauten dann im Bett gelegen und nicht mehr aus den Augen sehen gekonnt, bis seine Frau den Pastor geholt hätt, um ihm auf die Beine zu helfen.

»Siehste«, sagte mein Vater und wandte sich zu mir, »un du lagst dort in der Eck, hast geschlafen un warst doch an allem schuld.« Ich blickte Vater nachdenklich an, aber ich begriff die Schuld nicht, von der er sprach.

»Ja – un beinah hätten wir dich hier liegenlassen. Wir waren schon halberwegs auf Zummeterhöh, da fragte de Hebamm: ‚Wo hann wir denn de Jung gelassen?'«

»O du alter Narr«, sagte Mutter und lachte, »glaub ihm kein Wort, Steffchen. Dein Vatter dort, dä hätt dich net liegen lassen, un hätt er dreimal soviel wie de Küster im Bauch gehabt!«

»Schad, dat wir damals nach Haus mußten«, rief Vater. »Aber er mußt ja trinken, un wir konnten ihn net hungrig lassen.«

»O wie du lügst, Steff«, sagte Apollonia, »Angst vor dem Suschen hattest du. Du erinnerst dich noch, dat de Jung hier ze trinken gekriegt hat!« Sie strich mir zärtlich über den Kopf und sagte: »Ja, jemand, dä hier in der Stub is, hat dir de Brust gegeben.« Und als ich mich suchend umguckte – es saßen außer Mutter und Apollonia nur Bauern in der Stube –, da lachte sie: »Ich war et, du dumme Jung! Ich hatte doch damals dat Zilli. Hättest du solange warten müssen, bis die rauhligen Mannskerle dich heimgebracht hann, da wärst du verhungert.«

»Ja, den hann wir mal gründlich getauft«, lachte Vater, und Mutter seufzte: »Ja, et war dunkler Abend, als se ihn brachten, ich hab de Milch schon gespürt, dat kann ich euch sagen. Aber da hat er auch getrunken wie en Wolf.«

»Ja, er hat en guten Schluck gehabt«, sagte Vater und erzählte, es wär noch keine anderthalb Jahre her, da hätt ich noch nach der Brust geschrien. Mutter sagte erklärend, es wär doch noch das Mädelchen nach mir gekommen und dann gestorben.

»Ja«, sagte Apollonia, »da hat er dir doch en guten Dienst erwiesen.«

Vater aber erzählte, wie ich hätte entwöhnt werden sollen, und wie er seine Frau vor mir hätt verstecken müssen. Zu seinem Bruder nach Schweich hätt er sie geschickt – acht Tage lang. »Er war ganz brav und trank, wat man ihm gab. Aber kaum setzte die da wieder den Fuß int Haus, kaum hörte er wieder ihr Stimm, da schrie er – un de ganze Müh war umsonst. Un sie weinte, ja, die da weinte, dat sieht man ihr heut net an. Un schließlich, wat soll ich euch sagen? Die Blus hat er ihr aufgemacht un – schwapps – wie ein verwöhnt Kalb! Dat war ein Kampf mit dene beiden da!«

Ich schämte mich ein bißchen, doch wußte ich nicht recht, warum. Mutter sagte: »Du bist ja ein Mannskerl, wat weißt du von Kindern«, und sie lächelte in sich hinein.

Der Besuch aus der Stadt

Eines Tages kamen einige Männer auf die Mühle, die sich von den Müllern und Bauern sehr unterschieden. Sie sprachen, als wären sie in der Kirche und beteten; denn auch wir auf der Mühle begannen ganz plötzlich, wenn wir beteten, mit dieser anderen Sprache. Wir sagten nicht: »Use Vatter, den dou em Himmel bas«, sondern: »Vater unser, der du bist im Himmel.« Ich hatte bis zu diesem Augenblick noch nie jemanden auf unserer Mühle oder im Tal mit uns auf diese betende Weise sprechen gehört.

Auch in der Kleidung und im Benehmen waren diese

Männer ganz anders. Sie hatten überall glänzende Dinge: vor den Augen, auf dem Bauch, an ihren Stöcken. Um den Hals herum waren sie weich wie Katzen anzufühlen und sogar inwendig in ihren Mänteln, die ich gleich in der ersten Viertelstunde untersuchte. Ich schämte mich, in meinem Röckchen vor ihnen zu stehen und zeigte darum mein Höschen darunter: »Ich hab auch en Bux, ich bin kei Mädchen!« Sie waren alle sehr freundlich zu mir, zumal ein besonders feiner, alter Mann, mit dem Vater mehr als mit den andern sprach. Er hatte weiße Haare und steckte von Zeit zu Zeit ein braunes Stäbchen in den Mund. Im Dhrontal hatte ich das noch nie gesehen. Die Männer rauchten, wenn sie bei uns in der Stube saßen, Tonpiepcher oder Jägerpfeifen, am Sonntag hatte der Vater eine lange Großvaterpfeife. Der Rauch aus den Stäbchen roch viel besser als der aus den Pfeifen, und ich schnupperte an der glühenden Asche herum. Der weiße Mann setzte mich auf sein Knie und sagte mir, er käm jetzt bald wieder auf die Mühle mit all den übrigen Herren. Wenn ich ihn wiedererkennte, bekäme ich etwas ganz Feines von ihm geschenkt.

Als die Männer fort waren, roch die Stube nach ihnen. Vater und Mutter sprachen hinterher lange von der Stadt. Mir aber setzte sich die Stadt, die ich nicht kannte, aus solchen Kleinigkeiten zusammen: aus dem angenehmen Geruch, den die Besucher zurückgelassen hatten, aus ihren weichen Kleidern, die ich noch an den Fingerspitzen fühlte, aus der betenden Sprache und vor allem aus dem Versprechen, das mir der weißhaarige Mann gemacht hatte.

Es waren Wochen vergangen, als ich die Gruppe der Männer wieder den Weg zu den Mühlen herabkommen sah. Es hatte geregnet, der Wind blies heftig, und einer lief seinem Schirm nach. Sie hatten diesmal andere Mäntel an. In der Stube stellten sie sich in einem Kreis um mich her, und einer sagte: »So, wenn du es jetzt noch weißt, wer dir die Guts'chen versprochen hat, sollst du sie haben.«

Ich drehte mich langsam herum, dann tippte ich einem auf den Bauch. Er hatte diesmal eine Mütze über den Kopf gestülpt und sah wie eine Walze aus Leder aus. Ich sagte: »Du warst et!«

Da lachte er, und alle übrigen lachten, und er zog unter dem Mantel eine bunte Dose hervor. Ich konnte sie nicht öffnen, sie war zu glatt, doch duftete es schon nach Guts'chen, ehe die Dose offen war. Er half mir nun, und da sah ich: in den schönsten Farben lagen nebeneinander viele wie Klicker anzusehende Kugeln. Sie glänzten, und als ich eine in den Mund tat, lief ich fort und setzte mich, die Dose in der Hand, ganz allein auf einen Sack in der Mühle, um den Geschmack auch ganz und richtig zu haben. Denn das Kügelchen war mir plötzlich im Munde zerbrochen und eine milde, süße, durch die Nase wieder herausduftende Flüssigkeit lief mir über die Zunge. Ich fuhr auch mit dem Finger in den Mund und roch daran. Ich saß, da ich so roch und schmeckte, nicht mehr in der Mühle; ich war weit fort, hinter Leiwen, in der Stadt war ich, wo man solche schöne Dosen machte und solche Zuckerkügelchen, die nach guten Dingen rochen, nach unbekannten Früchten, nach der weiten Welt.

Seit die Männer aus der Stadt weg waren, begannen meine Eltern und die Geschwister bei Tisch und abends vor dem Schlafengehen davon zu sprechen, daß wir von der Mühle wegzögen. Es tat mir nicht leid, denn ich dachte an die bunte Dose mit den Zuckerbohnen. Ich hatte an der weiten Welt geleckt, sie war mir auf der Zunge zergangen, und es gelüstete mich nach mehr. Mein Bruder Nickel baute jeden Tag eine Talsperre. Er machte eine lange Rille in die Erde und sagte, das wär die Dhron. Dann baute er eine Mauer aus Steinen quer in die Rille, erweiterte die Kaule hinter der Mauer und schüttete viel Wasser aus dem Pütz in die Rille. Es entstand ein kleiner See – und er sagte, in dem See entstehe jetzt Leckertizität. Das Wort gefiel mir, und wir sprachen viel von Leckertizität. Man könnt, so sagte er, daraus Licht machen. Bei uns stand des Abends eine große Petroleumlampe an dem Kopfende des Tisches. Ich stellte mir nun vor, wie man statt des stinkenden Petroleums aus dem großen See geschöpfte Leckertizität hineintat. Das fand ich sehr praktisch. Freilich hatte mir Nickel auch mit wichtiger Miene klargemacht, daß die Dhron hernach ganz trocken wär, daß alle Fische stürben, und daß kein Mühlrad sich mehr drehen tät, denn alles Wasser würde hinter der Mauer festgehalten. Deshalb müßten auch die Müller fortziehen.

Ich setzte mich nun oft an die Dhron und stellte mir vor, wie es sein müßte, wenn kein Wasser mehr käme. Aber das konnte ich mir ebensowenig vorstellen wie, bevor ich die Mosel gesehen hatte, einen so großen Bach oder gar ein Schiff, das darauf schwamm. Ich glaubte zwar Nickels Worten, ich hatte sie mir ja von Vater bestätigen lassen, aber ich glaubte daran, wie ich an den Gott im runden, weißen Brot glaubte. An den andern Gott, der alles gemacht hatte und der überall war, konnte ich leicht glauben, ich sah auch den Wind nicht und spürte ihn doch. Aber das Wasser der Dhron floß, die Forellen darin blitzten, die Ringelnattern zogen sich durch die tiefen, teichhaften Stellen wie funkelnde Peitschenschnüre, das Wasserrad toste im Eishaus. Jedoch Nickel gab nicht nach. Er ging mit mir an eine Quelle, die auf dem Ausläufer des Berges Kron durch eine schöne Wiese floß. Das Bett des munter gluckernden Wässerchens war nicht breiter als ein Ziegelstein lang ist. Nickel hatte einen Spaten mitgebracht. Ich sollte mich auf die Wiese legen und in das Bächelchen gucken. Er ging weiter den Berg hinan zur Quelle. Ich schaute in die Rille, deren Grund rot leuchtete. Das Wasser gluckerte leise. Es murmelte, sagte schnell dahinrieselnde Worte, die niemand verstand. Ich hatte ihm oft gelauscht und lag auch jetzt so auf dem Bauch und vernahm, wie es im Kommen und Gehen ganz schnell etwas sagte. Es wiederholte im nächsten Augenblick genau dasselbe und wieder und wieder, bis ich merkte, daß seine Stimme leiser wurde und noch leiser. Und da erschrak ich, ich sah den roten Grund deutlicher, und schließlich schimmerte er feucht hervor, das Wässerchen war vorbei, war nicht mehr da. Ich sprang auf und lief keuchend zu Nickel den Berg hinan. Da stand er schwitzend und hatte mit dem Spaten aus der Wiese Stücke feuchten Wasems herausgestochen und mit ihnen eine Mauer gemacht, einen Damm, wie er sagte. Hinter dem Damm stieg das Wasser – aber stumm und trübe – in die Höhe, wir hätten bis zu den Knien darin stehen können. »Siehst du«, sagte er geheimnisvoll, »un so geht dat mit der Dhron. Un weißte, warum wir fortziehen?«

Er stieß plötzlich mit dem Spaten kräftig in den Damm, daß eine große Lücke entstand. Das gestaute Bächlein durchbrach mit Kraft das Hindernis, es stieß an der Lücke die Wasemstücke fort und stürzte die Wiese hinunter und kehrte wieder in seine Rille zwischen dem Gras zurück.

Nickel erklärte mir, die Müller, die unterhalb des Sees wohnten, müßten alle das Tal verlassen, weil ja eines Tages der Damm brechen könnte und dann alle ertränken.

Aber auch jetzt konnte ich mir nicht das Bett der Dhron trocken und die Mühlen verlassen vorstellen, doch sagte ich das niemand; denn ich litt ein wenig unter dieser vergeblichen Bemühung, heute an Ort und Stelle das zu sehen, was erst morgen eintreffen würde.

Auf dem Hof stand eines Tages der Apfelschimmel Max. Neben dem Pferd stand Vater und ein Mann, der aus Dusemont war, so hatte ich gehört. Dieser Name gefiel mir sehr, aber nicht der Mann. Die Eltern hatten bei Tisch des öfteren über diesen Mann, der das Pferd kaufen wollte, gesprochen. Ich ging um die Männer im Kreise herum vor das Pferd. Ich begriff nicht, warum Vater und Mutter den treuen, guten Max dem fremden Mann mitgeben wollten. Wenn ein Pferd nachts im Stall scharrte, wachte Mutter immer auf und schickte den Vater hinunter, und wenn er nicht sofort ging, lief sie selbst, um nachzusehen. Oft hatte der Vater gesagt, daß die Pferde ihr durch den Magen scharrten. Und jetzt kam sie nicht einmal, um ihm Lebewohl zu sagen. Max stand ruhig da und schaute unbeweglich in die Ferne. Ich näherte mich ihm so von der andern Seite, daß die Männer mich nicht sähen, streichelte ihm über die weiche Schnauze und sagte: »Max!« Da drehte er mir sofort den großen Kopf zu, blickte mich an und blies mir seinen Atem mit einem leisen Schnauben ins Gesicht. Ich weinte und lief fort, in den Stall lief ich, zu dem andern Pferd, zu den Kühen und Kälbern, und allen erzählte ich es, jetzt erst laut klagend, daß Max verkauft würde.

Einige Wochen später führte der Knecht die Kühe und Kälber auf den Hof. Sie sollten in das neue Haus gebracht werden, das irgendwo in der Ferne auf die Familie wartete. Und zwar sollten die Tiere über den Berg nach Leiwen getrieben werden und von dort mit der Eisenbahn bis Schweich fahren. Als ich in Leiwen in der Kirche war, hatte ich die Eisenbahn nicht gesehen, und alle Beschreibungen Nickels halfen mir nicht, von dieser Sache ein Bild zu bekommen. Ein Wagen wurde von einem Pferd oder einer Kuh gezogen; wenn es anders ging, mußte ich das Wunderding zuerst selber sehen. Ich war sehr neugierig auf die Welt hinterm Berg. In Schweich, so erzählte mir Nickel, der aber auch noch nicht dort gewesen war, gäbe es zwei Bahnhöfe, einen von der Großbahn und einen von der Kleinbahn, so sagte er. Und die Kirche wär so groß, daß man in sie zehn Leiwener Kirchen wie in eine Hutschachtel hineinlegen könnte. Und sicher wären dort fünfzig Gastwirtschaften mit Kegelbahnen, und es gäb Dreschmaschinen in Schweich. Dreschmaschinen? Ich erschrak, als ich das Wort hörte – und war erst wieder beruhigt, als ich merkte, daß darin das Korn und nicht die Kinder gedroschen wurden. Und überall wär Leckertizität in Schweich. Man brauchte nur an einem

Ding zu drehen, da wär die Stube ganz hell. Und unser Haus dort hätt acht Zimmer und zwei Mansarden, einen großen Speicher und einen Keller und einen Stall und ein paar große Scheunen und einen Schweinestall und einen Schuppen und eine Futterküche und einen Blitzableiter, den vergaß Nickel nie bei seinem Aufzählen. Und die Schule wär nur fünf Minuten von unserm Haus entfernt. Darüber freute er sich ganz besonders, denn die Kinder aus dem Dhrontal hatten jeden Tag im Sommer und Winter bis Leiwen gehen müssen, und das war eine gute Stunde.

Die Sonne blickte seit Maria Lichtmeß wieder auf das Dach unserer Mühle auf der Breitwies, und die Schlüsselblumen glänzten am Bach. Die Veilchen lockten mich, die Gänseblümchen, von denen ich immer noch dann und wann eines aß, sprenkelten die Wiesen, das Gras stand üppig, die Forellen sprangen, die Dhron schallerte, wenn wir zum ‚Bildchen' gingen, das Christkind weinte abends in den Wellen, und die Mutter Gottes hatte ihre uralten Tränen auf den Wangen stehen. Das Wasserrad drehte sich tosend, und die Mühle klapperte, als wäre alles, was man von der Talsperre seit Monaten im ganzen Tal erzählte, nur eine dicke Lüge. Im Herzen sehnte ich mich aus dem Tal hinweg – nach Schweich, in das neue Haus, wo es den Blitzableiter gab und eine Kelter, wo die Eisenbahn fuhr und die Straßen gepflastert waren, wie Vater versicherte, der öfters, wenn er von Schweich zurückkam, über alles genau erzählte. Ja, ich sehnte mich heimlich aus dem Tal fort, und doch konnte ich es mir nicht vorstellen, daß ich einmal nicht mehr auf der Breitwiese umhergehen sollte. Am Pütz blieb ich manchmal stehen und legte das Ohr an die Holztür. Drinnen tickte es, das waren die Tropfen, die vom Holzeimer in die Tiefe fielen. Ich dachte an den, der drunten im Brunnen war und der sich mir nicht mehr zeigte, weil ich ihm einen Stein an den Kopf geworfen hatte. Meine Tat reute mich noch immer, und ich liebte den Jungen, der da so allein die Gänse des Wassermanns hütete, noch mehr als früher. Das eine aber war mir gewiß: in Schweich müßte es noch schöner sein als drunten auf den Wiesen des Wassermanns. Und es tat mir nun nicht mehr leid, daß ich nicht den Weg zu dem Knaben hinuntergefunden hatte.

Der Auszug aus dem Tal

Die Eltern hatten auf allen Mühlen talauf und talab Abschiedsbesuche gemacht, zuletzt, ehe wir das Tal verließen, ging ich mit ihnen in die Nachbarsmühle. Allesamt sprachen sie nicht übers Weggehen, sondern über die Frühjahrsarbeiten. Endlich sagte Vater: »Also – wir müssen, et wird jetzt Zeit, Mutter!« Da sagte der Nudeljäb und schüttete Vater noch schnell ein Gläschen von einer klaren, scharfriechenden Flüssigkeit ein: »Nu ja, Steff, nu ja! Aber jetzt zieh ich auch bald aus – nach Leiwen, auf Küsters Flürchen!«

Wir gingen hinaus, der Nudeljäb blieb in der Stube. Wir kehrten noch einmal auf unsere Mühle zurück, wo aber niemand mehr war. Die übrigen Geschwister waren mit dem Hausrat, der auf Leiterwagen geladen war, vorausgefahren. Die Türen standen offen, Mutter schloß sie alle. Vater machte die Tür zur Mühle noch einmal weit auf. Wir lauschten alle drei in den grauen, leeren Raum, wo kein einziger Sack mehr stand. Man hörte nur das Wasser tosen, das neben dem Wasserrad in die Tiefe stürzte. Vater tat einen kurzen Seufzer und schloß die Tür. Dann schritten wir aus dem Hause hinaus. Als wir am Pütz vorüberkamen, blieb die Mutter stehen und schloß auch hier die kleine Holztür. Darauf nahmen mich die Eltern zwischen sich, und wir gingen den Weg hinauf. Keiner von uns sagte ein Wort. Als wir an das Kirschbäumchen kamen, brach ich in Tränen aus. Ich war aber nicht sehr traurig, denn ich wußte ja, daß ich in die weite Welt ging. Doch das Bäumchen stand so still und allein da und konnte nicht mitkommen. Da fühlte ich, wie glücklich ich doch selber war.

In Leiwen besuchten wir noch einmal die Gräber auf dem Friedhof. Als wir durchs Dorf schritten, riefen die Leute ihrem Müller allerlei Lustiges nach, das ich nicht verstand. Sie lachten, wenn Vater auf seine ruhige Weise antwortete, und wünschten uns viel Glück in Schweich.

Als wir nun so durch den Maitag traten und ich schon im stillen dachte, daß die Welt doch nicht viel anders als im Dhrontal sei, sondern eigentlich wie dort aus Bergen und Hügeln, Wiesen und Feldern bestehe, und daß die Häuser gar nicht anders seien als auf der Breitwies, – da fuhr, als wir gerade in ein Dorf hineingingen, plötzlich etwas quer über den Weg. Etwas! Es kam um die Ecke eines Hauses herum, war schwarz und sah wie unser Jauchefaß aus, nur daß es viel länger und dicker war. Ich sah einen Mann hinter einem großen Herd, er machte gerade die Tür hinter dem Feuer zu. Der Schornstein rauchte, und ich nahm an, daß die Männer sich etwas kochten. Hinter dem puffenden und zischenden Pudelfaß liefen ein paar Häuschen auf Rädern. Sofort erinnerte ich mich an Nickels Beschreibung und ich wußte: das war die Eisenbahn! Aber ehe ich mich noch von meinem Schrecken erholt hatte, war die schwarze, gewaltige Erscheinung vorüber. Wir hörten nur noch die Glocke läuten, welche beinahe wie der hölzerne Hahn auf dem Mühltrichter schrie. Quer durch das Dorf war der Zug davon. Zuerst glaubte ich, er müsse durch das Scheunentor des nächsten Hauses entwichen sein, aber Vater versicherte mir, daß der Zug immer auf den Eisenschienen bleiben müßt. Er zeigte mir die zwei glänzenden Balken, die quer über die Straße liefen. Ich legte vorsichtig die Hand darauf. »Kommt er wieder?« fragte ich hoffnungsvoll. Vater meinte, o ja, es führen jeden Tag einige Züge.

»Sein unser Küh mit dem Zug gefahren?«

Er sagte: »Ja, net mit dem, aber mit em andern.«

»Warum fahren wir denn net?« wollte ich wissen. Darauf mischte sich Mutter ein und sagte, ich sollt nur fleißig weitergehen bis zum nächsten Dorf, da tät der Zug auf uns warten.

Von diesem Augenblick an gab es keine Müdigkeit mehr. Ich wollte in diesen fahrenden Stuben sitzen und durchs Fenster gucken. Ich konnte doch nicht hinter den Kühen zurückstehen, die ja, so nahm ich an, in ebensolchen Stuben gereist waren und wie die Mädchen vorhin durch die Fenster geguckt hatten. Ich wollte nun viel wissen: ob man im Zug auch etwas zu essen bekäm? Als Mutter mir das mit einigem Zögern bejahte, fragte ich mich im stillen, warum denn so ein Schornsteinfeger und nicht eine propre Frau am Herd stand. Noch lange nahm ich an, daß vorn in dem offenen Häuschen, wo das Feuer war, das Essen für die Leute im Zuge bereitet würde.

In meiner schwelgerischen Vorfreude, bald über die Schienen dahinzurollen, wollte ich erfahren, wer und was alles könnt und dürft Eisenbahn fahren. Es entstand eine lange Liste, von der schließlich nur die Mosel, weil sie zu naß und zu lang wär, und die Berge, weil sie zu groß, und die Sterne, weil sie zu weit fort wären, ausgelassen wurden. Sogar der liebe Gott fuhr Eisenbahn. Man hatte es mir so oft und inständig eingeprägt, er sei überall, daß meine Annahme, er müsse auch auf der Eisenbahn sein, schließlich von Vater und Mutter bestätigt wurde. Ich warf die Füße vor mich, fühlte mich sehr glücklich und gehoben und überlegte insgeheim, ob ich etwas aus der schwarzen Küche des Zuges essen würde. Den Mann, der kochte, hatte ich zu deutlich gesehen, und er war wirklich sehr schmutzig. Aber die Hauptsache war das Fahren! Man saß wie in der Chaise da, nur daß es schneller ging, so viel schneller! »Sagt, Vatter, fährt de Zug so schnell wie en Blitz?«

»Dat doch net.«

»Aber schneller wie unser Chais?«

»Oh, viel schneller!«

Diese Aussicht genügte mir. Doch als wir auf dem Bahnhof ankamen, stand da nur eine Bank. An die Wand gemalt war ein Schild, darauf standen Buchstaben.

Mutter erklärte mir freundlich, der Zug hätt nicht auf uns gewartet, da müßten wir wohl zu Fuß weitergehen. Es wär aber nicht weit.

Kaum hatte ich diese Worte vernommen, als mein Inneres von einem wilden und bitteren Schmerz erfüllt wurde. Unter Schluchzen stieß ich hervor: »Oh, wär ich doch net Euer Kind, Mutter, wär ich doch en Kind von der Braun oder der Bleß! Die Kälber sein mit der Eisenbahn gefahren, un ich kann net fahren!«

Alle Tröstungen, auch die aus Vaters Mund, wies ich sodann mit einem trotzigen Schweigen zurück. Ich wurde auch bald darauf so müde, daß Vater mich tragen mußte. Und noch auf seinem Arm ließ ich meinen Kopf weinend auf seine Schultern sinken, wahrscheinlich rannen ihm meine Tränen den Nacken hinunter.

Erst als wir mitten auf der Schweicher Brücke waren, stellte er mich an das Gitter und sagte zu mir: »Da siehste, dat is unser neu Heimat. In diesem Dorf steht unser Haus.«

Der erste Gang über die große, rote und – wie fast alles in Schweich – aus Sandstein gefügte Brücke prägte sich mir tief ins Gedächtnis. Ich kannte nur die Brücke über die Dhron, die aus dem Vorderteil eines Wagens und aus zwei Leitern und Bohlen hergestellt war. Vater hatte nach einem Steinchen gesucht. Er gab es mir, hob mich in die Höhe und sagte, ich sollt es über das Geländer hinabwerfen und gucken, wie es drunten auf dem Wasser auftitschte. Sofort war meine arge Enttäuschung für eine Weile vergessen.

Er hielt mich noch ein wenig auf dem Arm und zeigte über die weiten Uferwiesen und die Obstgärten fort gegen den ragenden roten Kirchturm.

»Guck, wie groß die Kirch is!« flüsterte er. »Un wie weit sein dort de Berg von der Mosel weggegangen. Schau, Mutter, wie eben dat alles liegt. Un guter Boden!« Sie vergaßen mich und sprachen nur noch von den Äckern und Wiesen und Obstgärten, bis wir vor einem ziemlich kleinen, düsteren Haus standen, das mir gar nicht gefiel. Da die Eltern mir aber nichts sagten, glaubte ich, es wär das unsere, und ich verstand nicht, was all diese fremden Leute in unserem Hause zu tun hatten.

Niemand begriff, warum ich die Zimmer zählen wollte, bis zehn konnte ich damals an den Fingern zählen. Sie lachten nur über meine angestrengte Bemühung, die Schilderung des Hauses, die mir Nickel gemacht hatte, in diesem dunklen, verwinkelten Häuschen wiederzufinden. Schließlich führte man mich an ein Bett, in welchem ein dicker Mann lag. Es roch in dem Zimmer nach Schweiß und Medizinen. Die Eltern saßen vor dem Bett auf Stühlen und sprachen mit den fremden Leuten, die aber sehr freundlich zu mir waren. Die Frau nahm von dem Nachttischchen etwas, das wie eine knubbelige Wurst aussah. Sie zog ein Stück – es ähnelte einer getrockneten Aprikose – von dem glatten, biegsamen Zweig und gab es mir, ich sollt es essen. Es schmeckte sehr süß. In der Frucht waren kleine, harte Körnchen, die sich mir zwischen die Zähne setzten. Der Mann im Bett hustete und seufzte hinterher, und die fremde Frau weinte. Mutter sagte: »Aber, Leen, du mußt net weinen, de Pitter erholt sich schon wieder.« Die Frau gab mir noch so ein süßes Ding zu essen. Ich betrachtete es genau: es war wie mit Zucker bestreut, aber es war kein Zucker und doch so süß! Ich vergaß über dem Geschmack das Husten des Kranken und die schlechte Luft in der Stube. Ich fragte, als wir auf der Straße gingen, was ich gegessen hätt. Meine Finger waren noch ein bißchen klebrig, und ich hatte wieder kleine Körnchen zwischen den Zähnen.

»Dat sein Feigen, mein Knechtchen«, sagte Mutter.

»Wat is dat, Feigen?«

»Früchte – Obst – wat soll et sein!«

»Wachsen in Schweich Feigen?«

Vater sagte, nein, nicht in Schweich, das doch nicht, aber andere gute Sachen täten auf den Fluren von Schweich wachsen.

»Warum sein denn ander Leut in unserm Haus?«

Jetzt erst erfuhr ich, daß das Haus, in dem wir gewesen waren, nicht das unsere war.

Nach fünf Minuten standen wir dann vor dem unsern. Es kam mir sehr groß vor. Aus den Fenstern guckten weißgekleidete Männer, die Vater und Mutter zuwinkten. Ich erfuhr, daß es Anstreicher waren. Es roch schrecklich im Haus nach verdorbener Milch und Öl. Da sah ich unsere Möbel. Als sie noch an ihren alten Plätzen gestanden hatten, hatten sie so ordentlich ausgesehen, nun aber schien es, als wären sie über Nacht zügellos und frech geworden. Auch Mutter rief: »Wie stehen denn de Möbel da herum!« Ein Tisch hatte sich auf den andern gestürzt und streckte alle vier Beine in die Luft. Mutters Kleiderschrank lag fast auf dem Rücken und hatte beide Türen aufstehen, es sah wirklich aus, als wäre der Schrank besoffen. Aus einer Bütte schaute Stroh heraus wie wirres, stachliges Haar, und die Kommode, in der sonst Wäsche, Gebetbücher und Andenken lagen, ließ die Schubladen heraushängen, als wollte sie sich erbrechen. Das sah sehr häßlich aus, und Mutter ging auch sofort daran, ein bißchen Ordnung zu machen. Ich suchte den Stall und fand ihn, und bald kam auch Mutter. Während ich den Kühen die Stirn kraulte, fuhr sie prüfend über die braunen, warmen Leiber und sagte allerlei, was getan werden müßt. Darauf ging sie und rief die Namen der Geschwister durch den Hof. Mein nächster Weg war zu dem kleinen, säuberlich mit Schiefer gedeckten Häuschen, das zwischen den Schweineställen und dem ummauerten Misthaufen steckte. Der Sitz sah aus wie eine große Kiste aus

Holz. Mein Versuch, mich darauf zu setzen, war vergebens, und ich stellte mit großer Unzufriedenheit fest, daß ich vorläufig noch wie auf der Mühle jeden Morgen den Weg auf den Dünger nehmen müßte. Die Scheune war noch leer und kam mir deshalb so groß vor wie das Gewölbe einer Kirche.

Dann rief mich Nickel und zeigte mir den Blitzableiter. Er bestand aus einem Draht, der vom Dach herunterkam und neben der Scheune in einem länglichen Kasten verlief. Nickel flüsterte, als er mir erklärte, daß der Blitz von dem Draht gefangen, festgehalten und dann in diesen Kasten gebracht würde. Der Kasten war gewiß voll alter Blitze. Wir blieben vor dem Kasten in ziemlicher Entfernung stehen, sahen ihn von allen Seiten an, blickten uns in die Augen und waren stolz über diesen Blitzableiter, der mir ungefähr wie die aus klebrigen Streifen gefertigten Fliegenfänger vorkam, – von dem kamen die Fliegen, wenn sie das Band berührt hatten, ja auch nicht mehr los. Aber noch besser gefiel mir das wie Gold leuchtende Ding über dem steinernen Trog, der unter dem Küchenfenster stand. An diesem Ding, das Nickel einen Kranen nannte, konnte man drehen, und dann lief Wasser heraus. Wenn man einen Schlauch über den Kranenmund schob, was Nickel sofort ausprobierte, konnte man auf zehn Meter weit die Leute anspritzen. Bereits am ersten Tage gab uns unser ältester Bruder mit demselben Schlauch Hiebe, weil ich ihn zur Tür herausgelockt und Nickel auf ihn gezielt und ihn ganz naß gemacht hatte.

Man brachte mich ziemlich früh zu Bett. Ich durfte noch bei Katharina schlafen und mußte noch nicht zu den Brüdern in die beiden Mansarden hinauf, die neben dem Speicher lagen. Im Traum war ich allein auf der Landstraße. Und da kam die Eisenbahn um die Ecke gepufft. Ich lief die Schienen entlang fort, und sie kam hinter mir drein. Da erinnerte ich mich an Vaters Bemerkung, daß der Zug nur auf den Schienen fahren könnt. Also lief ich querfeldein, aber der

Zug kam bimmelnd und keuchend und puffend hinter mir her. Als ich nunmehr in ein Haus hinein eilte, verfolgte er mich auch hierhin, so daß ich schließlich mit einem gellenden Schrei aufwachte und meiner Schwester auf der Schulter saß, mit Schweiß bedeckt und Angst in den Augen. Nur mit Mühe konnte sie mich wieder zum Einschlafen bewegen, denn ich fürchtete, daß der Zug sozusagen unterm Kopfkissen auf mich lauere.

Fortgelaufen und ausgeschellt

Neben unserm Haus gab es ein hohes und breites Tor aus Eisen, das die Hofeinfahrt gegen die Straße abschloß. Wenn der Wagen herausfuhr, wurde es geöffnet, aber sofort hinterher, damit die Hühner und ich nicht fortlaufen könnten, wieder versperrt. Diese Stange, die in der Hauswand befestigt war und in eine Öse im Tor eingehakt wurde, benützte ich zu meinen ersten, einsamen Turnversuchen. Ich spielte den Jungen im Brunnen, indem ich mich an der Eisenstange in den Kniekehlen aufhing und von unten her den Himmel beguckte und die Eisenkringel im Tor und die Häuser an der gegenüberliegenden Straßenseite. Ich hing oft sehr lange so da, bis ich einen ganz roten Kopf bekam. Alle halbe Stunde fuhr ein Kuhwagen mit langsamem Rütteln vorüber. Der Bauer saß, sein Pfeifchen rauchend, auf dem Wagen. Das Längsbrett auf der Zu-der-Hand-Seite war auf den Boden des Wagens zurückgeklappt, und so konnte der Bauer darauf sitzen, sogar wenn er eine Stunde zuvor eine Dungladung aufs Feld gefahren hatte. Die Beine hingen zwischen dem Vorder- und Hinterrad herab, und es machte mir, noch ehe ich selber auf dem Wagen saß, einen tiefen Eindruck, daß unsere Beine zwischen den gefährlichen, rumpelnden Rädern so ruhig herabhängen konnten. Ich setzte mich dann, wenn unser Wagen auf dem Hof stand, auf dieselbe Weise wie so ein Bauer auf das eingeklappte Brett, zupfte an der Leine, die ich an der Deichsel festgebunden hatte, rief ‚Haarum', ‚Jou' und ‚Hott' und ‚Hü'. Und ich sah, wie sich die eisenumspannten Räder drehten, dicht an meinen Füßen vorbei und noch dichter, so daß sie meine Schuhe mit dem glänzenden Eisenband berührten. Der Wagen begann schneller zu fahren, ich hatte längst statt der Kühe nun Pferde davor gespannt und schließlich sogar die Lokomotive, die mich im Traum immer noch verfolgte. Der Wagen fuhr so schnell wie der Blitz, aber das Rad war trotzdem nicht schneller als mein Fuß, der dicht vor ihm hing, es konnte ihn nicht erreichen und ihm nicht wehtun. Denn das Rad hatte ein Gesicht, als wäre es immerzu hinter meinem Fuß her, um ihn zu zerquetschen. Und weil ihm das nicht gelang, wurde es immer zorniger und es sah vor Raserei ganz dumm aus.

Manchmal spielte ich, daß ich mit dem Wagen durch das verschlossene Tor fuhr. Ich fuhr dann, die Lokomotive vor dem Wagen, durch alle Straßen des Ortes, ganz schnell, so schnell, daß der Staub uns umhüllte und niemand uns sah. Aber wenn das Spiel zu Ende war, mußte ich feststellen, daß das Tor geschlossen war. Einmal hatte es heftig geregnet. In der Gosse lief ein kleiner Bach die Wilzgasse hinunter. Im Hof war niemand als die Hühner, sie scharrten auf dem Misthaufen und kümmerten sich um nichts. Auch auf der Gasse sah ich niemanden. Das Wasser hinter den Eisenstäben des Tores sprang und gluckerte. Es hatte Eile, das sah ich sofort. Aber wo wollte es nur hin? Und wo kam es her? Gewiß, aus den Wolken, aber es hatte schon einen weiten Weg hinter sich. Ich dachte an die Dhron, und plötzlich überfiel mich eine große Sehnsucht, nicht nach dem Tal – aber irgendwohin. Ich hängte mich in den Kniekehlen auf die Stange, schaute mit dem Kopf nach unten in die ziehenden Wolken und war selber der Junge im Brunnen. Die Gosse floß laut hinterm Tor vorüber. Da fiel mir die Kittelschürze über die Augen, und es wurde dunkel um mich. Ich sah das Tor mit geschlossenen Augen, es war so hoch wie der Himmel. Plötzlich stellte ich mich hin, zog die Schürze aus, hängte sie an einer Eisenspitze des Tores auf und begann, ohne mich zu besinnen, hinaufzuklettern. Ich keuchte, und es kam mir vor, als nähme der Weg in die Höhe kein Ende. Als ich endlich oben war, entdeckte ich erst, daß das Tor in lauter Spitzen auslief, sie kamen mir sehr scharf vor und zielten alle nach meinem Bauch und Gesäß. Aber ich sah, wie lustig der Bach dahinfloß, seine Wellen sprangen. Da hob ich das Bein über die Spitzen und steckte es auf der andern Seite in die Reihen der Eisenkringel, die unter den Spitzen herliefen. Ich kam mir in diesem Augenblick wie auf einem hohen Berg vor. Die Pflastersteine sahen wie kleine Häuser aus, die dunklen Erdrillen dazwischen wie Straßen. Ich zitterte vor Angst, und doch empfand ich eine Lust über den Rücken hinunter, als kitzelte mich jemand mit einer sehr heißen Rute. Und ich hob das andere Bein über die Spitzen, setzte es weiter, aber da spürte ich mich an meiner Hose festgehalten, und gleich darauf gab es einen kurzen ratschenden Laut. Die Hose – ich fühlte es an der kalten Luft, die eindrang – war auf dem Gesäß zerrissen. Doch ich kletterte weiter. Endlich kam ich unten auf der anderen Seite an. Ich befühlte das Loch in der Hose, lief aber gleich neben dem Bach weiter die Wilzgasse hinunter. Dort, wo sich die Gosse der Wilzgasse mit der Gosse der Richtstraße traf, war ein großer Tümpel entstanden. Ich watete hindurch auf die andere Seite und lief die Richtgasse entlang dem Bächlein weiter nach bis dorthin, wo es sie überquerte und hinter einem Hause verschwand.

Ich zögerte zuerst, denn es gab keinen Weg neben dem Wasser, das nun immer lauter und lustiger dahinsprang. Alles war häßlich hier. Blechbüchsen, Nachttöpfe und grünbewachsene Steine lagen mitten im Wasser. Der Bach war braun geworden. Er lief durch einen zerbeulten Eimer ohne

Boden, durch einen Henkelkorb, in dem eine tote Katze lag. Hinter dem Rücken mancher Häuser quoll Abtrittsgestank hervor. Gerne wäre ich umgekehrt, aber der Weg bis zur Straße zurück schien mir nun weiter, als bis dorthin, wo die Häuser aufhörten und ganz grüne Wiesen lagen. Ich watete nun bis zu den Knien in dem lärmenden Schmutzwasser. Endlich erreichte ich die Stelle, wo die Häuser aufhörten und das Grüne begann. Ich wagte gar nicht mehr auf die dunkle Strecke des Baches zurückzuschauen.

Im Weitergehen entdeckte ich die Stelle, wo sich der Schmutzbach in den Wiesenbach ergoß. Die Wiese war an dieser Stelle ordentlich wie die Ecke eines Tisches abgeschnitten. Auf dieser grünen Ecke wuchs neben dem Schmutzbach eine Hecke. Hier stand ein Tier, wie es mir noch nie in meinem Leben begegnet war. Es fraß mit gerecktem Kopf an den Spitzen der Hecke und blickte sofort neugierig, als es meine Schritte vernommen hatte, zu mir herüber. Ich mußte entweder an ihm vorübergehen, oder wieder in das greuliche Gewässer zurücksteigen. Das Tier kam mir nicht sehr groß vor, doch konnte es über mich hinwegblicken. Außerdem – auf dem Kopf trug es Hörner. Als ich vorsichtig nähertrat, sah ich, daß es einen langen, schmalen Bart unter dem Kinn hatte. Was mir am meisten an dem Tier gefiel, war seine weiße Farbe. Nachdem ich all diesen greulichen Schmutz im Bach gesehen hatte, erschien mir das Weiß der Tierhaare so hell wie das Hemd des Christkindes in der Dhron. Trotzdem war ich ein wenig beklommen, denn die dicken, grünen Augen des Tieres, die es auf mich gerichtet hatte, kamen mir vor wie die gewisser Erwachsener, wenn sie mich zum Besten haben und ärgern wollten. Doch da bemerkte ich, daß das Tier ein Lederhalsband umhatte, an dem ein Strick herabhing. Dieser Strick war an einem Ast in der Hecke festgemacht, – es konnte mir also nicht nachlaufen. Vielleicht war es auch gar nicht böse, sondern nur neugierig und wollte mit mir spielen. Nun erst sah ich das Euter, das ihm vor den Hinterbeinen hing, und ich erschrak ein wenig. Das Tier mußte krank sein, ein so großes Euter kam mir, der ich nur das Euter bei Kühen kannte, wie aus dem Leib herausgefallen vor. Oder – ich überlegte einen Augenblick und glaubte schon, das Geheimnis der Geburt zu wissen: war das Tier vielleicht dabei, ein Kind zu bekommen? Ich erinnerte mich, daß ich Vater gefragt hatte, wo bei der Kuh die Kälbchen herauskämen. Vater hatte gesagt: aus dem Ohr! Das konnte nicht gut möglich sein, denn es gab ja zwei Ohren! Aber aus dem Euter? Und da ich von zu Hause wußte, daß man den Kühen und Schweinen im Stall beim Kalben und Ferkeln half, überlegte ich, wie ich jetzt diesem schönen, weißen Tier helfen könnte. Sicherlich war es gut, wenn ich ihm über den Kopf streichelte und ihm etwas ins Ohr sagte. So näherte ich mich denn Schrittchen für Schrittchen, streckte die Hand aus und sagte leise: »Na du, Weißköpfchen! Komme – komme – komm! Kriegste Kindchen?« Bei meinem zärtlichen Geflüster legte das Tier, als wollte es sich kraulen lassen, den Kopf nach vorne. Aber kaum hatte meine Hand es berührt, da rannte es heftig gegen mich an. Ich fiel um und purzelte nach hinten die Böschung hinunter – in den Schmutzbach. Zuerst war ich so erschrocken, daß ich stumm blieb. Ich erhob mich sofort aus der ekelhaften Brühe, von Kopf bis Füßen durchnäßt und stinkend. Als ich noch ganz verwirrt hinaufblickte, stand da das weiße Tier und schaute herunter. Ich war fest überzeugt, daß seine Augen höhnisch lachten. Da packte mich ein maßloser Zorn. »Du aal Kraak«, rief ich, »da soll dich doch der gliedige Deiwel holen!« Ich griff nach allem, was ich im Bache fand: nach rostigen Schachteln und Steinen und warf sie gegen das Tier hinauf, traf es aber nicht. Neugierig äugte es herab und wartete, wann ich wieder heraufkäme, damit es noch einmal den Spaß hätte, mich hinabzustoßen. Vor Zorn und Beschämung begann ich zu weinen, rief unsichtbare Zeugen an, wie böse das weiße Tier mit mir umspringe, und daß ich ihm doch hätte nur helfen wollen. Als aber niemand mir zu helfen kam und ich auch nicht wagte, noch einmal zu meiner am hohen Wiesenrand wartenden Gegnerin hinaufzusteigen, watete ich die paar Schritte bachab, bis ich in das tieffließende und reinere Wiesenwasser kam. Nun war's ein richtiger, schöner Bach, der unter Weiden einherfloß. Ich legte mich der Länge nach mit den Kleidern hinein und ließ das Wasser den Schmutz und Gestank mit sich fortnehmen. Dann stieg ich aus dem Bach heraus und ging auf dem schmalen Wiesenpfad, der ihn begleitete, weiter – zusammen mit den Wellen, die mir sehr blank und vergnügt vorkamen. Es wurde mir nach und nach ein bißchen kalt, aber es gab soviel zu sehen. Schließlich stand ich vor einem Wasserrad. Es bewegte sich nicht in einem Eishaus, sondern einfach draußen an der Hauswand. Das Rad war groß und schwarz. Es drehte sich langsam, als wäre es müde und unwillig über die weißen Wellen, die schäumend und tosend über seine Schaufeln herabfielen. Ich sah den Wellen und dem Rad eine Weile zu und ich merkte: das Rad war alt. Die mutwilligen Wellen ließen es nicht in Ruhe. Ich ging über ein schmales Brücklein in den Hof. Durch eine offenstehende Tür trat ich in einen dunklen Raum. Zuerst sah ich nichts als zwei runde Steine, sie lagen aber nicht wie bei unserer Mühle aufeinander, sondern liefen wie Räder, und ich sah: sie liefen sich nach. Dabei blieben sie aber immer auf der großen, steinernen Pfanne. Es sah lustig, aber auch beklemmend aus, denn die Steine waren wie das Vorderteil eines Wagens aneinandergemacht. Zwischen ihnen stand ein dicker Baumstamm, der sich ebenfalls immerzu drehte. Die Steine liefen einander nach auf der engen Pfanne, behielten aber immerzu denselben Abstand und verloren doch nicht den Mut, weiterzulaufen. Es sah aus, als wollte der erste Stein den zweiten erreichen oder der zweite den ersten, das war nicht zu erkennen. Man hörte ihr Laufen nicht, denn in der Steinpfanne lag eine Masse aus dunklen, kleinen Körnern.

Plötzlich stand ein altes Männlein neben mir. Es war zwar größer als ich, aber ich war ja auch noch sehr klein. Und es fragte mich, wo ich herkäm. Ich sagte: »Aus der Bach.« »Aus der Bach?« Es war sehr erstaunt. Dann zog mich das Männlein in das Licht der Tür, betrachtete mich eingehend und nickte: »Ja, ich seh, du kommst wirklich aus der Bach!«

Und es fragte, wie ich denn in den Bach hineingekommen wär. Da erzählte ich ihm, daß mich ein weißes Tier hineingeworfen hätt. »Ein weißes Tier?« sagte das Männlein und kraulte sich hinterm Ohr. Und es fragte, ob das Tier Hörner gehabt hätt. Ich bejahte eifrig. Darauf fragte es, warum ich denn nicht wie die Schweicher spräch? Das konnte ich ihm nicht erklären. Nun murmelte das Männlein kopfschüttelnd allerlei vor sich hin, schob die Körnermasse mit einem Brett, an dem ein Stock war, von den Seiten der steinernen Pfanne in die Mitte, packte mich stumm bei der Hand und führte mich ins Haus. Ich kam in eine geräumige Stube, die voll großer und kleiner Mädchen war. Eine alte Frau kam auf mich zu, und als sie meine nassen Kleider sah, schrie sie laut: wo ich denn herkäm? Der Alte wiederholte, was ich ihm erzählt hatte. Da begannen die Mädchen in der Stube laut zu lachen. Ich schämte mich sehr, vor allem weil die alte Frau mich auf den Schoß genommen und, ohne ein Wort zu verlieren, begonnen hatte, mir die nassen Kleider auszuziehen. Als ich merkte, was sie wollte, wehrte ich mich kräftig und schrie, ich wollt nach Hause. Die alte Frau nickte: gewiß, aber zuerst müßt sie mich trocken kriegen. Wem ich denn eigentlich gehören tät? Ich wär doch gar nicht aus Schweich, das höre man doch an der Sprache. »Ich sein dem langen Steff sein Jung«, rief ich empört. Aber den kannte niemand. Die Mädchen – mir kam es vor, als wären es inzwischen noch mehr geworden! – füllten mit ihren Gesichtern, ihren Zöpfen und vor allem mit ihrem Gegickel die Stube, daß ich nirgendwo hingucken konnte, ohne eines zu sehen. Der Alte war in die

Mühle hinausgegangen. Als sie über mich zu lachen begannen und mich wegen des weißen Tieres verhöhnten und mir immerfort sagten, daß ich nicht mal wüßt, was eine Geiß wär; und als mir die Müllerin auch noch das Hemd über den Kopf zog, erfüllte mich Scham und Zorn in einem solchen Wirrwarr, daß ich der Alten von den Knien sprang und nackt, wie ich war, zur Tür hinauswollte. Die Mädchen hielten die Tür zu und lachten noch mehr, aber die Alte, die wohl ihre Großmutter war, schalt mit ihnen, tat mir eine große Kittelschürze um und setzte mich sodann sorglich neben den Schrankofen, in dem das Abendbrot kochte. »Der arme Jung!« murmelte sie, »wenn wir nur wüßten, wem er gehört!«

Indem läuteten die Abendglocken. Die alte Frau begann sofort in der andern, in der Gebetssprache: »Der Engel des Herrn brachte Maria die Botschaft.« Die größeren Mädchen sagten zur Antwort ordentlich und wie eine einzige Stimme: »Und sie empfing vom Heiligen Geist.« Daraufhin setzten alle Stimmen in der Stube auf einmal ein, es klang ein bißchen weinerlich, und es war mir, als ob lauter junge Hunde beteten. Denn die Mädchen bellten, aber sanft und gleichmäßig, manche Worte, während sie das Dazwischenliegende verschluckten. Ich konnte schon das ‚Gegrüßet seist du, Maria' beten, darum verstand ich, was sie sagten. Aber nackt in der Küchenschürze der Großmutter dasitzend, wagte ich nicht, die Augen zu erheben und noch weniger die Stimme. Aus dem Schrankofen war überdies seit einiger Zeit ein Duft gestiegen, der mir bekannt und freundlich vorkam, ja, es roch nach Linsen. Mir fiel ein, daß ich Hunger hatte. Kaum war der ‚Engel des Herrn' gebetet und die Fürbitte für die Verstorbenen, welche ich immer so gerne hörte, verklungen, öffnete die Großmutter behutsam die Schrankofentür, holte einen riesengroßen eisernen Topf heraus und stellte ihn auf den Tisch, nachdem über ihm eines der Mädchen flink ein Tuch ausgebreitet hatte. Ich blieb aber, während alle zu Tisch gingen, hartnäckig am

Ofen sitzen. Auf den Knien hielt ich ein Schüsselchen mit Linsen, aß und kümmerte mich um nichts.

Wir hatten gegessen, und der Tisch war abgeräumt und das Dankgebet gesprochen, da öffnete der hutzelige Großvater die Tür. Hinter ihm trat ein Mann ein, der eine flache, blaue Mütze mit Schirm auf dem Kopf hatte. An der Seite hing ihm etwas herab, es sah aus wie ein Schirm in einem Lederfutteral. Er hatte eine blaue Jacke und eine weiße Hose an und sah eigentlich ganz lustig aus. Zwischen Arm und Brust hielt er eine große Schelle, genau wie jene, die neben dem Hahn auf dem Trichter in unserer alten Mühle gehangen hatte. Der Mann setzte eine Brille auf und betrachtete mich ernst. Er hatte eine sehr rote Nase und wässerige Augen. Seine Stimme klang wie aus Blech. »Wie heißt du?« fragte er mich und zwar in der Gebetssprache.

»Steffchen«, sagte ich leise und blickte an meiner großen Küchenschürze hinab.

»Hast du denn sonst keinen Namen?«

Ich schüttelte den Kopf.

»Aber wie heißt denn dein Vater?«

»Steff!« sagte ich.

»Wo wohnst du denn?«

Ich begann plötzlich voller Angst zu weinen, denn ich sah durchs Fenster, wie es langsam dunkel wurde. Und ich wußte nichts, als daß wir in Schweich wohnten.

»Also, dann muß ich dich ausschellen«, sagte der Mann mit der Mütze, grüßte und nahm mich bei der Hand und wollte mit mir fortgehen. Aber die Großmutter kam mit den Kleidern und fragte, ob er geckisch geworden wär, sie müßt mich doch zuerst anziehen. Die Kleider waren inzwischen getrocknet. Zum Schluß holte sie aus einem Blechkasten an der Wand einen Kamm, brachte mein Haar in Ordnung und führte mich in die Küche. Hier gab sie mir geschwind und unter ihrer Schürze her ein Stück Würfelzucker und sagte, ich sollt es aber erst unterwegs essen.

Darauf führte mich der Mann mit sich fort. Wir gingen eine Weile, bis wir auf einen größeren Platz kamen. Er blieb stehen, begann lange zu schellen, und als die Leute an den Fenstern erschienen, rief er laut und wirklich so, als betete er, allerlei in die Dämmerung. Ich verstand nicht alles, doch merkte ich sofort, daß es mich anging. Er nannte meinen Namen und zeigte auf mich. Am liebsten hätte ich mich durch die Pflastersteine in den Boden verkrochen. Die Blicke der Vorübergehenden senkten sich erstaunt und neugierig auf mich, und durch den Hosenboden spürte ich den Abendwind hereinziehen, das Loch mußte mittlerweile groß geworden sein. Ich versuchte, es mit der Hand zu verdecken und ging mit gesenktem Kopf bis zur nächsten Stelle, wo ich wiederum ausgeschellt wurde. Endlich tat jemand hinter mir einen hohen Schrei. Es war unser Lischen. Sie hatte rotes Haar und konnte leicht zornig werden. Ich bedauerte, daß es nicht Katharina war, die mich gefunden hatte. So gingen wir nach Hause. Sie schalt mit mir und versprach mir eine gründliche Lektion mit dem Rebzweig. Ich hatte diesen Ausdruck noch nie gehört, doch war es mir sofort klar, da vom Rebzweig die Rede war, was allein das Wort Lektion bedeuten könnte.

Meine Füße wurden mir, als wir in die Wilzgasse einbogen, schwer. Die Gosse war wieder klein geworden. Man konnte es dem erbärmlichen Rinnsal, das an vielen Stellen keine Handspanne breit war und kein Stückchen Reisig auch nur einen Meter weit forttragen konnte, durchaus nicht ansehen, wie gewaltig es in den Morgenstunden geplätschert und meine Sehnsucht in die Ferne aufgeweckt hatte.

Lischen machte das Tor auf und sagte: »Hier hann wir dein Kittelschürzchen gefunden. Da waren wir froh, wir glaubten schon, de Zigeuner hätten dich mitgeholt. Aber den Hintern mußt du gedroschen kriegen.« Das war nun klar gesprochen. Ich sah auch die Notwendigkeit der Strafe ein und machte mich auf mancherlei gefaßt, denn es kam mir vor, als ob ich halberwegs bis ans Ende der Welt gekommen wäre. Da hörte ich, als ich zaghaft in den dunklen Hausflur eintrat und dort allein wartete, wie man plötzlich in der Stube drinnen zu lachen begann. Gleich darauf kam Katharina heraus und sagte, Onkel Adam wär zu Besuch gekommen. Aber zur Strafe dürfte ich ihn heute abend nicht sehen, sondern müßt sofort – und zwar ohne Abendbrot! – ins Bett gehen. Bei den Worten »ohne zu essen« – und »sofort« wurde ihre Stimme immer strenger – aber auch immer leiser. Ich konnte ihr nicht ins Gesicht sehen, denn es war zu dunkel im Flur. Ich ging gleich die Treppe hinauf, zog mich aus und legte mich ins Bett. Ich träumte von Mädchen, die Hörner auf der Stirn hatten und mich immer stießen, als ich von einem sanften Rütteln geweckt wurde. Katharina stand da mit einem Butterbrot, sie flüsterte: »Du arm Kerlchen, den ganzen Tag nix im Leib. Iß schnell, aber sag et niemand, verdient haste die Straf!«

Ich war von den Linsen noch gesättigt, doch schämte ich mich, Katharina einzugestehen, daß ich in einem fremden Haus gegessen hatte. So aß ich das große Butterbrot langsam auf, und das war eine richtige Strafe. Ich konnte nicht, wie ich es sonst tat, die Krusten verschwinden lassen, denn Katharina blieb bei mir auf dem Bett sitzen und stellte viele Fragen. Ich kaute mühsam und erzählte ihr alles. Und ich erfuhr, daß das Tier eine Geiß und die Mühle eine Ölmühle und der Mann, der mich ausgeschellt hatte, der Gemeindediener Donner gewesen wär.

Der erste Rausch

Mein Vater liebte die Bienen. Er wollte im Garten des neuen Hauses wieder einige Bienenhäuser aufstellen, aber Mutter duldete es nicht. Sie war, als wir noch auf der Mühle waren, einige Male gestochen worden und durfte sich den Stöcken überhaupt nicht nähern. Die beiden Zwetschgenbäume, die in der Nachbarschaft der Körbe standen, waren darum auch uns Kindern jedes Jahr zum Plündern überlassen gewesen; uns taten die Bienen nichts. Mutter nahm den Bienen diese feindselige Gesinnung übel. »Wat hann ich denn dem Giftzeug zuleid getan«, sagte sie oft grollend, und ebenso oft antwortete ihr der Vater mit ruhiger Stimme: »Nix! Du bis eben selber en Bien, un darum können sie dich net leiden!« Aber Mutter fühlte sich keineswegs geehrt, mit einer Biene verglichen zu sein, wiewohl der Vergleich stimmte, so fanden wir Kinder: denn auch Mutter war braun und schwarz, klein und behend, proper, flink, fleißig und immerzu auf Honigsuche unterwegs; aber sie war auch ebenso leicht zu reizen, wild und giftig, wenn ihr jemand widerstand. Und sie trug ebenso wie die Bienen ein erlittenes Unrecht lange nach – so den Bienen, ihren Feindinnen, weswegen sie es nicht duldete, daß Vater die Häuser seiner Völker in einem Winkel des Schweicher Gartens aufstellte. Wir Kinder aber hatten uns schon darauf gefreut und damit gerechnet, daß auch in diesem Garten wieder die den Stöcken benachbarten Bäume – es waren Mirabellen – unsere Beute sein sollten. Mutter jedoch sagte: »Ach wat, Bienen im Garten, dat is wie Flöh im Bett.« Und sie sagte auch, daß ein Bauer keinen Zeitvertreib brauche, er solle schaffen und schlafen. Sie verwies überdies auf die Nachbarsgärten, die von drei Seiten an den unsern anschlossen. Auf der Mühle, so sagte sie, da hätten wir nur den Herrgott zum Nachbarn gehabt, und den stächen die Bienen nicht; aber in solch einem Garten wären Bienen ein Samen der Feindschaft.

Eine Zeitlang wurde fast bei jeder Mahlzeit über die Bienen gesprochen, bis Vater endlich nachgab. Nun nahm er sich vor, einige edle Obstbäume in den Garten zu pflanzen.

Inzwischen war der erste Herbst im neuen Haus gekommen; Heu, Korn und Grummet lagen in der Scheuer, und eines Tages begann das fröhliche Treiben um die Kelter herum. Die Eisenzähne um die Schraube, welche die dicken Balken und Bohlen niederdrückte, sprangen auf und ab, wenn die Männer sich mit Wucht gegen die langen Stangen warfen, und dann gab es einen hellen, klickenden Ton. Bald lief durch die Rinne um das Holzgatter herum, in dem die gemahlenen Äpfel gequetscht wurden, ein Bächlein, das seinem Gefälle folgte und schließlich durch ein Rohr in die Bütte lief. Es gab zuerst einen hohlen Ton und schließlich ein fröhliches, helles Rinnen und Rauschen. Die Männer blickten in die Bütte. Sie schöpften mit einem Becher von dem schäumenden Most, schmeckten immer wieder und sagten zu mir, ich sollt mich hüten, zuviel zu trinken, – der Most wär schneller als die Staatsbahn, und vor allen Dingen sollten Jungen, die noch Hosen mit Hinterklappen anhätten, diese am besten gleich von vornherein aufknöpfen und dazu die Abtrittür aufriegeln. Solche herablassenden Ermahnungen ärgerten mich sehr, und ich begann wie einst das Röckchen und bald darauf die unter ihm verborgenen Höschen nun die Hinterklappen als einen Mangel, der allerdings meiner Jugend eigen war, zu empfinden und ich sehnte mich jetzt schon nach den langen Hosen, wie sie die Männer und Nickel, mein älterer Bruder, der damals schon zehn Jahre alt war, trugen. Die Kittelschürze aber haßte ich wie eine mir persönlich angetane Schmach, denn ich sah, daß die Jungen der Nachbarschaft, die oft an das Tor kamen und durch die Stäbe hindurch mit mir sprachen, zwar auch Klappenhosen, aber doch keine Schürze trugen. Ich zog dann jedesmal die Schürze aus, hob die Stange auf, die das Tor von innen schloß, und schlüpfte zu ihnen.

Da ich noch als ein fremder Junge galt, behandelten sie mich mit Entgegenkommen, aber auch gelegentlich mit Spott. Sie ahmten meine ihnen fremde, singende Sprechweise nach, rollten das R, wie wir im Tal es getan, brachten ganze

Sätze vor, die ich gesagt haben sollte, kurz: sie geilten mich aus, wie man das in Schweich nannte, und obwohl ich feststellte, daß ich nie etwas von dem, was sie mir in den Mund legten, gesagt hatte, sondern daß jeder Satz entstellt war, schämte ich mich doch und zog mich gekränkt von den Spöttern zurück. Sie waren alle einige Jahre älter als ich, und so wagte ich nicht, ihnen entgegenzutreten.

Manchmal aber erzählte ich es Mutter, wenn sie mich besonders schlimm ausgegeilt hatten. Sie hörte sich meine Klage ruhig an, während unter ihrem Messerchen der Schalenkringel von der Kartoffel herabtanzte, und sagte: »Oh, die bösen Jungen! Denen tun wir aber Wasser in de Supp!« Ich fragte darauf stets: »Wann?« »Übermorgen!« sagte sie ruhig und schnitt die Kartoffel flink in vier oder acht Teile. Wenn ich nun noch fragte: »Wieviel?« sagte sie: »Ei, wenn du willst, en Taß voll!« Dann war meine Rache gekühlt und die Gerechtigkeit wiederhergestellt, und ich dachte nicht mehr an die höhnischen Buben, deren Namen ich übrigens Mutter gar nicht mitgeteilt hatte.

Eines Tages begann Vater jene Bäume zu pflanzen, die ihm ein Ersatz für die Bienen sein sollten. Es wurden einige tiefe Gruben im Garten gemacht, »so groß wie Gräber«, sagte mein Vater zu mir und zeigte hinein, »aber der Baum, siehst du, gleicht dem Menschen: er hat sein Wurzeln im Grab, seinen Stamm auf der Erd un sein Kron im Himmel.« Während die Brüder gruben, setzte sich der Vater auf eine Kiste und schaute zu. Er hatte die Hand über meine Schultern gelegt und sprach noch mancherlei zu mir. Das Grab könnt nur das fressen und zu Erde machen, was nicht lebendig wär. Ein Stück Holz zum Beispiel würde in diesem Grab in einigen Jahren verfaulen. Aber die lebendigen Wurzeln des Baumes, die doch auch aus Holz wären, verfaulten nicht, sondern saugten aus der Erde für den Baum alle Nahrung. Genauso verhalte es sich mit den Menschen. »Wir sein unser Leben lang im Grab, denn wir wissen ja, daß wir sterben. Un doch sein wir froh un machen dies un dat un wachsen un tragen Frücht'.«

Da ich den Vater so sprechen hörte, erschauerte mein Herz, aber nicht vor Angst. Ich empfand, daß ich lebendig sei und daß ich immer, immer lebendig sein würde, immer, immer, immer! Ich sagte das Wort leise vor mich hin, daß es mich wie eine stille Lust durchdrang. Und ich blickte in die Wolken hinauf und gleich hinterher in das Loch zu meinen Füßen. Ich sah einen Wurm, der vom Spaten zerschnitten war und das Ende seines Leibes emporreckte. Ich fühlte Ekel, war aber auch beklommen und stellte Vater mancherlei Fragen über den Wurm. Jetzt sah er verlegen aus und sagte vor sich hin, ja, der Wurm wär eben nur ein Wurm. Gott allein, der auch ihn gemacht hätt, wüßt über den Wurm Bescheid. Der Wurm kam mir plötzlich ein wenig größer vor, aber ich fragte doch nachträglich, ob Gott denn an jeden Wurm denken könnt.

»Soviel Würmer«, sagte ich nachdenklich, »und alle so tief im Grund verborgen!«

»Ja gewiß«, antwortete Vater, »aber du kennst doch dat Lied: ,Weißt du, wieviel Sternlein stehen?' Da kommt auch die Strophe vor: ,Weißt du, wieviel Würmer hausen'!«

»Un Gott hat se all gezählt?«

Vater sagte, ich sollt mir das nun nicht so vorstellen, als ob Gott die Würmer gezählt hätt, wie der Krämer die Pfennige zählte. Nein, Gott hätt alles gemacht und in allem hätt er ein wenig von sich selber zurückgelassen. So wär Gott in allem drin, in allem, auch im Wurm. Tät nun Gott an die Welt denken, wär das so, als dächte ein Mensch an seinen Leib. Und wenn einer auch nicht an jedes kleinste und verborgenste Glied seines Leibes immerzu denken könnt, so hätt er es doch bei sich, es wär ein Teil von ihm.

Ich fragte nicht weiter. Daß dieser Wurm, der da mit seines Leibes Stummel aus der Wand der Grube herausragte und in die Luft hinein suchende Bewegungen machte, ein Teil Gottes sein sollte, konnte ich nicht begreifen. Weil aber der Vater es gesagt hatte und ich ihm unbedingt glaubte, suchte ich über den Wurm und den göttlichen Teil in ihm hinwegzublicken.

Vater hatte, als die Bäumchen in der Grube standen und die Erde aufgeschüttet war, den Garten verlassen. Die Brüder traten die Erde fest, schlugen neben dem Stämmchen einen Pfahl ein und banden beide aneinander. Das Zusehen machte mir schließlich Langweile, und ich ging ins Haus. Da sah ich Vater und Mutter in der guten Stube am Tisch sitzen. Neben ihnen saß ein Mann, der einen schönen Stock zwischen den Knien hielt und die Hände darauf legte. Auf dem Ende des Tisches lag eine grüne Decke. Als ich nähertrat, bemerkte ich auf der Decke eine Reihe glänzender, runder Geldstückchen. Sie hatten eine Farbe wie der Wein in den zwei Gläsern, die neben der Flasche hinter dem grünen Tuch standen. Der fremde Mann rauchte eine Zigarre, auch Vater, entdeckte ich, hielt eine Zigarre in der Hand. Nach einer Weile ging Mutter zum Schrank, holte aus Vaters gestricktem Geldsack ein silbriges Geldstück, das größer war als die andern und legte es zu den gelben. Schließlich erhob sich der fremde Mann, nahm alle Geldstücke an sich und tat sie in einen Lederbeutel. Wir schauten ihm dabei zu und hörten die Geldstücke in den Beutel fallen. Nun erhoben sich Vater, Mutter und der fremde Mann und sie gingen hinaus.

Ich näherte mich den Gläsern, von denen ein eigenartiger Duft ausging. Auch die längliche Flasche gefiel mir sehr gut, und ich roch in sie hinein. Gleich darauf packte ich Vaters Glas, das noch zur Hälfte gefüllt war, und trank es schnell aus. Jetzt hob ich die Flasche und goß das Glas aufs neue voll. Das schmeckte ganz anders als der saure Viez, davon ich manchmal einen Schluck trank. Mir kam es vor, als hätte ich an einem kühlen Metall geleckt, und zugleich spürte ich eine angenehme Hitze im Leib. Auf der Zunge kribbelte es leise, und ich schmeckte etwas von Blumen und Früchten, aber so versteckt und von ferne her, daß es nur die Seele der Blumen und Früchte sein konnte, die in diesem Getränk enthalten war. Ich wußte es sofort beim ersten Schluck: das war Wein! Eine heiße Welle von Andacht und frommer Gehobenheit stieg in mir hoch, aber ich wußte nicht, was ich feiern sollte. Als das Glas, das ich mir selber eingegossen hatte, geleert war, fiel mir plötzlich ein, wie die Brüder den Boden um die Bäumchen herum festgestampft hatten und dabei lachend umhergesprungen waren. Mir war's, als müßte auch ich springen, und dabei konnte ich nicht mehr unterscheiden, ob ich selber um etwas herumsprang, oder ob die Stube mit den Möbeln um mich herum im Kreise tanzte. Zum Schluß glaubte ich, mich selber gar nicht mehr zu bewegen, sondern stillzustehen. Ich war nun ein Bäumchen, das gepflanzt worden war, und alles tanzte um mich herum. Ich war sehr glücklich, bis plötzlich die Tür aufging und allerlei Personen hereintraten. Ich erzählte ihnen, daß ich ein Bäumchen wär, in einem Grab ständ und ich sang schließlich: ‚Weißt du, wieviel Würmlein gehen weithin über alle Welt?'

Ich wurde auf der Stelle zu Bett gebracht. Am nächsten Tage schärfte mir Mutter mit strenger Miene ein, daß der Wein für Kinder Gift wär. Aber auch für die Erwachsenen wär er oftmals ein Gift und eine Prüfung des Himmels. Er mache aus ernsten Leuten dumme, unerzogene Kinder, werfe Männer wie Spielsachen hin und manche hätt er an den Bettelstab gebracht. Und sie ermahnte mich, sobald ich in die Schule ginge, in den Schutzengelverein einzutreten, damit ich vor dem Wein bewahrt bliebe. Als ich darauf fragte, ob denn der Wein nicht von Gott wär, blickte sie mich an, als wäre sie für einen Augenblick erschrocken. »Von Gott?« sagte sie verwirrt und wiederholte: »Von Gott?« Als mir nun gar einfiel, daß doch der Pastor den Wein am Altar trinke und ich diesen Einwand vorbrachte, blickte sie mich fassungslos an. »Ja«, sagte sie ärgerlich, »soll er von Gott sein! Aber dat du dich net unterstehst! Du bis noch lange kein Pastohr! Un wenn du noch mal Wein trinkst, kriegste et mit dem Stecken!« Und das ließ ich mir gesagt sein.

Stätten der Verlockung und Höllenstürze

Die Häuser, die ich durch das Torgitter auf der andern Straßenseite sah, zogen mich in der ersten Zeit nicht an. Ich wußte kaum, wer darin wohnte. Sogar, daß in dem Haus, das dem unsern gegenüberlag, ein Junge meines Alters wohnte, ließ mich gleichgültig. Ich strebte in die Ferne. Das Dorf, das wußte ich seit meinem ersten Ausfliegen, war voller zugedeckter Geheimnisse, voller Überraschungen, voller Dinge, die ich noch nicht kannte, voller Schlupfwinkel, die mich wegen ihrer Verlassenheit anzogen und vor allem: das Dorf war voller Menschen. Schon ihre große Anzahl erregte mich. Wohin man blickte, waren Männer, Großväter und Großmütter und kleine Kinder, vor allen Dingen aber überall Frauen, dicke, aber auch magere, in schwarzen und bunten Kleidern, Schürzen und Kapuzen und Kopftüchern, und fast alle waren sie sehr freundlich zu mir.

Zu den dicken, rundlichen Frauen hatte ich ein großes Zutrauen und ich wäre ungefähr zu jeder von ihnen auf die Knie geklettert, um mich an ihren Busen zu drücken, wenn ich mir nicht schon ein bißchen zu alt vorgekommen wäre, um noch so kindisch zu sein. Fragten die Frauen mich, wie alt ich wär, pflegte ich damals zu antworten: »Ostern übers Jahr komm ich in de Schul.« Dieser bevorstehende Schuleintritt verlieh mir also jene Würde, die meiner Zutraulichkeit zu den rundbusigen Frauen ein Maß setzte. Trotzdem lockten sie mich, wenn ich die Wilzgasse immer an der Gosse entlang heraufgetreten kam. Ich war also wieder von zu Hause fortgelaufen, tat aber so, als hätte ich einen kleinen Auftrag; oder ich trieb spielend einen Gegenstand mit dem Fuß die Gosse hinab, immer weiter von unserem Hause fort, das über die niedrigen Dächer und Gärten mit seinem abgeplatteten Giebel mir mißmutig und sogar mit strengem Drohen nachblickte, so als sagte es: »Komm du nur heim, du Dorfbesen!« Kaum, daß ich diese Blicke des Hauses wahrgenommen hatte, begann ich zu laufen.

In solch unbehaglicher Seelenstimmung bedeutete mir der Anblick der freundlichen, wohlgenährten Gesichter in den Küchenfenstern oder über den Eisengeländern der Treppen Ablenkung und Trost. Es wär ja jetzt doch ohnehin zu spät, sagte ich mir, indem ich an unser Haus zurückdachte. Das Weglaufen war geschehen, nun wollte ich auch den verbotenen Genuß ganz auskosten, damit ich nicht für einen halben Übertritt bestraft würde. Meist lief ich erst nach Tisch fort, vor allem im Sommer, wenn die Nachmittage so lang waren und ein Hämmern irgendwo eintönig auf den Dengelstock fiel. Manchmal saßen auf den Stufen einer Treppe gleich mehrere Frauen und Mädchen beieinander. Es waren das meist keine Bäuerinnen. Die hatten, wie man zu Hause sagte, zum Maulaffenfeilhalten keine Zeit; auch waren sie selten so rundlich wie die Frauen, deren Männer auf der Bahn arbeiteten oder nach Quint in die Eisengießerei gingen. Am verächtlichsten, so entnahm ich aus den Reden der Erwachsenen zu Hause, war es, wenn Männer in die Plättchenfabrik gingen oder wenn Eltern ihre Töchter in die Zigarettenfabrik nach Trier schickten.

Meine Eltern hatten mir ausdrücklich eingeschärft, vor allem nicht in die Häuser dieser Leute hineinzugehen. Ich aber fand gerade diese Häuser besonders anziehend. Während die Bauernfrauen nie Zeit hatten, waren die Frauen der Arbeiter immer zu Hause. Sie waren auch hübscher angezogen als die Bauernfrauen, denn sie hingen sich, wie ich oft daheim voll strengen Tadels hörte, alles an den Arsch. Aber mir gefiel das. Vor allem: sie hatten Zeit! Sie saßen auf der Treppe, pulten Erbsen aus und plauderten. Manche von ihnen machte mir den Reis so süß, daß ich ihn kaum essen konnte. Zu Hause aber galt das Süßessen selber schon halb als Sünde und ganz allgemein als Heischermannswirtschaft. Jedesmal aber, wenn es soweit gekommen war, daß ich süßen Apfelreis oder gar Pudding, den es bei uns nie gab, in diesen Häusern gegessen hatte, ging ich hernach mit gesenktem Kopf und schwerem Bauch nach Hause und erwartete mit echter Bußgesinnung Schelte und Schläge, denn ich war von der Schlechtigkeit meines Tuns überzeugt.

In einem dieser Häuser, das zu betreten mir besonders streng untersagt war, gab es nie Pudding oder Reis, ja, überhaupt nichts Eßbares. Ich sah, daß es sehr arm in diesem Sandsteinhäuschen zuging. Man war auch grob zueinander, merkte ich, und oft schimpften sie alle. Die eine Stimme kam aus dem Bett droben, das unmittelbar unter den Dachschindeln stand; die andere aus dem Schlafzimmer, das hinter der Stube lag. Und die Kebericks-Mutter schimpfte, wo sie eben ging und stand, und der Kebericks-Vatter, der stets nach Schnaps roch, schimpfte hinter dem Tisch hervor, wo er sich auf der Bank räkelte. Ich aber saß an eben diesem Tisch und hatte vor mir ein Buch, in dem zwischen dem schwarzen, nichts verratenden Gekribbel der Buchstaben kleine, aus feinen Strichen gemachte Bilder standen. Während die Kebericks-Leute um mich herum einander aus den verschiedensten Winkeln hervor ankeiften und beschimpften, sah ich, ohne hinzuhören, wie Gottvater die Weltkugel auf der Bahn der Lichtstrahlen aufsetzte. Einmal war ich auf eine Kegelbahn geraten und hatte einen alten Herrn, der aus der Stadt sein mußte, die Kugel auf dieselbe feine, ruhige Weise aufsetzen gesehen. Voll Bewunderung hatte ich zugeschaut, bis mich später ein dicker Mann mit der Kugel in der ausholenden Rechten mitten ins Gesicht getroffen und umgeworfen hatte. Seit der Zeit hatte jede Kugel für mich neben dem Erlebnis ihres runden, schönen Dahinrollens auch etwas Bedrohendes; und selbst in den prächtigen Kugeln Gottvaters lauerte etwas von dieser Möglichkeit, daß sie einen mitten ins Gesicht treffen könnten. Das Bild, auf dem Gottvater vor den Tieren stand, konnte mich für viele Minuten in seinem Bann halten, und oft geschah es, daß die Namen der Tiere, die ich gerade betrachtete, von den Kebericks-Leuten mit scheltender Stimme gerufen wurden; ich begriff dann nicht, wie die Namen dieser schönen Wesen den Menschen einen Schimpf bedeuten konnten. Ochs, Esel, Schwein, Roß, Kamel, Hammel, Sau, diese und noch andere Tiere, die ich nicht kannte und die vielleicht gar nicht von Gottvater erschaffen waren, tauchten aus dem schmutzigen Wutbrodem auf, den die Kebericks-Leute aus den verschiedenen Winkeln des kleinen Hauses unaufhörlich gegeneinander ausschütteten.

Ich aber saß still da und einmal, als sie sich besonders laut und lange mit den Tiernamen bewarfen, suchte ich in dem schönen Leiberreigen, der den Schöpfer auf dem Bild umdrängte, vergebens einige der Tiere, deren Namen ich gehört hatte. So fragte ich mein Gegenüber: »Kebericks-Vatter, wo is denn de Hurebock?« Und ich schob ihm das Buch hin: »Un die Drecksmerdel is auch net drauf«, fügte ich hinzu. Er zog das Buch auf seine Seite des Tisches, betrachtete eine Weile das Bild ganz andächtig, rief zwischendurch seiner Frau zu, die vom Vorgärtchen hereinschimpfte, sie könnt ihn seinetwegen in alle Ewigkeit Amen im Arsch lecken, und dann sagte er zu mir: »Hurebock? En Hurebock willste sehn? Großer Gott, Steffchen, warum denn grad en Hurebock?«

»Aber hier muß en doch dabei sein!« Und ich zeigte auf die Tiere, die um den Herrgott herumstanden mit Gesichtern, als wollten sie ihm die Hände küssen und sich an ihn drücken; alle lächelten sie und glänzten wie frischgebadete Säuglinge. Es war das Licht, das von Gott ausging, was ihre Gesichter so glücklich und klar machte. Der Kebericks-Vatter guckte lange in das Buch, dann guckte er mich an, traurig und sehr nachdenklich. Ich merkte, daß er wieder stark nach Schnaps roch, aber der Geruch gehörte zu ihm, ich achtete nicht darauf. Auf einmal kamen ihm Tränen in die Augen. Er schob mir das Buch hin und sagte leise: »Oh, war dat so schön auf der Welt, als wir noch net drauf waren! Oh, war dat schön! Aber wir kommen immer zu spät, Steffchen, immer zu spät!«

Das Buch der Kebericks-Leute war für viele Wochen wie ein Magnet. Ich störte mich nicht an dem Lärm in der Stube, noch an dem säuerlichen Geruch von alten Kartoffeln und kaltem Wirsing. Ich sagte mir, es tät eben in dem kleinen Haus wie in einem Ziegenstall riechen. Selbst der unappetitliche Tisch, in dessen Rillen und Rissen Brotkrumen faulten, stieß mich nicht ab. Ich legte das Buch darüber, öffnete es und war sofort im Paradies, wo Gott aus dem Adam die Eva herauszieht, ein Vorgang, der mir viele Fragen aufgab. Sie waren aber so schwierig, daß ich sie selbst nicht mit dem Vater besprechen konnte. Das Bild, wo Adams und Evas Nacktheit so schön dargestellt war, gefiel mir besonders gut, nur daß Eva so ungeschickt neben einem Busch stand, daß ich nicht sehen konnte, wie sie in der Mitte aussah; wie Adam an derselben Stelle aussah, das wußte ich und fand es darum keinerlei Beachtung wert. Doch störte mich das bißchen Laub, das mir die Aussicht nahm, nicht sonderlich, ich begnügte mich mit dem schönen Busen der Eva und stellte mir vor, daß ich ihr Kind sei. Ich legte mich in ihre Arme, ich spürte die weiße Milchwolke im Gesicht und war glücklich. Plötzlich, ganz plötzlich kam es über mich, daß ja Eva wirklich meine Mutter sei. Denn meine Mutter hatte eine Mutter, und die wieder eine, und die wieder eine – und da ganz hinten am Ende der langen Reihe stand die schöne Eva, wie ich sie im Buch gesehen hatte, die Urmutter in ihren Haarmantel gekleidet, nackt und strahlend und lächelte mich an, hob mich von der Erde auf und drückte mich an sich. Ich empfand darum auch mit der Eva ein viel tieferes Mitleid als mit Adam, als der Engel sie beide aus dem Paradies jagte. Und der Gott, der klein und ganz in der Ferne seines Gartens stand und nicht näherkommen wollte, dieser Gott war für mich nicht mehr derselbe, der mit den Weltkugeln spielte und den die Tiere umdrängten. Es war jener andere Gott, der die Kapuze um und darin ein unerkennbares Gesicht aus Luft hatte, der immerfort etwas gebot und verbot und der wegen eines Apfels, den man ihm stahl, so zornig werden konnte, daß er das Paradies abschloß, die Menschen hinausjagte, alle Menschen, und Dornen und Disteln auf der Erde wachsen ließ, damit sie sich abrackern und schwitzen sollten. Und dann schickte er ihnen auch noch den Tod. Ich hatte das von meinem Vater durch vorsichtiges Fragen herausbekommen, daß der Tod sozusagen aus diesem Apfel, den die Eva und dann der Adam aß, wie ein Wurm, so hatte Vater gesagt, herausgekommen sei. Aber warum denn nur? Ich stellte Vater freilich diese Frage nicht, ich fürchtete mich, er könnte mich schelten; denn man mußte ja alles, was dieser Gott mit dem Luftgesicht in der schwarzen Samtkapuze tat, einfach gutheißen und seinen Willen, ohne zu fragen, erfüllen, sonst sündigte man und kam am Ende in die Hölle. Auch das hatte ich gehört, und es gab in dem Buch der Kebericks-Leute ein Bild von der Hölle, das mir jedesmal eine Gänsehaut machte, weswegen ich es oft und ausführlich studierte. Ganz hinten im Buch war das Bild, es lag an der Stelle eine Postkarte, auf der eine rote Postkutsche auf einer goldenen Straße dahinfuhr, das geriffelte Gebüsch konnte man mit den Fingern spüren. Die Karte gefiel mir über die Maßen gut. Ich setzte mich in die Kutsche und fuhr auf der goldenen Straße dahin – und dann plötzlich schaute ich auf das Bild der Hölle und ich kippte die Karte schräg und warf alles, was in der Kutsche war: die Pferde, den Kutscher und schließlich mich selbst in die Hölle. Da lag ich inmitten der nackten Männer und Frauen im Feuer und schrie mit ihnen. Sie hatten alle wie Kühe, wenn sie nach Wasser und Futter schreien, den Mund offenstehen. Und die Flammen griffen nach ihnen von allen Seiten. Wenn daheim Mutter den Backofen anmachte, blieb ich davor stehen und ging noch näher und noch näher, bis mir die Backen wehtaten und Mutter mich schließlich fortscheuchte und sagte: »Du dumme Jung, willste dich mit Gewalt versengen!« Ich stellte mir vor, ich müßte nun in den Backofen hineinkriechen. Man machte hinter mir die eiserne Tür zu, und ich mußte darin liegen: eine Minute, eine Stunde, zwei, eine ganze Nacht, eine ganze Woche – immer, nimmer. Denn so tickte die Uhr in der Hölle, Vater hatte es mir gesagt: Immer – nimmer! Immer – nimmer! Und das hatte sich alles Gott ausgedacht, jener andere, den keiner begriff. Auch auf Sinai erblickte ich ihn mit diesem Grimm im Gesicht. Ich fragte den Kebericks-Vatter, warum Gott so böse dreinblicken tät. Der Alte zog an seiner langen Nase und schaute nachdenklich auf das Bild. Endlich antwortete er und starrte kopfschüttelnd durchs Fenster, man sah auf das Schild der Metzgerei vom Nathan.

»Ja, wenn er noch verheiratet wär – aber er is net verheiratet, nänä, er is ja die unendliche Weisheit, so hann ich in der Schul gelernt, oja! Aber – siehste, und doch hat er sich mit dene Juden eingelassen! Dat is et! Deshalb guckt er so bös drein! Ich kann dir sagen, Steffchen, de Nathan da drüben –«, und der Kebericks-Vatter erzählte mir, statt mir meine Frage zu beantworten, daß ihm der Schlächter Nathan schon seit einem halben Jahr keinen Kredit mehr geben tät. Und an vielen Tagen der Woche, wenn der Wind von Norden käm und er das Fenster offen hätt, röch es bis auf den Tisch aus dem Laden des Nathan herüber – nach Fleisch und Wurst und Schwartemagen – »aber net emal en Wurstpell auf Kredit! Nä, Jung, da hat de Herrgott schon recht, wenn er bös is! De Menschen sein schlecht geworden, un de

Metzger noch schlechter!« Seine Stimme dämpfend sagte er mir dann, wir hätten doch jetzt geschlachtet. Ich könnt vielleicht einen Ringel Wurst aus dem Schornstein angeln und mir in die Bux stecken und ihm bringen, dafür, daß er mich doch immer umsonst in das schöne Buch gucken ließe – »et nützt sich ja auch ab vom Gucken«, fügte er hinzu, und ich sah das ein. Darum zögerte ich auch nicht lange, sondern brachte ihm das nächste Mal einen Ringel Hausmacher mit. Aber kaum, daß die Kebericks-Mutter die Wurst erblickt hatte, band sie ihre Schürze um und verließ das Haus. Wir, der Kebericks-Vatter und ich, schöpften keinerlei Verdacht. Während ich mich nun am Auszug der Kinder Israels ergötzte und er mir mit beiden Backen kauend erklärte, welche Wunder Moses und Aaron gewirkt hätten, wie tief das Rote Meer gewesen wär, und während er mir sogar die Todesschreie und das Geglucker der ertrinkenden Ägypter auf der Bank liegend vormachte, ballte sich zu Hause für mich ein schweres Strafgewitter zusammen. Vater selbst war es, der mich, kaum, daß ich in unsern Hausflur trat, stumm bei der Hand nahm, unter den Schuppen führte, wo es zum Kellergrad hinabging, einen Rebzweig ergriff und ruhig sagte: »So und nun sollste mal sehen, wie dat geht, wenn man mit Kebericks-Vatter de Bibel studiert.«

Ich spürte die Schläge bis zum folgenden Tag. Hungrig weinte ich mich in den Schlaf, und im Traum sah ich den Teufel aus dem Kellergrad kommen. Er sah aus, wie ich ihn in der Bibel gesehen hatte: sein Leib war wie eine Eidechse, doch hatte er Hörner. Er zog mich mit haschendem Griff plötzlich die Kellertreppe herab, daß meine Rippen auf den Stufen einen Schmerz empfanden, als kitzelte mich jemand. Kaum, daß seine Gewalt über mich nachließ, lief ich die Treppe wieder hinauf. Sobald ich aber um die Ecke des Mäuerchens eilte, riß er mich aufs neue zurück, und noch einmal glitten meine Rippen über die Stufen und wurden gekitzelt. Die Tür des Kellers wurde zur Tür der Hölle, aber es war kein Feuer drin, und das war noch schrecklicher: die Hölle war dunkel und still. Und der Keller bestand nicht mehr aus Sandstein, es war der endlose Schwanz des Teufels, durch den dieses Gewölbe gebildet wurde. Manchmal raschelte eines der hörnernen Schwanzgelenke in der dunklen Wand, bald hier, bald dort, und ich wußte: der Schwanz umschlang mich, ohne mich zu berühren, von allen Seiten.

Hundertmal lief ich im Traum die Kellertreppe hinauf, und hundertmal riß mich die Teufelsgewalt, so als saugte mich das Maul der Pforte an, den Kellergrad herab, meine Rippen wurden über die Stufen gerissen, ich schwitzte und war allein – halb schon in der Hölle.

Krankheit, Angst und Sternenspiel

Es wurde Winter, das Haus war morgens beinahe leer. Franziska und Nickel saßen in der Schule, die älteren Geschwister gingen die Wiesen putzen oder sie standen in der Scheuer und droschen das Korn. Ich sah ihnen zu, wie sie sich auf der Tenne tummelten. Meist halfen noch einige Tagelöhner. Der Takt der Flegel füllte dann das ganze Haus. Die Drescher schwangen voller Kraft und Übermut die Flegelruten, daß ihre Kolben den Boden des Strohspeichers berührten und der Vierer- oder Sechsertakt stets noch ein lustiges Pünktchen hinzubekam. Zuerst, wenn die Garben noch nicht genug gedroschen waren, klang der Takt raschelnd und gedämpft, bis der gestampfte Lehmboden durch das dünngewordene Stroh mitklang. Ich stand in der Scheuertür und hopste im Takte mit, sah das goldene Stroh hüpfen und die Leiber der Drescher ruhig nach vorne und rückwärts schwingen. Die Kolben aus Buchenholz schwangen durch die Luft wie die Glieder von tanzenden Geistern, – man konnte die Ruten in der halben Dämmerung nicht wahrnehmen, die aneinander vorbei auf- und niederwirbelten.

Manchmal stand der Vater neben mir in der Scheuertür und zog mich mit sich fort. Wir machten zusammen kleine Gänge, und ich führte ihn, zumal wenn es dunkel wurde, an der Hand.

Kurze Zeit nach jenem schlimmen Tage, als mich Vater so hart bestraft hatte, nahm er mich mit auf die Mühle seines Bruders. Es war schon fast Winter und doch noch sonnig. Der Weg bis zum Azertwald, in dessen Nähe die Mühle einsam in den Wiesen lag, dauerte eine halbe Stunde. Mir kam er endlos vor, denn ich mußte drei Schritte auf einen von Vater machen. Als wir schon eine Weile hinter dem Dorf gingen, begann der Vater zu mir zu sprechen. Er hielt mich an der Hand und blickte geradeaus in die Ferne, als könnte er gut sehen. Er begann mir von Johannes dem Täufer zu erzählen, wie alt seine Eltern gewesen wären, als er auf die Welt kam, und wie seine Eltern ihn Gott versprochen hätten. Seit der Zeit täten viele Eltern den Ältesten, manchmal aber auch den Jüngsten, Gott versprechen. So hätten denn auch Mutter und er dasselbe getan. Zwar wär's, als Mutter mich trug, noch ungewiß gewesen, ob ich ein Junge oder ein Mädchen sei. Aber wenn es ein Junge wär, so hätten sie gesagt, sollte er Priester werden, – »freilich nur dann, wenn du et auch willst«, fügte er bedächtig hinzu.

Er ließ mich schweigend neben sich hergehen. Endlich begann er wieder, ich wär freilich noch viel zu jung, um zu begreifen, zu welch hohem Beruf ich erkoren sei. Aber es wär ja Gott, der den Menschen erwählen tät. Der Mensch könnt nur auf Gottes Stimme lauschen und folgsam sein. Gottes Stimme aber sei sehr leise, leise wie der Wind dort in den Weiden, in den Gräsern. Darum müßt ein Mensch, der Gottes Stimme hören wollt, gern allein sein. »Er darf net in de Wirtschaften gehn, net in de Häuser von Trunkenbolden, die ihre Frauen schlagen un immer dreckige Redensarten im Mund führen; auch net in de Häuser von Frauen, die den ganzen Tag nix im Kopf haben als Klatschen und Tratschen un Kleider kaufen und Pudding kochen. Nein, ein Mensch, der Gottes Stimm hören will, der muß gern allein sein, den Tieren zusehen, die Gott so lieb sein, un im frischen Wind un im Wald umhergehn. Un er muß morgens un abends sein Herz hinhalten, dat Gott et anschaut un öfters auch tagsüber daran denken, dat er zu Großem berufen is un sich net wie ein Straßenjung benehmen kann. Er darf auch net in den Schornstein klimmen un Wurst stehlen für Leute, die zum Säen zu spät und zum Ernten zu früh aufstehn; für de Armen aber, die an der Tür dat Vaterunser beten, muß er schnell zum Brotspind gehn. Un er muß beim Spiel mit den andern net zanken, sondern den verspielten Klicker ohne Widerworte hergeben.«

Solche und ähnliche Ermahnungen gab mir Vater. Und wie ich auch versuchte, sie alle zu behalten, hatte ich doch, als wir auf der Mühle ankamen, fast schon vergessen, was eigentlich Vater bewogen hatte, von mir soviel gutes Betragen zu fordern. Ich ging suchend durch die Mühle und erinnerte mich an die andere Mühle – an die auf der Breitwies. Ich ging durch das Pförtchen hinten am Wehr und setzte mich ins Gras, dort wo das Wasser aus dem Kandel auf das Rad fiel und es langsam umdrehte. Das Rauschen klang so angenehm eintönig. Auf einmal spürte ich – es war mir, als hätte mich jemand geweckt – die Kälte. Ich ging sofort in die warme Stube hinein. Die Erwachsenen sprachen mit Heftigkeit über Sachen, die ich nicht verstand. Ich hörte nur ihre Stimmen. Sie saßen auf der Bank und den Stühlen: der Vater, der Onkel Hannes, die Tante, die erwachsenen Basen und Vettern und Leute aus den Wäldern. Mir kam es vor, als wären sie alle sehr klein, manchmal so klein wie Mäuse, plötzlich wieder so groß wie Ochsen. In meinen Ohren summte es. Die Tante gab mir eine Handvoll getrockneter Birnen und strich mir über den Kopf. Endlich gingen wir nach Hause.

Ich begann, kaum daß wir auf der Landstraße gingen, zu frösteln. Die Zähne klapperten mir so stark, daß Vater es merkte. Zu Hause schickte er mich gleich ins Bett. Ich sträubte mich, doch schließlich mußte ich mich fügen.

Es war nach und nach allen im Hause aufgefallen, daß ich nicht gern schlafen ging. Ich fürchtete mich vor den Träumen, in welchen ich den Kellergrad herunter durch das offene Tor in die Hölle gerissen wurde. Außerdem hatte ich in diesen Wochen zum erstenmal gesehen, wie ein Schwein geschlachtet wurde. Der Mann in der schwarzen Strickjacke mit den weißen Perlmutterknöpfen war mit einer Bütte und der Schlachtbank in den Hof gekommen. In der Bütte war ein lederner Halter angebracht, darin die Messer steckten und der Wetzstahl. Dann brachten sie das Schwein an einem Seil heran und banden es an dem Hinterrad des Wagens fest, an jenem bösen Hinterrad, das am liebsten über das Schwein fortgefahren wäre. Das Schwein stand da, ließ die Ohren über die Augen hängen, seufzte einmal, ich sah, daß es nicht gut auf dem Pflaster stand, es war im Stall zu dick geworden. Einer der Männer kam leise von hinten. Er hatte die Runge aus dem Wagen gezogen und hob sie gewaltig mit beiden Armen über sich, und schon sauste sie herab, dem Schwein auf den Kopf. Es war ein schwerer und doch weicher Schlag, und da lag das Schwein und streckte die Beine von sich. Indem sprangen die Männer auf seinen Leib, der Metzger zog das Messer und rannte es ihm in die Brust, und einer hielt die Schüssel und rührte das herausgluckernde, schäumende Blut mit einem Kochlöffel. Das Schwein gab schwache Schreie von sich und zuckte, als träumte es schlecht, schließlich wurde es still. Ich sah, wie es in die Länge wuchs, sogar sein rundes Schwänzchen, das mir stets so gut gefallen hatte, streckte sich. Die Frauen schütteten heißes Wasser in die Bütte. Das Schwein wurde hineingetan, und mit den Ketten, die unter ihm lagen und nun hin- und hergerissen wurden, schabte man ihm die gebrühten Haare ab. Hernach rasierte der Metzger das Schwein am ganzen Körper, und als es schön glatt war, schnitt er ihm den Bauch auf.

Bis zu diesem Augenblick war die Sache schrecklich gewesen. Aber jetzt kam ich näher, denn was da alles in dem Bauch nebeneinanderlag, war herrlich anzuschauen. Ich sah die hellrote Lunge und erfuhr, daß sie zum Atmen sei; sah das dunkelrote Herz, von dem ich schon wußte, daß es unsern Leib bewegt; und ich sah die Leber, die Nieren, den Magen, die stinkenden, verworrenen, endlosen Gedärme und die zuerst unscheinbare und dann so schön sich darstellende Blase. Mein Bruder Nickel zeigte mir nämlich, wie man die Blase reinigte, aufblies und trocknete. Daß in der Blase die Seele des Schweines gesessen haben sollte, darauf war ich selber gekommen. Und ich ließ von diesem Glauben nicht, so sehr man mich auch verlachte.

An diesem Abend nun, da mich Vater wegen meines Fröstelns zu Bett geschickt hatte, fürchtete ich mehr als sonst, ich könnte vom Teufel im Kellergrad träumen oder vom Schweineschlachten. Oftmals schon war das Schwein mit dem Messer im Hals mir im Traum nachgelaufen, oder es floß so viel Blut aus seinem Herzen, daß davon der Zement-Estrich und der Boden des ganzen Hofes bedeckt wurde. Das Blut stieg an der Gartenmauer wie ein Teich empor, und die Männer wateten im Blut, hoben die Hände und weinten alle.

Wie sehr ich mich aber vor dem Einschlafen gefürchtet hatte, schließlich befand ich mich doch in einem der ständig wiederkehrenden, bösen Träume und wurde plötzlich von meiner eigenen Stimme wach. Es war dunkel um mich. Ich fuhr empor und schlug die Hände über dem Kopf zusammen. Wohl merkte ich, daß Licht gemacht wurde und daß im Hause Füße treppauf und treppab eilten. Ich sah auch die Gesichter meiner Familie um mein Bett herum, aber ich konnte nicht aufhören mit dieser Bewegung, die Hände über dem Kopf zusammenzuschlagen und laut den Namen

Gottes anzurufen. Ich hörte sogar, wie meine Mutter und auch mein ältester Bruder vorwurfsvoll zu Vater sagten, daß »er et nun hätt mit all den Geschichten«. Ich war so klar im Kopf, daß ich Vater am liebsten verteidigt hätte, und doch konnte ich nicht aufhören mit diesen Bewegungen der Angst und diesem entsetzten Geschrei, in dem ich Gott anrief, aber so, als wollte ich ihn bitten, von mir abzulassen.

In den nächsten Tagen, die ich im Bett zubrachte, sah ich in den Anstreicherblumen auf der Wand allerlei Gestalten. Ich kannte die Blumen nicht. Die braunen, breiten Striche, welche die Blüten und Blätter darstellten, waren unterbrochen und bestanden oft nur aus längeren Punkten. Ich hatte bis zur Stunde diesen ordentlichen Kolonnen auf der hellgrünen Fläche hinaufmarschierender Blumen nie Aufmerksamkeit geschenkt. Jetzt aber sah ich: es waren lauter Gesichter, die mich mit lauernden und scharfen Mienen betrachteten. An allen vier Seiten der Wände stiegen sie empor und sie blickten zu mir herüber, als hätten sie noch unendlich viel von mir zu fordern, aber auch so, als wüßten sie, daß ihre Forderungen im Augenblick vergeblich wären. Darum waren sie allesamt böse mit mir, und sie warteten in einer scheinheiligen Ruhe und Gleichgültigkeit auf den Augenblick, da ich ihnen gehorchen müßte. Dabei merkte ich immer deutlicher, daß sie alle dem göttlichen Luftgesicht in der schwarzen Kapuze ein wenig glichen.

Auch die Kleider an den Zapfenbrettern wurden in diesen Tagen zudringlich. Sie waren eine Versammlung von düsteren Wesen, die noch am Überlegen waren, was sie mit mir machen sollten.

Ich rettete mich vor diesen Bedrohungen in die Welt der Sterne, indem ich die Augen schloß und fest auf die Pupillen drückte. Sofort stiegen auf dem blauschwarzen Grund der Finsternis Funken auf, die sich zu Sternmustern einten. Sie bewegten sich von unten nach oben oder von links nach rechts, und indem diese leuchtenden Heere in unerschütterlicher Ordnung sich bewegten, wurde ich ruhig. Ich brauchte nur die Pupillen leicht zu bewegen, und sofort ordneten sich die Sterne zu neuen Zusammenstellungen, deren Muster jedoch nicht ich bestimmte. So wartete ich mit großer Spannung, ob der Himmel beim nächsten Bild in steigender oder kreisender Bewegung sei, ob die Sterne kleiner oder größer, als Funken oder Kugeln oder Strahlengebilde erschienen, denn jedes Bild war anders und neu. Ich empfand bei diesem Zuschauen eine Lust wie niemals sonst. Da es Winter war und das Tageslicht früh fortging, war das Sternenspiel meine einzige Tröstung und Zuflucht gegen die mich bedrängenden braunen Blumensträußchen und die hängenden Gespenster an den Zapfenbrettern. Dies Spiel diente mir zugleich auch als Zugang zum Vater der Sterne, welcher mich gegen den Gott in der Kapuze in Schutz nehmen sollte.

An einem langen Winternachmittag fielen denn auch, wie ich es befürchtet hatte, die braunen Blumen scharf summend wie Hornissen über mich her. Die Gespenster am Zapfenbrett schwebten durch die Luft heran, näher und näher. Sooft ich sie scheuchte, fielen sie wieder an die Wand zurück. Ich zog das Linnen und die Zipfel des Kissens über die Augen. Als ich so ganz allein mit mir selber war, spürte ich einen leise pochenden Schmerz in der linken Backe. Ich legte die Hand darauf und fühlte, wie heiß die Haut war. Ich wartete, bis meine Schwester Katharina kam. Es war mir, als müßte ich Jahre warten. Manchmal hörte ich im Hof einen Eimer klirren, der Kranen über dem Trog rauschte hohl und dann heller, jemand rief etwas, das ich nicht verstand. Unten im Hausflur ging ein Schritt. Und alles, was ich hörte, wurde lauter, drohender, jedes Geräusch klang fremder, aber auch frecher, zudringlicher, alles meinte mich. Auf der Treppe quietschte etwas, und langsam wurde es mir gewiß, daß die Treppe zu mir unterwegs sei. Es war jener Schuppenschwanz aus dem Keller, der nun zu Treppenstufen geworden war und unaufhaltsam und unbemerkt bis zu meiner Zimmertür vorrückte. Plötzlich merkte ich: der Schwanz hatte sich bis unter mein Bett vorgeschoben und schließlich sogar bis unter mein Kopfkissen. Denn ich entdeckte, als ich lauschte, ein regelmäßiges, starkes Geräusch unter dem Kopfkissen. Ich hielt den Atem an, aber das Geräusch blieb; es klang wie ein Hammerschlag, wie eine Uhr, wie der Pendelschlag der Hölle: Immer – nimmer! Immer – nimmer!

Mein Kopf lag wie im Feuer, der Schmerz in der Backe wurde immer stärker. Zugleich fühlte ich mich elend und wie von Stricken gebunden. Als man mir das Abendbrot brachte, wollte ich nicht essen, ich bat nur um Wasser. Kaum hatte ich getrunken, hielt ich die Person, die mir zu trinken gegeben, fest und wollte sie nicht mehr loslassen. Die Gespenster vom Zapfenbrett waren mit dem hereingebrachten Nachtlicht wieder da und kamen nach vorne bis vor mein Bett, aber ruckweise, schnell und ohne einen Laut. Die braunen Gesichter in den wie Taillen geschnürten Blumensträußchen quälten mich, es wurde mir übel, und ich mußte mich erbrechen. Die Nacht war lang und voller Schmerz und Angst. Ich erkannte niemanden, und niemand konnte meine Worte und Seufzer und Zeichen erkennen. Die Hitze brannte mich, jede Falte des schweren Linnens störte, doch wußte ich bald nicht mehr, daß ich litt, ja, daß ich überhaupt noch am Leben war. Ich merkte auch nicht mehr, ob Stunden oder Tage vergingen. Manchmal sah ich Gesichter auf mich niederblicken, und sie hatten alle den Ausdruck der braunen Blumen, – so verdrossen schienen sie über mich zu sein. Und alle, so kam es mir vor, erwarteten etwas Bestimmtes von mir. Ich sah auch einen Mann mit einem Schnurrbart, dessen Spitzen nach oben gezwirbelt waren. Dieser Schnurrbart schien unter der Nase wie ein Flügelpaar zu sitzen, und zusammen mit der Nase kam er mir wie ein Vögelchen vor –

wie ein Nasenvögelchen, so sagte ich. Lachend griff ich danach und wollte das Nasenvögelchen um jeden Preis haben.

Von diesem Augenblick an sah ich keine Gesichter mehr, bis ich in einem fremden Bett aufwachte und über mir etwas erblickte, das ich lange anschaute; endlich erkannte ich, daß es der Kopf einer Frau war. Sie hatte den Kopf verbunden, die Binden waren strahlend weiß. Aber Schmerzen mochte sie wohl keine fühlen, denn sie lächelte und sah sehr freundlich aus. Um den Verband hatte sie ein schwarzes Tuch. Aber sie roch nicht gut. Einen Augenblick später bemerkte ich, daß ich selber den schlimmen Geruch an mir hatte. Mir wurde plötzlich übel, und die freundliche Frau packte mich schnell an den Schultern und hielt mir einen Topf vor den Mund. Ich merkte: es war kein Nachttopf, sondern er sah fast wie ein Teller aus. So wehrte ich mich einen Augenblick, ihn zu beschmutzen, aber dann kam es mit Gewalt aus meinem Leib. Sofort fühlte ich mich gesund; wenn ich mich aber an den Geruch erinnerte, von dem ich voll gewesen, wurde mir aufs neue übel. Bei all dem wußte ich nicht, wo ich mich befand, und warum mein Kopf derart umwickelt war, fast wie bei der fremden Frau, die so freundlich mit mir umging.

Dann kam mein Vater. Sie wickelten mich in ein großes Tuch, und er trug mich durch das Dorf. Als wir an der Bäckerei, die neben der Kirche lag, vorüberkamen, sah ich im Schaufenster Kuchen. Ich bat Vater, er möchte mir Kuchen kaufen. Sofort ging er hinein, und ich hörte, wie er der Frau sagte, sie sollte ordentlich einpacken. Ja, ich wär bei den Schwestern gewesen. Nun, da ich wieder Appetit hätt, wär ich auch wieder gesund. Und ich hörte, wie sie mehrmals das Wort ‚Operation‘ und ‚operiert‘ sagten. Es klang sehr eigenartig und fremd zwischen den andern Wörtern, und Vater und die Bäckersfrau machten, wenn sie ‚Operation‘ und ‚operiert‘ sagten, geradezu ehrerbietige Gesichter. Die Bäckersfrau betrachtete mich, als hätte ich etwas Besonderes fertiggebracht. Da mir die Backe, die, wie ich aus diesem Gespräch erfuhr, aufgeschnitten worden war, nicht sonderlich wehtat, und da ich überdies Kuchen als Geschenk für die Operation erhielt, kam mir mein Zustand ziemlich angenehm vor. Auch zu Hause, wo ich wieder ins Bett gelegt wurde, merkte ich bald, daß mir jeder Wunsch erfüllt wurde. Nur als mich Vater nach zwei Tagen zum Arzt bringen wollte und Mutter mir ein großes Umschlagtuch um den Kopf schlang, damit ich meine schlimme Backe nicht erkälten sollte, sah ich mit einem Mal ein, wie schrecklich es war, ein Operierter zu sein. Als ich auf dem Arm des Vaters durchs Dorf getragen worden war, hatte ich nichts von mir gewußt und ich brauchte mich nicht zu schämen. Aber jetzt sollte ich neben ihm einhergehen mit einem Umschlagtuch um den Kopf, wie es nur die Frauen trugen! Ich wehrte mich zuerst gegen das Tuch. Schließlich, als Mutter nur streng sagte: »Du bis operiert, et is kalt, du hast ze folgen!« senkte ich meinen, wie mir vorkam, durch das Frauentuch geschändeten Kopf und weinte hemmungslos. Ich sah schon die spottlustigen Gesichter der Schweicher, ich sah die Gardinen sich bewegen und hörte es hinter mir flüstern. Als alles nichts nutzte, gab ich Vater die Hand und ging mit. Da sagte er, kaum daß wir durchs Tor hinaus waren, er würd mich jetzt, weil ich ja hätt gehorsam sein wollen – und das genüge ihm – durchs Dorf auf seinen Armen tragen, und ich könnt mir das Gesicht mit dem Tuch verbergen. So sah ich durch einen feinen Schlitz die Leute, die meinen Vater freundlich oder mit mitleidsvollen Mienen grüßten, an uns vorübergehn.

Als ich den Arzt erblickte, bemerkte ich sofort, daß er es war, der das Nasenvögelchen im Gesicht mittendrin hatte. Er nahm mich zwischen die Knie, klemmte mich ein und tat mir kräftig weh. Er nahm weißes Zeug, das wie fuseliges Leinen aussah, tauchte es in braune Flüssigkeit und schob es mir mit einem spitzen Ding in das Loch in der Backe hinein. Er sagte kein Wort dabei. Ich konnte vor Schmerzen nichts tun, als ihn in die Schenkel kneifen. Er schrie »Au!«

und rief, er würd mir, wenn ich ihn noch einmal kneifen tät, eine Ohrfeige geben. Da sagte Vater ruhig: »Na-na-na, Herr Doktor, sein wir denn beim Hufschmied?«

Nun begann der Doktor, während er mir den Kopf einwickelte, mit dem Vater zu zanken. Doch der antwortete ihm, daß hier in der Tat nicht der Ort wär, vom Hufschmied zu sprechen, denn ein guter Hufschmied tät einem Pferd, das beim Beschlagen unruhig werde, keine Prügel androhn.

Der Doktor plusterte hinter dem Nasenvögelchen die dicken Backen auf und wurde rot im Gesicht. Vater aber hob mich auf und sagte zu mir im Hinausgehen beschwichtigend: »Dat nächst Mal gehn wir zu den Schwestern, die hann zartere Händ.«

Enttäuschungen

Die Eltern und Geschwister waren, solange ich den Kopf verbunden hatte und noch eine Woche später, sehr nachsichtig zu mir. Von meinem Bruder Nickel vernahm ich, was er mir gar nicht hätte sagen dürfen, daß ich, weil Mutter nicht gewollt, daß der Arzt gerufen würde, beinahe gestorben wäre. Wir waren, als er mir das erzählte, in der Scheuer beim Häckselmachen. Er drehte das Schwungrad, das Messer ging auf und ab, und das Stroh rutschte, ohne daß eine Hand nachgeholfen hätte, ganz von selber immer weiter vor das herabblitzende Messer. Ich aber empfand nicht den geringsten Schrecken darüber, daß ich dem Tod so nahe gewesen war. Ich streckte nur den Zeigefinger aus und fuhr, als wollte ich die Häckselmaschine necken, gegen das im Kreise schwingende Messer und rief: »Da – beiß doch, beiß doch!« Und ich sprang hüpfend um meinen Bruder Nickel und die Häckselmaschine, lachte unbändig und warf aus dem Korb Häcksel in die Luft und dem Bruder über den Kopf.

In diesen Wochen war es, daß ich zum ersten Mal versuchte,

die Jungen, die in der nächsten Nachbarschaft wohnten, kennenzulernen. Bisher hatten die Eltern eine Annäherung nicht für gut gehalten, und ich gehorchte, weil man mich bei jedem Gang in die Nachbarhäuser beobachten konnte. Die Türen dieser ärmlichen Häuser standen immer offen, man sah und hörte leicht, wer da in den Stuben weilte, und was da geschah. Nun aber, als meine Eltern und Geschwister mir jeden Willen taten, fühlte ich, daß es die richtige Zeit sei, um Schleimers-Matti und Herings-Pittchen kennenzulernen. Ich hatte sie auch nötig, damit sie meinen Verband, den ich noch Wochen um den Kopf tragen mußte, bewunderten, und daß sie sich vor den Schmerzen, die ich ertragen hatte, graulten. Der Schleimers-Matti war zwei Jahre älter als ich. Er hatte ein aufgeschwemmtes, graues Gesicht und lächelte immer auf eine verlegene und zugleich, so kam es mir vor, höhnische Weise, so daß ich ihn nicht leiden mochte. Er hatte die fallende Krankheit, hatte man mir zu Hause gesagt. Er erzählte auch davon und zwar gleich, nachdem ich meine Operation in allen Farben ausgemalt hatte. Der Doktor hätt so ein langes Messer gebraucht, erzählte ich, und die Wunde wär so groß gewesen, daß man ein ganzes Bettlaken hätt hineinstopfen können. Aber Matti behauptete mit seiner kriechenden und aus der Brust keuchenden Stimme, daß meine ganze Operation keine Geißenbohne gewesen wär im Vergleich zu seiner Krankheit, die sollte ich mal sehen! Da tät er richtig hinfallen und so laut schrein, daß alle im Haus aufwachten, wenn sie schliefen. Und er erzählte mit immer langsamerer Stimme, lächelte immer höhnischer, und sein Gesicht wurde immer flacher und fahler. Er saß auf unserm Pudelfaß im Hof. Das Faß war aus einem weißlichen Blech gemacht, darum lagen Eisenringe, und wir benutzten es in unsern Spielen stets als Lokomotive. Matti stützte die Arme neben sich, und der Kopf sank ihm immer tiefer zwischen den Schultern ein. Plötzlich schrie er laut wie eine Kuh und klagend wie ein Hund und sank langsam vornüber. Ich war so entsetzt, daß ich ihm gar nicht helfen konnte. Herings-Pittchen war wie ein Spatz davon und kam bald mit Mattis Mutter und einer seiner Schwestern wieder, die ihn mit sich forttrugen. Die Mutter Kätt seufzte nur immer wieder: »Mein arme Jung, mein arme Jung!« Ich aber sah, wenn ich die Augen schloß, noch lange Zeit hinterher, wie Mattis stoßender Atem den Staub auf der Erde aufgewirbelt hatte, und wie ihm der Speichel aus dem Mundwinkel herausgelaufen war.

Zu den rundlichen Frauen der Arbeiter ging ich nur noch selten. Manchmal verlockten sie mich zwar durch das Fenster mit einem gelben oder himbeerroten Pudding, aber jedesmal, wenn ich gestopft voll mit Süßigkeiten eines der mir verbotenen Häuser verließ, fühlte ich tiefer und schwerer meine Schuld. Ich wußte, daß ich nicht nur ein Verbot übertreten, sondern auch ‚unser Haus', so nannte man bei uns die Familie, erniedrigt hatte, indem ich denen, die mich bewirteten, die Möglichkeit gab zu sagen, daß der arme Junge zu Hause nie etwas Süßes vorgesetzt bekäm. Ich ließ eben diese Leute, die nicht in unserm Haus als Besucher zugelassen waren, bis in Mutters Spind und Küche blicken; denn diese Frauen waren neugierig und wollten wissen, ob wir die Butter alle verkauften; ob wir beim Schmieren der Brote unter den Weißkäse Butter täten und auf die Butter Gelee, und wieviel Eier wir täglich brauchten, und warum denn Mutter keine Aufläufe und Süßspeisen machen tät; und ob wir allein aus dem Schornstein lebten oder auch beim Metzger frisches Fleisch kauften und wie oft. Diese Fragen mußten beantwortet werden, wenn man den Pudding mit Artigkeit verzehren wollte – und so kam es denn, daß mir hinterher der nach Zimt duftende Reis und der wie Blumen so farbige und wie Glas glänzende Geleeklumpen, der so schön zitterte, wie eine Sünde drückend im Magen lag. Also mied ich die einstöckigen Sandsteinhäuser der Fabrikarbeiter und ging zu den Bauernfrauen, zum Bäcker und Schreiner. Das waren Leute, zu denen auch meine Eltern manchmal gingen, vor allem zu dem Schreiner Jul, dessen Frau aus Trittenheim stammte. Wenn Caritas den Mund auftat, hörte ich die Nachbarschaft zum Dhrontal und ich fühlte mich zu Hause. Jul und Caritas hatten noch keine Kinder, und das war mir sehr angenehm. Jul band mir jedesmal eine blaue Schürze um und ließ mich mit Glaspapier Möbel abschleifen: Tische, Särge und Schränke.

Eines Nachmittags, es schneite und dunkelte schon, trat ich in Juls Werkstatt ein, um mich am Leimofen zu wärmen. Ich sah einige niedrige, schmale, längliche Tische, daran Bänke befestigt waren. Ich wußte nicht, was das für Möbel seien, und Jul erklärte mir schmunzelnd: »Dat sein Schulbänk.« Und er reichte mir Sandpapier und band mir die Schürze um. »Schulbänk?« Ich sagte das ebenso erstaunt wie ehrfurchtsvoll, fuhr aber gleich fort: »Ja ja, die Jungen müssen ja Bänk hann!« Und ich ging mit einem besonderen Eifer an das Polieren der Bänke. Ich fühlte häufig nach und dachte in einem fort an die Jungen, die bald auf diesen Bänken sitzen sollten. Ich wußte durchaus nicht, wie es in der Schule aussähe. Bald sah ich wie auf dem Bild, das Jesus im Tempel zeigt, Säulen in der Schule und ehrwürdige alte Männer, die den Kindern Fragen stellten; bald sah ich, von Nickels Erzählungen belehrt, den Stock auf strammgezogene Hosen wirbeln. So gänzlich im unklaren über die Schule, schob ich sie, die nach den Ostern des nächsten Jahres auf mich wartete, einfach auf die andern ab. Und ich tat es so gut, daß ich die Bänke, die ich in der Tat für meinen eigenen Jahrgang und somit auch auf einem Platz für mich selber schmirgelte, mit Knaben meiner Phantasie bevölkerte. Im Hinblick auf den Stock bemitleidete ich die Knaben aus Luft und sprach zu ihnen, während meine Hände über die Fichtenbretter hin und her rieben: »Na, Jüngelchen, soviel Stunden jeden Tag, da hann ich als Schreiner et doch besser, wie? Aber Schul muß sein!«

Nach einer Stunde wohl kam Jul, prüfte mit dem Handballen die Tischfläche und sagte mit seiner leisen Stimme, das wär aber sehr gut geschmirgelt, in mir tät ein guter Schreiner stecken. Er lächelte dabei auf seine freundliche Weise. Ich glaubte es ihm, warf mich in die Brust und ging hinaus. Sofort wollte ich Caritas sehen und ihr erzählen, was Jul über meine Arbeit und zumal mein Talent als Schreiner gesagt hatte. Ich ging die schmale Treppe hinauf und rief Caritas' Namen, erhielt aber keine Antwort. Darauf öffnete ich die Tür der Küche. Dort war es fast schon dunkel. Ich blickte mich, ein bißchen ängstlich, in dem leeren Raum um, da hörte ich einen langsamen Schritt die Treppe heraufkommen. Es war Caritas, sie mußte wohl im Keller gewesen sein. Im selben Augenblick beschloß ich, Caritas zu erschrekken. Ich schlüpfte unter den Küchentisch und lauschte auf ihre Schritte, die immer näher kamen. Endlich – es kam mir sehr lange vor – öffnete sie die Tür. Ihr Schritt war schleppend. Sie blieb neben dem Herd stehen, ich merkte, wie sie nach dem Küchenlicht griff, und hörte, wie sie ein Streichholz rieb. Jetzt kam sie an den Tisch, stellte das Licht darauf, und gerade, als das Streichholz anbrannte, sah ich ihre Beine, griff danach mit gekrallten Fingern und machte wie eine Katze: ‚Pfff!' Das Streichholz erlosch sofort, Caritas tat einen fürchterlich hohen Schrei. Ich mußte, stolz darüber, daß es mir geglückt war, ihr einen solchen Laut des Schrekkens zu entlocken, laut auflachen. Da griffen schon zwei Hände unter den Tisch und zogen mich heraus. »Ah, du bis et, du bis et! Nun komm mal her. Jetzt sollste aber mal wat erleben!« Und ich merkte, wie sie, immer noch am ganzen Leibe zitternd, mich über ihr Knie legte, mir hastig die Hosenklappe aufknöpfte, die Unterhose auf die Seite schob und dann das Gesäß verdrosch, daß ich vor Wut, Schmerz und Empörung laut aufheulte. Schließlich stand ich mit brennenden Hinterbacken in der Dunkelheit da und hörte, wie Caritas sagte: »Du rauhlige Kerdel!« Und ich hörte, wie sie das Streichholz an der großen Schachtel entlang rieb. Es wurde hell, und erst jetzt kam die Beschämung über mich. Ich stürzte an ihr, die nun höhnisch zu lachen begann, vorüber und mir auf der Treppe die Hosenklappe zuknöpfend rief ich: »O du bös Fraumensch!«

Ich ging zu Jul in die Werkstatt und erklärte ihm unter Tränen, daß ich von nun ab nur noch ihn, nie mehr aber Caritas liebhaben könnt. Sie wär ein bös Fraumensch und ein Massik (so nannten wir schlagende Pferde). Aber Jul erklärte mir sanft, doch ebenso bestimmt, daß keiner mit ihm befreundet sein könnt, der Caritas nicht leiden möchte. Und nun erst fragte er, warum mich denn Caritas übers Knie gelegt hätt. Er blickte mich mit erwartungsvollem Fragen an. Ich entgegnete, die Frauleut verstünden keinen Spaß. Ich hätt nichts getan, als mit ihr ‚Katz' gespielt, und sie hätt gleich Ernst gemacht. »Nie, nie, nie werd' ich noch mal mit dene Frauleut Katz spielen«, rief ich und weinte von neuem. Als ich bemerkte, daß Jul nun unter seinem kleinen, blonden Schnurrbärtchen sogar lächelte, aber leise, wie es seine Art war, da lief ich tiefgekränkt von dannen.

In den nächsten Wochen ging ich nicht mehr zu Jul. Ich besuchte statt seiner Hauen Heinrich in seiner Bäckerei. Ich überlegte sogar, ob ich nicht doch Bäcker statt Schreiner werden sollte. Zwar wußte ich, daß ich eigentlich studieren und Priester werden würde, aber das war der spätere, der richtige Beruf. Daneben gab es einen Beruf, den ich im Traum und im Spiel ersehnte und ausübte. Ich sah Hauen Heinrich zu, wie aus seiner Hand die weichen, mehlbestäubten Bälle und Kringel, die Locken und Sterne, die Männchen und Tiere so schnell und wohlgeraten hervorgingen, wie sie auf großen Blechen in den Backofen geschoben wurden und vor allem, wie sie hernach hinter dieser schwarzen, schweren Eisentür, die sich auf Schienen bewegte, vollständig neu wieder hervorkamen. Ja, wenn man sah, wie weiß und weich und platt diese Teigstückchen vorher auf dem Blech lagen und wie golden, rund und glücklich sie hinterher herauskamen, dann mußte einem der Backofen wie ein Ort der Verwandlung vorkommen, und so redete ich denn vom Backofen als vom Fegfeuer des Brotes und des Kuchens und all des andern Gebäcks, das meist in großen Körben herumstand.

Einmal saß ich einen ganzen Morgen unter dem Tisch neben einem Waschkorb voll Spekulatius. Gelegentlich schenkte mir Hauen Heinrich ein zerbrochenes Teilchen; tat er's nicht, wartete ich oft eine Stunde lang darauf und war dann durch meine Begierde vom Zuschauen abgelenkt. An diesem Morgen hatte Heinrich viel zu tun. Er hatte mich offenbar vergessen. So saß ich fast schmollend unter dem Tisch. Mein Kopf lehnte an dem Weidenkorb, und der Geruch des Spekulatius umgab mich immer dichter und süßer. Meine Beine bewegten sich, mir war's, als wollten sie gegen meinen Willen aufstehen und weglaufen. Ich war traurig, daß Heinrich mich vergessen und mir nichts Süßes geschenkt hatte. Zugleich wollte ich weglaufen, weil auch etwas, das tief in meiner Hand verborgen saß, sich bewegte. Sie hob sich mehrmals zum Rand des Korbes und fiel wieder herab. Immer aufs neue gingen meine Augen suchend umher, ob nicht doch ein Plätzchen oder Sternchen auf den Boden gefallen wär; denn, so sagte ich mir, ein solches Plätzchen dürfte ich wohl nehmen. Ich stieß sogar einigemal mit der Schulter gegen den Korb, der bis oben angefüllt war, in der Hoffnung, es könne eines der Spekulatiusstückchen herunterpurzeln, doch es geschah nicht. So griff ich denn plötzlich, derweil mein Herz pochte und mir der Zorn über Hauen Heinrich die Tränen in die Augen trieb, in den Korb hinein, nahm mir ein Stückchen und aß es. Kaum hatte ich es gegessen, erhob ich mich und wollte hinauseilen. Da kam Heinrich. Er lachte und gab mir wie jedesmal, wenn ich fortging, einen Klaps auf den Rücken und sagte, ich sollt ihn bald wieder besuchen.

Es war kurz vor dem Abendessen, als ich zu Hause in die

Stube trat. Vater fragte mich, ob ich bei Hauen Heinrich gewesen wär. Ich stritt es, sofort an meine Schuld denkend, mit gesenktem Kopf heftig ab. Darauf nahm mich Vater stumm an der Hand, führte mich unter den Schuppen, nahm einen Rebzweig und sagte: »Nur, damit du siehst, wo du mit deinem Lügen hinkommst!« Ich empfand die Hiebe als angenehm, weil sie nur für die Lüge waren und Vater mithin nicht wußte, daß ich Spekulatius gestohlen hatte. Trotzdem verstand ich eines nicht: Vater wußte jedesmal und auch an diesem Abend sofort, ob ich in der Bäckerei gewesen war. Warum wußte er aber dann nicht ebenso sicher und schnell, was ich in der Bäckerei getan hatte? Man schickte mich ohne Essen ins Bett. Leise trat ich ins Schlafzimmer und zog mich aus. Katharina hatte mir eine Kerze entzündet und war wegen meiner Lüge, als hätte ich sie selbst beleidigt, stumm hinausgegangen. Als ich nun die Jacke auszog und, um Katharina mit besonderer Ordentlichkeit zu versöhnen, sie umständlich auf den Tisch legte, da sah ich auf dem Rücken der dunklen Jacke eine weiße Hand im Licht der Kerze hin und her zittern, eine Mehlhand, Hauen Heinrichs Hand! Und innerhalb eines Wimpernschlages erkannte ich: das ist das Zeichen, das dem Vater mitteilt, wo ich gewesen bin. Er ist also nicht allwissend und er steckt sogar mit Hauen Heinrich unter einer Decke; und er, den ich für meinen Freund hielt, macht sich über mich lustig. Ich war darüber sehr beschämt und ging seit der Zeit nicht mehr in die Bäckerei. Wenn jemand krank war und ich Zwieback kaufen mußte, ging ich zu Backs und nicht zu Hauen Heinrich, so enttäuscht war ich über die weiße Hand auf meinem Rücken.

Ich besuchte in dieser Zeit auch des öfteren ein Mädchen, das ungefähr so alt war wie meine Schwester Katharina. Ich hatte, ehe meine Besuche begannen, in ihrem Haus einen Zettel von meinen Eltern abgegeben. Bei dieser Gelegenheit hatte ich sie im Lehnstuhl sitzen gesehen, bleich und mit einem Gesicht, durch das der Himmel durchzulächeln schien.

Sie wies mir einen Platz auf dem Bänkchen, auf dem ihre Füße standen. Wir sprachen miteinander, und es gefiel mir, daß das Mädchen mir sehr ernste Fragen stellte, als wäre ich ein verständiger Mensch. Wenn ich mit einer Antwort sie zu einem Lächeln brachte, war ich darüber glücklich und stolz zugleich; denn sie lächelte sehr ernst und schaute mich an, daß es mir warm den Rücken herunterlief. Einmal fragte ich sie, warum sie nicht einmal mit mir auf den Berg Rupproth hinaufsteigen tät. Ich wär noch nie dagewesen, und nur mit ihr möcht ich hinaufgehen. Sie schaute mich mit weitaufgerissenen Augen lange an. Schließlich begann sie zu husten, und ich mußte einige Minuten aus der Stube hinausgehen, weil die Mutter kam und sagte, sie müßt es Clara ein bißchen bequemer machen. Als ich wieder hereinkam, sah meine große Freundin noch bleicher aus als sonst. »Erzähl mir lieber vom Himmel«, flüsterte sie, »nicht von Rupproth!« »Vom Himmel?« Ich dachte nach. Und ich sagte, gewiß, im Himmel wär es noch schöner als auf Rupproth, aber aus dem Himmel käm man nicht mehr heraus. Indem trat ihre Mutter herein. Sie löste Claras Haar auf und kämmte es. Das bleiche, schmale Gesicht des Mädchens lag in diesem Haar wie in einer dunklen Wolke. Und Clara lächelte an ihren Wangen herab auf mich nieder. Ich streichelte ihre Füße. »Im Himmel«, sagte ich, »da kämmen dir de Engel dat Haar.« Sie lächelte immer noch, aber ich sah, wie aus ihren kleingewordenen Augen die Tränen flossen. Da mußte ich auch weinen. Daraufhin schickte mich ihre Mutter fort. Ich wußte nicht richtig, warum ich geweint hatte, und so verließ ich voll Beschämung Claras Haus. Daheim war ich kleinlaut. Als sie mich fragten, wo ich gewesen wär, sagte ich: »Bei Clara!« »Bei welcher Clara?« fragten sie weiter, und ich erklärte ihnen genau, in welchem Hause meine Freundin wohnte.

Diesmal war es Mutter, die mir, kaum daß sie erfahren hatte, wen ich besuchte, aufs strengste untersagte, noch einmal Clara zu besuchen. Das arme Mädchen hätt die Auszehrung, und wenn ich oft hinginge, müßte ich noch am Ende genauso im Lehnstuhl sitzen und husten – und schließlich sogar sterben.

»Aber, Mutter, wir müssen doch all sterben!« wandte ich ein.

»Ja, dat schon, aber net eso schnell!«

»Aber wenn wir doch hernach in den Himmel kommen?«

»Ja, dat auch! Hoffentlich! Aber vorerst müssen wir uns den Himmel verdienen!«

»Hat Clara ihn schon verdient?«

»Ja, Clara – aber du noch net!«

Dabei blieb es. Und weil alle im Hause es mit ernsten Mienen von mir haben wollten, ging ich lange nicht mehr zu Clara. Als ich aber eines Tages allen Verboten zum Trotz heimlich die hohe Treppe hinauf zu Clara hineinschlüpfen wollte, sagte mir ihre Mutter, mich mit einem seltsam starren Blick betrachtend, daß Clara doch seit vierzehn Tagen gestorben wär. Ich ging wie betäubt davon und weinte über das Verbot meiner Eltern, über meine Untreue und den Tod, der die schöne Clara aus ihrem Lehnstuhl über Rupproth hinauf in den Himmel getragen hatte.

Schulanfang, ein Autorennen und Kaiserbesuch

Je näher der Tag des Schulbeginns heranrückte, desto aufmerksamer hörte ich zu, wenn Franziska und Nickel aus der Schule erzählten. Ich lernte die Namen der Lehrer und ihre Eigenarten, vor allem die eine, ob sie häufig und kräftig den Stock gebrauchten oder ob sie sanft und nachsichtig seien. Doch merkte ich bald, daß fast alle gern drein- und draufschlugen, nur die Stöcke waren verschieden. Der vom alten Burx war, wie Nickel mir berichten konnte, ein gut durchziehendes, ziemlich dünnes Rohr. »Schöner als et sich anfühlt«, sagte der Bruder mit einer Art von verheißungsvollem Drohen. Der Stock vom Husmann war ein grober Knüttel, den er aber selten gebrauchte, da er es vorzog, mit beiden Händen ins Gesicht zu schlagen. Der Stock von Tipphenne stammte vom Besenstiel des Schornsteinfegers, einem Holz also, das, wie Nickel mir erklärte, sehr biegsam ist; denn der Schornsteinfeger ringelte seinen Besenstiel wie einen Schlauch auf und trug ihn, wenn er zu uns kam, um zu putzen, quer über Schulter und Brust. Dieser Stock war vom vielen Gebrauch am Ende aufgesplittert, und Tipphenne hatte darum einen feinen Blumendraht gewikkelt. »Dä spart sich de Arbeit«, sagte Nickel, »drei Schläg, un du bis bekehrt.«

Eines Tages war es so weit, daß Mutter mit mir ins Dorf ging. Im Laden der Josephine Stein in der Richtgasse kaufte sie mir eine Tafel, einen Griffel und einen Tornister. Am Ranzen gefiel mir am meisten das kleine Blechschildchen auf der Klappe, es glänzte und sah wenigstens in meinen Augen feiertäglich und fast ein bißchen städtisch aus, – die Pferde hatten auf ihrem Festtagskummet auch solche Schildchen.

Dann kam der Morgen, daß ich mit Nickel zum ersten Mal zur Schule ging. Franziska ging in die alte Schule, wo die Mädchen unterrichtet wurden. Die lag hinter der Bierbachbrücke in der Nähe des Pfarrhauses. Die neue Schule, die für die Jungen, stand auf der Steinerbaumstraße. Vor und hinter dem Steinkasten dehnte sich ein Spielplatz aus, der mir sehr groß vorkam. Eine hohe, graue Mauer lief um alles, was zur Schule gehörte, und ich bekam ein bißchen Angst, als ich durch das Tor trat. Dann erblickte ich die Kastanienbäume auf dem Spielplatz, sie waren schon fast grün.

Überall standen Mütter mit ihren Jungen an der Hand. Die Lehrer kamen auf sie zu und sprachen mit ihnen. So sahen also Lehrer aus. Wirklich, sie lächelten, trotzdem weinten viele der kleinen Jungen und wollten nicht bleiben, und da bekam auch ich aufs neue Angst. Ich dachte der mannigfaltigen Stöcke und ich traute den freundlichen Gesichtern der Lehrer nicht.

Schließlich entdeckte ich Burx. Er mußte es sein: er hatte den ‚weißen Stiftenkopf' und war überhaupt ganz, wie der Bruder ihn mir beschrieben hatte (Nickel war längst mit seiner Klasse ins Innere der Schule verschwunden). Der Mann blickte auch so streng wie Burx – und vor allem hatte er die schwarze Pelerine an, die er, wie Nickel mir versichert hatte, nur auszög, wenn er ins Bett ging.

Es dauerte lange, bis Burx uns alle in den Bänken des Schulzimmers sitzen hatte. Wir wurden dem Alphabet nach gesetzt, und so kam ich auf den ersten Platz neben der Tür. Burx erklärte uns aber, daß diese Ordnung nur vorläufig sei. »Auf den ersten Platz kommt der Beste«, verkündete er, »auf den zweiten der Zweitbeste und auf die Bank hier vorne kommen die Dummköpfe und die Faulenzer.«

Dann sollten wir das Vaterunser, das vor jedem Schulbeginn künftig gebetet würde, zusammen lernen. Burx hatte inzwischen seine schwarze Pelerine am Zapfenbrett aufgehängt und zeigte uns nun seinen Bauch, der zwischen der offenen Jacke hervorstieß; eine goldene Uhrkette spannte sich quer darüber. Er stellte sich auf das Podium und sprach uns das Vaterunser vor, wie wir es beten mußten. Er machte, während er die Worte sprach, das Kreuzzeichen. Wir standen alle hinter den Bänken und machten es nach und sagten genau dasselbe wie er. Bei den ersten Malen gingen die weinerlichen Stimmen der Jungen und der dröhnende Baß des Lehrers noch auseinander. Aber Burx hämmerte mit dem Gebet weiter auf uns ein. »Im Na-men-däs-Va-tärs-und-däs-Soh-näs – – –« Jedesmal zeigte er mit der Hand, sobald das Wort ‚Vater' ertönte, gegen seine Stirn, während sein Blick schnell und scharf über die Klasse flog; und mit einem Ruck zeigte seine Hand bei ‚Sohnes' gegen seinen Nabel, fuhr dann bei ‚Geistes' blitzschnell gegen die Schulter, um bei ‚Amen' ebenso schnell gegen die andere Schulter zu fliegen. Mir gefiel das Spiel nicht schlecht, und meine Hände zuckten bald genau, wie sie sollten, auf meinem Leib hin und her. Während einige Jungen von Burx nach dieser Gebetsübung sanft getadelt wurden, lobte er andre Schüler ausdrücklich, darunter auch mich, und sagte, wir könnten es schon. Ich atmete tief auf und war ganz selig.

Nun stellte sich Burx wieder auf das Podium und sagte, wir sollten unsere Tafeln unter den Tischen bereitmachen. Wenn er sage: »Tafeln – raus!«, müsse die Tafel sofort und ganz leise auf dem Tisch liegen, jedoch erst, wenn das Wort »raus« ertöne. Ich legte meine Tafel griffbereit. Zunächst aber hieß es: »Hände zusammen!« Die eine Hand hatte, wie Burx es uns vormachte, auf der Bank zu liegen, die Rechte hatte quer darüber in einem leichten Griff die Linke zu fassen. Wir warteten, es war ganz still in dem großen Zimmer. Endlich erscholl der Ruf: »Tafeln – raus!« Aber schon bei dem Wort »Tafeln« bewegten sich alle, und es klapperte und raschelte und rumorte von allen Bänken. Burx rief: »Zurück! Erst bei ‚raus' kommen sie raus!« Wieder entstand eine große Stille. »Und die Tafel kommt leise heraus, ganz leise!« Burx hob den Zeigefinger. Ich hatte die Tafel, um ganz sicher zu gehen, mit dem vorderen Rand auf meine Knie gelegt. Sobald ich nun bei »raus« heftig unter die Bank griff, stieß ich auf den vorderen Rand der Tafel; sie fiel, und die Kordel, daran das Schwämmchen und der Lappen hingen, riß die Griffelbüchse nach sich und es gab einen beträchtlichen Lärm; denn meine Büchse war sehr groß und bis zum Rand mit Griffeln gefüllt. Burx, der mich zuerst gelobt hatte, kam sofort herangestürzt, und schon hatte ich eine Ohrfeige sitzen. Ich war sehr beschämt und darum sehr froh, daß ich unter die Bank tauchen konnte, um alles an seinen Platz zu bringen.

Ich sah die Beine der Jungen und hörte, wie sie droben lachten. Doch da kam ein Donnerwetter über sie. Es wurde wieder ganz still, und ich guckte über die Bank und sah, wie Burx zum Schrank ging. Er griff hinein und zeigte uns ein Rohrstöckchen und rief, daß jeder, der in der Schule lache oder andere Unarten treibe, es mit diesem Stöckchen über die Hände bekomme und vor allen Dingen jeder, der erst nach dem Gebet das Schulzimmer betrete. Für Zuspätkommen gebe es zwei oder vier Schläge über die Hand; für Unaufmerksamkeit und schlechte Antworten zwei; für Lachen und Stören der andern wiederum vier; für Roheiten und Ungehorsam und Frechheiten aller Art sechs bis acht, je nachdem!

Wir saßen alle sehr still da und ließen unsere Blicke von dem hocherhobenen, wie Gold schimmernden Stöckchen auf unsere Hände sinken, sie lagen ordentlich übereinander auf den Bänken. Und es wurde mir langsam klar, daß die schönen Säulen und die alten, frommen Männer mit Bärten und Schriftrollen, womit ich in der Phantasie die Schule ausgeschmückt hatte, nicht der Wirklichkeit entsprachen, wohl aber Nickels Geschichten vom Stock.

Am zweiten Tage lernten wir, wer der Mann und die Frau auf den Bildern neben dem Kruzifix seien. Burx nahm aus dem Schrank einen Stock, der größer war als er selber. Wir wurden plötzlich alle ganz still, duckten uns und die rechten Hände legten sich auf die linken. Aber er kam nicht zu uns, sondern stieg mit dem Stock auf das Podium und zeigte auf den Mann, der einen Schnurrbart hatte genau wie das Nasenvögelchen. Auch die Haare waren so hübsch und schräg nach hinten gescheitelt. Da sagte Burx mit feierlicher Stimme, als machte er das Kreuz: »Das ist Wilhelm II., König von Preußen und Kaiser von Deutschland.« Und er wies auf die Frau zur Linken des Kruzifixus und sagte: »Und das ist seine Gemahlin, die Königin von Preußen und Kaiserin von Deutschland.« Was das Wort ‚Gemahlin‘ bedeute, war mir nicht klar, doch nahm ich an, des Kaisers Frau heiße so. Das Wort hatte für mich einen besonderen Klang, weil es an ‚gemahlen‘ denken ließ: gemahlenes Korn, gemahlenes Weib. Die Worte des Vaters, daß die Menschen in der Lebensmühle gemahlen werden müßten, stiegen in mir hoch. Und wenn ich nun das Bild der gekrönten Frau betrachtete, kam mir die Kaiserin als ein solcher schon gemahlener Mensch vor. Nur nach außen hin war sie noch am Leben, in Wirklichkeit war sie bereits tot und im Himmel, gemahlen und eine Nahrung für Gott. Darum auch machte der Lehrer ein so frommes Gesicht, als er mit dem Stock auf sie zeigte.

Darauf ging Burx an die Tafel, nahm ein Stück Kreide und zog einen sehr langen, dünnen, schräg aufsteigenden Strich auf das schwarze Holz, er schloß einen dicken Strich nach unten an, und wieder fuhr seine Hand zart nach oben – setzte plötzlich einen Punkt über den dicken Strich und zwar so fest, daß die Tafel wackelte, die Kreide abbrach, und alle Jungen zu lachen begannen. Burx fuhr herum, er war rot im Gesicht. »Denkt an das harte, dünne Ding, das im Schrank ist«, rief er. »Und das ist ein i!« Er zeigte dabei mit der Hand auf die Tafel: »Haarstrich, Grundstrich, Haarstrich, Punkt! Wir können aber auch sagen: rauf, runter, rauf, Pünkelchen drauf. Und jetzt macht eure Tafeln voll – mit i's.«

Ich machte ein i und noch eins und noch eins. Als ich merkte, daß ich es konnte, verlor ich die Lust daran und malte eine Baumsäge und dann einen Hahnenkamm. Zum Kamm machte ich den Kopf und dann den Leib des Hahns, es war unser Huhnepitter, ich konnte ihn gut erkennen. Ich machte ihm auch noch Körner in die Luft vor den Schnabel, lauter Pünkelchen, und schließlich malte ich Mutter, da sie ja meistens die Körner streute, und dann noch ein paar Hühner. Plötzlich flog mein Kopf gegen die Schiefertafel, ich hörte die Hühner mit schrecklichem Gegacker auseinanderstieben, und als ich erschrocken aufblickte, wurde mein Gesicht naß von dem sprühenden Speichel aus dem Mund des Lehrers: »Willst du wohl i's machen, du Faulenzer! Alles auswischen! Von vorne anfangen! Rauf, runter, rauf, Pünk-elchen drauf!«

Die Schelle, die das Pausenzeichen gab, kam mir bald vor wie der Hahn auf dem Mühlkasten: die Schelle sagte, aber nicht so zornig wie der Mühlenhahn, sondern sehr vergnügt, daß alle Buchstaben und Zahlen durchgelaufen seien, durch unsere Köpfe nämlich, und daß nun neu aufgeschüttet werden müsse. Hui, für eine kurze Frist lief die Mühle frei, viele Mühlchen liefen frei, drehten sich im Kreis, hüpften oder trollten sogar auf dem Boden umher. Nur ein einziger Lehrer stand auf dem weiten Schulplatz und schaute von fern her zu, wie wir es trieben. Wo er sich jeweils befand, erschien der Schulhof nicht so belebt wie dort, wo er nicht war. Manchmal durchquerte seine Gestalt langsam den Platz und nahte sich einem im Staub umherrollenden Klumpen, der jeweils aus zwei oder aus unerkenntlich vielen kleinen Körpern gebildet war. Das Näherkommen des Lehrers war für die ringenden Jungen sehr unangenehm, denn sie mußten ihren Kampf auf dem Höhepunkt abbrechen und am nächsten Tag aufs neue beginnen. Darum bildeten die andern, die Zuschauer, auch meist einen dichten Ring um sie, und wenn der Lehrer trotzdem neugierig näherkam, riefen sie den keuchenden Ringern zu: »De Tipphenne« oder »De Burx«, und das wirkte, als ob man einen Eimer Wasser auf sie geschüttet hätte. Sie ließen voneinander los, standen auf und warteten bis zur nächsten Gelegenheit, denn es mußte ja festgestellt werden, wer von den beiden der Stärkere war.

Auch an mich kam, kaum daß ich einige Wochen in der Schule war, die Reihe, daß ich kämpfen mußte. Der Junge, der mich herausforderte, war ein Jahr älter als ich. Er wohnte in einer Straße, wo es keine Bauern gab, sondern nur arme Leute. Sein Anzug war unsauber, zerrissen oder mit Flicken besetzt, die aus einem andern Stoff als der Anzug bestanden. Mit sieben Jahren trug er bereits lange Hosen, doch gingen sie ihm nur bis in die Mitte der Waden. Die blonden Haare standen ihm struppig um das Gesicht, das auch noch von großen Sommersprossen übersät war. Was meinen Gegner aber am meisten an mir ärgerte, war mein Ranzen, wahrscheinlich sogar das glänzende Schildchen auf der Klappe. Er selber trug um Tafel und Bücher einen Lederriemen geschlungen. Mit diesem Riemen schwang er seine Siebensachen in der Luft umher, und zu verschiedenen Malen sauste sein Schulpaket dicht an meinem Kopf vorbei.

Eines Tages nun nahm ich seine Herausforderung an. Es war vor Schulbeginn, und wir warteten auf das Schellenzeichen. Zuerst fürchtete ich mich vor dem Jungen, und zwar weil er ein Jahr älter war und auch, weil die rohe Art, mit der er seine Sachen durch die Luft schwang und dabei schrie und umhersprang, ihn in meinen Augen noch viel älter und stärker erscheinen ließ. Ich konnte jedoch nicht ausweichen, – es hatte sich um mich und den Zampers-Pitt bereits jener Kreis aus Zuschauern gebildet, durch den kein unbemerkter Rückzug mehr möglich war. Ich hakte also meinen Tornister unter dem rechten Arm aus, legte ihn langsam hin und ging auf meinen Gegner zu. Der nun kam mir hohnlachend entgegen und fragte die andern, was er aus mir machen solle: Wurst oder Schwartemagen. »Du arme Jung«, sagte er dann, »du Buxeschisser!« Damit stieß er leicht mit der rechten Schulter gegen meine rechte, und ich wußte, daß damit der Kampf eröffnet war; ich hatte es oft genug gesehen. Es kam darauf an, den Gegner auf den Rücken hinzulegen und selber obenauf zu bleiben. Man durfte kratzen, treten, schlagen, an Ohren und Haaren reißen, – nur beißen galt als unerlaubt, weil das die Art der Hunde wär, so hieß es. Kaum daß nun der Zampers-Pitt mich mit beiden Armen um die Brust zu fassen bekam und in die Höhe hob, trat ich ihm mit aller Kraft gegen die Schienbeine, daß er mich mit lautem Geheul losließ und nach seinen Beinen griff. Da stieß ich ihn gegen beide Schultern, und er kugelte hin und schon saß ich ihm auf der Brust. Bis zum Augenblick, da er zu mir »Buxeschisser« gesagt hatte, fühlte ich mich klein und unsicher vor seinen rohen Gebärden. Kaum aber, daß ich seinen festen Griff spürte, war's mir, als quetschte er aus meinem Innern die platzende und flammende Wut heraus. Ich wußte nicht mehr, was ich tat. Erst als ich auf ihm hockte, und der Kreis der Köpfe und Schultern immer dichter um uns wurde, hörte ich einen Jungen sagen, der schon zu den Reservisten, das heißt zu den Vierzehnjährigen gehörte, – ja, das wär dem neuen Bauern sein Jung, »dä hat Mackes in de Knochen.« Diese Anerkennung aus dem Munde eines so großen Jungen, der nahezu acht Jahre älter war als ich und im Reservistenwinkel des Schulhofes ‚Reserve hat Ruh' singen durfte, erfüllte mich mit einem Stolz, daß ich in diesem Augenblick den Kampf auch mit einem drei Jahre älteren Jungen aufgenommen hätte.

Zampers-Pitt ließ mich seit diesem Tag in Frieden, die Jungen aus meiner Klasse aber waren stolz, daß ich einen aus dem vorigen Jahrgang auf den Rücken gelegt hatte. Wie gewaltig ich mich vor dem Pitt gefürchtet hatte, erzählte ich ihnen nicht. Und daß ich mich vor dem Stöckchen des Burx fünf Minuten später noch mehr fürchtete, verriet ich ebenfalls nicht. In der Tat war dieser Gang durch das Schulzimmer bis vornehin, wo der Burx mit dem goldenen Stöckchen wartete, ein langer Weg. Eine größere Ungerechtigkeit als diese Prügel, so kam es mir vor, konnte es gar nicht geben. In einem Kampf, den ich nicht gesucht und gewollt hatte, war mir der Sieg zugefallen. Tränen traten mir auf diesem bangen Weg zur ersten Bekanntschaft mit dem Stock in die Augen. Ich sah darum den Stock doppelt. »Aber, Herr Schulmeister«, sagte ich, als ich vor Burx hintrat, »dat war doch numen e Spaß!« Darauf sagte Burx in erklärendem Tonfall, daß man nicht ‚Herr Schulmeister', sondern ‚Herr Lehrer' sage. Es heiße auch nicht ‚numen', sondern ‚nur'. Und andern Jungen die Schienbeine blau und blutig zu treten und ihnen die Haare büschelweise auszuraufen und die Ohren halb abzureißen, das sei kein Spaß, – wenigstens nicht in der Schule zu Schweich.

Nunmehr griff er mir ruhig nach der rechten Hand. Ich erschrak und steckte sie schnell hinter meinen Rücken. Aber da sagte er mit hämmernder Stimme: »Hände – raus!« Einen Augenblick schoß es mir durch den Kopf, einfach fortzulaufen. Doch dann? ich mußte ja einmal wiederkommen! Und zu Hause erhielte ich gewiß noch Extraprügel. Als ich einsah, daß es vor diesem Stock kein Entweichen gebe, hob ich langsam die Hand. Der Arm war vor Erwartung wie betäubt. Burx faßte ihn am Puls mit starkem Griff, und schon sauste das Stöckchen hernieder. Ich sprang in die Höhe, aber ohne einen Laut, ich war ganz benommen. Das Gefühl war so, als hätte die Hand plötzlich Verstand bekommen und sei im gleichen Augenblick fürchterlich erschrocken. Doch da erlebte die Linke bereits dasselbe Erschrecken. Den dritten Schlag spürte ich nicht mehr so stark und auch nicht den vierten. Das war ganz anders, als wenn man es hinten drauf bekam. Die Hände waren bald betäubt, aber langsam wurden sie wieder lebendig. Und die Schmerzen des ersten Schlages blieben nun, man konnte tun, was man wollte, eine ganze Stunde lang. Ich betrachtete die Hände, sie waren rot und schwollen langsam an und brannten und stachen. Ich weinte still vor mich hin und steckte sie unter die Achselhöhlen und quetschte sie mit den Oberarmen. Das hatte mir nie einer gesagt, der Schmerz lehrte es mich. Und ich fand, daß die Schläge aufs Gesäß nicht so schlimm wären, da die Schmerzen hier nach fünf Minuten nachließen und nur noch als ein Kribbeln und Brennen empfunden wurden und sich dann eine allgemeine Wärme ausbreitete, so als hätte man einen Ofen in der Hose.

Burx aber und sein goldenes Stöckchen schienen mir seit diesem Tag auf der Seite jenes anderen Gottes zu stehen, der mir im Bilde der Zimmerdecke, nämlich des genau zusehenden, viereckigen Auges über dem Bettchen erschienen war und im Luftgesicht in der Kapuze. Dieser Gott dachte sich seit je Sachen aus, die man durch Nachdenken niemals selber finden konnte. So war man immerfort in Sorge, etwas zu tun und zu sagen, was die Stimme in unserm Herzen uns nicht verbot, sondern nur eine Stimme von außen, auf die man achtgeben mußte, damit einem keine unangenehmen Folgen erwüchsen. In der Schule gab es viele solcher Vorschriften, die man einfach wissen und ausführen mußte, ohne sie gutzuheißen oder gar nur zu verstehen. Man mußte zum Beispiel jeden Morgen in die Messe gehen, auch wenn es kalt und regnerisch war. In der Kirche knieten wir eine halbe Stunde lang auf niedrigen Bänkchen. Wir konnten uns nicht anlehnen und warteten, bis die halbe Stunde vorüber wäre.

Das Knien ohne Lehne in der Kirche, wo es im Winter bitterkalt war, erschien mir schlimmer als zu Hause im Keller Runkelrüben für die Kühe zu putzen oder Holz aufzustapeln und die Häckselmaschine zu drehen. Ich empfand diese Beschäftigungen zwar alle auch als unangenehm und lästig, doch konnte ich mich bewegen, wie ich wollte und hernach sah ich, daß etwas Vernünftiges geschehen war. Sonntags bei der Predigt jedoch, wenn wir uns auf die niedrigen Bänkchen setzen durften und ich den Dechant oder den Kaplan reden hörte, war mir dagegen das Marterbänkchen auf einmal ein sehr lieber Platz, und ich fühlte mich an demselben Ort, den ich noch eine Minute vorher abscheulich fand, ganz zu Hause.

Werktags aber mußten wir knien, jeden Morgen eine halbe Stunde lang knien! Und das hatten sich nicht der Burx und auch nicht der Dechant und noch weniger unsere Eltern so ausgedacht, – es war immer so gewesen, wie man mir versicherte. Und wer anders konnte es sein, der das von uns forderte, als jener seltsame und unbegreifliche Gott in der Kapuze! Burx aber und sein goldenes Stöckchen waren da, dafür zu sorgen, daß diese Forderung Gottes auch beglichen wurde. Burx fehlte nur selten in der Schulmesse. In seiner Pelerine kniete er, die Arme auf die Lehne gestützt, unbeweglich im ersten Betstuhl hinter den Kniebänkchen, und ich wußte, daß seine Augen unaufhörlich durch die Reihen der Schuljungen hin und her gingen.

Ich wußte das deshalb, weil ich einmal zufällig mit einem kleinen Spiegelchen, auf dem hinten ‚Pilo-Schuhcreme' geschrieben stand, spielte. Und zwar versuchte ich, die Gesichter der Jungen hinter mir zu betrachten. Plötzlich entdeckte ich zwischen zwei Jungenköpfen hindurch Burx. Seine Augen gingen streng und genau hin und her, als wären sie beim Zählen. Ich erschrak heftig und steckte das Spiegelchen schnell fort. Ich liebte es, denn man konnte bunte Perlchen, die auf der Rückseite unter dem Glas hin und her liefen, in die Schriftzüge von ‚Pilo', wenn man Geduld hatte, hineinschütteln. Hätte Burx das Spiegelchen entdeckt, das wußte ich, wäre es mir verloren gewesen, und ich hätte sicherlich vier oder gar sechs über die Finger gekriegt. Dabei waren doch die Kügelchen lauter arme Seelen, die sofort aus dem Fegfeuer errettet waren, wenn sie in den Löchern der Piloschrift saßen. Aber solch ein Spiel hätte Burx schlecht gefallen.

Die Eltern aber standen zu dem strengen Aufpasser und seinem goldenen Stöckchen und erkannten diese Macht ohne Einschränkung an. Denn ich hörte es oft genug am Familientisch, daß Vater oder Mutter voll Respekt von »diesem«, wie sie sagten, »braven Schulmeister« sprachen. Und sie redeten davon, wieviele Söhne er anständig und in Gottesfurcht großgezogen hätt, – und dabei war ihm vor Jahren schon die Frau gestorben, die, wie Mutter einige Male betonte, nichts in die Schulmeisterehe mitgebracht hatte. Ich sah oft die Frau Burx, wie sie vor der Ehe stand, nämlich vor dem Kirchentor. Auf den Stufen wartete Burx in der Pelerine, streng wie immer. Und sie warf die Arme auseinander und sagte: »Ich bringe dir nichts mit in die Ehe, Balthasar!« So hieß Burx. Und alle Leute, unter ihnen auch meine Mutter, schüttelten mit einem Ausdruck des Bedauerns und völligen Nichtverstehens die Köpfe.

Lehrer Burx schien mir nicht nur streng gegen uns zu sein, sondern gegen alles, was es in der Welt gab. Als er uns eines Tages mitteilte, daß am Pfingstsonntag ein großes Autorennen stattfinde, und wir aufjubelten, sagte er, wir sollten ja vorsichtig sein. Er könne gar nicht verstehen, warum man soviele Autos alle hintereinander durch einen Ort fahren lasse. Aber am Pfingstsonntag dann, als wir bei Bekannten auf der hohen Treppe in der Oberstiftstraße saßen und warteten, dachte ich schon lange nicht mehr an Burx und seine strengen Worte gegen die Automobile. Wohin man auch blickte, standen und gingen feiertäglich gekleidete Menschen. Sie blickten hin und her, als schwirrten die Autos, wie ich es in der Nacht zuvor geträumt hatte, überall durch die Luft. Es waren das im Traum sehr kleine Autochen gewesen, die aber so flink wie Fliegen waren und so bunt wie Blumen. Ich schnappte nach ihnen, um sie als Spielzeug zu behalten. Doch sie wurden, kaum daß ich sie in der Hand hielt, zu unansehnlichen dummen Dingerchen aus Papier.

Das Pflaster der Straße leuchtete in der Sonne, der Gemeindediener Donner ging in seiner Sonntagsuniform an der Gosse auf und ab. Niemand wagte sich in die Mitte des Weges. Von Zeit zu Zeit liefen Jungen mit lautem Schreien über die Straße, und jedesmal schrien die Mütter vor Angst mit. Manche der Männer aber lachten und überquerten dann selber, ruhig miteinander sprechend, das Pflaster, blieben sogar, wenn der Gemeindediener Donner ihnen etwas zurief, ein bißchen in der Mitte stehen und gingen schließlich auf die andere Seite. Endlich hörten wir die Leute in der Richtstraße rufen, das Gebraus der Stimmen kam näher – ein schwarzes Auto erschien.

Einige Hunde begleiteten das Auto zu beiden Seiten und bellten. Vier Leute saßen darin. Die Frauen auf dem hinteren Sitz hatten große Hüte an, die mit Schleiern unterm Kinn festgebunden waren. Auf einem Schild stand die Zahl 17 aufgemalt. Und schon kam das nächste. Es war grau. In der Mulde des Verdecks, das hinter den Sitzen aufgerollt war, saß ein weißer Spitz und bellte gegen die Hunde zurück, die auch diesen Wagen begleiteten. Und wieder kam ein Wagen, und wieder einer. Die großen Karbidlampen klirrten in den Haltern, und Vater meinte nachdenklich, er verständ nicht, wie da in der Nacht von dem Geschüttel das Licht nicht ausging. Mutter meinte, die führen wohl nicht oft in der Nacht, zum mindesten nicht so schnell.

Plötzlich entdeckte ich Nasenvögelchens Wagen. Ich erkannte ihn sofort. Der dicke Doktor schien über irgend etwas böse zu sein. Er hatte die Eulenbrille in die Stirn geschoben und zeigte mit zustechendem Finger auf die Hunde, die seinen Wagen genauso wie die übrigen ein Stück begleiteten und anbellten. Es kamen noch einige Autos, darunter ein sehr großes. In diesem saßen mit Bändern geschmückte Mädchen. Sie ließen im Wind bunte Papierstreifen treiben, und die jungen Männer riefen ihnen freundliche Worte zu. Wir sprachen zu Hause noch lange von dem schönen Pfingstfest und dem Autorennen.

Im Frühherbst dieses Jahres fuhren durch dieselben Straßen wiederum etwa zwanzig Automobile. Aber niemand lachte diesmal, und doch standen noch mehr Menschen an den Straßenrändern und in den weitgeöffneten Fenstern. Lehrer Burx hatte nichts gegen die Automobile dieses Tages einzuwenden, denn es waren ja die vom Kaiser.

Wir hatten vierzehn Tage vorher angefangen, zwei Lieder zu üben: ‚Heil dir im Siegerkranz' und ‚Der Kaiser ist ein lieber Mann'. Burx ließ zuerst jeden vortreten und den Ton nachsingen, den er auf der Geige strich. Als ich drankam, sang ich, so glaubte ich, wohl den Ton, aber er war tiefer als der auf der Geige. Burx hob den Kopf. »Du Brummbär«, sagte er, »geh rechnen!« Seit der Zeit mußte ich immer, wenn die andern sangen, daneben sitzen, zuhören und Zahlen schreiben, nur weil ich eine tiefere Stimme als die Mitschüler hatte. Ich summte ganz leise die Lieder mit. Und wenn Burx ‚Heil dir im Siegerkranz' übte, wurden meine Zahlen auf der Schiefertafel immer größer, und ich brummte so stark, daß Burx es schließlich vernahm. Er brach sofort den Gesang ab und kam zu mir an die Bank. Ich dachte, daß er mir nun eine Ohrfeige gebe, aber er lächelte freundlich und sagte: »Gelt, das ist ein schönes Lied? Wenn du unbedingt willst, kannst auch du bei diesem Lied mitsingen. Dies Lied muß ja jeder können.« Und ich trat zu den andern, und wir übten mit großer Andacht und Ausdauer, – und doch hat der Kaiser dies Lied nie von unsern Lippen gehört.

Als wir uns in der Reihgasse mit dem Rücken gegen die Straßenrinne aufstellten, jeder trug ein schwarz-weiß-rotes Fähnchen in der Hand, und als auf irgendein irriges Zeichen hin Burx das Lied kraftvoll intonierte, und als nun wir und die andern Schulklassen dazu unsere Stimmen erhoben,– da kam der Kaiser doch nicht; und er kam noch lange nicht.

Um ein Uhr mittags standen wir noch immer da und warteten. Die Sonne brannte auf unsere bloßen Köpfe. In der ersten Stunde wagte keiner von uns zu sprechen. Nur in den Fenstern, wo die Frauen standen, hörte man von Zeit zu Zeit ein kurzes Lachen. In der zweiten Stunde – wir konnten den roten Kirchturm gut sehen – begannen wir zu flüstern. Nur wenn Burx, ähnlich wie der Vorbeter bei der

Prozession, auf uns zukam, verstummten wir. Nach einer halben Stunde stimmte er das andere Lied an: ‚Der Kaiser ist ein lieber Mann.' Als der Kaiser noch immer nicht kam, begannen wir zu plaudern. Die Unruhe wurde größer. Ein Junge, der einen andern in die Gosse gestoßen hatte, erhielt von Tipphenne ein paar Ohrfeigen. Wir flüsterten wieder. Ich sagte zu Herings-Pittchen, wahrscheinlich wär das Auto vom Kaiser kaputt gegangen. Doch Pittchen schüttelte ungläubig den Kopf und sagte: »Dat Auto vom Kaiser kann net kaputt gehn!« Pittchen hatte das so bestimmt vorgebracht, daß ich es ihm glaubte. Aber ich wollte nun doch wissen, wo der Kaiser blieb, – schon seit einer geraumen Weile hatte ich es nötig, in die Haustüre hinter uns einzutreten, um die Dixius-Mutter zu bitten, ob ich auf ihr Häuschen gehen dürft. Das eine war gewiß: ich konnte unmöglich einfach die Reihe verlassen; ich mußte den Kaiser sehen, einerlei was mir daraus auch für unangenehme Folgen entstünden. Wenn ich aber auch nur fünf Minuten meinen Platz verließ, konnte der Kaiser gerade in diesen fünf Minuten vorüberfahren. Und dann? Das wagte ich mir nicht vorzustellen. Es würde mir mein Leben lang etwas fehlen, so glaubte ich. Und Burx, was würde Lehrer Burx sagen, der mich hatte mitsingen lassen, wenn ich den Anblick des Kaisers wegen eines Buxenwendens versäumt hätte? Und meine Eltern, meine Geschwister, die sich alle ihren Platz gesichert hatten, wo sie standen und warteten, um den Kaiser zu sehen! Nein, es war unmöglich, auch nur eine Minute aus der Reihe zu treten. Aber ich spürte, wie die Erregung in meinen Eingeweiden zunahm – und damit auch meine Bangigkeit, es könnte etwas passieren, was für mich, den Sechsjährigen, ebenso eine Schande bedeutete wie das Verlassen der Reihe, bevor der Kaiser vorüber war. Schließlich teilte ich Herings-Pittchen mit, wie es mit mir stand. Er betrachtete mich ernst, fast erschrocken, er war nicht einen Augenblick müde geworden. »Mach lieber in de

Bux«, flüsterte er schließlich und hob die Augenbrauen, »de Kaiser, dä kommt numen ämol!«

Aber ich war noch immer nicht ganz entschieden, dem Kaiser dies große Opfer der Selbstbeschämung zu bringen. Bei einem neuen Anfall der Bangigkeit machte ich schnell einen Schritt nach hinten, doch gerade da ruhte der hin und herfliegende Blick des Lehrers auf mir. Burx sah so feierlich aus, und sein Blick schien zu fragen: »Wo willst du hin – mit deinem Fähnchen?« Ja, richtig, mit meinem Fähnchen wollte ich also aufs Häuschen! Das ging nicht. Ich mochte es aber auch nicht Pittchen geben oder dem Schmitze-Jupp, auch das ging nicht, Burx hätte es bemerkt und gefragt. So trat ich denn wieder über die Gosse in die Reihe, düster ergeben in mein Los, heute abend vor meiner Mutter und den Geschwistern und vor wem sonst wie ein Zweijähriger dazustehen – breitbeinig und mit gesenktem Gesicht.

Als dann gegen vier Uhr die großen, schwarzen Automobile des Kaisers vorüberfuhren, schrien wir ‚Hurra' und schwenkten die Fahnen. Die Wagen waren alle geschlossen. Man konnte die Personen, die drin saßen, nur durch die Fensterscheiben sehen. Wir wußten nicht, ob der Kaiser im ersten oder im letzten Wagen oder in denen in der Mitte saß. Ich hatte geglaubt, der Wagen des Kaisers sei vergoldet, und er selbst trage einen Purpurmantel und eine Krone, so wie er auf manchen Bildern zu sehen war. Aber ich sah nur Uniformen. Und der Prächtige mit dem vielen Gold und Geschnür auf Schulter und Brust und dem Federhut auf dem Kopf, den ich für den Kaiser gehalten hatte, das wär, so wurde mir am Abend von allen Seiten mitgeteilt, sein Haushofmeister gewesen oder auch sein Leibgeneral. Der Kaiser hätt genau wie der Förster Zillichen ausgesehen, ja, eine Jägeruniform hätt er angehabt.

Ich weinte bitterlich. Mutter, die mir die Hose auszog, versicherte mir lachend, das wär an einem solchen Tag nicht schlimm, den Kaiser säh man so selten. Ich aber schluchzte, den Kopf in ihrem Schoß: »Aber, Mutter, ich hab ihn ja net gesehn!«

Zeppeliniaden, Lügengeschichten, Himmelskräfte und große Sehnsucht

Es war im Frühjahr des nächsten Jahres, als ich am Himmel zwischen den anderen Wolken eine erblickte, die fast wie eine Zigarre aussah und wie Silber glänzte. Ich stand mit Herings-Pittchen auf einem jener kleinen Hügel, die ich Großmuttergräber nannte. Ich wußte wohl, daß die Bauern unter diesen Hügeln ihre Runkelrüben den Winter hindurch aufhoben, aber für mich waren diese Hügel die Gräber geheimnisvoller Großmütter mit ganz dicken Bäuchen. Ich stand gern auf diesen braunen Hügeln. Wir freuten uns an der schönen Wolke, bis Pittchen den Finger hebend sagte: »Steffchen, los' emol: die Wolk da oben brummt!« Die silberne Zigarre stand nun über Trier und kam rasch näher. Auch ich hörte sie jetzt brummen. Wir ließen die Arme hängen, legten den Kopf in den Nacken und konnten nichts sagen. Endlich meinte ich: »En Wolk kann aber doch net brummen.« Wieder schwiegen wir ein Weilchen, bis Pittchen bedächtig meinte, ob es nicht der Teufel wär, der in dieser Wolke sitzen tät und brummte.

»Geh, mach die Kehr«, sagte ich erschrocken, »de Deiwel kann net eso hoch klimmen!«

»Aber so sieht doch och kein Engel aus«, sagte Pittchen ernst, und ich mußte ihm recht geben. Vor allem fehlten die Flügel. Wir waren sehr aufgeregt und bedrückt zugleich. Als aber die silberne Zigarre nun über uns schwebte, konnten wir allerlei sehen: ein Häuschen hing da unter dem riesigen Silberbauch, und in dem Häuschen entdeckte ich einige Fensterchen. Pittchen schrie und schwenkte die Arme.

Das Summen war nun so stark geworden, daß wir lauter sprechen mußten, um einander zu verstehen.

»Jetzt weiß ich et«, sagte ich plötzlich mit Entschiedenheit, »dat is de Zeppelin!«

Pittchen wiederholte das Wort, und ich erklärte ihm, daß mein Bruder Martin uns neulich vom Zeppelin erzählt hätt. Das wär eine Eisenbahn durch die Luft.

Wir rannten sofort ins Dorf zurück, nach Hause, um jedermann zu erzählen, was wir gesehen hatten. Doch als wir keuchend ankamen, war der Zeppelin vor uns in Schweich gewesen. Nur einige Tage später war es, da sah ich – es war in der Pause auf dem Schulhof – das erste Flugzeug. Der Lehrer Tipphenne kam fast im Laufschritt in die Mitte des Schulhofes und er riß die Hände aus der Tiefe seines grünen Lodenmantels, zeigte gegen das brummende Kreuz am Himmel, lächelte und sagte: »Ja, Jungens, seht nur, wirklich, ein Doppeldecker! Da sitzen Menschen drin, oder sind es Helden, Götter? Was würde der Dichter Geibel wohl sagen, wenn er das sähe!« Und er steckte wieder die Hände tief in die Rocktaschen und ging mit schräg gesenktem Kopf zum Schulhaus hin, wo er, ohne auf uns zu achten, dicht an der Wand auf und ab zu gehen pflegte.

Gleich am nächsten Tage standen Herings-Pittchen und ich im Höfchen der Herings-Leute und waren eifrig damit beschäftigt, einen alten, hochrädrigen Kinderwagen, mit dem Pittchen sonst den ‚Schweicher Boten' auszutragen pflegte, zu einem Flugzeug umzubauen. Wir hatten uns für den Bau der Flugmaschine entschieden, weil wir von vornherein einsahen, daß wir einen Zeppelin nie zusammenkriegten. Und da der Korbwagen, der als Rumpf des Doppeldeckers dienen sollte, nicht hinreichte, drei Personen zu fassen, hatten wir Schleimers-Matti vom Flugzeugbau ausgeschlossen. Die Tür des Höfchens war mit einigen Balken verrammelt, und so hörten wir bei unserer Arbeit, wie Matti versuchte, außen an der Mauer hochzusteigen. Zwischendurch drohte er uns, daß er, wenn wir ihn nicht hereinließen, die Krämpfe kriegen tät, und dann wären wir daran schuld, das würd er jedermann sagen. Jedoch wir blieben fest. Über dem aus Weidenruten geflochtenen Rumpf, der auf vier ganz soliden Rädern stand – und das war schon etwas! – bauten wir aus Draht und Sackleinwand vier Flügel. Es wurde darüber Abend. Am nächsten Tag setzten wir, wieder von Matti auf dieselbe Weise gestört, unsere Arbeit hinter der verschlossenen Hoftür fort. Der Motor bestand aus einer Reihe von Hebeln und Drähten, und als wir schließlich die Hoftür öffneten, um unser Flugzeug auf die Straße zu fahren, hatten wir unsere Zweifel, ob denn unser Flugzeug auch aufsteige, für einen Augenblick fast überwunden. Aber auch wirklich nur für einen Augenblick. Die Herings-Mutter trat, von ihrem Dienst bei Lehrer Husmann heimkommend, gerade auf die Haustür zu, als wir das Törchen öffneten. Kaum erblickte sie uns und unser Gefährt, kam sie herbeigelaufen. »O Maria, hilf!« schrie sie, »mein schön Kinderchaise! O ihr Hölleflöh!« Pittchen erhielt ein paar Ohrfeigen, während Schleimers-Matti jetzt laut seine Stimme erhob und in seiner langsamen und zugleich inständigen Sprechweise uns beide verhöhnte, und dabei hatte er doch noch am Tag zuvor mit uns aufsteigen wollen ...

Einige Wochen später erzählte ich nun den Jungen in der Schule, daß ich schon einmal in einem Flugzeug gewesen wär. Als ich merkte, daß sie bereit waren, mir Glauben zu schenken, erzählte ich ihnen ebenso bereitwillig, wie es in einem Flugzeug aussäh. Man tät nicht auf einem Stuhl oder in einem Sessel sitzen, sondern in einem Ledersack, der oben aufgehängt wär und unten ein Loch hätt, wenn jemand Angst bekäme ... Das Ganze wär nämlich nicht so ungefährlich, wie es von unten aussäh. Bis Beuren wären wir geflogen. Weil wir das ‚eu' in dem Namen dieses Hunsrückdorfes stets wie ‚ei' aussprachen, fragte der Schmitze

Jupp: »Wat, bis Bayern?« Ich sagte sofort ja. Denn Bayern, das wußte ich, das war viele hundertmal weiter als Beuren. Sie blickten mich staunend an, aber mir kam es auch vor, als ob sie es mir verübelten, daß ich so weit weg gewesen war – und dann auch noch im Flugzeug. Doch wann ich diese Reise gemacht hätte, fragte keiner. »Überhaupt«, sagte ich, von dem Flugzeugfahren ablenkend, »bei mir is net alles so wie bei euch. Hier guckt mal, dat Mäuschen bei mir is aus Gummi!« Ich zeigte ihnen den Handballen an meiner Linken, der wirklich dicker als bei ihnen war. »Aus Gummi?« Es war der Leo vom Moses, der diese ungläubige Frage wagte, die andern hatten es schon wieder geglaubt. Ich erklärte Leo, daß bei manchen Menschen das Fleisch zu Gummi werde, wenn nämlich die Flugzeugleute eine Luftsalbe drauf schmierten. Flöge man nun oft im Flugzeug oder gar im Zeppelin, würde das Fleisch hernach am ganzen Körper zu Gummi – außen herum, »dat Herz un de Eingeweide bleiben, net wahr?« so sagte ich, und sie nickten. Auch der Leo glaubte es jetzt. Ich war darüber sehr zufrieden und beinahe glaubte ich es selber, daß mein Mäuschen aus Gummi sei.

Warum sollte ich nicht daran glauben, daß meine Mutter eine ganz feine Frau aus Frankreich war, die mich an meine Eltern abgegeben hatte, damit ich hier in der gesunden Luft aufwüchse, bis sie mich später abholen würde – eines Tags. Dann wollte ich meine bäuerliche Mutter küssen und an ihrer Brust weinen, ehe ich von ihr wegging. Meinem Vater wollte ich ein Gespann Pferde schenken und eine schöne Kutsche, und jedem der Geschwister etwas Besonderes, das ich mir abends, vor dem Einschlafen, zumal wenn sie mich geärgert hatten, ausdachte. Sollte ich es nicht glauben, wenn da doch auch so ein Schweicher Schmied oder Spengler, kaum daß er im Saal der Gastwirtschaft Adams auf der Bühne stand und der Vorhang sich aufgetan hatte, von seinen ‚Untertanen' sprach; oder wenn ein sonst braver Mann, der sogar sonntags mit dem Klingelbeutel in der Kirche herumging, »Ihr verdammten Christenhunde« rief und dabei die Augen rollte, daß ich mich ängstlich duckte oder sogar die Augen schloß? Ja, das war nämlich alles möglich in Schweich.

Über dem Stall, wo ich mit der Harpune aus der Heuwand die Abendmahlzeit für die Kühe rupfte, und wo durch die schmalen Lichtscharten in der Mauer der letzte Sonnenstrahl hereinfiel, da war noch viel mehr möglich. Drunten brummten die Kühe vor Erwartung. In dem Lichtschwert aber, das in das Dunkel des Heubodens stach, tanzten viel tausend Stäubchen. Wenn das Heu herabfiel, stiegen neue Welten von Sonnenstäubchen auf, und wenn ich hineinblies, wirbelten sie schneller. Dann sah ich, wie Vater es mir gesagt hatte, die feurigen Sterne tanzen, und ich suchte in ihrer quirlenden Mitte die Erde, das kleine Stäubchen, wo ich auf dem Heuboden unseres Hauses stand und den Reigen der Sternenstäubchen betrachtete. Ja, auf diesem unendlich kleinen Stäubchen gab es das unendlich kleine Haus meines Vaters, und in diesem Häuschen gab es den Heuboden, und dort wiederum tanzten auch Stäubchen, genau wie hier. Erst wenn die Kühe laut zu brüllen begannen, kam ich von dem kleinen Heuboden auf dem kleinen Stäubchen in der Luft auf den größeren Heuboden zurück. Ich schob das Brett zurück und stopfte den guten Tieren die Raufen voll.

Schließlich stieg ich mit vorsichtig suchenden Füßen die Leiter in die Scheuer hinab. Auch im Stall war es um diese Stunde selbst im Sommer schon dämmerig, – die Fenster waren klein, das elektrische Licht war noch nicht angelegt, und die Stallaterne steckten wir nur an, wenn es nicht anders ging. Ich stellte mich zwischen die Kühe und hörte ihnen zu, wie sie fraßen. Manchmal klirrte leise eine Kette durch das eintönige, breite Kauen. Die großen Köpfe zur Raufe hinaufgestreckt, standen sie ruhevoll nebeneinander, und ihre Zungen zogen durch die eisernen Stäbe der Raufe das Heu heraus, und wenn sie einen größeren Büschel gefaßt hatten, schwenkten sie behaglich den Kopf zur Seite, um das Maulvoll ganz herauszuziehen. Während die Halme von ihren weichen Mäulern in den Trog fielen, kauten sie ruhig, inbrünstig, unaufhörlich. Meine Hände streichelten über ihre großen, mütterlichen Leiber hin, die für mich wie Berge waren. Sie blickten, wenn sie gefressen hatten, zu mir her und gaben einen ganz leisen Ton der Zufriedenheit durch die Nase. Die Kälbchen packte ich am Halse und küßte sie auf das weiche Maul, und wenn es ein kleiner Stier war, weinte ich oft an seiner Backe. Ich erklärte ihm dann, daß, wie ich es von allen Seiten hörte, unser aller Leben sehr kurz sei und wie ein Traum dahingehe, und daß wir selig würden – aber wie durch das Feuer. Trotzdem wagte ich nie, mir genauer vorzustellen, was mit dem kleinen Stier in der allernächsten Zeit geschah. Sie würden so ähnlich mit ihm verfahren wie mit dem Schwein, und wie sollte ich da nicht mit dem Dickköpfchen weinen, das seine Mutter so eifrig stieß und von ihr so bedächtig und gründlich geleckt wurde. Wenn das Kalb ein Stier war, gab ich ihm nie einen Namen, denn es wäre mir zu schrecklich vorgekommen, daß ein Tier, das einen Namen hatte, geschlachtet würde. Auch die Schweine hatten keine Namen, wohl aber die Kühe und jene Kälber, die einmal Kühe werden sollten.

Es kam die Zeit, daß wir das elektrische Licht bekamen, in die Scheune, den Stall und ins Haus. Aber im Stall war es nun micht mehr so schön wie früher.

Es kamen blaugekleidete Männer und zogen durch das ganze Haus graublinkende Röhren. Neben den Türen machten sie weiße Porzellandinger an wie Tassen, daran Knubbelchen waren, die man herumdrehen konnte. In der Mitte des Zimmers hing etwas herunter, das einem vom Sturm umgestülpten Schirm ähnlich sah, man hieß es auch so. An der Spitze dieses Schirmes hing etwas aus Glas, das man eine Birne nannte und das ebenfalls seinem Namen entsprechend aussah. In dieser gläsernen Birne liefen Drähte auf und ab, und wenn man an dem Knubbelchen neben der Tür drehte, wurden diese Drähte sofort goldweiß und leuchteten. Als ich das zum ersten Mal sah, erschrak ich sehr, aber auf eine angenehme Weise. Auch meine Eltern und Geschwister zeigten am »Elektrischen«, wie das neue Licht zuerst hieß, eine große Freude. Wir drehten es in den ersten Tagen oftmals an und aus und wir hörten sogar die Mutter rufen: »Oh, dat is viel Licht un gut Licht!« Und der Vater pflegte darauf gern zu sagen, daß es ja auch aus dem Dhrönchen käm. Freilich – das konnte ich nicht verstehen, was unser Mühlbach mit diesem Licht zu tun hatte. Im Bach ist Wasser, und daß aus Wasser Licht gemacht wurde, ging über meinen Verstand.

Eines Tages rief mein Bruder Martin mich in den Hof. Dort standen ein paar erwachsene Jungen aus der Nachbarschaft um eine Bütte Wasser. Martin zeigte auf ein Geldstück im Wasser und sagte zu mir, wenn ich es mir mit der Hand fischte, könnte ich es behalten. Ich schaute zwar einmal mißtrauisch im Kreise herum, – es waren fünfzig Pfennig, die da durch das Wasser silbrig heraufleuchteten – und dafür bekam man die beste Tafel Schokolade. Und schon vergaß ich mein Mißtrauen und griff in das Wasser, fuhr aber im selben Augenblick mit einem Schrei zurück. Es war, als ob tausend Mäuse mich gebissen hätten. Durch meinen ganzen Leib war ein Kribbeln und eine jähe Hitze gefahren, daß ich ganz verwirrt war und nichts sagen konnte, sondern nur entsetzt in das Wasser und dann auf meine Hand blickte, ich glaubte, sie müsse bluten. Aber ich entdeckte nichts. Die andern lachten mich aus, und ich lief zur Mutter, um zu erzählen, was mir die Burschen angetan hatten. Vater, der am Abendtisch von der Sache hörte, war sehr aufgebracht und sagte zu Martin, daß er es nicht wagen sollt, solchen Unfug noch einmal anzustellen. Das wär doch lebensgefährlich! Jetzt erst erfuhr ich, daß das Wasser mit einem Draht elektrisch gemacht worden war.

Ich war nun nachträglich sehr stolz darauf, daß ich mich wieder einmal in einer Lebensgefahr befunden hatte, und erzählte es in der Schule. Aber da mußte ich hören, daß sie fast alle auf die gleiche Weise angeführt worden waren, und daß doch keiner gestorben war. Einige hatten sogar, so erzählten sie wenigstens, ihren Schwestern einen Draht ins Bett gelegt, in einem andern Hause hatten die Burschen die Haustürgriffe, ja sogar die Küchentöpfe auf dem Herd elektrisch gemacht.

Ich erzählte das alles Vater, weil ich nicht begriff, daß er eine derart übertriebene Angst vor der Elektrizität hatte. Er wiederholte mir, wie gefährlich es wär, mit dieser großen Himmelskraft zu spielen oder gar andere damit zu erschrecken. Er hätt gehört, daß Menschen, die ihr auf die falsche Weise nahekamen, umgekommen seien, »wie vom Blitz getroffen«, so sagte er. Und das wär ja auch kein Wunder. Würden doch durch diese Kraft große Wagen fortbewegt, so zum Beispiel in der Stadt – wir sagten nie in der Stadt Trier, sondern einfach in der Stadt, weil es sonst keine für uns gab. Ich wollte diese Wagen sehen und darum bat ich ihn, mit mir nach Trier zu fahren, er aber sagte, wir gingen in diesem Sommer nach Beuren, für die Stadt wär ich noch zu klein.

Ich dachte in dieser Zeit oft über diese, wie Vater gesagt hatte, Himmelskraft nach. Es standen jetzt auch da und dort an der Straße dicke Stangen, daran oben lauter Porzellantöpfchen saßen – wie weiße Vögel. Und wenn man das Ohr an die Stangen legte, hörte man die Vögelchen summen. Aber es summten nicht die Vögelchen, sagte Vater, sondern die Drähte. Durch diese Drähte, so erklärte er mir, trug die elektrische Kraft die Stimmen der Menschen. Er zeigte mir auch eines Tages auf der Post einen Holzkasten.

Wenn man da hineinspräch, tät man es in der Stadt hören und auch in anderen Städten. Ich wußte, daß Vater mich nie zum besten hielt, aber was er mir gesagt hatte, war für mich nicht zu verstehen, ja, schwer zu glauben. Aber wenn ich das Ohr an eine der dicken Stangen hielt und die Stimmen vernahm, die leiernden, wimmernden, immerzu in die Ferne schwimmenden Stimmen, hörte ich genau, was die Leute einander erzählten: Leute, die ich nicht kannte, Leute, die hinter Trier wohnten, irgendwo, in Wengerohr, in Salmrohr ... Die Stimmen kamen von sehr weit her, sie waren von der Ferne wie mit blauen Kissen zugedeckt. Meist waren es traurige Sachen, welche die Leute einander erzählten. »Komme-komme-komm! De Mutter is tot!« Oder es weinte jemand am Telefon, ganz gleichmäßig und ruhig und tief, und hernach merkte ich, daß die klagende Stimme zugleich gesprochen hatte, aber Worte, die ich nicht verstand, wie ich auch die Himmelskraft selber, die droben in den Drähten unaufhörlich die Worte hin und her trug, nicht verstand. Meine Sehnsucht, bis dorthin zu gelangen, wo diese Leute am Telefon saßen, bis in diese blaue, tiefe Ferne, – diese Sehnsucht wurde, wenn ich an den Telefonstangen stand und lauschte, immer stärker.

Der Gang nach Beuren

So war ich denn eines Tages, als es hieß, wir gingen nun wirklich nach Beuren, so glücklich, daß ich nur schwer einschlafen konnte. Es war ein Sonntag, den Vater zu dieser Wanderung bestimmt hatte. Wir standen mit der Sonne auf. Als wir über die Moselbrücke gingen und ich auf den Fluß hinunterblickte, war ich sehr stolz, da ich annahm, daß die Mosel noch am Schlafen wär. In den grünen Obstgärten von Kirsch sangen die Vögel. Die Glocken von Schweich und von Longuich läuteten – und diesmal gar nicht so wehmütig fromm wie sonst. In Longuich gingen wir in die Messe, und es war noch nicht zehn Uhr, da stiegen wir schon den Fellerwald hinauf, der Vater mit Katharina voraus, und ich hinter der Mutter, die ich in meinem Glück, zum erstenmal nach Beuren zu kommen, kräftig den Berg hinanschob. Ich stemmte meine Arme gegen ihren Rücken und drückte, und sie sagte von Zeit zu Zeit: »Komm, jetzt biste müd!« Aber sie wußte nicht, daß ich mittlerweile eine Lokomotive geworden war, welche ja nie müde wird.

Als wir auf die Höhe von Neumehring kamen, pflückte Vater von den Ebereschen rote Sträuße, schmückte unsere Hüte damit, setzte mich, weil ich doch keine Lokomotive mehr sein konnte, auf seine Schulter, hielt mich an den Beinen fest und begann zu singen: »Die Luft ist so blau, und das Tal ist so grün.« Auch die Mutter sang mit, Katharina und ich hörten zu. In diesem Augenblick hätte ich meine Eltern auch nicht für die allerschönste Traummutter aus Frankreich hergegeben. Vater war so groß, daß ich an die Zweige der Bäume fassen konnte. Mutter hatte die Röcke hochgeschürzt und blickte mit fröhlich gekniffenen Augen mitten in die Sonne hinein. Über der Heide, die sich zu beiden Seiten des von Kieseln glitzernden Weges bis zum bläulich fernen Wald hindehnte, standen Lärchen. Vater zeigte dahin und dorthin. Wenn er einen Vogel hörte, nannte er uns seinen Namen und machte seine Stimme nach. Ich mußte lachen, weil Vater doch sonst nie wie ein Vogel piepste und schnurrte und pfiff. In der Ferne sah ich zwei Häuser am Wege liegen. Als wir näherkamen, bemerkte ich, daß das eine ausgebrannt war, an dem ersten war die Tür mit Brettern zugenagelt. Plötzlich sah ich, wie Mutter weinte, und als Vater fragte, was sie hätt, sagte sie, daß sie an unser Haus auf der Breitwies denken müßt, das jetzt auch genauso aussäh wie das da – »so e gut Haus«, sagte sie leise und schob das Kinn vor, dann weinte sie nicht mehr. Auch auf mich wirkten diese beiden Häuser sehr niederdrückend, vor allem das ausgebrannte. Es war aus dunklem Schieferstein gebaut, durch die Fenster zogen die Wolken, und das sah aus, als hätte es Augen und bewegte sie.

Ich lief um das verbrannte Haus herum und suchte ein bißchen umher. Da bemerkte ich den Pütz. Er war mit einem Brett verschlossen, und als ich es auf die Seite schob, entdeckte ich die Kette, und als ich daran zog, unten den Eimer. Ich wartete, in den Pütz hinabschauend, bis das Wasser still war. Wieder sah ich den Knaben, von dem ich nun längst wußte, daß ich es selber war. Und doch kam mir mein Bild, das mich aus der Tiefe, den Sommerhimmel hinter sich, so ernst anblickte, wie ein anderes Wesen vor. »Ja, du Junge«, rief ich hinunter, – und es kam ein kurzer Widerhall. »Was machst du da unten?« fragte ich. »Wie kommst du in den Pütz?« fragte ich weiter. Als ich im Spiel diese Frage meinem Bild, als wär's ein anderes Wesen, gestellt hatte, fiel sie auf mich zurück, und ich spürte ein törichtes Verwundern, daß ich mein Bild in so vielen Brunnen gefunden hatte.

Katharina, die kam, um mich zu suchen, schöpfte Wasser, und ich rief die Eltern, und wir tranken. Vater lobte das Wasser, versprach mir aber, daß ich gleich Wasser aus dem Eselsborn trinken sollte. Und er erzählte mir, derweil wir – ich an seiner Hand und die andern hinter uns – dem Fichtenwald näher kamen, daß die Heilige Familie auf der Flucht nach Ägypten durch den Eselsbusch gekommen wär. In dem wüsten und dunklen Wald hätt es damals noch keine Quelle gegeben. Wie Josef nun mit dem Krug umhergesucht und nicht ein Tröpfchen Wasser gefunden hätt, wär er gegen Abend wieder zu Frau und Kind zurückgekehrt, niedergeschlagen und vor Durst kaum noch imstand, ein Wort zu sagen. Er hätt sich von seiner Familie ein Stückchen seitab gesetzt, weil er die arme durstige Frau nicht mehr ansehen konnte. Da wär der Esel plötzlich vor ihm gestanden und hätt ihn angeblickt, nun, eben wie ein Esel: gutmütig und verständnisvoll und vor allem so geduldig. Jetzt hätt Josef geglaubt, daß der Esel von ihm Wasser verlangte, und voll Ingrimm hätt er gerufen: »Is dat en Zustand: den Herrgott bei sich zu hann un kein Tröppelche Wasser!« Der Esel aber hätt Josef weiter angeguckt, doch jetzt sehr vorwurfsvoll. Und darauf Josef: »Hab ich etwa unrecht? Aber wenn du et besser weißt, dann sorg du für Wasser!« Da nun hätt der Esel mit dem rechten Vorderhuf tapptapp gemacht, und schon wär eine Quelle aus dem Stein hervorgesprungen, »eben dieselbichte, aus der wir jetzt gleich all trinken«, schloß mein Vater.

Unter den hohen Fichten fanden wir nach einer Viertelstunde einen moosbewachsenen Sandstein. In der Mitte war, so groß wie ein Huf und auch in derselben Form, ein Loch, aus dem Wasser floß. Vater kniete nieder, fischte die Fichtennadeln auf dem Wasser mit gespreizten Fingern heraus und fuhr sich mit der nassen Hand über die Augen: »Dat is auch gut für de Augen«, sagte er leise und trank aus der hohlen Hand. Nach ihm kniete Mutter nieder, netzte sich die Augen wie er und trank. Der Geschmack des Wassers war würzig und leicht sauer. Wir saßen an der Quelle und aßen schweigend Schinkenbrote. Da und dort sahen wir zwischen den Fichten, die alle dunkle Pelze anzuhaben schienen, grüngoldenes Licht hereinbrechen, doch kam es nur selten bis auf den Boden, der aus Moospolstern bestand und aus Kissen von Fichtennadeln. Wir streckten uns alle ein bißchen aus, lauschten auf die weichen, frischen Seufzer im Wald und sogen den Duft ein. Vater sagte nach einer langen Weile, indem er sich aufrichtete: »Ich glaub, Mutter, wenn wir mal tot sein, dat is ganz ähnlich. Ja, Steffchen«, und er lachte mich an, »hier kannste Gott riechen un – hören!«

Solange wir noch im Wald gingen, sagten wir kaum ein

Wort. Manchmal blieb Vater stehen, hob den Finger und flüsterte: »Los!« In der Ferne hörte ich einen knarrenden Laut. Der Vater flüsterte: »Meister Specht – hörste?« »Warum macht er dat?« Vater begann sofort, mir vom Leben des Spechtes zu erzählen, und machte mir die verschiedenen Laute vor, an denen man ihn erkennen könnt.

Plötzlich blieb die Mutter stehen und wies über den Waldweg hin, der sich vor unsern Füßen in ein Tal senkte: »Da hinten – da«, rief sie, ihre Stimme klang bewegt, »schau die weißen Häuser auf der Höhe, da is deine Mutter geboren, dat is Beuren.« Voll Ehrfurcht blickte ich auf die kleinen liegenden weißen Rechtecke, wo Mutter herstammte, aber auch voll Traurigkeit, daß es noch so weit war. Meine Beine wogen schwer, und die Füße schmerzten mich. Katharina zog mich an der Rechten und Vater an der Linken. Mutters Stimme aber wurde immer vergnügter. Sie erzählte, wie sie einmal beim Pilzesuchen in diesem Wald auf eine Wildsau gestoßen und ihr im ersten Schreck der Korb aus dem Arm gefallen wär, »ja, so erschrocken war der Korb und die Wildsau dazu«, lachte sie und erzählte weiter, wie sie nun Mühe hatte, die Pilze in der Dunkelheit wiederzufinden. Als sie zu Haus nachschaute, fand ihre Mutter einen giftigen Pilz im Korb. Und die Geschichte mit der Wildsau hätte sie nicht glauben wollen, »weil ich ja sonst net eso leicht zu erschrecken war«, fügte Mutter hinzu.

Als wir dicht vor dem Dorf anlangten, läutete es Mittag. Die Glocken hatten hohe Stimmen, und mir kam es vor, als wären darin schon die Stimmen unserer weiblichen Verwandten. Mutter sagte: »Ei, dann laßt uns den Engel des Herrn beten!« Sie stimmte an, und gerade als wir alle zusammen beteten: »Herr, gib allen abgestorbenen Seelen die ewige Ruhe, und das ewige Licht leuchte ihnen«, traten wir zwischen die ersten Häuser.

Mutter ließ den hochgeschürzten Rock herunter, ordnete das schwarze Seidentuch über ihrem fast ebenso schwarzen, in der Mitte gescheitelten Haar. Sie blickte prüfend auf Vaters Sonntagsanzug, und Katharina zupfte an meinem Samtjäckchen herum, dann gingen wir weiter, schweigsam und ein wenig feierlich gestimmt.

Die Häuser waren alle ganz weiß angestrichen, die Fensterrahmen grün, und die Sonne lag leuchtend auf allen Dingen. Immer wieder sah ich Pumpen am Straßenrand und ich fragte Mutter, ob es denn hier keine Pütze gäb. »O ja, mein Knechtchen«, sagte sie voll Stolz, »in vielen Häusern. Wir hann hier e gut Wasser, besser als dat aus der Leitung in Schweich.«

»Aber net besser als dat aus dem Dhrönchen«, sagte Vater.

»Dat hab ich ja net gesagt«, sagte Mutter, »guck mal, Steffchen, unser Kirch! Is die net schön?«

Die Kirche war ebenso weiß wie die Häuser, auf dem dunklen Turmdach glitzerte ein goldener Hahn.

»In Schweich is die Kirch aber viel größer«, sagte ich, Mutter blieb stehen. »Größer? Wat heißt dat? Wenn et danach ging, müßt ja dein Vater schöner sein als ich!« Und sie lachte vor sich hin. »Da«, rief sie, »dat alt Boor-Suschen lebt auch noch, dat muß doch auf die neunzig zugehen! Un de wüschte Kläs! Siehste – en is als wieder besoffen. Die arm Frau verdient sich an dem Kläschen e schön Plätzchen im Himmel! Kommt schnell, dat er uns net sieht.«

»Seht ihr, Kinder«, sagte Vater, »da habt ihr aber Glück gehabt! Dat Kläschen wär beinah euer Vatter geworden!«

»O du alte Narr«, sagte Mutter, »un wenn en dreimal soviel Ländereien gehabt hätt! Lieber en arme Müller geheirat als en reiche Saufaus!«

»Ja«, sagte Vater auf dieselbe Weise, »un lieber en streng Feldwebelin geheirat als en gut Schlamp!«

Sie lachten beide, und so schritten wir auf das Haus unserer Verwandten zu. Mutter hatte oben und unten im Dorf zwei Brüder wohnen. Zuerst gingen wir zu Mutters jüngerem Bruder, dem Weißes-Pittchen, wie die Leute ihn nannten.

Kaum waren wir in die offene Küche eingetreten, als von allen Seiten sich Stimmen der Begrüßung erhoben, es war beinahe wie ein Gesang. Wir konnten kaum ein Wort sagen, wir standen nur da und ließen uns willkommen heißen. Ich hatte Hunger und vor allem Durst, und so dauerte mir die Freudenkundgebung der Verwandten ein bißchen lang. Ich näherte mich darum meiner Base Eva, die knapp drei Jahre älter sein mochte als ich. Sie lachte freundlich und gefiel mir sehr. Sie gab mir Wasser aus dem Pütz, er befand sich mitten in der Küche. Evchen hatte über die Schultern nach vorn zwei dicke, blonde Zöpfe herabhängen. Ihre großen Augen waren an den Lidern ein wenig entzündet, und das kam, wie uns ihr Vater versicherte, vom vielen Bücherlesen. Er tadelte Evchen heftig deswegen, aber sie fuhr ihm einmal über den Kopf, und da war er still.

Der Onkel hatte einen krausen Vollbart. Wenn er zornig wurde – und er wurde alle fünf Minuten einmal zornig –, sprangen ihm die großen, grauen Augen beinah aus dem Kopf. Und er schlug mit der Faust auf den Tisch, daß die Gläser hüpften. Dann schüttelte die Tante, die klein und hübsch war und richtig wie eine Zigeunerin aussah, den Kopf und sagte: »Net, Pitt, du kriegst noch de Schlag!«

Ich aber streifte bald nach dem Essen mit Evchen um das Dorf durch die Heide und den Fichtenwald. Ich erzählte ihr Lügengeschichten – unter anderem die, ich sei Meßdiener. Als sie darauf sofort ein andächtiges Gesicht machte und bat, ich sollte ihr ein lateinisches Gebet sagen – »wart mol – sag mir dat ‚Pater noster', dat is so schön«, wurde ich über die Maßen verlegen. Ich blickte auf meine Schuhe, drehte an dem goldenen Blechknopf meiner Jacke und begann: »Pater noster –« Aber da fiel mir der rettende Gedanke ein. Ich sagte sehr bestimmt: »Dat muß aber de Meßdiener net können.« »Richtig«, sagte sie, »dat betet der Pastohr allein. Ich kann et aber. Soll ich et dir sagen?« Die klingenden Sätze zogen wie der unbegreifliche Wind in den Fichten, unter denen wir saßen, hoch über mich hin. Ich hatte eine große Angst vor dem Ende des Gebets, denn nun würde sie mir andere Fragen stellen. So fragte sie denn auch, kaum daß sie das ‚sed libera nos a malo' gesprochen hatte: »Kannste denn dat ‚Confiteor' – dat beten de Meßdiener!«

Hätte mir eine andere Frauensperson, etwa Büdelichs-Mutter, diese Aufgabe gestellt, wäre es mir ein leichtes gewesen, ihr etwas dem ‚Confiteor' von fern her Ähnliches herunterzurasseln, aber in Evchens Ohren und sogar in ihre Augen hinein ging das nicht. So stotterte ich denn bis hinter die Ohren errötet: »Wir sein doch jetzt net in der Kirch!« »Du kannst et net!« sagte sie einfach und lächelte. »Du has mich belogen«, fuhr sie fort, »du bis gar kein Meßdiener. Biste auch noch zu jung für. Aber lügen mußte net!« »Ich hab net gelogen!« rief ich und begann zu weinen, »un du bis en ganz bös Mädchen! Ich geh heim – fort von hier nach Schweich un komm nie mehr wieder!«

Da fing auch Evchen an zu weinen. So saßen wir voreinander, hatten die Hände vor den Gesichtern, und unsere Tränen rannen.

»Evchen«, sagte ich nach einer langen Weile, »en is jetzt fort.«

»Wer denn, Steffchen?«

»Ei, de Lügebock!«

»Dat is schön, Steffchen. Wo is er denn hin?«

»In de Eselsbusch.«

»Wat macht en denn da?«

»Ei – en is in dem Schraubstock, den de Meister Specht sich auf dem Baum gemacht hat. Weißte, in den Schraubstock steckt der Specht de Fichtenzapfen hinein, um se leerzupicken.« Und ich gab ihr alles vom Specht wieder, was der Vater mir an diesem Morgen erzählt hatte.

»Woher weißt du dat alles?« fragte sie voll Bewunderung. Ich wollte schon sagen, der Specht hätt's mir genauso selber erzählt, aber ich dachte sofort an den Lügenbock und sagte schnell: »Unse Vatter kennt alle Vögel auf der Welt, de großen un de kleinen, de weißen un de schwarzen, de roten un de blauen. Un e kann singen wie en Merdel un wie en Adler.«

Darauf begann Evchen, auch ihren Vater zu loben. Und sie erzählte, daß er in Streit geraten wär mit dem Pastor – wegen einer Fuhre Holz. Der Vater hätt dem Pastor gedroht, daß er nicht mehr die Kirche beträt, bis er ihm die drei Mark fünfzig, die er für das Holz noch schuldig wär, bezahlt hätt. »Mein Vatter hat vor niemand Angst – net mal vorm Pastohr«, sagte sie abschließend, und ich betrachtete hernach, als wir wieder zu Hause waren, den Onkel Pitter, als wär er ein Bär oder ein Löwe aus einem Märchen.

Bei den Verwandten unten im Dorf waren wir zum Kaffee. Die Basen waren schon zu Besuch bei uns gewesen. Ich hörte nur, wie die vielen Frauenstimmen die Stube füllten, und dachte an Evchen, die nicht mitgekommen war. Nach dem Kaffee schlich ich fort und suchte Evchen. Ich entdeckte sie an der Pumpe. Als sie mich sah, lief sie mir entgegen. Sie führte mich ins Dorf, zeigte mir die Kirche und die großen Steine, die bei Prosterath auf den Feldern lagen. Solche Steine hatte ich noch nie gesehen. Sie waren so groß wie Häuser.

Evchen erzählte mir auch, woher die Steine stammten. In der Gegend von Beuren und Prosterath wär früher der Boden sehr fruchtbar gewesen: das ganze Jahr Sommer, und Bäume bis in den Himmel hinauf, und Äpfel so dick wie Kinderköpfe. Einmal wären der Herrgott und der Teufel nach Beuren und Prosterath gekommen, um nach ihren Freunden zu sehen. Da hätten die Prosterather dem Herrgott getrocknete Birnen vorgesetzt, weil er wie ein armer Mann aussah. Der Teufel aber, der mit zu Tisch saß, hätt sich deswegen krumm gelacht. Darauf wär der Herrgott aufgestanden und hätt über die getrockneten Birnen das Kreuz geschlagen. Sofort wären die Birnen größer geworden und immer größer, bis jede Birne so groß war wie sieben Häuser. Und über den Teufel, der immer noch lachte, hätt der Herrgott auch das Kreuz gemacht, und da wär auch der Teufel immer größer geworden, immer größer. Und dann hätt der Herrgott zu den Leuten gesagt: »Dem Herrgott habt ihr getrocknete Birnen vorgesetzt. Jetzt sollt ihr mal sehen, wie der Herrgott sogar den Teufel bewirtet.« Und auf einen Wink des Herrgotts hätt der Teufel sieben von den dicken Birnen gegessen, aber mit Stumpf und Stiel. Gleich darauf wär der Teufel umgefallen, hätt sich stöhnend auf der Erde herumgewälzt und gerufen: »Mein Panz, mein armer Teufelspanz!« Und schließlich wär er fauchend entwichen und hätt die Kitsche der trockenen Birnen aus der Luft herab über die Häuser der Prosterather geschissen, und die Häuser wären von dem Teufelsdreck zugedeckt worden. Die dicken Steine wären allein übriggeblieben. Mit der Fruchtbarkeit und der schönen Luft und dem ewigen Sommer war es vorbei, so schloß Evchen wehmütig, und nur, weil die Prosterather in dem armen Mann nicht den Herrgott erkannt hatten.

Ich trat nun näher an die Steine, betastete vorsichtig und mit Abscheu den riesigen Teufelsdreck und stellte mir vor, wie weh solche Steine dem Teufel getan haben müßten. Und ich blickte mich im Kreise um und sah die kümmerlichen Birnbäume dastehen und hinter ihnen tiefer am Abhang hinunter die Häuser von Prosterath. »Dat muß ja schrecklich gewesen sein«, sagte ich, und Evchen versicherte mir, daß Gott gerecht wär. Und wer den armen Leuten nicht helfen tät, der verhöhne Gott!

Der Teufel, Kurt, Kaplan Leo und der gefundene Sündenzettel

In jenem zweiten Winter, den ich als Schuljunge verbrachte, saß ich abends hinter dem Tisch auf der Bank und las. Oft mußte ich noch einmal aufstehen und Holz in die Stube bringen, oder ich hatte das Putzen der Runkelrüben vergessen und ging dann mit Sträuben und Gebrumm in den Keller, wo es nach dem Apfelwein roch, nach dem Sauerkraut, dem Bohnentopf und den Kartoffeln und Rummeln, wie wir die roten Futterrüben nannten.

Ich hatte, während ich unter dem Sandsteingewölbe stand und mit dem Messer die erdverklumpten Wurzelbärte der Rüben rasierte, meine Gedanken auf dem Balkan, wo zwischen den Türken und Serben und Griechen Schlachten geschlagen und die Soldaten von einer neuen Waffe, dem Maschinengewehr, wie das Korn gemäht wurden. Ich hatte die Fotografien und Zeichnungen in den Bilderzeitungen gesehen; sogar die Modehefte, die meine Schwester Katharina bekam, waren voll davon. Da lagen die toten Soldaten wie die Rummeln herum. Die Erde spritzte, als wäre sie flüssig, zum Himmel. In diesem Getümmel von Dreck und Feuer sah man Menschen und Pferde und Wagen oder auch nur Helme und Waffenteile in die Luft fliegen, als wollte das alles im Augenblick in den Himmel fahren. Ich hatte das Lesen in der Schule und mehr noch zu Hause durch die Hilfe meiner Geschwister sehr schnell gelernt und so wußte ich meinen Schulkameraden die furchtbarsten Geschichten zu erzählen, die freilich nicht immer ausschließlich aus den Bilderheften stammten.

Dazwischen las ich Bücher und Hefte, in denen von den Indianern und Pfadfindern und Trappern in Amerika die Rede war, und wenn ich abends im Keller allein arbeitete, entstand zwischen mir und den Rummeln oft ein heißer

Kampf, mein Messer wurde zum Schwert und die Futterrüben zu Köpfen gefährlicher, in großen Massen herandrängender Gegner. Zum Grusel des Krieges und des mörderischen Kampfes fügte der Kaplan im Beichtstuhl die Geschichten vom Teufel. Ich vernahm, daß ein kleiner Junge dem Teufel nicht zu wenig sei, um ihn zum Bösen zu verführen und in die Hölle, falls er in seiner Sünde dahinstürbe, abzuschleppen. Er zeigte uns auch Bilder, darin die Verdammten in der Hölle von Teufeln gequält wurden. Männer und Frauen lagen in feurigen Särgen oder wurden, nackt ausgestreckt, vom Teufel auf dem Boden gekreuzigt. Andere trieben im Feuerstrom oder flogen wie Fledermäuse im ewigen Dunkel umher, anderen wieder waren die Glieder verdreht wie Äste und in eine ewige, unbewegliche Haltung hineingewachsen. Und immer wieder sah ich über den Bildern des Balkankrieges, über den Marterpfählen der Indianer und den Qualen der Verdammten in der Hölle das Gesicht jenes anderen Gottes, der sich unbegreiflicherweise all diese Schrecklichkeiten ausgedacht hatte, – um die Menschen für ihre Sünden zu strafen. Ich wußte es nun genau: dieser Gott war leicht zu beleidigen und im Strafen furchtbar. Gegen ihn waren sogar unsere Lehrer sanft und gutmütig wie eine Kuh, wenn sie ein Kälbchen hat.

Aber es war nun einmal so, das wurde mir immer deutlicher: gegen diesen Gott gab es keine Auflehnung, er war da, tat, was er wollte und war niemandem Rechenschaft schuldig, dafür war er eben Gott. Der Gott! Jedoch – so fragte es in mir sehnsuchtsvoll, wenn ich abends im Bett lag, mir auf die Augen drückte und die leuchtenden Sternenreigen in Bewegung setzte, – gab es da nicht noch jenen anderen, einen Gott, der diesen strengen nicht liebte, ja, nicht einmal anerkannte; einen Gott, der an uns dachte, uns liebte und der zu mir manchmal, ich hörte es genau, sprach: »Mein Kind, gib mir dein Herz!« Ich hatte diesen Satz einmal unter einem Bildchen gelesen, und darauf war ein lächelndes Kind in einer Wiege abgebildet, jener Gott, der, wie ich wußte, für uns auf die Welt gekommen war. Aber hatte es viel genützt? Im Keller, hinter den Fässern, blieb trotzdem der Teufel sitzen und lauerte, und die Darstellungen in den Bilderzeitungen nahmen an Schrecklichkeit eher zu.

In diesem Winter kam ein Junge aus der Stadt zu Nachbarsleuten zu Besuch. Er trug einen Matrosenanzug und eine Tellermütze, auf deren unterem Rand 'S. M. S. Emden' stand. Dieser Junge verhöhnte uns und mich im besonderen bei jeder Gelegenheit wegen unserer Dorfsprache. Dennoch ließen wir ihn bei unseren Spielen den Hauptmann machen und uns von ihm kommandieren. Er hatte stets eine Gerte in der Hand, und wenn einer von uns einen Fehler machte oder ihm nicht sofort gehorchte, zog er ihm damit einen Streich über die Waden, daß wir hüpften. Aber er war aus der Ferne, hatte ein hübsches Gesicht und sprach wie die Lehrer so sicher und fein. Eines Tages standen wir alle in Reih und Glied vor ihm, es waren unser zehn. Er befahl uns, über eine Gartenmauer, die ein wenig mehr als zwei Meter hoch war, hinwegzuklettern. Die Mauer hatte zwischen dem Sandstein tiefe Risse, aus denen der Mörtel herausgebrochen war. Wir stürmten sofort in einer Schützenlinie auf die Mauer zu. Was ich aber befürchtet hatte, geschah: ich blieb, ein schlechter Kletterer, in halber Höhe hängen und kam nicht mehr weiter. Ich fürchtete, daß meine Fußspitzen aus den Mauerrillen herausrutschen könnten, und daß ich mir das Gesicht so an den Steinen blutig schlagen möchte. Ich sah sogar mein blutendes Gesicht deutlich vor mir und spürte bereits das Erschrecken und den Schmerz des Niedergleitens an der rauhen Mauer.

In diesem Augenblick hörte ich Kurts Stimme. Ich sei ein dicker Bauernkloß und dazu ein Feigling, schrie er. Als ich mich auch jetzt noch nicht bewegte, zog er mir mit seiner Gerte einen heftigen Schlag über die Beine, und wie ich vor Schrecken bewegungslos verharrte, einen weiteren. Plötzlich ließ ich mich fallen – und zwar mit einem so fürchterlichen Schrei der Wut, daß Kurt, der ein kluger Junge war, sofort merkte, was geschehen würde. Er wandte sich also, noch ehe ich wieder auf den Beinen war, zur Flucht. Da ich von den Jungen wegen meiner Langsamkeit im Laufen oft gehänselt wurde, mochte er glauben, mich dadurch besonders verhöhnen zu können, daß er mich hinter sich eine Weile herlaufen ließ, bis mir die Zunge zum Halse heraushinge. Aber ich lief und lief hinter ihm her, und zwar nach meinem ersten Schrei vollständig lautlos. Der Abstand zwischen uns betrug zuerst wohl fünf Meter, er wurde auch während der ganzen Zeit kaum geringer, eher größer. Kurt lief die Langfuhr hinauf. Mein Herz pochte. Ich wußte nur eines: ich werde dich packen und schlagen, bis du umfällst, du Teufel! Dabei sah ich den Jungen, der vor mir lief, in meiner Phantasie von vorn, sah in sein Gesicht und las immerzu die Schrift dort auf seiner Mütze: ‚S. M. S. Emden'. »Du Teu-fel!« klopfte mein Herz, und ich lief weiter.

Plötzlich bog Kurt nach links in die Felder ein. Er tat wie ein Hase, aber der Boden war weich. Ich sah, wie er in die Wintersaat hineinstürzte. Und schon stürzte ich über ihn. Ich spürte seinen Leib unter dem meinen, und meine Hände griffen sofort nach seinem Kopf. Ich drückte sein Gesicht so fest in die Erde, daß er endlich mit einer kurzen Bewegung den Kopf herumwarf, hoch aufschrie und dann beide Arme von sich streckte. Da sagte ich: »So – so macht man's mit dem Teufel!« Er stand auf und ging, ohne mich anzuschauen, weinend an mir vorüber auf die Chaussee. Mein Zorn war, als ich ihn weinen hörte, plötzlich vorüber. Ich ging dicht hinter ihm drein die Langfuhr hinunter dem Dorfe zu. Ich sprach zu ihm immerfort, aber nur in Gedanken: »Warum hast du mich geschlagen! Ich laß mich nur von den Lehrern und von meinem Vater schlagen...

Komm, Kurt, machen wir Frieden!... Du bist ja ein feiner Junge, trotzdem! Du hast so schöne Haare und so schöne Augen. Und du sprichst so schön. Komm, Kurt! Komm dort hinter den dicken Apfelbaum – ich will dir einen Kuß geben! Ich muß dir einen Kuß geben, Kurt! ... Das war der Teufel, Kurt, der uns so aneinander brachte!«

In Wirklichkeit aber schwieg ich. Erst als wir ins Dorf hineingingen, sagte ich: »Hör mal, Kurt!« Plötzlich drehte er sich um und blickte mich aus kleinen Augen an. »Du hast wohl Angst gekriegt«, sagte er, blickte mich höhnisch an und ging davon.

Nach etwa zwei Wochen, wir standen dicht vor Weihnachten, hielt mich der Kaplan nach dem Beichtunterricht, der nachmittags in der alten, in der Mädchenschule, erteilt wurde, zurück. Es fiel mir nun ein, daß er mich schon während des Unterrichts einige Male durchdringend angeblickt hatte. Doch waren wir Jungen gewohnt, daß Kaplan Leo uns oftmals und ganz unerwartet mit düsteren Augen betrachtete, so daß wir am liebsten gelacht hätten. Wir wagten es aber nicht, denn er prügelte uns nicht nur wegen jeder Kleinigkeit, sondern wußte während des Schlagens auch noch allerlei fromme Ermahnungen zu geben, die mir den Vorgang zu einer doppelten Qual machten, da ich ihm halbwegs recht gab und ziemlich alles glaubte, was er mir zwischen zwei Schlägen sagte: daß ich ein ungezogener Junge sei; daß ich mit meinem Schwänzen der Schulmesse und ebenso mit meinem unehrerbietigen Betragen in der Kirche, wenn ich schon einmal käme, deutlich bewiese, daß meine Seele zum Bösen geneigt sei und darum Gottes Gegenwart in der Kirche meide. Dann folgte der nächste Schlag, der mir die Worte aus der Rede meines Peinigers mit seinem zubeißenden Schmerz noch eindringlicher machte, ja, mich von der traurigen Wahrheit in diesen Vorwürfen bedrückend überzeugte. Wenn die Züchtigung vorüber war, blickte mir Kaplan Leo, wie auch vorher, ehe er den Stock umständlich ergriff, tief in die Augen, und sein Mund mit den fest aufeinandergepreßten Lippen zog sich tief in die Backen, wurde wiederum ganz klein und gleich wieder ganz breit, bis er plötzlich mit tiefer, zitternder Stimme nach dem Stock greifend sagte »Komm!« oder, ihn niederlegend, »Geh!«

An diesem Nachmittag nun, als die übrigen hinaus waren und die Tür sich geschlossen hatte, blickte er mich auf diese durchdringende Weise an, daß sich mir die Bangigkeit um den Leib legte. Und er machte das böse Spiel mit den Lippen, endlich fragte er, den Kopf tief zu mir neigend: »Ich sehe dir an, daß du wohl weißt, was dir bevorsteht!«

Ich riß die Augen weit auf und starrte ihn an.

»Gut denn! Was du getan hast, ist so schlimm, daß ich dir nicht die ganze Strafe auf einmal geben kann. Aber wenn du mir tapfer eingestehst, was du getan hast, will ich dir die Strafe mindern.«

Schon während er sprach, dachte ich über alles nach, was ich angestellt hatte, und was überdies der Kaplan erfahren haben könnte. Ich überflog mein Schuldkonto: Messeschwänzen, eine kleine Prügelei im Reitergäßchen mit Bohnenstangen – ah – und wir hatten dem armen und immer hungrigen Juden-Willi im Chor zugerufen: »Willi, beiß in de Schinken!«, wie wir es immer taten, wenn wir ihn trafen. Willi biß dann stets in seine Hand und versuchte uns nachzulaufen. Ich entschied mich, diese Roheit einzugestehen, die mir in diesem Augenblick sehr schlimm vorkam, wie sehr sie auch zu den Bräuchen der Schuljungen, die in meiner Nachbarschaft wohnten, gehörte. Ich bekannte also stockend, was ich dem Juden-Willi zugerufen hätte, aber der Kaplan lächelte von oben herab, o nein, so lasse er sich nicht täuschen. Da nannte er den Namen des fremden Jungen, dem ich nachgelaufen war. Ich verteidigte mich mit dem Hinweis, daß Kurt mich zuerst mit der Gerte geschlagen hätt, das könnten die Spielkameraden bezeugen.

»Aber das andere können sie nicht bezeugen«, sagte darauf der Kaplan, »das andere, – willst du es mir eingestehen oder nicht!«

Ich erzählte, während meine Stimme vor Aufregung keuchte und meine Sätze durcheinandergerieten, ich wär ihm nachgelaufen und hätt ihn auch gekriegt –

»Und was hast du dann mit ihm getan?«

Stotternd bekannte ich, daß ich dem Kurt das Gesicht in die Erde gedrückt hatte – wegen seiner höhnischen Worte, er hatte mich sogar einen Feigling genannt. Und dann – ich brach den Satz ab, denn der Kaplan beugte sich weit vor und sagte: »Ja – und dann – und dann? Gesteh's!«

Ich fühlte plötzlich, daß es unmöglich die Sache mit dem Kopf-in-den-Dreck-Drücken sein könnte, die mir derart zur Last gelegt wurde. Es war mir unmöglich, in meiner Erinnerung etwas zu finden, was so schlimm war, daß es zu der Miene des Kaplans gepaßt hätte. Kurt hatte seinen Eltern und diese dem Kaplan irgend etwas erzählt – soviel ahnte ich längst – irgend etwas sehr Häßliches. Doch wie ich auch nachsann, ich konnte die mir zugemessene Schuld in meinem Innern nicht aufstöbern, ja, ich konnte mir nicht einmal ausmalen, in welcher Windrichtung des Bösen sie lag.

»Du bist also verstockt! Aber ich will dich schon zum Sprechen bringen!«

Mir war es recht, daß er mich endlich über die Bank legte. So hoffte ich, die Sache mit Schmerzen und Tränen hinter mich zu bringen. Nach den ersten Schlägen hielt er inne. »Sagst du es?«

Ich blieb stumm, ich versuchte sogar nach Kräften meinen Schmerz zu verbeißen.

Wieder sauste der Stock, und wieder kam diese mit tiefer, summender Stimme gestellte Frage. Plötzlich begann ich laut zu brüllen, aber so wild, daß Kaplan Leo sofort mit Schlagen innehielt.

Ich stand auf, blickte ihn einmal aus weinenden Augen an und wollte ohne ein Wort hinausgehen.

»Hier bleibst du, du schlechter Junge«, rief er. Da blickte ich an ihm vorbei. Ich weinte nicht mehr.

Er befahl mir daraufhin, daß ich es mir bis zum nächsten Beichtunterricht überlege. Wenn ich ihm nicht eingestände, was ich getan und gesagt hätte, würde ich genau wie heute verprügelt – »bis ich deine Verstocktheit breche, du – du –«, und wieder nannte er mich einen schlechten Jungen.

Ich ging langsam nach Hause, immer an der Gosse entlang. Es war zu meiner großen Erleichterung schon dunkel. Immer sah ich Kurt vor mir gehen, in dem schönen blauen Anzug mit der weißen Matrosenmütze. Ich war darauf bedacht, daß zu Hause niemand erfahre, daß ich vom Kaplan Prügel bekommen hatte. Ich sagte darum Nickel, daß ich Bauchweh hätt und deshalb ins Bett gegangen wär. Als ich unter den Kissen lag und in das Dunkel über mir schaute, kamen mir die Tränen, und ich weinte mich in den Schlaf.

Im Traum kam der Teufel künftig nicht mehr in Gestalt einer großen Eidechse den Kellergrad herauf, er hatte vielmehr eine Matrosenmütze an, auf der die Worte ‚S. M. S. Emden' standen. Er lachte so höhnisch wie Kurt und riß mich die Kellertreppe so rasend schnell herab, daß meine Rippen gekitzelt wurden und ich oftmals mit einem Aufschrei erwachte, von Schweiß durchnäßt und derart von Angst erfüllt, daß ich nicht mehr einzuschlafen wagte.

Als der Kaplan mich das nächste Mal auf die gleiche Weise vornahm und mit Fragen und schließlich mit Stockschlägen quälte, fragte mich Mutter, als ich heimkam, warum ich geweint hätt, was denn geschehen wär. Da erzählte ich vor der ganzen Familie alles der Reihe nach und zuletzt auch von der Absicht des Kaplans, die Strafe so lange fortzusetzen, bis ich meine Schuld eingestanden hätt. Ich sah, wie meine Eltern sich einmal anblickten, und wie

Mutter dann heftig aufstand und sagte: »Ich geh morgen zum Dechant!«

Sie tat es, und Kaplan Leo schaute mich seit diesem Tag überhaupt nicht mehr an. Manchmal aber im Unterricht, wenn er von der Verstocktheit des Herzens sprach und von geheimen Sünden, die man zwar vor den Menschen, nicht aber vor dem Auge Gottes verhüllen könnte, wußte ich, daß er mich meinte und mehr zu mir als zu den andern sprach.

Während er sonst in einem schwarzen, am Halse geschlossenen Gehrock in die Schule kam, trug er eines Tages die lange, feierliche Soutane. Gleich zu Beginn der Stunde sagte er uns, er habe dies Kleid eigens für uns angezogen, er wolle uns daran etwas zeigen. Er begann die Knöpfe alle aufzumachen und fing wieder oben an, sie alle zuzuknöpfen. Ein Knopf, der oberste, war falsch geknöpft. Er erklärte uns nun: »Seht, jeder Knopf bedeutet eine Beichte. Wenn aber eine Beichte schlecht getan ist, wenn ihr bei einer einzigen Beichte eine einzige Todsünde wissentlich verschweigt, dann sind alle folgenden Beichten ungültig, und ihr müßt sie wiederholen, wie ich jetzt das Zuknöpfen wiederholen muß. Seht, es ist nur ein Knopf, alle andern sind scheinbar richtig, in Wirklichkeit aber falsch zugeknöpft.« Und wieder begann er, sich auf- und dann zuzuknöpfen.

Ich war, als der letzte Knopf in seinem richtigen Loch saß, sehr erregt und ebenso niedergeschlagen. Ich wußte nicht genau, ob der Kaplan auch diesmal eigentlich nur mich gemeint hatte. Aber das eine war mir klar: wie leicht saß ein Knopf im falschen Loch! Wenn sich das nun mit der Beichte wie mit den Knöpfen verhielt, dann war man in der Tat immer in Gefahr, eine Beichte abzulegen, die ungültig war und die wiederholt werden mußte, und damit mußten auch alle dazwischen liegenden Beichten wiederholt werden. Eine solche Wiederholung nannte der Kaplan eine Generalbeichte. Das Wort lag mir fast so schwer auf der

Seele wie das Beispiel mit den Knöpfen. Ich sah mein Inneres voller Todsünden, die sich hinter allerlei Lügen wie hinter Möbelstücken versteckten. Im Traum liefen die Todsünden auf der Rückseite des runden Taschenspiegels als kleine Kügelchen einher, die ich in die Löcher von ‚Pilo' hineinzuschütteln hatte. Alle mußten hinein, alle; wenn nur eine außerhalb der Löcher blieb, war alles umsonst. Ich schwitzte, fürchtete, der Spiegel könne plötzlich hinfallen, und er war doch aus Glas! Dann war die Schrift ‚Pilo' entzwei und auch die Kügelchen waren nicht mehr aufzufinden – alles war vorbei, es war nichts mehr in Ordnung zu bringen und alles für ewig entschieden. In solchen Träumen überfiel mich eine siedende Angst, und selbst die Rettung ins Erwachen half mir nichts, da ja Sünde und Beichte und Tod und Verdammnis nicht dem Traum angehörten, sondern dem hellen Tag, meinem Gewissen und meinem Leben.

Die erste Beichte, die an einem Tag in der Karwoche des folgenden Jahres abgelegt werden sollte, beschattete mir sogar das Weihnachtsfest. Ich hatte nämlich, um gut zu beichten und Ruhe für meine Seele zu finden, wie es in der Beichtanleitung hieß, an langen Nachmittagen mich in die gute Stube zurückgezogen, in die kaum jemand aus der Familie tagsüber kam. Auf dem grünen Kanapee sitzend las ich immer wieder den Beichtspiegel durch, in dem alle nur möglichen Sünden enthalten waren. Um sicher zu gehen und jeder Todsünde auf die Spur zu kommen und sie in mir auszurotten, ließ ich jede Frage, die mit einem drohenden ‚Hast du' oder ‚Bist du' begann, vor mich hintreten. Diese Fragen wurden langsam, je mehr ihrer kamen, zu lebendigen Wesen. Sie hatten strenge Augen mit glühenden Pünktchen darin, ähnlich wie der Kaplan, und mit jedem 'Hast du' und ‚Bist du' wurde ich kleinlauter und bedrückter.

Schon die erste Frage, ob ich neben dem wahren, einzigen Gott einen andern Gott verehrt hätte, ließ mich vorsichtig werden. Gab es etwa in mir nicht diese zwei Götter, die sich nicht vertrugen? Ja, hatte ich nicht, da ich hier hinter dem Tisch auf dem Kanapee saß, wiederum das Gefühl gehabt, daß der Sonnenvater nichts mit dieser Beichte zu tun habe, sondern daß es nur dieser andere Gott war, der sich das alles ausgedacht hatte, das mit den läßlichen und den schweren Sünden und das mit den drei Punkten, die zu ihnen gehörten; und das mit den fremden und himmelschreienden Sünden und mit den Sünden gegen die Zehn Gebote und die Fünf Gebote der Kirche. Aber dieser andere Gott, so empfand ich es mit großer Sicherheit, war sehr mächtig und er legte alles, wie der Kaplan gesagt hatte, auf seine Waage und nahm es mit den Gewichten sehr genau. Man mußte sehen, wie man mit ihm ins klare und überhaupt aus dieser Sache herauskam, ohne Schaden für seine Seele zu nehmen. Denn – und daran hatte der Kaplan keinen Zweifel gelassen – wir waren, indem die Kirche uns zum Empfang des Sakramentes zuließ, in den Stand der Vernunft erhoben worden. Vernünftige Wesen aber wurden auf der göttlichen Waage nicht zum Spiel gewogen. Nein, die Sache war sehr ernst, und wenn ich jetzt, nachdem ich im Stande der Vernunft war, starb, kam ich, falls ich nicht im Stande der heiligmachenden Gnade war, in die Hölle. Ob also der göttliche Sonnenvater sich um meine Beichte kümmerte oder nicht, er konnte mich nicht aus der Hölle herausholen, wenn der andere Gott, der gerechte, der mit der Waage und den Vorschriften, mich hineintat.

Auch Vater, der den schwermütigen Eifer sah, mit dem ich mich auf meine erste Beichte vorbereitete, sagte mir, daß ich recht tät, den ersten Schritt in den Beichtstuhl so ernst zu nehmen. Denn im Beichtstuhl befänden wir uns im Gericht Gottes.

So antwortete ich denn fast auf jede Frage: ‚Hast du‘ oder ‚Bist du‘ mit Ja.

Keine Woche später, da ich den ersten Entwurf für mein Bekenntnis im Beichtstuhl fertig hatte – wir standen in der

Weihnachtswoche – kam ich eines Tages aus der Schule. Ich sah rund um den Tisch schmunzelnde Gesichter, und Nickel verriet mir sofort nach dem Essen, daß Franziska meinen Sündenzettel unter dem Schlitz der Kanapeelehne gefunden und ihn Vater übergeben hatte.

Ich war sehr beschämt und noch mehr empört. Als Franziska und ich allein mit Vater in der Stube waren, erklärte ich ihr, den Sündenzettel eines andern zu lesen, wär bestimmt eine Todsünde, ein Sakrileg. »Sogar exkommuniziert bist du«, schrie ich schließlich unter Tränen, denn, so fuhr ich fort, wer sich priesterliche Rechte anmaßen tät, beginge einen Gottesraub. Das wär viel schlimmer, als einen Kelch zu stehlen oder eine Nonne zu ohrfeigen.

»Du hast gut gelernt«, sagte Vater und lächelte. »Aber da bin ja auch ich exkommuniziert, denn ich hab et ja auch gelesen.«

»Ihr seid auch der Vatter«, sagte ich, ohne zu überlegen.

Vater faltete meinen Sündenzettel sorgfältig, legte ihn hin und sagte, ich wüßte ja, daß er so eine kleine Schrift wie die meine nicht mehr lesen könnt, so hätt er sich eben Franziskas Augen bedient. Er hoffe, daß Franziska mit niemandem über die Einzelheiten meines Sündenzettels sprechen tät. Die kupferhaarige Franziska versicherte uns das eifrig, lächelte dabei aber so vergnügt, daß ich sie am liebsten mit den Fäusten überfallen hätte, wäre sie nicht sechs Jahre älter gewesen und vor allem, hätte Vater nicht zwischen uns in der Stube gesessen.

Vater begann: nun ja, ich wär gewiß sehr genau gewesen. Ein Glück jedoch für mich und den armen Beichtiger, fuhr er fort, daß er zuvor den Zettel gelesen hätt, denn der Herr Dechant, bei dem ich ja sicherlich meine Beichte ablegen tät, wäre gewiß, hätt ich ihm als noch nicht achtjähriger Junge diese Musterauswahl von Sünden heruntergelesen, in Ohnmacht gefallen. Denn nach meinem Zettel zu schließen, müßt entweder mein Elternhaus ein Vorhof der Hölle sein oder aber, was er wohl eher glaubte, mein Beichtunterricht wär eine Sündenkelter, in der man aus kleinen Jungen möglichst viel dummes Zeug herausquetschen tät. Aber mehr als meine eingebildeten Todsünden, nämlich als mein Abfall vom wahren Gott und meine Zweifel an seiner Güte und Barmherzigkeit, mehr als meine Gotteslästerungen, als mein Fluchen, mein Haß gegen die Kirche und alle meine totschlägerischen Gelüste und mehr als alle von mir ermordeten Tiere (ich meinte die erschlagenen Fliegen, die begrabenen Käfer und in der Furche des Feldes zertretene Mäuse); mehr als mein unzüchtiger und ehebrecherischer Verkehr mit verheirateten Frauen (an dieser Stelle gickelte meine Schwester Franziska plötzlich hochauf und rannte zur Tür hinaus) und mehr als meine sämtlichen Meineide, ja viel, viel mehr als dies alles ginge ihn mein Bekenntnis an: »Ich habe meiner Mutter absichtlich weh getan, indem ich von unserm Haus bis auf Bärendskreuz kein Wort mit ihr sprach, weil sie mich vom Spiel weggerufen hatte.« Vater sagte leise: »Dat hab ich deiner Mutter noch nie angetan!« Als ich sofort, von seiner Stimme gerührt, in Tränen ausbrach, griff er in die Tasche, gab mir einen Groschen und fragte: »Weißt du, warum ich dir den gebe?« Als ich den Kopf schüttelte, sagte er: »Damit du nicht heimlich deiner Mutter die Pfennige zum Naschen stiehlst. Schäm dich! Wer im Haus stiehlt, stiehlt auch anderswo, so in der Bäckerei.«

Ich schämte mich entsetzlich, da ich vor meinem Vater als Dieb dastand. Dann aber schlang er den Arm um mich, küßte mich und sagte mir, daß ich trotz allem sein lieber Junge wäre. Und ich sollt mir Gott nicht so vorstellen wie eine alte Krämersfrau hinter der Theke. »Gott is doch dein Vatter«, sagte er leise, »ich bin et auch, aber net so wie er!« Er sagte mir auch noch, daß man dem Vater alles mitteilen könnt, alles, und daß der Vater in dieser Offenheit und Ehrlichkeit nur unser Vertrauen zu ihm wachsen lassen wollte. Unser Herz tät in diesem Vertrauen ganz leicht werden, »so leicht wie die Schneeflocken da«, sagte er und wies gegen die Scheiben. Ich bemerkte mit einem seligen Erschrecken, es hatte zu schneien angefangen. Ich sah dem zarten, endlosen Wirbel der weißen Flocken zu, – und alle wurden in meinen Augen zu Menschenherzen, die zu Gott hinwollten.

Der Ofen im Winkel der Stube knackte. Ich lehnte mich an Vaters große Brust, seufzte auf und war glücklich.

Kätta, die Stadt und die erste Beichte

Als ich in diesem Jahr nach der Weihnachtsmette mit einigen Kindern die Treppe zum Josephsaltar hinaufstieg – zur Krippe unter den Tannen, sah ich zum erstenmal Kätta. Sie stammte nicht aus Schweich, sie war ein Kind aus der Stadt, das konnte man ihr sofort ansehen. Kätta stand, die Augen weit aufgerissen, neben mir. Sie hielt die Zähne fest aufeinander, aber ihre Lippen standen in einem verzückten Lächeln weit offen. Das helle Haar hing ihr über die Schultern. Sie hatte einen blauen Mantel an, einen kornblumenblauen Mantel und gelbe Strümpfe und braune Schuhe. Ich betrachtete sie, wie ich sonst, wenn sie nicht dagewesen wäre, die Krippenfiguren betrachtet hätte. Sie aber stand da, unbeweglich und lächelte. Schließlich machte sie das Kreuz und einen Knicks und ging fort. Ich ging hinter ihr her. Vor der Kirche sah ich, daß noch eine zweite, kleinere Kätta da war, die ich bis jetzt nicht bemerkt hatte. Es war ihre Schwester Maria. Wir gingen zu dritt nebeneinander. Es wurde langsam Tag. Der Schnee dämpfte unsere Schritte. Vor uns und hinter uns gingen die dunklen Gestalten von Kirchgängern nach Hause. Nachdem wir einige Minuten so nebeneinander gegangen waren, fragte ich: »Wie heißt du?« Und ich hörte, daß sie Kätta hieß. Ihre Stimme war sehr zart und hell. Ich fragte auch Maria, wie sie heißen tät, und auch sie sagte mir ihren Namen. Darauf fragte ich, wo sie denn wohnten.

Kätta sagte, eigentlich in der Stadt, wochentags wohnten sie im Haus des Bahnmeisters am Bahnhof; aber sonntags wegen des Kirchgangs wären sie bei der Großmutter. Zu meiner Freude hörte ich, daß die Großmutter in der Wilzgasse wohnte. So hatten wir also denselben Weg, und sie mußten an unserm Hause vorbeigehen. Ich zeigte es den Mädchen mit Stolz, über dem Berg Rupproth stieg gerade ein feierliches Rot auf, und wir konnten wieder unsere Gesichter erkennen. »Du, Kätta!« sagte ich, »ich komme dich auf dem Bahnhof besuchen – mit dem Rad!«

»Hast du ein Fahrrad?« fragte sie sehr erstaunt.

»Mein Bruder Martin hat en Fahrrad, mit Freilauf un Rücktritt. Dat is de beste Radfahrer von der Welt. Dä fährt bis Trier in einer Tour. En hat mich schon mitgeholt bis in de Richtgaß.«

»Aber du hast kein Fahrrad?«

»Nä – ich hab aber einen Reifen, dä is vom Fahrrad! Damit fahr ich beinah so schnell wie e Radfahrer.«

»Aber da kannst du mich ja nicht draufsetzen. Ich wär gern mit dir gefahren. Wie heißt du?«

»Stefan! Die Leut sagen Steffchen. Aber dat mußt du net tun, Kätta! Ich bin ja en großer Jung. Ich geh schon zur Beicht – dies Frühjahr.«

Ich hatte mir, während ich das sagte, vorgestellt, wie ich auf Martins Rad, Kätta vorneauf, irgendwohin führe, mitten durchs Dorf ... Nein, das doch wohl nicht! Die Leute lachen so gern. Aber irgendwo sonst hin. Wir waren jetzt vor unserm Hause angekommen.

»Wirst du denn auch Bauer?« fragte Kätta und blickte durch die Stäbe unseres Tores in den Hof hinein; man konnte den Misthaufen sehen und die Schweineställe.

Ich hatte die Hände tief in den Hosentaschen und fror ein bißchen. Ich hatte keinen Mantel an wie Kätta und Maria, die Dorfjungen trugen keine Mäntel, sondern dicke Unterhosen. Aber ich hätte noch Stunden so in Schnee und

Kälte dastehen können – vor Kätta! Maria blickte immerzu die Straße auf und ab und sagte kein Wort.

Wenn mir sonst jemand diese Frage nach meinem künftigen Beruf stellte, pflegte ich sofort zu sagen, daß ich für Pastor studieren würde, aber vor Kätta stehend überlegte ich voll Vorsicht, ob dieser Beruf ihr auch gefalle und ob er Eindruck auf sie mache. Ich konnte sagen: »Ich werd Professor«, aber ich wußte nicht genau, was das war. »Ich werd Doktor«, hätte ich auch sagen können, aber vor Kättas Augen schien mir dieser Beruf, seit ich Nasenvögelchen kannte, viel zu gering. So sagte ich leise, doch mit großer Bestimmtheit: »Ich werd Bischof!«

»Bischof? Oh!« Es war die kleine Maria, die das mit leiser, fast erschrockener Stimme hervorgehaucht hatte, während Kätta einmal mit den Augen zwinkerte und darauf die festgeschlossenen Zähne zeigte. »Aber dann kannst du nicht heiraten«, sagte sie ebenso ruhig und bestimmt wie ich.

Daran hatte ich nicht gedacht und ich erschrak geradezu, in Kättas Augen blickend, bei dem Gedanken, daß ich nun niemals heiraten dürfte.

So sagte ich denn, daß das alles noch nicht ganz festgemacht wär, »unse Kaplan is ja sehr dagegen«, fügte ich hinzu. »Un dann«, mir war plötzlich etwas Wichtiges eingefallen, »man hat ja auch noch sein Haushälterinnen, wenn man geistlich wird.«

»Aber die kochen doch bloß«, sagte Kätta sofort, »wenn du mich heiratest, legen wir uns zusammen ins Bett und küssen uns die ganze Nacht. Und davon kommen dann die Kinder. Weißt du das nicht? Wenn du aber geistlich wirst, darfst du mich nie küssen.«

Ich war über die Maßen verwirrt, auch ein bißchen beschämt, aber mehr noch fühlte ich, wie eine heiße, rosige Wolke sich um mich legte. Kätta hatte gesagt: wenn du mich heiratest. Als ob das so selbstverständlich wäre!

»Oh, Kätta, guck, da kommen mein Leut! Ich komm dich besuchen – mit dem Rad – oben im Bahnmeisterhaus. Un jetzt mußt du mir de Hand geben. So, Kätta, ich wünsch dir einen glückseligen Christtag! Glückseligen Christtag, Maria! Ißt du gern Goldreinetten? Mein Vatter hat de besten Äpfel auf der Welt!«

Ich lief schnell ins Haus. Der Herd brannte in der Küche. Auf der Platte brutzelten Äpfel. Der Kaffee duftete. Aber ich konnte nicht bei den andern sein.

Einige Tage nach Weihnachten machte ich meinen ersten Besuch im Bahnmeisterhaus. Ein Eisenbahner in blauer Uniform mit einem breiten, roten Bleistift hinterm Ohr öffnete mir die Haustür. Ich sagte: »Ich – ich muß dat Kätta sehn, ich hab eppes für dat Kätta.«

Der Mann führte mich eine Treppe hinab, das Haus war an einen Abhang gebaut. Kättas Mutter kam mir entgegen, sie mußte es sein. Es waren genau die blauen Augen von Kätta und die leicht offenen Lippen vor den weißen, geschlossenen Zähnen. Ich blickte die schöne Frau verlegen an und fragte dann, indem ich versuchte, reines Hochdeutsch zu sprechen, ob ich Kätta Äpfel bringen dürfte.

»Wer bist du denn?« fragte sie und lachte.

»Ich bin dem langen Steff sein Jüngster, dem neuen Bauern in der Wilzgaß seiner.«

»Ah«, sagte sie und lächelte noch mehr, »du bist der kleine Mann, der Bischof werden will?«

»Ja, dä bin ich«, sagte ich und nickte.

»Dann komm her, die Mädchen machen gerade eine Kissenschlacht in den Betten, du mußt dir aber die Schuhe ausziehn und die Jacke, es wird dir warm werden.«

Ich zog sofort meine schweren Schuhe aus und trat so auf leisen Socken in das Zimmer. Kaum, daß die Mädchen mich erblickten, hatte ich auch schon zwei Kissen am Kopf.

Ich hatte solch ein Spiel noch nie gesehen. Wenn ich zu Hause mit Kopfkissen geworfen hätte, wären mir ein paar

Ohrfeigen sicher gewesen. So griff ich zuerst noch ein wenig schüchtern, aber mit jedem Wurf kräftiger und begeisterter nach den weißen Federwolken und kam mir von einem Bett auf das andere springend, richtig wie im Himmel vor, wo man ja auch – so hatte ich mir das schon immer vorgestellt – von Wolke zu Wolke springen und sich dann auf den Rücken legen konnte, um in die Sonne hinaufzublicken, die dann den Augen nicht mehr weh täte. Die hellen, hohen Stimmchen der Mädchen machten mich mit ihrem Lachen ganz betrunken. Ich aber antwortete nur mit Kättas Namen, den ich, eine lachende Antwort für alles, immerzu im Munde hatte.

Nach der Kissenschlacht setzten wir uns an den Tisch und aßen Gebäck und tranken dazu etwas Braunes, das sehr süß war und nach Schokolade schmeckte. Die Mädchen nannten es Kakau, ich trank drei Tassen davon und war hernach mit Süßigkeit bis zum Halse gefüllt, über dem Kakau hatte ich sogar vergessen, Kätta in einem fort anzuschauen. Hernach gingen wir auf den obersten Stock und starrten durch die Scheiben. Jenseits der Straße lagen die Schienen, glänzend und dünn wie Stricknadeln. Manchmal kam ein Zug, bald waren Menschen darin, bald Sachen. Fuhr der Zug nach links, fuhr er in die Stadt; fuhr er nach rechts, fuhr er nach Föhren, Hetzerath, Salmrohr, Wengerohr. Dahinter hörte für uns die Welt auf. Wir konnten zwar auf dem Schild lesen ‚Richtung Koblenz' – und wir wußten zudem, daß sich hinter diesem Namen auch eine Stadt verbarg, aber sie lag am andern Ende der Mosel, und niemand sprach von ihr. Doch von Trier hatte ich schon so viel gehört, aber an diesem ersten Nachmittag mit Kätta hörte ich noch viel mehr von Trier. Und als ich bei einbrechender Dunkelheit nach Hause ging, blieb ich an den Telegrafenstangen stehen und lauschte auf die traurigen Stimmen darin, und die Bäume in der Langfuhr hörten meine Seufzer.

Endlich kam der Tag, der großen Gewährung, da ich mit der Mutter nach Trier fuhr. Es war noch in jenem Frühling, da ich fast jeden Tag zu Kätta hinausgepilgert war und den Zügen sehnsüchtig nachgeschaut hatte. Bis zu diesem ganz besonderen Tag hatte ich die blauen Türme der Stadt nur unklar aus der Ferne gesehen, etwa wenn ich die Kühe an einem Stück Ackerrain auf Maroul weiden ließ, während die Geschwister Kartoffeln setzten. Der April verhüllte mir bald mit einem Dunstschleier, bald mit einem Schub Wolken die Stadt, die ich in meinen Tag- und Nachtträumen, oftmals wie im Zustand der Blindheit, durchwandelte.

Als ich in der Schule zum erstenmal hörte, wie Moses von einem hohen Berg herab das versprochene Land sah, ohne es betreten zu dürfen, versetzte ich mich leicht in seine Seele. Ich spielte seit der Zeit oft Moses, und die Braun und die Bleß stellten Josua und den andern Begleiter dar, und wir blickten gen Westen in den goldenen Himmel. Die feinen bläulichen Türmchen stachen in die Lücke zwischen den Hügeln, und wir seufzten zu dritt. Ja, ich wußte, dort gab es die großen, elektrischen Wagen, die ohne Pferde durch die Straßen fuhren; dort lag der Leib des Apostels Matthias; dort stand die Porta Nigra, von der ich gehört hatte, daß sie sehr schwarz und stark und fast so alt sei wie der Herrgott, der dem Kaiser Konstantin auf dem Berg Kron, also neben unserer Mühle im Dhrontal, mit dem Kreuzesbanner erschienen war. Und es stand dort der Dom, in welchem die Kaiserin Helena einmal gewohnt hatte. Eine Fülle heiliger Orte gab es in dieser Stadt, wo die Erde noch dunkel war vom Blute der Märtyrer. Und auf dem Domplatz, wo der Domstein lag, den der Teufel selber dorthin geworfen, hatte sich früher der Christenverfolger Rixius Varus herumgetrieben, bis ihn ein heiliger Bischof in den Meulenwald in einen dicken Baum gebannt hatte. Von diesem bösen alten Römer wußte ich so viele Geschichten, daß ich unbedingt die Stelle auf dem Domplatz besichtigen wollte, wo er als Ball oder Roß oder Feuerkringel seine bösen Allotria getrieben hatte. Und was hatte mir Kätta sonst noch alles von der Stadt erzählt! Ach ja, die Mariensäule, hoch auf dem Berg, das Pestkreuz, die Römerbrücke! Man konnte diesen Reichtum nicht fassen, und vieles an dieser Stadt war überhaupt geheimnisvoll und ganz und gar unverständlich. Da kamen zum Beispiel Leute mit Schachteln heim, darauf war eine blaue Hand gemalt, und in der Schachtel lagen gefältelte Kleider, – die hatten sie, wie es hieß, in der ‚Blauen Hand' gekauft. Wie man in eine blaue Hand hineingehen und feinduftende, bunte Stoffe darin kaufen konnte, das war für mich, bevor ich des Rätsels Lösung hatte, so unbegreiflich, daß ich nicht einmal Fragen in dieser Richtung wagte. Selbst Kätta mochte ich in diese meine Schwierigkeiten im Begreifen nicht einweihen, denn sie lachte manchmal über meine Fragen. Dann merkte ich deutlich, daß sie aus der Stadt kam und sehr viel klüger war als ich, aber ihr Spott tat mir weh.

Und nun sollte es geschehen! Meine Bitten, die ich an Vater und Mutter, aber ebenso an alle heiligen Märtyrer von Trier gerichtet hatte, waren plötzlich erhört. Meine Mutter mußte zum Bauernverein, und so holte meine Schwester eines Abends die Zinkwanne, und es wurde mir erklärt, daß ich am nächsten Morgen mit der Staatsbahn nach Trier führ, weswegen sie mich jetzt schrubbten; denn wenn man in die Stadt reiste, müßte man festtäglich aussehen. Ich konnte die Nacht nicht schlafen, wahrscheinlich war mein Kopf voller vom heiligen Trier als die ‚Blaue Hand' von Textilien. Mutter band sich am andern Morgen die schwarze, seidene Schürze vor, schlang ein ebensolches Tuch um den Kopf und sagte zu mir, während sie mir das braune Samtjäckchen mit den goldenen Knöpfen anzog: »So, mein Knechtchen, un hier haste en Sacktuch, un bleib mir ja immer schön zur Seit. De Stadt is groß, un wenn du dich verlierst, kann dich keiner mehr finden!«

Als ich neben der Mutter die Langfuhr zum Bahnhof hinauspilgerte und die letzten Häuser des Dorfes und die

Kühe und Holzapfelbäume am Straßenrand zurückließ, nicht ohne Mitleid, zugleich aber auch mit dem Bewußtsein, daß ich ein bevorzugtes Wesen sei, – da leuchtete die Sonne feierlich über Rupproth, und anders als sonst sang der Wind in den Telegrafenstangen, zu denen ich von Zeit zu Zeit hintrat, um mein Ohr an ihr rissiges Holz zu pressen. »Trier–Trier–Trier« summten sie heute und wußten kein anderes Wort, während sie sonst mancherlei Namen aus der Weite herantrugen und wie den Rosenkranz betende Frauen in sich erwogen.

Daß es damals noch die vierte Klasse auf der Eisenbahn gab, war meiner Mutter wie allen Bauern sehr recht – aber auch mir, wenn auch aus anderen Gründen. Das Abteil hatte vorn und hinten zwei steife Bänke, und man konnte den ganzen Boden sehen, was in mir den Eindruck einer hölzernen Stube erweckte und nicht eines Wagens. Daß man nun in dieser Stube, während der Zug nach Westen fuhr, nach Osten laufen konnte, das erregte mich fast so sehr wie das Geheimnis der blauen Hand. Ich stellte meiner Mutter mancherlei Fragen, die sie aber nur wie mein Hinundherlaufen mit Kopfschütteln aufnahm.

»Ja, Mutter, wenn aber de Zug so lang wär wie von Trier bis Koblenz?«

»Von Trier bis – bis wat? Aber, mein Knechtchen!«

»Ja, un wenn ich aus einem Wagen in den andern laufen könnt . . .«

»Aber warum denn dat nur? Bleib jetzt sitzen!«

»Un wenn ich ganz schnell laufen könnt, ganz, ganz schnell, dann könnt ich im Zug nach Hause laufen, und Ihr, Mutter, Ihr wärt in Trier!«

»Jesses marjajusebetta!« Meine Mutter blickte mich einen Augenblick besorgt an.

Eine alte Bäuerin, die neben meiner Mutter saß, seufzte: »Nä, die Kinder, die von heutzutag, die hann Dinger im Kopp!«

Meine Mutter nickte ernst, es konnte aber auch sein, daß der Zug ihr diese zustimmende Bewegung abgenötigt hatte. Ich bemerkte, daß die alte Bauernfrau sehr griesgrämig dreinschaute, und so fragte ich sie, ob sie nicht gerne Zug fahren tät.

»Ooch«, machte sie, als hätte ich etwas sehr Dummes, ja Unbegreifliches gesagt. »Wo et mich bald eso viel kost wie en halbe Sack Mehl, nach Trier ze fahren! Dat tut man net gern, du dumme Jung!«

Mutter begann nun, mit der alten Frau zu sprechen – über die Kornpreise, über das Mehl und dann über die Mühle, wo wir früher einmal gewohnt hätten, über die Dhrontalsperre und die Herren in der Stadt, besonders über die Herren vom Bauernverein, denen sie heute einmal mit dem Hammer und dem Keil, wenn nötig, die dummen Städterköpfe öffnen wollte. Die Alte nickte begeistert. Darauf sprachen sie über ihre Kinder, und schließlich zeigte die Alte auf mich, ob ich denn schon ein bißchen mit Hand anlegte? Mutter schüttelte, mich anblickend, düster den Kopf: »Dänelo? Dat is e ganz Schlauer! Dä bückt sich net im Rummelefeld, dä hockt sich zu jeder Rummel un jeder Grundbeere. Nä, zum Schaffen is dänelo net dumm genug, wir müsse ihn wohl studiere lasse!«

»Wat – studieren?« Die Alte blickte mich aus trüben Augen, aber plötzlich, wie ich merkte, durchaus mit Respekt an. »Dann wird en also Pastohr?« sagte sie, es klang gar nicht wie eine Frage.

Mutter hatte die letzten Minuten immerzu angestrengt zum Fenster hinausgeblickt. »Wir sein da, wir sein da«, murmelte sie schließlich aufgeregt, griff nach ihrer Reisetasche, winkte mich herbei und stellte sich an die Tür. Es dauerte aber noch mehrere Minuten, bis der Zug stand und ich jemand laut rufen hörte: »Trier Hauptbahnhof!«

Wonne und Aufregung überfielen mich in einem Maße, daß ich nur stumm meine Hand in die der Mutter steckte, in einer Art von Geduld, alle Herrlichkeiten zu ertragen, und sollten sie auch so schwer wiegen wie die Porta Nigra.

Unter dunklen Bäumen und auf einem Estrich, der härter und glatter war als unsere Tenne, auf der wir das Korn droschen, gingen wir überall einher. Die Menschen waren alle sonntäglich angezogen, kein einziger trug einen Karst oder eine Heugabel. Manche Männer aber hatten ganz grüne Kleider an und Säbel umgeschnallt; das waren Soldaten, erklärte mir Mutter. Doch sie schien die Soldaten nicht zu mögen, denn sie stülpte die Unterlippe vor und war verstimmt.

Plötzlich blieb ich stehen und machte: »Oh!« Da stand sie also vor mir, die Porta Nigra. Sie war so groß und schwer und mächtig, daß man nichts mehr sagen konnte. Und – so kam es mir vor, und das beklemmte mich ein wenig: sie kümmerte sich nicht um den Beschauer, der Bau drehte uns immerfort und von allen Seiten den Rücken zu. Wir gingen unter ihr her – durch einen der zwei Torbögen. Und wir blieben stehen und wieder guckten wir das schwarze Ungeheuer an. Ich hatte dabei das Gefühl, als ob jede der schmalen, hohen Fensterhöhlen ein düsteres Auge sei, das auf mich herabblickte, regungslos und gleichgültig.

»Oh, Mutter, de Porta Nigra is aber –«

»Nu, mein Knechtchen, wat is sie?«

»Oh, en Biest! En Massik! En Rommerombomm!«

»Wat sagst du – en Rommerom –?«

»Ja, en Rommerombomm!« Ich wiederholte dieses Wort einige Male und schaute dabei die Porta Nigra vorsichtig an, als könnte ich sie mit diesem dicken Wort reizen, als würde sie plötzlich wütend und fiele aus ihrer uralten Ruhe heraus und täte einen zornigen Tritt, um mir nachzulaufen.

»Ihr, Mutter, wenn die Porta Nigra jetzt Bein hätt –«

Sie unterbrach mich, halb verwundert, halb erbost über mein unsinniges Geschwätz, wie sie sagte. Die Porta Nigra wär kein Tier, sondern ein Haus, sogar ein frommes Haus, denn es wär früher eine Kirche drin gewesen, die Simeonskirche, sagte sie.

»Oh, kann man in sie reingehn?«

Mutter bejahte das harmlos, aber da begann ich auch schon, sie anzuflehen, doch gleich mit mir in die Porta Nigra hineinzugehen. Aber all meine Bitten, die schließlich mit Tränen verstärkt wurden, rührten sie nicht. »Dat kost alles Geld«, antwortete sie mehrmals mit strengem Kopfschütteln, »un wat soll ich in einer Kirch, wo net mehr de Herrgott drin is? Un dann noch bezahlen!«

Aus demselben Grunde wollte sie auch nicht in die Elektrische steigen, die auf mich mit ihren prächtigen Farben und ihrem klingelnden Dahinfahren so verführerisch wirkte wie ein Karussell. Mutter erklärte mir, Trier wär nicht groß, und die Elektrische wär nur für die faulen Städter gemacht, die ihr Geld überall zum Fenster hinausschmissen und dann im Alter sich vom Kaiser oder der Stadt Trier ernähren ließen. »So en Sünd un en Schand«, sagte sie, »nä, mein Knechtchen, lieber in der Jugend zu Fuß gehn un im Alter mit der Chais fahren.«

»Aber Ihr seid doch net mehr in der Jugend«, wandte ich ein und sah mit Wehmut der vorüberratternden Elektrischen nach.

»Ich? Kennst du aber dein Mutter schlecht! Ich wär auch heut gern ze Fuß nach Trier gegangen, aber im Frühjahr hann wir Bauersleut kein Zeit!«

Ich schwieg. Ich sah ein, sie hatte recht; so fügte ich mich, wie schwer es mir auch fiel.

Im Bauernverein bemerkte ich zu meinem großen Erstaunen keinen einzigen Bauern. Der Herr, der hinter einer großen, schönglänzenden Holzkiste mit viel Büchern und Papierstöcken saß, hatte einen weißen Kragen um, einen Schlips und war neben dem Schnurrbart so gut rasiert, wie es die Bauern kaum auf Weihnachten, Ostern oder der

Kirmes fertigkriegen. Er hatte eine glänzende Brille vor den Augen und sprach so fein wie Lehrer Tipphenne.

Daß meine Mutter, bald nachdem sie zu sprechen begonnen, es wagte, gegen einen so feinen Herrn den Finger zu erheben, wie sie es sonst manchmal bei uns tat, und dann gar einmal mit der Hand auf die große, hölzerne Kiste klopfte, verwunderte mich sehr, und sie stieg in meinen Augen. Ich wußte auf einmal, daß sie nicht nur sehr stark war und arbeiten konnte wie ein Bär, sondern daß auch dieser feine Herr genau wußte, mit wem er es zu tun hatte; denn er wagte es nicht, als Antwort ebenso auf die Kiste zu schlagen, sondern sagte: »Gewiß, Frau Ainert, gewiß, gewiß!« Ich merkte mir diesen Ausdruck und auch die Form der Anrede, demnächst würde ich einmal versuchen, nicht: »Büdelichs-Mutter« oder »Herings-Mutter« zu sagen, sondern »Frau Büdelich« oder »Gewiß, Frau Hering«, und daran könnte man dann sehen, daß ich in der Stadt gewesen war.

Da ich im weiteren Gespräch der beiden nicht recht verstand, um was es ging, sprangen die Wörter aus den Sätzen heraus und erhielten in ihrem Alleinstehn einen fremdartigen, aber auch frommen Klang, daß ich mir wie in der Kirche vorkam. Da hörte ich also von Thomasmehl, Kali und Guano; ich hörte von Heiligkreuz, Domäne und Notar. Und noch ganz im Bann dieser Worte sah ich, ohne recht hinzumerken, wie der feine Herr aufstand, zu einem Schrank hintrat, der bis obenhin geschlossen war, und ihn nur mit dem Finger oben anrührte, und wie dann – ich sprang vor Schrecken auf meine Beine – die Tür des Schrankes nach unten hin verschwand, rasselnd und ganz schnell, daß ich kaum Zeit hatte wahrzunehmen, was eigentlich geschehen war, und nur nach der verschwundenen Tür Ausschau hielt. Ich fragte darauf Mutter, ob ich nicht mal aufs Häuschen gehen könnt. Der feine Herr schellte, und es kam ein richtiges Fräulein, das führte mich in ein ganz kleines Zimmer. Neben mir hing ein weißes Ding aus Steingut, es sah aus wie eine dicke Möhre. Darauf stand: ‚Ziehen!' Ich folgte der Aufforderung und erschrak noch viel mehr als bei dem sich von selber öffnenden Schrank. Ich war hinten ganz naß und erzählte es hernach Mutter, als wir auf der Straße gingen. Sie antwortete mit einem fast zufriedenen Lächeln: »Ja, siehste, die Stadt hat ihre Nükken. Un dat wird mit jedem Tag schlimmer.«

Darauf erklärte mir Mutter, daß wir jetzt in den Dom gingen. Vor dem Portal verweilend erzählte sie mir die Geschichte vom Domstein, die ich schon von Kätta wußte. Ich sah einige Jungen auf der dunklen, zerbrochenen Säule herumrutschen. Die Oberfläche des Steins sah aus wie eine alte Speckschwarte, man merkte sofort, daß sie der Teufel in den Pfoten gehabt hatte, weshalb ich vorzog, nicht einmal mit der Hand daran zu rühren.

Mutter ging hinten im Dom eine Treppe hinauf und kniete sich vor einem Beichtstuhl nieder, – sie tät jetzt beichten, flüsterte sie mir zu. »Hier sitzt de Weihbischof drin«, sagte sie, und ich blickte voll Ehrfurcht und Neugier gegen das violette Tuch, hinter dem eine tiefe Stimme sanft rumorte. Plötzlich kam mir der Gedanke, ob ich nicht, da der Beichttag ohnehin näherrückte, hier beim Weihbischof statt in Schweich beim Dechanten beichten sollte. Ein Weihbischof, so nahm ich an, das sei noch mehr als ein Bischof, und eine solche Beichte würde – das war auch gewiß die Meinung meiner Mutter – wirksamer sein als die bei einem Dechanten oder gar bei einem Kaplan, und ich brauchte mich hinterher vor den Knöpfen der Soutane nicht mehr zu fürchten. Also schlüpfte ich, als Mutter ihr Geflüster mit dem Weihbischof abbrach und heraustrat, auf der andern Seite in den Beichtstuhl, sagte, wie ich es gelernt hatte: »Gelobt sei Jesus Christus«, und der Weihbischof flüsterte: »In Ewigkeit Amen.« Und ich fuhr fort: »Ich armer Sünder bekenne Gott, dem Allmächtigen –«, aber da blieb mir der Atem auf der Strecke. Der ehrwürdige Mann merkte, wie sehr ich erregt war. So sagte er freundlich: »Na, du Lausert« und stellte mir allerlei Fragen: ob ich meinen Eltern manchmal ungehorsam oder in der Schule unaufmerksam gewesen sei, ob ich unanständige Worte gebraucht hätte, die Messe schwänzte, ob ich löge und mich mit den andern prügelte? Ich hörte sehr aufmerksam zu und sagte immer sehr zerknirscht ja und wunderte mich im stillen, wie genau der Weihbischof über mich Bescheid wußte. Dann gab er mir einige Ermahnungen und fragte, ob ich schon das Gebetchen: ‚Du mein Schutzgeist, Gottes Engel' beten könne. Ich sagte: Ja, das könne ich. Nun, das sollte ich zur Buße beten. Und dann sah ich, wie er die Hände hob und das Kreuz über mich schlug. Ich spürte, wie die Sünden rund um mich herabfielen wie die Dreckkruste von einem Stiefel in der Nachbarschaft des Feuers. Ich schöpfte tief Atem, und als nun der Weihbischof flüsterte: »Gelobt sei Jesus Christus«, antwortete ich feierlich: »In Ewigkeit, Amen« und ging hinaus.

»Ei du«, sagte Mutter und schüttelte den Kopf. Da gerade tat sich die Tür des Beichtstuhls auf, und der Weihbischof trat heraus. Er blickte zu uns beiden herüber, es knieten noch zwei, drei Frauen in den Bänken. Und er lächelte uns an, ich wußte nicht, was ich machen sollte. Wäre ich ein Mädchen gewesen, hätte ich einen Knicks gemacht. Aber da ich mich genötigt fühlte, dem Weihbischof zu zeigen, daß ich sein Lächeln wahrgenommen hätte, machte ich schnell das Kreuz. Da lächelte er noch mehr und ging davon – in den Dom hinab. Ich bemerkte: er trug auf dem Hinterkopf ein kleines rotes Mützchen, das gefiel mir gut.

Ich sah ein, daß ich richtig gewählt hatte, wenn ich Bischof werden wollte; und nun wollte ich sogar Weihbischof werden. Ich verriet Mutter, als wir vor einem Altar in einer Seitenkapelle saßen und unser Butterbrot verzehrten, nichts von meinem großen Entschluß. Sie hätte mich am Ende noch getadelt und gesagt, daß ich zu hoch hinaus wollte. Aber war der Kardinal Nikolaus Krebs aus Cues, von dem sie mir so oft erzählten, nicht auch ein Junge aus einfachem Hause gewesen? Und der Abt Tritthemius stammte nicht einmal, wie sein Name sagte, aus Trittenheim, sondern aus dem kleinen Heidenburg hinter unserer Mühle, und um studieren zu können, mußte er sogar wie der Nikolaus Krebs von zu Hause fortlaufen. Das brauchte ich ja nicht, das Geld zum Studium war da, das hatte mir der Vater des öfteren in freundlichen Andeutungen versichert. Nur mußte ich, das wurde mir an diesem Nachmittag neben der Mutter im Dom ganz klar, ja, ich mußte auf Kätta verzichten. In dieser Domluft schien mir das nun gar nicht so schlimm zu sein. Der durch tausend Jahre in diesen hohen Gewölben verbrannte Weihrauch hing an den Steinen, am Holz, und die Luft, die hereinkam, wurde sofort kirchlich, fromm und ernst und seltsam süß und feierlich. Die Heiligen auf den Altären hatten einen Ausdruck in den Augen, der dieser Weihrauchluft entsprach. Sie sagten: »Was ist Kätta im Vergleich zu uns! Das einzig Wertvolle am Menschen ist seine unsterbliche Seele.« Das hatte ich nun gelernt! Sogar der Kaiser Konstantin, der in diesem Hause einmal lebte bei seiner heiligen Mutter Helena, – sein Wert bestand nur darin, daß er ein Mensch war, eine Seele hatte und sich taufen ließ. Daran gab es keinen Zweifel, obwohl es der Kaplan war, der uns das gelehrt hatte. Meine Gedanken waren von Kätta zur heiligen Helena und ihrem Sohn abgeirrt. Ich kaute mein Butterbrot und dachte an diese beiden, die auch einmal vor vielen hundert Jahren hier nebeneinander gesessen und ihr Brot verzehrt hatten. Nun waren sie in der Ewigkeit! Diese Ewigkeit aber stand hinter den Gesichtern der Heiligen, welche auf uns so feierlich und entrückt herabblickten.

Ich war von der Ewigkeit so sehr umschlossen, daß ich Mutter bat, wir sollten jetzt nach Olewig gehen, wo die Christen in der Arena unter den Zähnen der Panther und

Wölfe verblutet waren. Sie wandte zuerst ein, daß sie keine Zeit hätt. Aber als ich ihr sagte, daß wir in der Schule soviel davon erzählt bekommen hätten und daß man uns – was keineswegs der Wahrheit entsprach – ans Herz gelegt hätt, doch unsere Eltern zu bitten, mit uns an diesen heiligen Ort zu wallfahrten, da war sie schließlich bereit.

Der Name Olewig schmeckte mir, was vielleicht durch eine Erzählung von Burx bewirkt war, nach Salböl, Weihe und frommer Grabesluft. Während wir hinausgingen, stellte ich mir vor, daß ich ein junger Christ sei, der mit seiner Mutter nun den wilden Tieren vorgeworfen würde. Die ahnungslosen Trierer, die uns begegneten, waren in meinem Spiel Heiden, welche höhnisch mit den Fingern auf uns wiesen und den Wölfen und Pardeln eine gute Mahlzeit wünschten.

»Wie bös doch de Menschen sein«, seufzte ich aus Herzensgrund. Die Mutter fragte mich überrascht: »Wat sagste da?«

»Nu stellt Euch doch vor, Mutter, wenn man uns beide von den Tieren fressen lassen tät, nur weil wir Christen sein!«

»O du dumme Jung, dat tut man doch heut net mehr. Die Zeiten sein vorüber! De Christen schlagen keinen tot, weil en eppes anderes glaubt!«

»Dat is sehr schön«, sagte ich voll tiefer Überzeugung und war sehr erleichtert bei dem Gedanken, daß die Welt nun endlich gut geworden sei.

Als wir durch das Amphitheater gingen, und ich die roten Ziegelsteine sah, aus denen die zerbrochenen Mauern errichtet waren, erinnerte mich die Farbe an das Blut der Christen. Ich hatte gehört: wenn man eine Handvoll Erde aufnahm und sie preßte, kam Blut heraus. So trat ich denn hinter eine Mauer, hob schnell ein wenig Erde auf und begann zu beten. Aber dann drückte ich die Hand doch nicht zusammen. Die Mutter rief nach mir. Ich sah auf die Erde in meiner Hand und ließ sie fallen. Ich fürchtete mich davor, daß ich auf einmal Blut in meiner Hand hätte; zugleich aber fürchtete ich mich ebenso davor, es könne etwa kein Blut aus der Erde herauskommen. Es war ein seltsam zwiespältiges Gefühl.

Mutter blickte mit ernster Miene dahin und dorthin, ohne ein Wort zu sagen. Schließlich schlug sie das Kreuz und rief: »So, ewei gehn wir. Ich muß noch in die ‚Blaue Hand'.«

Sofort antwortete ich »Ja, Mutter!« Meine Neugier, endlich zu erfahren, was das mit der ‚Blauen Hand' auf sich habe, war sicher so groß wie die, das Amphitheater zu sehen.

Wir hatten bereits in einem Stoffgeschäft alles mögliche eingekauft und gingen auf den Bahnhof zu, als ich Mutter fragte, wann wir eigentlich in die ‚Blaue Hand' kämen. Da sagte sie: »O du dumme Jung, wir waren doch drin! Da«, und sie zeigte auf meine Pappdeckelschachtel, »da trägst du doch alles, wat wir in der ‚Blauen Hand' gekauft hann.«

»Ah so«, sagte ich. Der Traum von der ‚Blauen Hand' war so unerwartet über mir zusammengebrochen, daß ich Mutter nicht in meine Enttäuschung einweihen konnte. Auch sonst war manches in der Stadt nicht so groß und wunderbar gewesen, als ich es mir vorgestellt hatte; vieles aber hatte das Spiel meiner Einbildungskraft weit übertroffen.

Sanitätsfest, Gespräch mit dem Vater und Kriegsausbruch

Eines Tages sagte der Lehrer Burx am Ende der letzten Stunde, die Sonne scheine jetzt so schön, und die Erde sei so warm, daß man nunmehr das Sanitätsfest feiern könne. Die Jungen aus den drei Oberklassen freuten sich mehr darauf als wir, – sie sollten die Verwundeten spielen und sich auf den Wiesen und Feldern verstecken, und die Sanitäter mußten sie suchen, während die jüngeren bei dem Aufspüren der Verwundeten helfen durften.

Am nächsten Sonntag nun hatten wir uns vor der Schule zu versammeln, die Ärzte und die Lehrer standen auf der obersten Treppenstufe. Neben dem Doktor Nasenvögelchen stand ein Tisch, auf dem viele kleine Karten lagen. Der Doktor nahm eine Karte, und der Lehrer Husmann rief den Namen eines Schülers. Der aufgerufene Junge ging die Treppe hinauf, und Nasenvögelchen steckte ihm mit einer Sicherheitsnadel die Karte an und sagte: »So – du hast also einen Bauchschuß.« Zum nächsten sagte er: »Du hast ein Bein verloren!« und steckte auch ihm die Karte an. Zu meinem Bruder Nickel sagte er: »Du hast einen Halsschuß!« Als die drei Oberklassen ihre Karten alle auf der Brust hatten und wieder in der Reihe standen, trat Burx vor – er hatte die lauteste Stimme – und erklärte, daß alle Jungen ihre Karten, auf denen die Verwundungen angegeben seien, genau durchzulesen und sich den Vorschriften entsprechend zu verhalten hätten. Wer seine Karte verliere oder unleserlich mache, werde streng bestraft; aus diesem Gunde habe jeder seine Karte am Montagmorgen in der Schule abzuliefern. Und alle sollten es sehr ernst nehmen, damit die Sanitäter auch wirklich übten. »Das ist kein Spiel«, rief er scheltend einigen Jungen zu, die mit ihren Verwundungen prahlend sich den Leichtverwundeten gegenüber als Schwerverwundete aufspielten. Alle Lehrer würden, so fuhr er fort, während der Übungen anwesend sein und darauf achten, daß das Sanitätsfest so verlaufe, wie sich das gezieme, – es sei eine ernste, vaterländische Handlung, bei ihr mitzuwirken, bedeute für uns eine besondere Ehre.

Darauf hob der Lehrer Tipphenne die Violine ans Kinn und rief: »Wir schließen mit dem schönen Lied: ‚Ich hab mich ergeben‘. Aber nur die Oberklassen, die morgen unsere tapferen Verwundeten darstellen, dürfen mitsingen.« Ich war sehr traurig, daß ich das Lied nicht kannte und überdies nicht mitsingen und am folgenden Tag keinen Verwundeten darstellen durfte.

Als ich zu Hause bei Tisch fragte, was das sei ‚Du herrlich Hermannsland', blickten mich alle an, als wäre ich dumm. Und eines der Geschwister sagte: nun ja, Deutschland, was denn sonst! Als ich aber weiter fragte, warum Deutschland so heiße, konnte mir niemand, selbst Vater nicht, den Grund sagen. Hermann, das war bei uns im Dorf ein Name, den nur Juden trugen wie auch Siegfried und Siegmund. So blieb für mich das Wort Hermannsland wie in einem Schrank eingesperrt, in welchem Dinge liegen, die außer Gebrauch sind und nach und nach vergessen werden.

Nickel stand mit mir nach dem Sonntagsmorgentisch vor einem solchen Schrank. Der befand sich im Schlafzimmer der Eltern, ganz im Schatten des Schuppens, der sich über dem Fenster herzog. In diesem Schrank lagen Sachen und Sächelchen, von denen man, wie man sie auch drehte und wendete, nicht wußte, was für einem Zweck sie gedient hatten. Da gab es zum Beispiel kleine Metalldinger, die wie Löffel aussahen, aber nicht zum Einnehmen der Suppe bestimmt waren; ich sah einen roten Stein, der an einer Seite die Form wie Wachs verloren hatte, als wäre er einmal hingetropft, und er war doch ganz fest; und es gab Ketten, von denen man nicht wußte, ob es Uhrketten, Hundeketten oder Halsketten waren; Töpfe, aus denen es bitter roch und Fläschchen von mancherlei Formen und Farben. Nickel aber hielt nach kurzem Suchen ein Ding in der Hand, das hinten einen Holzgriff, vorne eine Röhre aus Stahl und in der Mitte eine Walze mit Löchern hatte. »Dat is en Revolver«, erklärte er mir und steckte ihn unter seine Bluse, »heut muß ich bewaffnet sein.« Er ging fort, und ich weinte fast, daß ich noch so jung war und mich nicht wie Nickel von den Sanitätern suchen lassen konnte. Aber auch als Meldegänger durfte ich nicht mitgehen, da Vater mir erklärte, es gäb genug kleine Jungen, die mit den Sanitätern herumstromern wollten, ich sollt bei ihm bleiben, er tät nach Tisch mit mir auf den Staatsbahnhof gehen. Da könnt ich sehen, wie diese dummen Jungen schockweise verladen würden. Mutter nickte düster und murmelte: »Ja, wer weiß, wo dat elo noch hinführt mit dene Sanitätereien!«

Ich verstand nicht, was meine Eltern gegen dieses Fest haben könnten. Den ganzen Morgen stand ich vor dem Hause und sah den Jungen zu, die den mit Musik umherziehenden Sanitätskolonnen nachliefen. Erst nach Tisch machte sich Vater auf und ging mit mir zur Staatsbahn. Als wir uns dem Hause näherten, in dem Kätta wohnte, ließ ich Vaters Hand und schlüpfte auf die andere Seite, damit sie mich nicht sähe. Ich schämte mich vor ihr, neben meinem Vater wie ein kleiner Junge einherzugehen, während alle Gleichaltrigen unterwegs waren.

Hinter dem Bahndamm in der Senke, wo der Bach unter Weiden einherlief und wo, wie ein Sanitäter meinem Vater erklärte, das Gefecht stattgefunden hatte, da hörten wir rufende und antwortgebende Stimmen. Aus Trillerpfeifen erschollen Signale, Kommandos wurden weitergegeben, Autos ratterten vorüber und bahnten sich mit breitem Hupen einen Weg durch die Leute aus dem Dorf, die miteinander plaudernd umherstanden, – der Vorplatz des Staatsbahnhofs sah wie der Spielesplatz am Sonntag nach der Kirche aus. Ich drehte den Kopf nach allen Seiten und wartete darauf, daß zwischen den Sonntagsanzügen der Bauern von Zeit zu Zeit die Sanitäter hervortraten mit ihren Bahren, auf denen die Jungen lagen. Sie hatten bald das Bein, bald den Kopf, bald den Leib mit weißen Streifen umwickelt, blickten suchend umher und riefen mit unterdrückter Stimme nach dem Vater oder der Mutter oder einem Bekannten, damit alle sähen, wie bequem sie es hätten und wie fein es sei, wenn andere einen tragen.

Die Sanitäter gingen mit den Bahren zu den Viehwagen, die auf dem Seitengeleise standen. Auch die Lehrer näherten sich manchmal den Wagen, nämlich dann, wenn das Gegröle der auf den Bahren Liegenden zu laut wurde. Ich sah, wie Husmann und Burx mit dem Zeigefinger in die dunkle Lücke der Waggonöffnung hineindrohten. Aber der Lärm wurde nicht viel geringer, und die Lehrer blickten sich kopfschüttelnd an. Manchmal scholl ein Lied aus dem Innern der Wagen: ‚Reserve hat Ruh' oder ‚Es braust ein Ruf wie Donnerhall'. Vater sagte zu Onkel Hannes – er war von seiner Mühle über die Wiesen herübergekommen –: »Is dat nu nötig, Hannes, dat man Schuljungen herumträgt, als wären se halbtot geschossen?« In diesem Augenblick kamen zwei Sanitäter mit meinem Bruder vorüber. Nickel lag halbsitzend auf eine Blechkiste gestützt, er hatte mir bereits am Morgen erklärt, daß er mit seinem Halsschuß nicht liegen dürft. Sein Vorsatz war gewesen, sich ein Plätzchen zu suchen, wo ihn die Sanitäter nicht so leicht fänden. Er faßte die Sache als Versteckspiel auf und wollte darum als der letzte gefunden werden. Aber Herings-Pittchen hatte in seinem Übereifer ihn dann doch vor der Zeit aufgestöbert und er lief nun stolz und schwitzend neben der Bahre her, und unser Nickel schien sehr böse auf Pittchen zu sein. Er winkte Vater zu, aber der drehte sich sofort um, als hätte er seinen Sohn nicht erkannt.

»Ich sag ja«, fuhr er grimmig fort, »un dann auf ämal sein wir soweit! Dann holen se uns de Jungen fort, ohne ze fragen! Un dann fliegen als noch emol de Arm und Bein in der Luft herum, so wie auf dem Balkan! Un wofür? Kein Mensch weiß et.«

Ich wußte genau, was mein Vater sagen wollte. Hätte ich es nicht gewußt, brauchte ich nur in sein Gesicht zu sehen. Er stand mitten unter den Männern und blickte, weil er so sehr lang war, über ihre Köpfe fort. – Er säh mit seinen schwach und starr gewordenen Augen mehr als die Leute, die das alles so lustig und schön fänden, das sagte er zu seinem Bruder und er fuhr fort: »Hannes – ich seh et kommen, aber ich werd et net mehr erleben. Aber unser arm Kinder! Ich sag dir, für unser Zeit gibt et keinen Propheten, et is zu schrecklich, wat er sehen müßt – un dann könnt er's net über die Lippen kriegen.«

Und er erzählte mit andeutenden Worten, was für schreckliche Sachen er in den Bilderzeitungen gesehen hätt. Lesen könnt er ja nicht mehr, aber die Bilder könnt er noch gerade erkennen. »Et wär besser, ich hätt auch die net mehr erkennen können«, seufzte er. »Dat is ja kein Krieg mehr«, sagte er leise, »dat is Metzgerei, nä, dat is – dat is – de Höll!«

Onkel Hannes schien die düsteren Worte seines Bruders nicht gerne zu hören. Er blickte umher, zog an seiner Jägerpfeife und trat von einem Bein aufs andere. »Ja, Steff«, machte er, »ja, ja, aber schon unse Vatter hat von dir gesagt, dat du de Flöh husten un den Sauhirt net tuten hörst!« Und Onkel Hannes legte dar, daß wir die Kirche im Dorf lassen müßten. Oder ob Vater den Franzosen einfach den Rhein geben möcht?

»Oh, geh mir doch fort mit deine Franzosen«, sagte Vater und packte mich an der Hand. »Komm, Steffchen!« Und zu Onkel Hannes gewandt sagte er noch: »Die Franzosen! Wenn ich französisch schwätze könnt und ich tät rübergehn zu einem französischen Müller und tät ihn fragen: Willste wirklich unsern Rhein haben, dann tät de Franzos sagen: Wat kümmert mich dein Rhein, Steff, wenn ich doch genug Wasser in meinem Mühlbach hab! Adje, Hannes, grüß dein Frau.« Damit ging Vater mit mir aus dem Lärm und dem Gewühl davon.

Als wir allein waren, sagte Vater leise: »Weißte noch, als wir nach Beuren gingen? Dat war auch so e schöne Tag!« Und er wies auf die Saatfelder und die Wiesen. »Ja«, sagte er mit einem schwermütigen Klang in der Stimme, »bald geht et wieder int Heu!« Er fragte mich darauf, ob ich auch eifrig lernen tät. Als ich ihm nur zögernd antwortete, teilte er mir mit, der Kaplan hätt mit ihm gesprochen. Er wär sehr unzufrieden mit mir. Ich hätt sogar bei der ersten Beichte gefehlt. »Ich hab ihm erzählt, dat du beim Weihbischof gebeichtet hast, da is er richtig bös geworden. Du hättest et ja auch wirklich beim Dechant mache können.«

Aber Vater schien bald vergessen zu haben, wie unzufrieden der Kaplan mit mir war. Denn er sagte mir, er hätt immer noch die Hoffnung, daß ich zum Priester berufen wär. Und wenn es sein sollt, daß er in den nächsten Jahren in die Ewigkeit hinüberging, so sollt ich wissen: Mutter dürft sich meinem Wunsch zu studieren nicht widersetzen, er hätt mit ihr gesprochen.

Ich ließ Vaters Hand und begann zu weinen. Schon auf dem Bahnhof, als er mit seinem Bruder sprach, war mir sein Wort, daß er das ja nicht mehr erleben tät, mitten durchs Herz gegangen. Vater aber blieb stehen und rief leise meinen Namen. Als ich ihn anblickte und mir die Tränen seine Gestalt verschwimmen ließen, schüttelte er vorwurfsvoll den Kopf: »Aber, Steffchen«, sagte er ruhig, »ich kann net immer bei dir bleiben. Behalt et gut: wir müssen all fort. Deshalb is et besser, dat wir uns rechtzeitig fertig machen.«

Dann packte er, während ich immer noch weinte, mit seiner großen, schwieligen Hand die meine. Und er begann auf eine so vertrauliche Weise, wie er es sonst noch nie getan hatte, mir von seinen Gebresten zu erzählen. Er wär in seiner Jugend ein starker und sehr lebenslustiger Mensch gewesen. Die Säcke, wenn er sie auf den Wagen ablud, wären nur so geflogen, das könnt Mutter noch bestätigen. »Aber so en Mühl mahlt dat Korn un den Müller dazu. All die Winternächte im Eishaus, wenn du dann reinkommst un all dat Wasser zu Eis un dat Rad zu einem Stück funkelnden Felsen geworden war! Dann hab ich Stunden mit dem Eisbeil dreingehaun, un die Sachen auf dem Leib waren wie Bretter so hart un steif. Ich hab mich an den Ofen gesetzt un mich auftauen lassen – un dat ging auf de Augen! Un aufs Herz! Die Doktoren haben mir dat alles erklärt – hinterher, nun ja! Drüben, wenn et mal soweit is, geht et allen besser, all denen, die Gottes Arbeit un Gottes Sorgen zu ihrer Arbeit un ihren Sorgen gemacht hann. Un ich hab für mein Familie immer gesorgt, dat Zeugnis darf ich mir ausstellen – und ich werd für euch weiter sorgen!«

Wir gingen schweigend dahin; nach einer Weile begann er, als dächte er laut: »Dat muß ganz einfach sein: der Tod is en Tür – net mehr un net weniger. Un et kommt dann der Tag, dat man anklopft, weil man gern in dat andere Licht hineinmöcht. Da hört et auf mit dem Krieg un der Unruh un all dem Getu un Gemach!« Und er sagte dann zu mir, daß ich, wenn ich eines Tages in einem kleinen Dorf in der Eifel oder auf dem Hunsrück Pastor wär, den Leuten die Angst vor dieser Tür nehmen müßt. Und ich dürft nicht den Herrn spielen und den Gelehrten, sondern sollt nahe bei den armen, kleinen Leuten leben, sie zu verstehen suchen und ihre guten Eigenschaften entdecken. Und ich dürft nicht nur auf der Kanzel und im Beichtstuhl ihr Hirt und Helfer sein, sondern ebenso im Alltag. Ich müßt sehen, daß die Kinder sauber gewaschen und gekleidet gingen. Und ich müßt etwas von den Kühen verstehn und den Schweinen und überhaupt von der Landwirtschaft, dann hätten die Leute erst richtig Vertrauen zu mir. Ich hätt eben der Vater der Gemeinde zu sein. Und deshalb könnt solch ein Mann nicht selber Vater sein und eigene Kinder aufziehn.

Wieder versank er eine Weile in Schweigen, dann begann er mit einer Stimme, die mir ganz neu war – er sprach wie zu einem gleichaltrigen Freund – ja, in seiner Jugend, er wär so ungefähr fünfzehn gewesen, da hätten die Trappisten eine Mission in Leiwen abgehalten. Und er hätt mit einem der Patres gesprochen und ihn angefleht, ihn mit ins

Kloster zu nehmen. Aber als der Trappist auf die Mühle gekommen wär zu seinem Vater und ihn gefragt hätt, ob er den Jungen nicht wollt in die Klosterschule schicken – es tät ihn gar nichts kosten –, da hätt sein Vater gelacht und gerufen: »All mein Jungen könnt ihr haben, nur den net! Der erbt die Mühl!« – »Un wenn mein Vatter einmal nein gesagt hatte, dann war jed Wort umsonst, du hättst ebensogut mit em Stein reden können. So bin ich also Müller geworden un Familienvater. Aber jetzt kannste besser verstehn, wat dat für ein Trost für mich wär, wenn du, mein Jüngster, der so heißt wie ich, nun das Gelöbnis erfüllst, dat ich in meiner Jugend Gott vergeblich gemacht hab.«

Ich trat durch den Maitag die Langfuhr dahin, und mir war es, da ich diese Worte des Vaters auf mir wie eine fromme Last spürte, als erreichten meine Füße nicht mehr richtig die Erde. Ich ging wie im Traum dahin. Nun war ich glücklich, daß Vater mich nicht mit den Sanitätern hatte herumlaufen lassen. Ich ging neben ihm und sah mitten durch sein Herz. Fast war ich von seinem Vertrauen bedrückt.

Ich hatte das Sanitätsfest längst vergessen. Die Schuljugend lief nun an den Bahnhof, um die Ziehjungen abzuholen. Die kamen aus Trier mit Federbüschen an den Hüten heim und riefen laut jedem, der es hören wollte, zu, daß sie nunmehr zur Artillerie oder Infanterie oder Kavallerie gehörten. Sie waren allesamt betrunken, ihre prallen Sonntagsanzüge waren noch praller von den vielen Pfund Zuckerbohnen, mit denen alle Taschen gefüllt waren. Auch unser Martin war ein bißchen betrunken. Als er in unser Haus eintrat, betrachtete ich voll Stolz seinen Federbusch, die bunten Bänder an seinem Stock und die glitzernden Papierblumen im Knopfloch. Vater schüttelte nur den Kopf und sagte: »Nu seht mal an, e besoffene Christbaum!« Ich dagegen fand im stillen, daß Martin gewaltig und schön aussah. Ihm fehlte eigentlich nur noch der Säbel. Martin gab mir lachend eine Tüte mit Zuckerbohnen, sie waren alle zu einem Klumpen zusammengequetscht. So war ich ein bißchen getröstet, als Vater mir verbot, hinter den Ziehjungen herzulaufen; mein Anteil an den Guts'chen, die sie über die Köpfe hinstreuten, war mir nun sicher.

Als es dämmerig wurde – wir saßen plaudernd in der Stube – hörten wir draußen Trommeln und Pfeifen. Wir liefen hinaus – und da sahen wir sie vorüberziehn. Jenseits der Gasse erhob sich die hohe Sandsteinmauer des Gartens von den Herings-Leuten. Die Mauer war ganz dunkel, und darüber brannte der Abendhimmel, daß er mich blendete, und ich so die Ziehjungen nicht deutlich sehen konnte. Ich sah nur ein Fahnentuch und die bunten Federbüsche und das Glühen der Schärpen und Bänder und das Blitzen des Gold- und Silberflitters. Die Straße sah aus wie ein Bach voll Schaum und bunter Strudel. Denn die Ziehjungen bewegten sich alle so gleichmäßig und warfen alle die Köpfe so tief in den Nacken und die Stöcke mit den Bändern so hoch und gleichmäßig in die Luft, als wären sie von Wasser bewegt und schwämmen dahin. Auch ihre Münder rissen sich auf und klappten zu auf diese Weise, als schnappten sie im Schwimmen nach Luft. Und ich hörte, wie sie mit stolzem Gebrüll sangen:

‚Da steht ein Mann so stark wie eine Eiche,
Er hat gewiß schon manchen Sturm erlebt.
Vielleicht ist er schon morgen eine Leiche,
Wie es so viele seiner Brüder sind.‘

»Un dafür brüllt ihr nun wie die Pfingstochsen«, sagte mein Vater und ging hinein.

Einige Tage später stand ich vor unserm Hause. Es war ein Samstag, und ich sollte die Straße kehren. Ich trug den Besen wie ein Gewehr schußbereit vor mir her und blickte gegen Norden, gegen die Langfuhr hin, die zum Staatsbahnhof hinausführte. Ich wußte und hatte es auch Herings-

Pittchen und Büdelichs-Bebbchen ausführlich erzählt, daß die Franzosen, sobald Krieg wär, die Langfuhr herabmarschiert kämen. Wie sollten ‚die roten Hosen und blauen Jacken' den Weg von Frankreich nach Schweich anders zurücklegen als mit der Staatsbahn? Daß sie aber sofort nach Schweich kämen, stand für mich fest. Denn warum sonst war das Sanitätsfest in Schweich gewesen? Auch der Lehrer Burx hatte gesagt, daß Schweich im Krieg wichtig sei. »Schweich ist ein Knotenpunkt«, hatte er uns belehrt und auf den Tunnel und die Moselbrücke hingewiesen. Sooft ich nun Büdelichs-Bebbchen von dem Einmarschieren der Franzosen erzählte, weinte sie. Ich fühlte mich von ihren Tränen geehrt und gehoben, – und um ihr noch mehr Tränen zu entlocken, malte ich ihr, aber auch Büdelichs-Mutter, die aufmerksam zuhörte, sorgfältig aus, wie die ‚roten Hosen und blauen Jacken' sofort nach ihrem Einzug versuchten, in die Häuser einzudringen – »ja, mit dem Säbel, den stoßen se durch dat Holz.« Und ich sagte zu dem alten Schmied, daß er Eisenplatten auf die Türen nageln müßt und auch vor die Fenster. Und Büdelichs-Mutter sagte leise und scharf zu ihrem Mann: »Siehste, Theiß, de Jung elo weiß et, – un du gehst Hafer mähn!«

Da ich nun an diesem Samstag auf der Straße stand, war also aus dem Besen ein Gewehr und gleich darauf aus dem Gewehr ein Landvermessungsstab geworden. Ich stellte mich nämlich mitten auf die Straße und hielt den Besenstiel weit von mir ab, schloß das linke Auge und visierte über den Besen weg einen Pflasterstein in der Mitte der Straße an. So entstand eine Linie, durch welche die Wilzgasse genau in eine linke und rechte Hälfte geteilt wurde. Denn auch nur ein bißchen von dem Schmutz, der auf der Straßenseite der Herings-Leute und der andern Nachbarn lag, fortzukehren, kam mir dumm vor, – hieß es doch: jeder kehr vor seiner Tür! Mutter aber hatte mich schon des öfteren deswegen getadelt und mich einen faulen und dummen Jungen genannt, dumm deshalb, weil ich richtig wie der Sohn von Heischerleuten nicht alles auf den Dunghaufen trug, was darauf gehörte. Wie ich nun so dastand und die Linie der von mir zu kehrenden Hälfte festlegte, hörte ich plötzlich ihre Stimme hinter mir: »Wat machst du denn da?«

Ich war richtig erschrocken, denn ich hatte die Linie, mir selbst etwas vorspielend, so gelegt, daß einige der dunkelgrünen Kuhfladen-Punkte links von ihr blieben. Bei Mutters Stimme wurde es mir erst richtig klar, daß ich mit Absicht falsch visiert hatte. »Ich – ich«, log ich nun, »guck nach den Franzosen aus!«

»Ei, geh mir doch!« sagte sie mit schwerer Stimme, »guck lieber nach dem Kuhdreck aus, dä is wichtiger für uns als de Krieg un de Franzosen! Dagegen können wir doch nix machen!«

Ich fegte an diesem Tage mit großer Sorgfalt die Straße. Sie war hernach derart sauber, daß ich mich auf das Pflaster setzte, so schön glänzte es. Und der Himmel war weit und mild grau. Langsam dämmerte es. Niemand war auf der Straße, nur ein paar Kinder kamen nach einer langen Weile vorübergetrippelt. Sie gingen zum Zimmisch-Bäcker. Es waren die Mädchen eines Fabrikarbeiters, sie gingen sich Lebkuchen kaufen, das wußte ich. Ich hörte die Ladenschelle, von dem Eisenfinger angerissen, hell aufbellen. Und ich roch, ohne im Laden zu sein, den Duft von Zucker, Zimt, Kaffee und Lebkuchen, sah den alten Neger mit dem Nasenring, der auf dem Plakat an der Ladentür jedem Eintretenden so freundlich zulächelte. Und auf diesem Geruch schwebte ich, immer noch mitten auf der Straße sitzend, wie auf einer einsamen Abendwolke in die Welt hinaus bis dorthin, wo der Neger lebte, und wo der Zimt wuchs und der Kaffee, und wo die Leute schwarz waren und braun und gelb, bis nach Jerusalem und bis ans Ende der Welt. Ich wußte zwar, das Ende der Welt lag genau vor meinen

Füßen. Die Erde war ja rund, und wenn eine Laus Flügel hätt, so hatte mir Vater erklärt, und wenn sie nun von meinem Hinterkopf genau gegen Osten wegflög, müßt sie sich, nachdem sie die ganze Erde umflogen hätt, vorn auf meinem Kopf niederlassen. Mutter schüttelte über ihren Strickstrumpf gebeugt den Kopf und nannte Vater einen »Flappes«. Was aber mich anging, so hatte ich ein ganz anderes Ende der Welt im Sinn: ich meinte jenen Ort, der von Schweich so weit entfernt war, daß man nicht mehr weiter weglaufen, aber wahrscheinlich auch nicht mehr zurücklaufen konnte. Dabei war ich aber auch wieder gerne in Schweich, ich fühlte das, als ich auf dem sauber gekehrten Pflaster in der Wilzgasse saß.

Es wurde langsam dunkel. Ich ging ins Haus, setzte mich in die gute Stube, in die selten jemand kam, knipste das Licht an und nahm die Bilderzeitung und betrachtete die Soldaten. Einige der Soldatengesichter kannte ich vom häufigen Betrachten, manche hatten Namen. Sie waren so ruhig, daß man den Finger auf sie legen konnte. Und doch bewegten sich die meisten von ihnen: sie sprangen, schossen, stachen, schrien, starben. Nur Zuluf lag tot da, doch lief Blut aus seiner Schläfe. Wie lange lief es schon? Und wie lange schon stach Bambuzzi den Alexius Kleff mitten durch den Bauch? Er riß dabei den Mund auf, als säße ihm selber der Säbel so tief drin. Ich schnitt mit Katharinas Knopflochschere meine bevorzugten Soldaten – und das waren jene, die am deutlichsten zu sehen waren – aus der Zeitung heraus, klebte sie auf einen dünnen Pappdeckel und schnitt sie dann noch einmal aus dem Pappdeckel heraus. Ihre Leiber waren nun dicker geworden, sie waren mehr da, ja, man konnte hinter sie greifen, wenn auch nicht hinter sie schauen, denn da war nur Pappdeckel. Ich baute mir an jenem und den folgenden Abenden ein kleines Schlachtfeld auf dem Tisch auf. Da lagen Steine und Moos, als ginge es darum, eine Krippe zu bauen, und dazwischen lagen und sprangen und krochen, kämpften und starben meine kleinen Freunde. Ich kannte ihre Uniformen nicht, und so war es mir ungewiß, ob sie Türken, Bulgaren, Griechen oder Serben waren. Es ging mir nur darum, sie aufzustellen, ihnen genau zuzuschauen und ihrem stummen Tun und Erleiden Stimme zu verleihen, bis plötzlich eines meiner Geschwister – es war meistens meine Schwester Lischen – die Tür öffnete und rief: »Wo bist du, Faulenzer! Holz, Reisig und Briketts!« Es kam dann vor, daß ich nicht aufwachte, wenn sie mich riefen, bis sie mir meinen Namen ins Ohr trompeteten: »Ste-fan!« Nun erst sprang ich auf, rannte an der weckenden Person vorbei aus der Stube und tat alles wie im Traum. Seltsam bedrückend war es für mich, wenn ich hernach an den Tisch zurückkehrte und meine Soldaten genau in demselben Zustand vorfand, in dem ich sie verlassen hatte.

Das Korn war schon geschnitten, und die Sensen wurden an jenem Nachmittag für den Weizen gedengelt. Ich saß hinter dem Küchentisch und lernte murmelnd das Einmaleins, Mutter saß auf dem Bänkchen neben dem Herd und schnippelte Bohnen. Da ihr so die Bohnenstückchen vom Messer und mir die Zahlen von den Lippen purzelten, hörten wir, wie die Haustür aufgemacht wurde und zwei Stimmen, wie es der Brauch der Heischerleut war, das ‚Vaterunser' anstimmten. Mutter sagte, nachdem das Gebet im Hausflur verstummt war, ohne von ihrem Schnippeln aufzublicken: »Geh, im Spindchen steht noch en altes Brot. Aber tu ihnen eppes Käs drauf.«

Ich war eben dabei, den beiden alten Leuten, die jeden Monat vorüberkamen, ihr Brot zu geben, als draußen die Schelle des Gemeindedieners laut wurde. Seit jenem Tag, da ich in Schweich verlorengegangen und durch Donner ausgerufen worden war, wirkte diese blechern harte Schelle auf mich ähnlich unangenehm wie jene in der Schule. Beide glichen einer kleinen Glocke und hatten doch nichts mit ihr gemein. Der blecherne Ton, der diesmal länger als sonst anhielt, hatte auch meine Mutter auf den obersten Tritt der Treppe gelockt. So standen wir vier, Mutter und ich und die beiden alten Heischerleute da und schauten zu Donner hinab, dessen vom Apfelwein gerötetes Gesicht, wie der alte Bettelmann vergnügt bemerkte, heute richtig festtäglich glänzte. Donner hatte sehr weiße Hosen an, seine Stiefel waren frisch gewichst, sogar seine Säbelscheide schien frisch lackiert.

Endlich warf er die Schelle, daß sie mit einem metallischen Lallen verstummte, in die linke Armbeuge, zog den Zettel, der zwischen den zwei mittleren Brustknöpfen seiner Uniform hervorlugte, mit einem feierlichen Griff heraus und rief:

»Bö-kannt-ma-chung!«

Ich hörte nicht, was Donner unter seinem dicken, roten Schnurrbart da eigentlich ablas, – ich dachte an den Tag, da ich verlorengegangen und neben ihm einher geschlichen war und mir die zerrissene Hose zugehalten hatte. Außerdem dachte ich, ohne genau zu wissen, warum, an die Schule des folgenden Tages und begann mich vor etwas zu ängstigen, das noch nicht da war und das ich überhaupt nicht kannte. Es war ein ähnliches Gefühl wie jenes, das ich oft im Reitergäßchen hatte, wenn ich über die Gärten hinweg die Schulglocke hörte und dann im Geiste sah, wie alle außer mir in den Bänken saßen; und wie ich, ehe meine Beine noch die Schule erreicht hatten, nun in meiner Vorstellung die Tür öffnete und eintrat. Es waren nicht so sehr die zwei Schläge, die Burx mir ohne jede Frage und ohne jeden Vorwurf, sondern einfach nach einem unumstößlichen Gesetz über die Finger ziehen würde, nein, es waren die fünfundzwanzig Schritte bis vornehin; es waren die Mitschüler, die sich nicht verspätet hatten, sondern alle auf ihren Plätzen saßen; es waren der hohe, eiserne Ofen, die Bilder vom Kaiser und der Kaiserin, die Fenster, das Kruzifix, die Tafel, die Karte: alles war da und an seinem Platz, nur ich war zu spät gekommen. Die Schulglocke vermochte es, diese bangen und beschämenden Gefühle manchmal in mir wachzurufen, auch wenn ich nicht zu spät gekommen war; in solchen Augenblicken stiegen diese Gefühle aus der traurigen Ahnung, daß ich immer wieder einmal zu spät kommen würde.

Heute hatte die Schelle des Gemeindedieners einen von ferne her ähnlich drohenden Klang wie die Schulglocke. Ich hörte, während ich mich neben Donner mit zerrissener Hose stehen sah, Worte wie »Seine Majestät der König und Kaiser« – »Rußland« –, jedoch daß der Krieg erklärt worden war, merkte ich erst, als Mutters Stimme mit einem tiefen Seufzer, fast als hätte sie ein Aufstoßen, den Namen meines Bruders sagte, er stand plötzlich hinter uns in der Tür. Dann weinte sie laut auf und ging fort.

»Is Krieg?« fragte ich Martin. Der sagte: »Ja – jetzt is Krieg.«

Die Heischerleute jammerten, indem sie die Treppe hinabgingen, daß morgen der große Hunger vor der Türe ständ. Und während der Alte giftig vor sich hinmurmelte: »Ja, die Russen, die Russen! Ich han et ja immer gesagt«, betete die halbblinde Frau am Arm ihres Mannes dahintappend mit lauter Stimme: »Von Pest, Hunger und Krieg erlöse uns, o Herr! Vor einem unversehenen Tode bewahre uns, o Herr! Von deinem Zorn erlöse uns, o Herr!«

Ich hörte ihr voll Andacht zu. Als sie fort waren, ging ich die Treppe hinunter auf die Straße. Ich stellte mich dorthin, wo Donner das schlimme Schriftstück verlesen hatte. Wieder blickte ich gegen Norden, gegen die Langfuhr hin. In der Ferne hörte ich die Schelle des Gemeindedieners und gleich darauf seine rauhe, krächzende Stimme. Die Straße war leer, die meisten Leute arbeiteten auf den Feldern. Mutter kam einigemal aus dem Haus, blickte die Straße hinauf und hinab und ging wieder hinein. Mir kam es vor, als hätte sie mich gar nicht gesehen. Ich schaute in den Himmel hinauf. Er war voll Bläue und Feuer – ein endloser Sommernachmittag, in dem keine Veränderung zu bemerken war. Ich wunderte mich, daß die Glocken nicht zuhauf läuteten. Das geschah doch auch, wenn es brannte und die Mosel über die Ufer stieg. Ich wußte: Herings-Pittchen war beim Zeitungsaustragen, die Büdelichs-Leute waren alle beim Weizenschneiden. Ich ging langsam durch das Tor in unsern Hof hinein. Den Hühnern konnte man es nicht verargen, wenn sie auf dem Mist scharrten, als wäre nichts geschehn. Pero hingegen schärfte ich ein, daß wir Krieg hätten. Aber der ließ die Zunge heraushängen, lachte und wollte mich zum Springen einladen. Ich sagte streng zu ihm: »Du bist ein dummer Hund, wir haben Krieg!« Es war mir, als hätte er mich verstanden. Er zog die Zunge ein, blickte mich von der Seite herauf vorsichtig an und ging fort. Ich kletterte in den Kirschbaum, – nicht um Kirschen zu essen, ihre Zeit war vorüber. Ich wollte mich plötzlich verstecken. Ich hatte es schon einige Male bemerkt, daß sie mich nicht fanden, wenn ich im Kirschbaum saß – und so dachte ich nun, das wär für heute der beste Ort. Mutter hatte mich nicht gesehen, ihre Augen waren durch mich hindurchgegangen. Martins Namen hatte sie tief aus der Brust heraus geseufzt. Mich wollte der Krieg noch nicht. Ich war überflüssig. Niemand seufzte um meinetwillen. Da konnte ich ja auch weggehen, weit weggehen, bis ans Ende der Welt. Ich saß in einer Gabelung des Kirschbaums, ließ die Beine baumeln und blickte in den Hof hinab. Der Platz am Dengelstein war leer. Nach einer Weile kam Martin, schirrte die Kühe an den Leiterwagen, rief einige Male meinen Namen und fuhr dann, als ich nicht antwortete, weg. Ich war gewiß: heute würde mich niemand strafen, ja, nicht einmal nach mir fragen, es war ja Krieg.

Ich schaute durch den grünen Blättervorhang in den Hof hinab. Pero jagte die Hühner auf den Mist. Er selber legte sich dann irgendwo hinter dem Trog nieder, ich konnte ihn nicht mehr sehen. Nun war der Hof ganz leer. Aber nein – da im Schatten unter dem Schuppen neben der Kellertreppe – stand der Krieg und rief meinen Namen. Er war sehr klein und schmal. Freilich, wenn ich genau hinsah, war nichts zu sehen, aber kaum schloß ich die Augen, sah ich ihn deutlicher. Und schließlich erkannte ich ihn sogar: er sah wie Kurt aus, wie Kurt, dessen Vater mich beim Kaplan angegeben hatte. Er trug sogar die weiße Matrosenbluse von Kurt und die Tellermütze. Auf dem Stirnband las ich die Worte: ‚S. M. S. Emden'. Der Krieg wetzte manchmal, wie Kurt es so gut konnte, mit dem Absatz über das Pflaster. Und da mußten Knallfrösche liegen, denn es stiegen kleine Wölkchen unter den Füßen des Krieges mit scharfem Lärm hervor. Ich hatte viele solcher gemalten Wölkchen ausgeschnitten und bemerkt, daß in ihnen Feuer und Eisen enthalten war. Und der Krieg lachte darüber frech wie Gassenjungen, wenn die Knallfrösche unter die Röcke der Frauen hüpfen und diese vor Schrecken laut kreischen. Als ich die Augen wieder öffnete, fiel mein Blick auf den Zement-Estrich, wo es die säuberliche Rille gab, durch die das Wasser vom Trog, aber an Schlachttagen auch das heiße Brühwasser und die Blutreste abflossen. Ich schloß die Augen und sah sofort die Schlachtbank auf dem Zementstreifen stehen und ich hörte das Schwein quieken und kreischen. Ich machte es mir wie so oft schon klar, daß der Krieg nichts mit dem Schlachten des Schweines zu tun hatte. So dumm wollte ich nicht mehr sein, daß ich, wie ich es in jungen Jahren tat, die Worte Schlachtbank und Schlachtfeld für ungefähr dasselbe hielt. Nein, der Soldat wurde nicht an ein Karrenrad gebunden und abgestochen, dennoch sah ich in der Rinne auf dem Zementstreifen Blut fließen. Aber als ich genau hinschaute, war kein Blut mehr da. Auch das Schwein schrie nicht mehr. Ich hörte auf der Straße vor dem Hause einen Wagen langsam dahinfahren, er sprach breit und müde mit dem Pflaster. Ein Dengelstock klang auf dem

Drischhübel: däng-däng-däng, – es waren kurze, gleichmäßig hohe Klänge. Der Krieg aber stand immer noch im Hof. Sooft ich die Augen schloß, sah ich ihn. Ich wagte nicht, vom Baum herabzusteigen.

Endlich läutete es den ‚Engel des Herrn'. Die Stimme der Betglocke war mild und feierlich. Ich merkte sofort, daß die Glocke alles wußte, aber sie tat so, als wüßte sie nichts. Wir beteten sonst den ‚Engel des Herrn' mittags und abends nach Tisch. An diesem Abend aber begann ich, jedoch ohne die Lippen zu bewegen, zusammen mit der Glocke zu beten, – ich konnte ja nicht die Nacht über auf dem Baum sitzen bleiben, ich mußte hinabklettern und durch den Hof gehen, am Kellergrad vorbei. Und ich tat es – und ich ging sogar über die Stelle, wo der Krieg gestanden und die Knallwölkchen aus dem Stein gewetzt hatte. Als ich aber auf den Stufen der hinteren Haustür war, begann ich zu laufen. Am Kellergrad hatte ich des Abends immer Angst, – hier lauerte mir im Traume der Teufel auf. Und nun kam es mir so vor, als ob der Krieg zum Teufel in den Keller hinabgestiegen wär.

Als ich an diesem Abend allein zapfen gehen sollte – Nickel war nicht da –, begann ich in meiner Angst auf der obersten Stufe der Kellertreppe laut das Glaubensbekenntnis zu sprechen und immerfort das Kreuz in die Luft zu schlagen. Büdelichs-Mutter hatte mir versichert, daß kein Teufel das Licht in diesen Worten aushielte. Auch während der Strahl in den Krug rann, unterbrach ich meine Beschwörung nicht. Wie der Text zu Ende war, begann ich wieder von vorne: »Ich glaube an Gott, den allmächtigen Vater –.« Erst als ich auf den letzten Stufen des Kellergrads angekommen war, begann ich zu laufen. Dabei glitt ich aus, stürzte und rutschte einige Stufen zurück. Der Krug zerbrach; aber erst, als ich in die Stube trat, und man zu lachen und zu schelten begann, bemerkte ich, daß ich von dem grauen, schöngebauchten Steingutgefäß mit den blauen Blumen nur noch den Henkel in der Hand hielt. Ich hörte, wie meine Schwester Lis sagte: »Oooo! Dä Kerdel hat Angst!« »Nä!« rief ich wütend und nahm den andern Krug und ging noch einmal in den Keller. Diesmal sagte ich laut und fast in weinendem Ton: »Sei gegrüßt, o Königin, Mutter der Barmherzigkeit«, denn ich kam mir alleingelassen vor und den Mächten des Bösen preisgegeben. Und als ich betete: – »zu dir rufen wir, seufzend und weinend in diesem Zährental«, weinte ich wirklich. Ich lauschte dem Rinnen des Kranens und sah vor Tränen in den Augen nicht, wie der Krug überlief. Aber ich war ruhig geworden.

In der Nacht jedoch, als ich im Traum den Gang in den Keller wiederholen mußte, stand ich zwischen den Fässern und dem Gatter, dahinter die Kartoffeln lagen. Ich konnte jetzt kein Wort und keinen Gedanken finden, um das Grausige, das sich unter den Kartoffeln bewegte, zu bannen, aber ebensowenig konnte ich fortlaufen. Die Füße sanken mir in den Boden, die Zunge haftete am Gaumen. Die Kartoffeln aber rollten langsam den Kartoffelberg herab, mir vor die Füße und um die Füße herum, und stiegen wie Wasser langsam an mir empor. Schließlich geschah, was ich die ganze Zeit voll Grauen erwartet hatte: aus dem Kartoffelberg drängte sich die weiße Tellermütze heraus, ganz langsam. Ich las: ‚S. M. S. Emden'. Und es erschien das Gesicht, das ich kannte: Kurts Gesicht. Was ich am Abend, als ich durch den Hof gegangen war, vermutet hatte, das wurde mir nun bestätigt: der Krieg war in den Keller gegangen. Und er verfuhr mit mir so grausam wie der Teufel. Als ich mich mit einem Schrei ins Erwachen rettete, war es mir ganz klar, daß der Krieg und der Teufel in meinem Traumkeller dieselbe Person sein müßten.

Einquartierung, Brennesselsammeln, gestohlene Birnen und Heldendurst

Die nächsten Tage und Wochen kamen nicht ,rote Hosen und blaue Jacken', sondern grüne, blaue und schließlich graue Soldaten. Sie schliefen in unserer Scheune auf Stroh, im Hof standen Pferde und vor dem Haus Wagen, die ganz anders aussahen als unsere. Manche Soldaten, die feinen nämlich, schliefen in dem großen Gastzimmer, das sonst nur selten benutzt wurde. Das ganze Dorf war voll von Soldaten; wohin man schaute, sah man Gewehre, Helme, Pferdemist, Lederriemen, Stiefel und blinkende Knöpfe, bunte Litzen und Blechnäpfe und Gulaschkanonen, so nannten die Soldaten ihre fahrbaren Küchen. Bis in die Nacht hinein hörte man auf dem Pflaster Pferdehufe, Schnauben und Gewieher; Kommandos, laufende Schritte, Marschieren, Gesang und Gelächter und das Knarren und Rattern der schweren Wagen. Und obgleich ich noch oft im Traum in den Keller mußte und jedesmal vom Krieg gequält wurde, lief ich ihm am hellen Tag wie die andern Dorfjungen nach. Ich freute mich an seinem Lärm und seiner Unruhe, an seinem harten Klirren und seinem Drang in die Ferne. Bald wußte ich durch unaufhörliches Fragen, was die Kartoffel auf dem Helm und was die Spitze dort oben bedeuteten. Ich wußte, warum die schönblinkenden Helme mit einem grüngrauen Überzug versehen und die Achselstücke aufgerollt waren und konnte einen Feldartilleristen von einem Fußartilleristen auf den ersten Blick unterscheiden. Selbst die Säbel, mit denen ich in der Scheuer gegen Strohgarben focht, indem ich sie mit beiden Händen schwang, wußte ich bald nach der Schwere, der Länge und der stärkeren oder geringeren Krümmung der leichten oder schweren Reiterei und den Feldartilleristen zuzuordnen. Kätta erklärte ich, sooft ich sie sah: »Ich werd Soldat!« Und ich versprach ihr in einem Atemzug jedesmal die Ehe, falls ich aus dem Felde zurückkehrte, was man natürlich nicht wissen könnt. Ich genoß dann Kättas trauriges Gesicht: ihre Lippen, die in immerwährender Heiterkeit die Zähne zeigten, schlossen sich und zitterten ein wenig, und die Zähne verschwanden hinter ihrem Rot. Das sah dann aus, als weinte sie.

Nach einer Woche hörten die Einquartierungen auf, und ich konnte nur noch Soldaten sehen, wenn ich Kätta an der Bahn besuchte. Da fuhren die Lazarettzüge vorüber. Wir standen an dem Eisengitter vor den Schienen und zählten die Wagen. Sie rollten so langsam gegen Föhren, daß man ihnen mit den Augen lange nachlaufen konnte, »wegen der Wunden«, sagte Kätta. Ich mußte an das Sanitätsfest zurückdenken, an das fröhliche Toben in den Viehwagen, an die Trillerpfeifen und die Sonntagsanzüge der Leute auf dem Bahnhofsplatz. Die Viehwagen waren nunmehr geschlossen. Nur jene Soldaten, die aus den Fenstern der Personenwagen herauswinkten, konnten wir sehen, – es waren die Leichtverwundeten.

Als das Laub von den Bäumen fiel, hörten wir jeden Tag und oft auch in der Nacht einen leise pochenden Ton in der Luft, von dem die Fensterscheiben an manchen Tagen von morgens bis abends und die ganze Nacht hindurch erzitterten. Das waren die Kanonen in Frankreich. Ich fragte einmal beim Abendtisch, ob das unsere Kanonen oder die der andern wären. Unser Vater blickte mich streng an: »Et sein Kanonen, is dir dat net genug!« Und die Mutter seufzte: »Die arm Leut in Frankreich, die müssen jetzt ihre Grundbirnen in der Erd verfaulen lassen. Und an't Säen können se auch net denken!«

In der Schule lernten wir Gedichte, in denen die Franzosen, die Engländer, Russen und Serben beschimpft und mit dem göttlichen Strafgericht bedroht wurden. Ich schämte mich damals ein bißchen, daß mein Bruder noch nicht Soldat war. Die Lehrer fragten in allen Klassen nach, wessen

Vater oder Bruder unter den Waffen stehe, so hieß es; ich konnte den Finger nicht erheben.

An der schwarzen Schultafel stand die Front im Westen mit bunter Kreide aufgemalt. Jeden Tag wurde der Bauch des deutschen Vormarsches gewaltiger. Es hieß, der Krieg sei bald aus. Meine Eltern hörten das gern, denn sie hofften, daß Martin zu Hause bliebe. Lehrer Tipphenne übernahm zu Ostern des zweiten Kriegsjahres unsere Klasse. Er malte noch eifriger als Burx Fronten und Schlachtpläne an die Tafel und sagte uns geheimnisvoll, daß die Deutschen, als sie sich zurückzogen, den Franzosen eine große Falle gestellt hätten. Aber eines Tages wischte er mit dem Schwamm die Front im Westen aus und erklärte uns, was ein Stellungskrieg sei. Auch davon war bald keine Rede mehr. Man sprach uns vielmehr von der Mittellage Deutschlands und Österreichs, und daß die unbarmherzigen Feinde gegen Frauen und Kinder Krieg führten, indem sie uns auszuhungern versuchten. Deshalb müßten wir uns selber helfen. So begannen wir eines Tages mit dem Sammeln von Brennesseln.

Bisher hatte ich diese Pflanze nicht angerührt. Nun hieß es, aus den Stengeln der Pflanze könne man Fäden herausziehen. Das erschien mir sehr natürlich, da wir aus dem Wort Brennessel ja auch das dritte N herausziehen mußten. Aber daß man aus diesen Fäden Leintücher machen könne, glaubte ich eben im Hinblick auf das völlig nutzlose dritte N nicht. Vielmehr nahm ich an, daß man uns nur deshalb zum Sammeln der Brennesseln hinausführte, weil diese Arbeit so unangenehm war und wir uns immerzu die Hände verbrannten. Ja, denn es war Krieg, und jeder mußte auf seine Weise gequält werden. Es waren, wie der Lehrer Tipphenne uns verkündet hatte, schon zwei Helden aus dem Dorf für Gott, Kaiser und Vaterland auf dem Felde der Ehre gefallen, und mein Bruder Martin sollte nun bald einberufen werden.

So war ich denn eifrig beim Brennesselsammeln. Ich griff

die heimtückischen Pflanzen mit zorniger Hand, als handelte es sich um Schlangen, die erwürgt werden sollten, bevor sie bissen. Ich sah in den Nesseln, welche an abgelegenen, nicht bebauten Abhängen wucherten, den Krieg selber und hieb mit der Sichel zähneknirschend hinein, wurde aber schließlich in meinem seltsamen Verwandlungsspiel selber zum Krieg, der die Menschen mit der Sichel mähte. Tipphenne, der meinen Eifer bemerkte und mich schönsprechend, als sagte er ein Gedicht von Geibel, öfters vor allen laut lobte, stand da, die Hände tief in seinem Lodenmantel verborgen, und rief: »Es brennt, gewiß, es brennt! Aber brennt nicht der Himmel vom Feuer der Schlachten? Brennt nicht die Wunde der Helden? Brennt nicht der Manneszorn auf den Wangen der Edlen? Was bedeutet gegen solches große Brennen das kleine Brennen der Brennesseln!« Dann stand er unbeweglich da, lauschte mit schiefgehaltenem Kopf in die Ferne oder er bohrte und schabte mit einem Löffelchen in seinem Ohr, blickte auf das, was herausgekommen war, entfernte es mit Blasen und dem vorsichtigen Bewegen des Fingernagels und rief plötzlich, uns mit zornigen Augen anfunkelnd: »Was steht ihr herum wie eure Väter nach dem Hochamt auf dem Spieles? Was glotzt ihr mich an, als wäre ich eine Wundertüte? Ihr steht an der Nesselfront! Kämpft also auf eure Weise. Und wenn ihr euch selbst nackt in die Brennesseln stürztet und darin wälztet, was wäret ihr schon gegen jenen gewissen tapferen Jüngling, von dem der Dichter singt, vor jenem Jüngling, sag ich, der seine rechte Hand auf dem Altar des Vaterlandes opferte im Feuer, jawohl, in einem richtigen Kohlenfeuer, und dies, ohne die Miene zu verziehen. Es gibt ein schönes, leider noch unbekanntes Gedicht über ihn, es schließt mit den Worten – merkt sie euch –:

‚So rettet eines Knaben Hand,
Im Opferfeuer stolz verbrannt,
Ein ganzes Land!‘«

Auf dem Schulspeicher trocknete eine Heuwagenladung von Brennesseln. Wir lernten unaufhörlich vaterländische Gedichte und Lieder, hatten manchmal, wenn auch immer seltener, schulfrei, um den Fall einer Festung und einen Schlachtensieg zu feiern. Doch das Sammeln von Brennnesseln hörte eines Tages auf, und man schickte uns im Herbst in die Wälder, die kleinen, braunen Früchte der Buchen zu sammeln, daraus Öl gemacht wurde. Über den Krieg wurde in der Schule immer seltener gesprochen, zu Hause aber und anderswo um so häufiger.

Martin war nun bei den Soldaten. Die Mutter ging, seit er fort war, mit einem düsteren Gesicht durchs Haus. Sie verstand es nicht, daß ich noch weiter mit meinen Papiersoldaten spielte. Als ich in der Winterszeit zusammen mit Nickel in der Futterküche Bleisoldaten goß in Formen, die wir Jungen uns untereinander ausliehen, überraschte sie uns eines Abends. Sie schaute uns zu, wie wir das Blei in eine Schöpfkelle taten, ins Feuer hielten und dann das flüssige Metall in die Formen hineinschütteten, wo es verschwand und, wenn wir die Form im Wasser abkühlten, zu silbrig funkelnden Soldaten erstarrte.

»Wat macht ihr da?« hatte sie gefragt. »Bleisoldaten.« »So, Bleisoldaten!« Und sie schaute uns zu. Als wir die Form öffneten und ihr die neue Bleigeburt zeigten, schüttelte sie nur den Kopf. Darauf hob sie den Deckel des Kessels und schaute hinein, ob die Runkelrüben, die zusammen mit Kornspreu für das Vieh gekocht wurden, gar wären. Sie tat den Deckel wieder auf den Kessel und sagte, in den Rauchfang hinaufblickend, wo die Würste vom ersten Schlachten hingen: »Und dat ihr mir ja kein Briketts in't Feuer legt. Wenn et jetzt gut geräuchert is, schicken wir ihm jed Woch e schön Paket.« Sie schwieg eine Weile und sagte dann mit leiser Stimme: »Er hat schon geschrieben«, und schob das Kinn vor, was sie nur tat, wenn ihr die Tränen nahestanden. »Er is jetzt an der Front«, fuhr sie mit rauher Stimme fort. »Da – hört doch – hört!« Die Fenster der Futterküche klirrten, wir hatten uns längst daran gewöhnt. Es hörte sich an, als ob unsichtbare, zarte Finger gegen das Glas trommelten. Und zugleich war ein leises, dunkles Murren zu hören.

»Dat kommt von Werdöng«, sagte Nickel, »de Lehrer Husmann hat uns gesagt, dat in Werdöng de größt Schlacht der Welt im Gang is!«

»So – in Werdöng!« sagte Mutter leise. »De größt Schlacht! Da wird Martin dabeisein. In de größte Schlachten schicken sie immer de stärkste Männer. Un nu soll de arme Jung, dä net emal e Schwein schlachten konnt, Leut umbringen. Dat hann sein Eltern ihn net gelehrt.« Sie schwieg eine Weile und starrte geradeaus in die vom Schmutz blinden Scheiben der Futterküche. Ihre Hände hatte sie über dem Leib, unter der Schürze versteckt, übereinandergelegt, wie sie es immer tat, wenn sie tief in Gedanken war. »Un ihr sollt et net tun!« sagte sie plötzlich und machte mit dem Fuß eine scharrende Bewegung über die Erde – mitten durch unsere frischgegossenen Soldaten hindurch. »O Mutter«, rief ich, »die schön Soldaten! Wir spielen doch nur damit!«

»Ja, ja, spielen! Un die Jungen sterben. Ich kann euch net verstehn!« Das letzte murmelte sie schon im Hinausgehn. Wir aber stellten die umgestoßenen Soldaten auf, gossen neue, und nachdem das Vieh gefüttert war, trugen wir alle Soldaten auf die Hobelbank, und Nickel zählte meine Armee, und ich die seine. In der Mitte der Hobelbank wurde nunmehr ein Sack ausgespannt, daß keiner sehen konnte, wie der andere seine Armee aufstellte. Es kam darauf an, sie hinter allerlei Tarnungen so zu verbergen, daß der Gegner nicht wußte, wo sie standen. Schließlich wurde die Trennungswand entfernt. Nickel gab ein Signal auf einer alten Trompete, ich rasselte mit dem Deckel auf dem Kessel, und die Schlacht begann. Jeder hatte eine

Kanone und schoß mit Schuhnägeln, so schnell als er konnte, über die eigenen Soldaten fort in die feindlichen Bereiche. Fünf Minuten dauerte die Schlacht, dann »ritten wir«, so hieß der Ausdruck, »vereint über das Schlachtfeld«. Und nicht der hatte die Schlacht gewonnen, der dem Gegner die meisten Soldaten umgeschossen hatte, sondern wer hernach die größte Anzahl Soldaten auf einem Haufen dicht beieinanderstehen hatte, denn er hatte am meisten gewagt.

Nach der Schlacht rückte der Sieger auf der Hobelbank ein Loch weiter vor; diese Löcher, in denen sonst die Eisen zum Einspannen des zu hobelnden Holzes steckten, dienten jetzt zum Einstecken des Zeichens für die Frontlinie. Die umgefallenen Soldaten wurden aus dem Spiel herausgenommen, und es ging weiter, bis der Fall eintrat, daß einer keine Soldaten oder aber keinen Raum mehr hatte, sie aufzustellen. Dann kam der Friedensvertrag, der, wenn keine besonderen Abgabemöglichkeiten bestanden, meist bestimmte, daß der Besiegte die ganze folgende Woche eine Arbeit verrichten mußte, die eigentlich dem Sieger aufgetragen war. Wenn nun Nickel eine der Arbeiten tat, die eigentlich ich zu tun hatte, schalten mich die Eltern und Geschwister einen Faulenzer und lobten Nickel für seinen Fleiß und seine Hilfsbereitschaft, bis sie in der folgenden Woche Tadel und Lob auf entgegengesetzte Weise verteilten. Sie merkten nicht, daß hier das Schlachtenglück im geheimen am Werk war. Der besiegte Feldherr aber, der Runkelrüben putzen, Heu raufen, zapfen gehen und Holz aufstapeln und herbeitragen mußte, sprach, während er das Lob der andern erntete, mit niemand je ein Wort darüber, daß er in Wirklichkeit ein kriegsgefangener Feldherr war, der dem Gegner diente, bis er selber wieder Sieger wurde. Nickel las in dieser Zeit eifrig den ‚Trierischen Volksfreund'. So kamen in unser Kriegsspiel bald jene Ausdrücke, wie sie im richtigen Kriege benutzt wurden, in Verdun zum Beispiel, dessen große Kanonen, während wir aus den kleinen schossen, jeden Abend unser Spiel begleiteten.

In dieser Zeit machte ich mit Nickel im Bett zusammen ein Kriegsgedicht. Ich trug es am andern Tag zum ‚Schweicher Boten'. Dann warteten wir viele Wochen, ob es nicht auf der letzten Seite stehe. Nickel hatte in dieses Gedicht wie auch in unser Kriegsspiel auf der Hobelbank allerlei von dem, was er gelesen hatte, hereingebracht. Ich konnte nicht wissen, woher diese fremden Bestandteile unseres Gedichtes stammten, vor allem die letzten Verse:

‚Und heute siegen genau wie sie
Die mutigen Enkel bei Metz und Longwy.'

Keine vier Wochen später war es, als der Lehrer Tipphenne nach der Schule langsam auf mich zutrat und mit dem Finger winkte, eigentlich nur mit der Hälfte des Fingers, mit der Spitze. Ich hatte sofort ein schlechtes Gefühl über dem Magen und schnell überlegte ich, welches von meinen zahlreichen Vergehen es sein könnte, um dessentwillen er mich nun bestrafen würde. Der mannshohe gußeiserne Ofen gab einen knackenden Laut von sich, als ich an ihm vorüberschritt, und ich machte einen Satz, als hätte er mich fangen und versengen wollen. Tipphenne hatte das linke Ohr zur Seite geneigt und bohrte darin, während er über mich fort in die Ferne schaute. Schließlich blickte er nach seiner Gewohnheit auf das Löffelchen, blies darauf, steckte es fort, blickte mich plötzlich mit funkelnden Augen an und sprach feierlich, als trüge er ein Gedicht vor: »Nun, du Sohn achtbarer Eltern, gerätst auch du jetzt unter diesen Schweicher Lehmklößen, obgleich du doch nicht von hier stammst, auf die Rutschbahn des Leichtsinns, ja sogar in den Unkenpfuhl des Lasters?« Er zog ein Bürstchen aus der Tasche seiner bis zum Halse zugeknöpften Joppe und strählte sich das braune Schnurrbärtchen. Dabei legte er den Kopf ein wenig zurück und schien mich vergessen zu haben.

Ich lief hin und her durch mein Gewissen und sah allerlei an seinen Wänden hängen, an das zu denken mir lästig war. Ich hatte in den letzten Monaten die Schulmesse immer häufiger geschwänzt. Und zwar ging ich jedesmal in die Kirche hinein, aber allein, und stieg alsbald die Treppe in den Turm hinauf, von wo ich über Schweich auslugte, bis die Glocken neben mir Halbmesse läuteten. Sofort stieg ich hinunter und wartete in einem Seitengäßchen, bis die Schuljungen in zwei Reihen kamen. Schnell schlüpfte ich in die Reihe, und selbst Burx war es bis jetzt entgangen, auf welche Weise ich die harten Kniebänkchen ohne Lehne allmorgendlich vermied. Nun war es also doch herausgekommen?

Aber Tipphenne sagte: »Nunwohl, du hast dich also zu jenen Menschen geschlagen, die über die Zäune des fremden Eigentums steigen, die stehlen?«

Ich erschrak – und als Tipphenne die Nase, als wäre er beim Kochen, vorreckte, gestand ich: »Ja, ich habe die Birnen genommen.«

»So – genommen? Du willst sagen, du hast Birnen gestohlen? Also auch Birnen! Wie auch nicht! Und wo geschah die Untat, du Stolz deiner Familie?«

»In Höschs ihrem Garten.«

»Nun sprichst du auch noch falsches Deutsch! Sag: in Höschs Garten oder im Garten der Höschs, oder im Garten, der dem Herrn Hösch gehört oder zu eigen ist; durch welch poetischen Ausdruck deine Schuld klarer hervortritt. Also zunächst Birnen!«

Während Tipphenne auf diese Weise, meist über mich fort in die Ferne blickend, sprach, dachte ich an den Nachmittag, er mochte schon über zwei Monate zurückliegen. Meine Mutter hatte mich mit einem Topf Bohnensuppe zu einer armen alten Frau geschickt. Auf dem Nachhauseweg traf ich einen Schuljungen, der zu den Reservisten gehörte. Sofort befahl er mir, ihn ein Stückchen zu begleiten. Ich konnte ihm dies Recht der Reservisten nicht abschlagen, ohne von ihm verdroschen zu werden. Er ging mit mir in die Pühlen, so nannten wir einen Wiesenplan zwischen Mosel und Dorf. Es war ein schöner Herbsttag, und wir legten uns hinter Höschs Garten ins Gras. Hinter der roten Gartenmauer aus schön gesetzten Ziegeln sahen wir die Spitzen des Spalierobstes herauslugen. Der Reservist begann damit, von dem Herrn Hösch, den ich nie gesehen hatte, allerlei schlimme Geschichten zu erzählen, die ich zum großen Teil nicht verstand. Zum Schluß flüsterte er: »Un e Freimaurer is er auch, de Hösch!«

Ich wußte nicht, was das war und fragte ihn. Der Reservist erklärte mir, das wären Leute, die dem Teufel ihre Seele verschrieben hätten und dafür nun ihr Leben lang Geld bekämen. »Dreimal hilft ihnen de Teufel aus«, flüsterte mein Begleiter, »beim viertenmal holt er sie mit.« Der Reservist wußte sogar, daß der Teufel seinem Opfer das Herz bei lebendigem Leibe aus der Brust riß. Einem solchen Freimaurer nun, so fuhr mein Nachbar im Grase fort, dürft man wegnehmen, soviel man wollte, denn man tät ja nicht einen Menschen, sondern den Teufel bestehlen, weil ein solch böser reicher Mann ja alles vom Teufel hätt.

Und nun forderte mich der Reservist auf, ich sollt über die Mauer steigen und Birnen holen, soviel ich in meinem Topf und in meinen Taschen tragen könnt. Der Hösch, dieser faule Mensch, tät sich jeden Mittag ins Bett legen, er hätt keinen Hund, und der Garten wär ja weit genug vom Hause entfernt.

Ich blieb regungslos liegen und dachte nach. Die Birnen zogen mich nicht so sehr an. Aber daß diese Birnen dem Teufel gehörten, das reizte mich, denn ich war auf der Stelle überzeugt, daß solche Birnen besonders gut sein müßten: diese Birnen gehörten ja zur Kaufsumme des Teufels. Ich betrachtete die Spitzen des Spalierobstes, und schon erhob ich mich. Der Reservist half mir auf die Mauer. Erst als ich auf dem Boden des fremden Gartens stand, erschrak ich und empfand das Böse meines Tuns. Der Garten war so schön, wie ich noch keinen gesehen hatte. Glänzende Kieswege liefen an Blumenbeeten vorbei und an vielen hübschgeschnittenen Spalierbäumchen. Ich wagte mich nicht von der Stelle. Die Bäumchen standen in der Sonne, als wären sie vor mir erschrocken, und als ich einen Schritt wagte, knirschte der Kies. In meinen Ohren klang das, als wollte jedes der weißen Steinchen ein Wächter sein. Ich seufzte tief auf und hätte am liebsten geweint, und nur weil alles in einem solchen Glanz dalag, in solcher Stille und weil jedes Ding an seinem Platz war, – nur ich nicht, ich, der Eindringling, der Dieb. Doch ich fürchtete mich vor dem Reservisten, der mich hinter der Mauer leise zur Eile antrieb. So sprang ich zum nächsten Baum, füllte den Topf und kletterte dann, auf die Eisenpflöcke tretend, durch welche die Spalierdrähte liefen, über die Mauer zurück. Ich schüttete vor dem Reservisten meinen Topf aus und lief, ohne ein Wort zu sagen, davon.

Ich erzählte nun Tipphenne, daß ich über die Mauer in Höschs Garten gestiegen wär.

»Stiegest du allein über die Mauer?«

Ich nickte. Meine Beschämung war so groß, daß ich den Reservisten als Anstifter sofort genannt hätte, wäre ich nicht sicher gewesen, von diesem alle Prügel, die Tipphenne ihm verabreichen würde, doppelt wiederzukriegen.

»Und wieviel Birnen brachest du mit diebischer Hand von dem Baum?«

»Einen Topf voll.«

»So, einen Topf voll! Und wie groß war der Topf?«

»So –«, ich formte die Hände schätzend zum Umfang des Topfes.

»Soso! Er war also noch größer, denn wer möchte das Maß seiner Sünde nicht verkleinern! Du nun, der für das

Vaterland sich die Hände so tapfer versengte, du stiegest zu nächtlicher Stunde –«

»Es war Mittag«, rief ich angstvoll.

Tipphenne starrte mich an, als wäre er erschrocken. »Mittag? Mein Gott, du fürchtetest mithin nicht das Auge der Sonne? Heißt es denn nicht vom Dieb, daß er bei Nacht kommt? Und du stiegst am hellen Mittag mit einem so großen Beutetopf versehen über eine Mauer! Deine schimpfliche Tat war also von langer Hand vorbereitet und geplant. Am hellen Mittag – auf der Mauer ... Nun wundere ich mich nicht mehr über dies – «

In diesem Augenblick griff Tipphenne langsam in seine Brusttasche, zog einen Zettel heraus, auf dem in meiner Reinschrift das Gedicht stand. Er hielt das Blatt mit zwei Fingern und spreizte die andern Finger ab, als wäre es schmutzig. Ich verstand nicht, wie es in seine Hände gekommen war, und warum er das Gedicht gerade jetzt hervorzog.

»Schlimmer als Birnen«, sagte er und bürstete sich mit der Hand, die er freihatte, wiederum den kleinen Schnurrbart. »Denn siehe«, fuhr er fort, »in dem Topf lagen schöne Birnen, die du gestohlen hast; und nichts war darin, was dir gehörte. In diesem Gedicht aber hast du deine eigenen, unreifen, sauren, wurmstichigen und mit allerlei Warzen versehenen Verse neben weiße, süße, glatte, tadellose und bis ins Mark gesunde und edle Verse gesetzt. Höre diesen herrlichen Vers:

‚Wo gab es Männer, so stolz wie sie?
Ein Heer, das so durstig nach Siegen schrie?'«

Der Lehrer Tipphenne legte, als er diese Worte deklamierte, den Kopf schräg in den Nacken. Er kannte sie auswendig, während ich in dem von mir geschriebenen Gedicht nur die Verse auswendig kannte, die ich selber gemacht hatte. Tipphenne blickte nun, als wäre er vorsichtig, auf den Zettel und sagte mit gerümpfter Nase: »Und nun höre, was du unmittelbar aus deinem Eigenen daneben zu setzen wagtest:

‚Die einen ziehn ein bald in Paris,
die andern ziehn ein ins Paradies.‘

Was muß ein Dichter empfinden, wenn er seine Kunst mit solchem Unrat vermischt sieht! So fühlte etwa ein edles Schlachtroß, wenn es sich am Ende zwischen einem zerkleinerten Schwein in der Wurst befindet.« Er schwieg und blickte mich kopfschüttelnd an. »Paris und Paradies – welch ein dummer Reim! Und die einen und die andern, das geht überhaupt nicht, das ist ja trockenste Prosa.«

Wieder schwieg Tipphenne, seine Augen bekamen langsam ein böses Glitzern. »Und das mit neun Jahren! Mit neun Jahren bietest du der Zeitung ein Gedicht an, das zur Hälfte gestohlen ist. Ich traute meinen Augen nicht, als Herr Gipfel vom ‚Schweicher Boten‘ mir gestern dieses Blatt brachte.«

Er wandte sich um und ging langsam zum Schrank. »Und das mir – das mir«, sagte er einigemal mit hoher Stimme und schöner Betonung. Ich erschrak, als ich sah, daß er mit dem Stock wiederkehrte, mit jenem Stock, der, wie Nickel mir erzählt hatte, vom gebogenen Besenstiel des Schornsteinfegers stammte. Er wies mit dem Stock gegen die Bank und sagte: »Für den ganzen Topf Birnen einen, für das Überklettern der Mauer drei; für die gestohlenen Verse zehn! Rechne aus, wie viele das sind!«

Ich verrechnete mich in meiner Aufregung mehrmals.

»Vierzehn«, sagte er schließlich. »Aber für das tapfere Verhalten vor dem Feind an der Brennesselfront will ich vier abziehen, bleiben zehn!«

Und so wurden an mir jene Birnen aus Höschs Garten, die ich glaubte dem Teufel gestohlen zu haben, gerächt, ohne daß ich eine einzige gegessen hatte. Und die fremden Verse hatte nicht ich, sondern Nickel in das Gedicht gebracht, weswegen ich mich bitter bei ihm beklagte. Als ich ihm in der Futterküche am selben Abend alles genau erzählt hatte, war er zuerst sehr mitleidig. Daß man nicht die Verse eines andern in das eigene Gedicht setzen durfte, konnte er aber trotz meiner sehr genauen Wiedergabe von Tipphennes Vorwürfen nicht verstehen. Am Abend zeigte er mir die Postkarte, von der er abgeschrieben hatte. Oben stürmten Soldaten unter den Wölkchen von platzenden Granaten einen Abhang hinauf. Darunter stand:

HELDENDURST
von
Henning von Tippenberg

Unsere Schwestern mischten sich ein und wollten die Postkarte sehen. Nickel reichte sie hin, aber wir sagten kein Wort von dem, was vorgefallen war.

»Dat Gedicht is vom Schullehrer Tipphenne«, sagte darauf Lischen, kaum daß sie es andächtig und halblaut gelesen hatte. »Er verdreht seinen Namen und hat sich ein ‚von' davorgemacht. Alle Leute im Dorf sagen et. E schön Gedicht!«

Vater wollte es hören. Als Lischen es mit strenger Betonung des Versmaßes vorgelesen hatte, hörte ich Vater sagen: »Wat e Flappes! Un so eppes unterrichtet unsere Kinder!« Meine Schwester Franziska sagte, Tipphenne trüg einen Ring an der mittleren Zehe seines linken Fußes. Vater mußte wie wir alle über einen Ring an solcher Stelle sehr lachen, aber gleich sagte er: »Nein, wat die Leut doch alles erzählen!« Und er wollte es nicht glauben. Wer das denn gesehen hätt? Daraufhin sagte Franziska, daß Tipphennes Freund, der ihn jeden Sommer besuchen käm, sogar die Fußnägel versilbert hätt. »Versilbert? Warum dat denn? Un wie willst du dat überhaupt wissen?«

»Ei, er geht in Sandalen!«

»In Sandalen, so? Aber warum net? Dat soll sehr gesund

sein – in Sandalen gehn. Aber wenn einer Tipphenne heißt un sich von Tippenberg nennt, dat is arg! Un dann sowat zu schreiben. Als ob er e kleine Jung wär! Wat heißt dat ‚Heldendurst'? Aber geht mal zapfen, ihr Jungen. Martin hat e lange Brief geschrieben.«

Ich dachte an diesem Abend vor dem Einschlafen, während mir die Hinterbacken noch von Tipphennes Stock brannten, welch ein Durcheinander doch in der Welt war. Vater sagte so, und Tipphenne sagte das Gegenteil. Mit dem Fleisch eines edlen Schlachtrosses hatte er seine Verse verglichen, meine mit Schweinefleisch. Und Vater hatte gesagt, daß Tipphenne Sachen wie ein kleiner Junge schrieb. Und für alle Birnen nur einen Schlag, für das Überklettern vier oder fünf. Und jene, die schuldig waren, hatten keine Hiebe abbekommen, weder der Reservist noch Nickel. Aber den Herrn Hösch würde mit Bestimmtheit der Teufel holen, weil er unterschrieben und Geld angenommen hatte.

Ich fragte Nickel, was er von den Freimaurern dächte. Ich erzählte ihm, was ich von dem Reservisten wußte. Als er keine Antwort gab und ich ihn beim Namen rief, blieb alles still, Nickel war, weil sie Martin eingezogen hatten, ein Jahr früher aus der Schule gekommen und tat nun die Arbeit des älteren Bruders. Er fühlte sich abends immer sehr müde. Ich war endlich selber am Einschlafen, als er plötzlich in die Höhe fuhr, sich hinsetzte und in die Dunkelheit rief, keuchend und mit entsetzter Stimme: »Wo is et? Wo is et?«

Ich fragte, wen er meinte, da ließ er erlöst den Atem gehen und sagte, er hätt geträumt, er wär ein Freimaurer, und der Teufel hätt ihm soeben das Herz aus dem Leib gerissen, und er hätt es auf dem Speicher nebenan gesucht – das eigene Herz.

Mit flüsternder Stimme fragte ich, während der späte Herbststurm über den Schiefer des Daches rutschte und sich daran rieb, daß es manchmal einen zischenden Ton gab: »Du, glaubst du dat, mit dene Freimaurer?«

Nickel aber sagte, schon wieder halb aus dem Schlaf: »Ach nä, aber man muß mit dem Teufel vorsichtig sein – un nix schriftlich geben.«

Dann wurde es wieder still. Ich dachte über seine Ansicht nach, und es war mein letzter Gedanke an diesem Tag, ein fester Entschluß sogar, nichts mehr schriftlich zu geben von dem, was ich in meinem Herzen fühlte. Nein, ein Gedicht wollte ich nie, nie mehr machen, und vor allen Dingen, niemals mehr zu zweit, – man wußte ja nie, woher der andere seine Verse nahm. Darum auch gab ich Tipphenne ganz recht, sein Stock hatte es mir eingebrannt: nein, man durfte weder Birnen noch Verse stehlen.

Weihnachten

Unser Hühnerstall lag über der Futterküche. Die Leiter stand mit einem Bein auf dem Zement-Estrich, mit dem andern, das kürzer war, auf der Gartenmauer. Deshalb konnte nur jemand, der nicht zu schwer war, diese unsicher stehende Leiter besteigen.

Seit Nickel den älteren Bruder vertreten mußte, war ich es, der die Eier aus dem Nest holte. Die Mutter stand unten und hielt den äußeren Leiterbaum fest und sagte jedesmal dasselbe: »Nun gib aber acht, dat du net fällst.« Und wenn ich mit den Eiern, die ich mir in alle Taschen steckte, vorsichtig heruntergeklettert kam, hielt Mutter das Körbchen hin. Jedesmal sagte sie hinterher: »Willste en Ei hann, Steffchen?« Und jedesmal sagte ich: »Ja, Mutter!« Ich tippte es an die Mauer und trank es wie ein Glas Wein aus. Wenn die Hühner im Dezember wieder richtig zu legen begannen, stellte mir Mutter nie diese Frage. Sie ging mit allen Eiern im Körbchen davon und murmelte vor sich hin: »Wir müssen jetzt bald zu backen anfangen.« Daran konnte ich merken, daß Weihnachten näherrückte oder vielmehr Christtag, so sagten wir auf dem Dorf.

Als wir darangingen, die Feier des zweiten Christfestes im Krieg vorzubereiten, hörte ich Mutter immer wieder vor sich hinsprechen: »Oh, wat sollen wir schon feiern, wo doch de Martin net da is!« Aber dann wurde doch geschlachtet und gebacken.

In der Futterküche stand der Vater vor dem Backofen und schob die duftenden Buchenscheite hinein. Ich stand daneben und betrachtete das Spiel der Flammen. Auf den Scheiten ritten die Flammenmännchen hin und her, fuchtelten mit den Händen, sprangen, reckten sich für einen Augenblick steil auf und tanzten. Die Flammen wollten nicht mehr länger allein tanzen, eine sprang in die andere hinein, machte sie größer und wurde dadurch selber noch größer und noch heller. Hernach war keine Flamme länger als einen Atemzug mehr sie selber. Sie verwandelten sich immerzu, sprangen fort in den Stein und sangen dabei ein leises, zischelndes Lied. Die Scheite aber lagen lange steif und starr da, wie Vater sie hingebaut hatte. Schließlich wurden sie zuerst an ihrem oberen Rand schwarz, dort wo die Flammen tanzten. Dann verrutschten sie und sprangen mit einem leisen Knacken in der Mitte entzwei. So entstanden allerlei wilde Gestalten und furchtbare Fratzen, Wesen, die wohl im Holz eingeschlossen sein mußten, doch erst vom Feuer aus ihm herausgelockt wurden. Schließlich wurden die Flammen müde und gingen fort. Aber wo gingen sie hin? Das fragte ich Vater, der ebenfalls unaufhörlich in den offenstehenden Backofen schaute. »Die Flammen?«

»Ja, eben waren sie doch noch da!«

»Ja, wo gehn sie hin? Sie gehn aus, so sagt man!« Vater schüttelte den Kopf. »Da kannste ja auch fragen, wo hernach dat Holz is. Et is ja auch net mehr da!«

Indem kamen Mutter und die Geschwister mit den Kuchenteigen, die auf runden, an den Rändern gewellten

Blechen lagen. »Un de Kuchen, dä jetzt noch da is, nach Neujahr is er auch fort. Un da kannste auch net wissen, wo er dann is!«

Die Bleche mit dem duftenden Teig, darauf Streusel und allerlei Obst lag, wurden auf die Hobelbank gestellt. Mutter prüfte die Wärme des Ofens und scharrte darauf die Glut mit einem eisernen Kratzer heraus. Ich reichte ihr die Bleche hinüber, stellte sie auf die hölzerne Schieß, welche Mutter vorsichtig in den glühenden Steinbauch schob, um sorgfältig Blech neben Blech zu setzen – den ganzen Backofen voll. Jeder Teigkreis wurde von mir zuvor am Rand mit Eigelb bepinselt, und bei jedem stellte ich fest, daß er zu dick wär, man müßt beim Essen den Mund bis hinter die Ohren aufreißen. Mutter entgegnete, daß ich den Kuchen hernach ja doch auf meine Weise essen tät. Ich schnitt mir nämlich jedes Kuchenstück durch, so daß ein oberes und unteres Teil entstand. Auf das untere strich ich mir, zur Empörung fast der ganzen Familie, Butter und Gelee, aber Mutter ließ es mir durchgehen, indem sie darauf hinwies, daß mein Mund ja wirklich viel kleiner wär – und »er wird ja e Pastohr«, fügte sie manchmal hinzu, »un da muß er sich frühzeitig gewöhnen!«

Es war drei Tage vor dem Fest, als Vater am Morgentisch zu Nickel und mir sagte: »Et kann nix dienen, ihr Jungen, wir Mannskerle müssen weichen. Heut is de Schrubber Herr im Haus! Also heraus, wenn wir net als Putzlappen benutzt werden wollen. Da gehn wir mal Weiden schneiden, ich hab de Korbmacher für nach Neujahr bestellt. Und wir könnten auch mal gleich de Wies in der Lehmbach wässern un e bißchen Dünger streuen. Un morgen, wenn dä eine Hausputz vorüber is, machen wir all den andern im Beichtstuhl! Ja, et is greulich mit dene Festtag«, sagte er lächelnd und erhob sich und schritt uns voraus. Stolz ging ich an Franziska, welche ja schon die Schule hinter sich hatte, an diesem Morgen vorüber; denn Vater hatte mich heute vor der ganzen Familie zu den Mannskerlen gerechnet. Franziska verstand sofort meinen Blick und sagte: »O du Buxeschisser, fall net in die Lehmbach!« Dieser Bach war so klein, daß kaum eine Maus darin ersaufen konnte. Ich verstand den Hohn und schoß ihr einen grimmigen Blick zu, konnte aber nichts sagen, da die Eltern noch in der Nähe waren. »Un schreib uns wieder so e schönen, ausführlichen Sündebrief auf«, flüsterte sie mir im Vorbeigehen zu und verschwand die Treppe hinauf. Ich wurde rot vor Scham und Zorn, konnte ihr aber nur etwas, das ihre roten Haare betraf, nachrufen. Ich fühlte voll Grimm, wie schwer es war, der Jüngste zu sein. Alle waren größer, stärker und vor allem gescheiter.

Als wir Männer gegen Mittag nach Hause zurückkehrten, roch das ganze Haus nach Leinöl, das die Frauen auf die Bohlen gestrichen hatten. Wir mußten beim Eintreten die Schuhe wechseln, und überall lagen Papierstreifen und Säcke auf dem Boden, damit keine Tritte in dem dunklen Ölschimmer entstünden. Franziska nahm mich, trotz meinem heftigen Widerstreben, an der Hand und führte mich an meinen Platz und sagte: »Setz dich hin, bis wir essen!« Ich saß da und dachte über zwei Dinge nach: über das Weidenschneiden und darüber, wie ich Franziska vor der ganzen Familie etwas sagen könnte, das sie ärgerte.

Überm Essen fragte Mutter nach unserm Weidenschnitt, und Vater sagte, daß wir nach den Feiertagen weiterschneiden müßten. Und nun stellte ich mit einem lauernden Blick auf meine Schwester Franziska allen vernehmlich dem Vater die Frage, ob die weißen Weiden nicht viel wertvoller seien als die roten. Vater bejahte meine Frage, ohne aufzublicken, und ich sagte zu Franziska: »Siehste, sogar bei den Weiden is dat so!« Nun erst merkten die andern, wo ich hinauswollte; alle lachten, selbst Lischen, die ja auch rothaarig war, konnte nicht anders. Franziska blickte mich an, als hätte sie zuviel Blut im Auge und könnte nicht sehen.

So fragte sie: »Wenn du so gut beim Weideschneiden bis, warum gehste uns denn net de Christbaum holen?« Ihre Augen wurden klein, ich aber rief ihr schräg über den Tisch zu: »Warum net! Wie groß soll er denn sein?« Da lachte sie, und gleich darauf lachten alle, und Franziska prophezeite mir, daß ich eher mit einem großen Protokoll als mit einem kleinen Bäumchen heimkehren tät.

Ich wußte nicht genau, was ein Protokoll war. Was nun das Wagnis anging, ein Christbäumchen im Gemeindewald zu schlagen, so war es vor Weihnachten notwendig; wer hätte sich schon ein Bäumchen bei der Gemeinde kaufen wollen! Es gab ein Ausmaß von Tugend, an das niemand bei uns glaubte. So betete einst ein Bauer, der bei uns zu Besuch war, ganz allein sogar vor und nach dem Nachmittagskaffee und er ließ uns mit ernstem Gesicht wissen, daß man Gott auch für die kleinen Kartoffeln danken müßt. Meine Mutter entgegnete ihm, daß keine Kartoffeln auf dem Tisch stünden, vor allem keine kleinen, die bei uns die Schweine bekämen. Einen Christbaum ehrlich kaufen zu gehen, wäre dem frömmlerischen Tischgebet dieses Bauern ähnlich gewesen. Das war mir, während ich mit dem Krummesser unter der Jacke heimlich aus dem Hause ging, alles durchaus klar. Aber ebenso klar war mir, daß ein Protokoll trotzdem sehr unangenehm war und dem, der es bekam, etwas wie Schimpf eintrug. »Laß dich nur net erwischen«, diese Worte, die mein Bruder Nickel mir, ehe ich wegging, im Stall gesagt hatte, behielt ich im Ohr; es war darin alles enthalten, was dieses Abenteuer von mir forderte.

Zuerst ging ich in die Kirche, steckte mein Krummesser heimlich unter eine Bank und stieg dann zum Chor hinauf, um beim Dechanten zu beichten. Die Sache mit dem Birnendiebstahl in Höschs Garten nahm der Dechant viel schlimmer auf als den Diebstahl der Verse, den ich aus lauter Vorsicht auch beichtete. Denn indem ich mich der harten Schläge erinnerte, wurde ich doch unsicher bei der Gewissenserforschung, und es schien mir auf jeden Fall besser, die ganze Angelegenheit durch eine Beichte für immer in die Mosel zu werfen. Der Dechant fragte mit seiner milden, hohen Stimme ganz erstaunt:

»*Was* hast du gestohlen?«

»Verse, Herr Pastohr.«

»Verse? Von wem denn?«

»Ich glaub, vom Lehrer Tipphenne.«

»Sososo!« sagte der Herr Dechant nach einer Weile, »das hättest du allerdings nicht tun sollen!«

»Aber ich hab es ja auch nicht getan, unser Nickel hat mir die Verse in das Gedicht hineingemacht.«

»Euer Nickel? Soso! Warum erzählst du mir das? Damit hast du dann doch nichts zu tun!«

»Doch, der Lehrer Tipphenne hat mich wegen der Verse verhauen – und nicht unsern Nickel.«

»Ah so! Aber dafür kriegst du es sehr oft auch nicht, wenn du es verdient hast.«

Diese Worte des Herrn Dechanten trösteten mich, ganz gewiß war die Menge des Bösen, für das ich keine Strafe erhielt, größer als das bißchen, was herauskam und abgegolten wurde.

Als ich aus der Kirche heraustrat, war das ganze Dorf eingeschneit. Ich trat durch den Flockentanz und begann zu pfeifen, so vergnügt war ich. Mit der Linken hielt ich das Krummesser unter der Jacke verborgen. Kaum daß ich aus dem Dorf war, suchte ich hinter jedem Baum den Waldhüter. Ich dachte an die Vexierbilder aus dem Bauernkalender. Die hungrigen Krähen, die auf den hohen Birnbäumen in der beginnenden Dämmerung unmutig beieinander hockten, riefen den Namen des Waldhüters. Er hieß nämlich Larsch, und sie wollten mich warnen: »Larsch, Larsch, Larsch!« Die Schweicher hatten, um ihren Waldhüter zu verhöhnen, auf seinen Namen einen häßlichen Reim gemacht. Aber wenn die Krähen im Winter einen Menschennamen aussprechen, klingt er immer sehr ernst. Nach einer halben Stunde begann der Schnee unter meinen Schritten zu knirschen. Das war der einzige Laut, den ich hörte, und meinen keuchenden Atem, – es ging jetzt den Berg hinauf. Der Schneehang war schon viel heller als der Himmel, ich merkte, daß es rasch dämmerte. Ich drehte mich und blickte über die Schieferdächer des Dorfes hinweg, von dem Tipphenne uns gesagt hatte, daß es zwar ein Flecken sei, ein Marktflecken, und doch wie ein Stern aussehe, wofür die Schweicher Lehmklöße aber nichts könnten. Wenn man von der Höhe, auf der ich stand, die Augen kniff und durch die Wimpern schaute, bekam das Dorf mit seinen ausstrahlenden Straßen wirklich etwas von einem Stern, von einem Stern aus Blei, das man da und dort ein wenig aufgerieben und poliert hatte. Aus den Schornsteinen qualmte es.

Als ich mich umkehrte und weiter von dem Dorf wegschritt, dachte ich an die warmen Stuben, an die Ofenecken, an die Tische, an die Strickstrümpfe und Garnknäuel der Mütter und Schwestern und an die Pfeifchen der Männer, die nun in den Stuben saßen oder in den Futterküchen, in den Schmieden, Ställen und auch in den Wirtschaften. Ja, daran dachte ich, sogar an die Schule, die nun leerstand; die Ferien hatten ja begonnen. An all das dachte ich und fühlte, wie sehr ich rundherum allein war. Es gehörte Mut dazu, sagte ich mir, so in den beginnenden Abend hineinzugehen, weg vom Dorf, weg von den Menschen und Tieren und Häusern. Mit jedem Schritt, den ich weiter in die weiße Einsamkeit tat, spürte ich, wie meine Beklemmung größer wurde. Aber ich spürte auch das feste Ding in meinem Innern, das mich obenhielt und weitertrieb.

Als ich den Rand des Fichtenwaldes langsam näherrücken sah, wurde das feste Ding in mir weicher. Ich blieb stehen, blickte nach allen Seiten, hielt mein Krummesser unter der Jacke fest und machte aufs neue einige Schritte, aber nun richtig mit Mühe. Zwischen den Fichten, wo es viel wärmer war und so gut roch, wurde ich ruhiger. Ich lauschte, aber ich hörte nichts. Einmal knackte es irgendwo, das war ein Reh oder ein Wildschwein. Die armen Tiere, so sagte ich mir, spürten gewiß große Angst vor meinem Krummesser. Ich hatte es vorsichtig herausgenommen und einem Bäumchen, das mir zunächst stand, einen schnellen Schlag in den dünnen Stamm versetzt. Ich tat noch ein paar hastige Schläge, und das Bäumchen fiel. Es sah traurig aus, wie es langsam in den Schnee sank. Ich hätte weinen können, weil es noch so klein war. Nur zögernd nahm ich es auf die Schultern. Ich stellte mir vor, ich wär ein Jäger und hätte ein Reh geschossen. Auch die Bäume bluten, ich hatte das oft an den Fichten und auch an Birken gesehen.

Ich wollte gerade auf das verschneite Feld hinaustreten, da hörte ich eine Stimme hinter den Bäumen: »Na, Jüngelchen, dann komm mal her! Wie heißt du denn?«

In diesem Augenblick stand ich noch unbeweglicher als die Bäume um mich her. Endlich schwang ich, als müßte ich mich gegen den leibhaftigen Gottseibeiuns verteidigen, das Krummesser in die Höhe und schon lief ich tiefer in den Wald hinein, weil ich mir dachte, der Waldhüter könne nicht so schnell wie ich durch die Fichten schlüpfen. Und ich hatte richtig vermutet, seine Stimme kam immer mehr aus der Ferne. Aber ich hatte mich auch auf eine so verzweifelte Weise durch die Hindernisse der trockenen und grünen Äste durchgedrückt, daß ich, als ich hernach keuchend übers Feld lief, den scharfen Wind schmerzhaft in den Rissen und Schrunden spürte, die mir die Fichten und Brombeeren ins Fleisch gekratzt hatten. Doch ich lief immer weiter, ich konnte nicht anhalten. Der Waldhüter war mir sicherlich noch auf den Fersen. Ich stellte ihn mir vor, wie er mit geschwungenem Stock nun schon mehr als eine Viertelstunde hinter mir dreinrannte. Als ich endlich keuchend hinter eine Hecke sprang und schnell rückwärts schaute, lag da zwischen mir und dem Wald nur ein leerer, schneeweißer Hang. Aufatmend trabte ich weiter, immer wieder hinter mich blickend und scheu um jeden Baum und jede Hecke einen Bogen schlagend, bis ich endlich die ersten Häuser des Dorfes erreichte. Nun erst stellte ich mir vor, wie schändlich mein Einzug zu Hause sein müßte: ich hatte zwar kein Protokoll, aber auch keinen Baum. Und – o Gott, wo war das Krummesser? Ich hatte es verloren, nein, ich hatte es wie ein feiger Soldat auf der Flucht von mir geworfen. Ein neuer Schrecken überfiel mich: auf dem Holzstiel des Krummessers hatte Nickel mit glühendem Eisen unsern Namen eingebrannt. Er tat das abends, wenn er in der Futterküche vor dem Kessel saß, das Nameneinbrennen machte ihm Spaß. Unsern Namen aber gab es nur einmal im Dorf, Onkel Hannes wohnte ja draußen am Azertwald.

Noch immer keuchend erreichte ich das Hoftor, trat leise ein und ging zuerst in den Stall zu den Kühen. Ich wärmte mir meine blaugefrorenen Hände am Leib der alten Braun und weinte leise über mein Mißgeschick. Das ruhige Kauen der Kühe, das Klirren der Ketten und das wohlige Gebrumm der Gesättigten; der Heuduft und der starke Geruch, der von den Kuhleibern ausging, alles tat sich heilend über meinen Schmerz, bis schließlich – ich hatte ihn nicht kommen gehört – Nickel neben mir stand. Er blickte mich an und sagte nur, daß ich zu nichts zu gebrauchen wär. Da weinte ich wieder und ich bat ihn flehentlich, daß er doch jetzt noch ein Bäumchen holen ging. Er sagte nicht ja und nicht nein, er wies nur darauf hin, wie spät es schon wär und wie weit und wie kalt und dunkel. Aber wie gefährlich das Unternehmen war, davon sagte er nichts. Ich bewunderte ihn; er war aber auch fünf Jahre älter als ich, so entschuldigte ich mich vor mir selber.

Ich wollte nicht schlafen gehen an diesem Abend, obwohl wir doch zur Christmette am andern Morgen schon um halb fünf Uhr aufstehen mußten. Ich saß neben dem Herd und tat, als läse ich. Mutter hatte mir zum wievielten Mal gesagt, daß ich endlich schlafen gehen sollt, als ich schließlich aufstand und hinausging. Kaum war ich im Hausflur, da roch ich den Duft des Waldes. Die gute Stube war abgeschlossen, und ich hörte die Stimmen von Katharina und Lischen. Plötzlich stand Franziska neben mir. »Ja«, wisperte sie, »dat war ja e schön Bäumchen!« Ich lief an ihr vorüber die Treppe hinauf, aber ich fühlte keinen Zorn. Sollte sie doch ruhig lachen, Nickel hatte den Christbaum besorgt. Ich wartete auf ihn, bis er kam, und ich gab ihm, was ich seit vielen Jahren nicht mehr getan hatte, einen Kuß. »Dat muß man wissen, wie man dat macht«, sagte er stolz.

Mir kam es vor, ich wäre eben erst eingeschlafen, als ich von der Stimme des Vaters geweckt wurde. Er klopfte sonst morgens zum Wecken mit einem hölzernen Hammer auf die Treppenstufen. Aber am Christtag sang er – und jedesmal dasselbe Lied: ‚Ihr Hirten erwacht, erhellt ist die Nacht!' Wir saßen in den Betten, rieben uns die Augen, und dann sprang Nickel mit weit ausgestreckten Beinen aus dem Bett. Ich tat es ihm nach. Es war sehr kalt in unserer Mansarde. So sprangen wir beim Anziehen umher, schnatterten, lachten, sangen und torkelten, halb noch vom Schlaf und halb schon von Festfreude trunken, die Stufen hinab.

Wir wuschen uns nur flüchtig, denn wir waren sehr neugierig. Ich stieß unterwegs zur guten Stube auf Vater, der gerade aus dem Schlafzimmer trat. »Glückselige Weihnacht«, sagte er leise. »Euch auch, Vater«, rief ich, »un de Christbaum is doch da! Ich hab keinen gebracht, und doch is einer da!« Er drückte auf die Klinke der guten Stube und sagte dabei: »Nu ja, du bis ja auch noch klein!«

Nach einer Weile wurde von drinnen geöffnet. Katharina stand vor dem Baum und war dabei, die Kerzen anzuzünden. Die andern traten hinter uns in die Stube. Da stand Nickels Christbaum – oh, so groß und so grün! Er duftete und glitzerte. Die Stube schien für seinen Glanz und Duft zu eng. ‚Heiligste Nacht', stimmte Vater an, aber Mutter sagte: »Zu tief«, und sie stimmte noch einmal an.

Ich konnte kaum mitsingen. Jede Kugel am Baum, jeder glitzernde Eiszapfen, die Ketten aus kleinen Kugeln, das Engelshaar, der Schnee, die bunten Zuckerplätzchen, das rosige Engelchen oben auf der Spitze des Baumes, das immerzu unsichtbar herabflog und immerzu unhörbar in seine kleine Posaune stieß und unser Lied vom Frieden begleitete, wo sollte ich nur hinschauen, wo hinhören!

Von den Bohlen stieg der herbe Geruch des Leinöls auf und mischte sich mit dem zarten Strömen des Harzhauches. Aus dem eingebauten Porzellanschrank, wo die Kuchen übereinanderstanden, drang der nahrhafte Zucker- und Butterbrodem des Gestreuselten. Die Äpfel am Christbaum brachten in das Duftgequirle die Luft von unseren Feldern; die Pfefferkuchen und Plätzchen aber, aus denen es nach Schokolade, Ingwer, Zitrone, buntem Zuckerguß und überhaupt nach Ferne, nach Sonne und Meer duftete, trugen mich fort. Ich schwebte wie der Christbaumengel und war zugleich angebunden wie er. Die Kerzenflammen spiegelten sich in den dicken, glänzenden Kugeln, und da fiel mir vom vorigen Jahr ein, wie lustig das eigene Gesicht aussah, wenn man in die Kugeln hineinschaute. Die Stirn war weg und das Kinn, ich war nur noch aus Nase und Zähnen gemacht. Und wenn ich lachte und den Mund öffnete, sah ich wie ein furchtbares Tier aus. Ich wunderte mich ein wenig über die Kugeln, daß sie, die doch eigentlich fromm und feierlich zu glitzern hatten, ganz heimlich solchen Unsinn anstellten.

»Et läutet zuhauf«, sagte Vater, und wir lauschten. Alle Glocken im Turm waren dabei, sie sangen immer dasselbe, sangen es auf einen Ton und klangen zusammen, tief und hoch, ganz unten, ganz oben. Sie erzählten eine große Freude – eine große – eine Freude – immer dasselbe – und Ehre sei Gott – und Friede – und Freude – eine große

Freude! Heiligste Nacht! Die Glocken lallten, sie konnten nicht reden, aber singen, das konnten sie – immer dasselbe – eine große Freude! Der Vater hatte das Fenster geöffnet. Ich stand in der kalten Luft, die nach Schnee roch, und sah über der Gartenmauer jenseits der Straße den Himmel funkeln. Die Sterne wiederholten wie die Glocken immer dasselbe: dasselbe Funkeln und dasselbe erzene Lallen und Schallen: eine große Freude – eine große – eine Freude!

Ich hatte mich allein auf den Weg zur Kirche gemacht. Durch die schneehellen Gassen zu gehen, noch bei Nacht und doch schon in den Morgen hinein, und die Glocken im Ohr zu haben, während die Sterne über Rupproth standen und wie die Christbaumkugeln glitzerten, – das konnte ich mit niemand teilen, selbst nicht mit Kätta. Ich wußte, sie war über Weihnachten bei ihrer Großmutter in der Wilzgasse, aber ich holte sie nicht ab. Oder konnte ich ihr erzählen, warum ich vor Mandels Ecke stehenblieb? In dem einsamen Winkel, wo ein alter Stall lag, hörte ich eine Kuh, die wohl vom Hahnenschrei geweckt war, muhen, und gleich darauf meckerte die Geiß. Das hätte gewiß auch Kätta gehört. Aber mir kam Vaters Geschichte in den Sinn, jene von der Weihnacht der Tiere. Der Hahn hätt in der Nacht der Erlösung gerufen: »Christus ist hie!« Und darauf die Kuh: »Wo?« und die Geiß: »In Bethlehem!« Konnte ich ihr, die aus der Stadt war, diese Geschichte erzählen?

In der Kirche war es eigentlich kalt, und doch brachten die vielen Menschenleiber ein bißchen Wärme mit, die freilich nach Bett roch. Ja, es roch grimmig durcheinander: nach fremden Stuben, nach Kleiderschränken, Kamillentee, Schmierseife und dem ranzigen Fett, mit dem viele ihre schweren Schuhe eingerieben hatten. Da freute ich mich richtig auf den Weihrauchduft und den Hauch von den großen Fichten, die vor dem Josephsaltar standen, um die Krippe herum, im Schmuck zahlloser blauer, roter und gelber Glühbirnen, die in Schnüren geordnet auf- und abstiegen und zu allerlei Zählspielen einluden.

Als ich nach dem Gottesdienst zur Krippe ging, um mir wie jedes Jahr die heilige Familie und die Hirten ganz aus der Nähe anzuschauen, fiel es mir auf, daß das Christkind, wenn man es aufrecht hinstellte, so groß war wie seine Mutter. Auf einmal entdeckte ich Kätta mit ihrer Schwester Maria. Wir grüßten uns vor der Kirche und gingen zusammen nach Hause. Ich teilte den Mädchen meine Bedenken wegen des allzugroßen Christkindes mit. Denn wenn das Christkind schon bei seiner Geburt so groß wie Maria gewesen wäre, hätte doch jedermann sofort gemerkt, daß es der Gottessohn war, sogar Herodes, welcher ja, eben weil er nichts merkte und gründlich sein wollte, gleich alle Kinder in der Gegend metzeln ließ. »Et is net eso groß gewesen! Sonst hätten alle Leut et sofort gemerkt. Und sie hätten et net erst zu glauben gebraucht. Und die hier in der Kirch verstehen nix vom Christkindchen, sonst machten sie et kleiner!«

Darauf sagte Kätta, aber das wüßt doch jeder, daß ein Kind kleiner wär als seine Mutter, sonst könnt sie es ja nicht gebären. Das wüßten auch die Nonnen und der Dechant und der Küster. Sie hätten das Christkind nur deshalb größer gemacht, damit man es besser sehen könnt.

»O nein«, sagte ich heftig, »Gott hätt auch ein ganz großes Christkind auf die Welt schicken gekonnt, er kann alles. Aber er schickte ein kleines, dat man net von andern Kindern unterscheiden konnt. Und dafür muß dat Christkindchen auch kleiner sein als sein Mutter – und dat hier in der Kirch is ze groß!«

Kätta lachte über mich. »Gott konnt das Christkindchen nicht größer machen als andere Kinder, sonst wär sein Mutter an dem Kind geplatzt!«

Ich blickte Kätta schnell an. Ich schämte mich wegen dieses Wortes, ich fand es außerdem schlimm, fast flößte es mir Schrecken ein. Kättas Schwester trippelte nur ruhig geradeaus. Es wurde langsam hell auf der Straße; wir waren schon in der Wilzgasse.

»Dat sagt man net, so eppes«, sagte ich sehr ernst, »dat hast du auch gelernt, bei Gott is kein Ding unmöglich. Un da wär auch en ganz großes Christkindchen in de Mutter hineingegangen. Dat wär eben en Wunder gewesen!«

Kätta lachte wieder. Sie wandte sich mir zu, beugte sich ein wenig nach vorne, ich sah alle ihre Zähne glänzen. Mir kam es vor, als nähme sie mich nicht ernst. Ich fühlte mich klein und unerwachsen, als ich so vor ihr stand, und ich wurde zornig und rief: »Du kommst in de Höll!« Als sie nun noch mehr lachte, lief ich ins Haus; ich fühlte dabei genau, daß ich vor Kätta Reißaus genommen hatte.

Im Zeichen des Stieres

Herings-Pittchen, Schleimers-Matti und Büdelichs-Bebbchen, die gekommen waren, sich unsern Christbaum anzuschauen, versetzten mich mit ihren Fragen, wer den Baum gebracht hätt, aufs neue in Angst wegen des Waldhüters, welcher vielleicht das Krummesser gefunden hatte. Aber dann fand ich zwei Tage nach Weihnachten das Messer auf der Hobelbank in der Futterküche. Ich betrachtete es sorgfältig von allen Seiten, doch der eingebrannte Name im Griff und der lose Ring am Messeransatz ließen keinen Zweifel zu. Irgend jemand hatte das Messer zurückgebracht. Aber wer war es, und wem hatte er es abgeliefert? Und wie kam es, daß ich nichts davon erfahren, und niemand darüber ein Wort verloren hatte? Die krumme Klinge glänzte ein wenig, mir war es, als schmunzelte der harte Stahl.

Vor und nach den Festtagen waren viele Leute aus der Stadt, darunter auch Soldaten, nach Schweich gekommen, um heimlich Lebensmittel zu kaufen, vor allem Brot und Fett. Nun kam ich darüber, wie ein Mann im Ledermantel mit Mutter vor dem Spind stand und auf sie einredete. Sie aber schlug das Kreuz über das große, runde Brot, das sie bereits im Arm hatte, und stellte es wieder in das Spind hinein. Ich begriff den Vorgang nicht, vor allen Dingen verstand ich nicht, warum Mutter so heftig den Kopf schüttelte. Vater sagte überm Essen, man sollte diese Leute nicht Hamsterer nennen; wenn wir in der Stadt wohnen müßten, wären auch wir froh, wenn die Bauern uns ein Stück Brot verkauften. Da fragte ich Mutter mit lauter Stimme: »Warum habt Ihr denn gestern dem Mann net dat Brot verkauft?« Mutter sagte ruhig und zum Vater gewandt: – es gäb doch Hamsterer, und dieser Mann hätt ihr für das Brot so viel geboten, daß sie richtig erschrocken wär. »Dat is doch en Sünd, dat Brot so teuer ze verkaufen«, sagte sie und schaute beinahe düster vor sich auf das Brot, das sie gerade an ihre Brust zog, um es anzuschneiden.

Vater rüttelte darauf Mutter leicht an der Schulter und sagte: »Brav, Suschen, wenn du alt Sparbüchs dem Geld widerstehst un dat Brot heilig hältst, dat werden noch dein Enkel spüren!« Mutter kratzte mit dem Messer ein Kreuz auf die untere Seite des Brotes. Vater sagte: »Dat Kreuz aufs Brot nutzt garnix, wenn dat Messer net richtig teilen kann. Aber wenn wir teilen können, werden wir immer unser täglich Brot haben un auch dat Messer zum Schneiden. Et heißt ja: Wirf dein Brot in't Wasser un dat Messer dazu – net wahr, Steffchen? – und du kriegst alles zurück!«

Ich verstand sofort und errötete bis in die Ohren, aber niemand als der Vater und ich wußten, was mit dem Messer gemeint war. Ich wagte aber auch nicht, ihn hinterher zu fragen, denn ich fürchtete nun doch, noch etwas von einem Protokoll zu hören oder einen Verweis zu erhalten.

Es war gerade nach Neujahr, daß eine unserer Kühe stierig wurde. Das sonst so ruhige Tier hatte sich, niemand konnte verstehen, wie es möglich gewesen war, abends beim Füttern von der Kette losgerissen, war hinter die alte Braun getreten, hatte sich auf die Hinterbeine gestellt und mit dem Vorderkörper auf sie herabfallen lassen. Die Augen der Bleß schienen doppelt so groß als sonst, sie brüllte furchtbar, und die Braun warf unruhig den großen Kopf hin und her. Ich hatte das früher ein paar Mal auf der Weide gesehen, und Vater hatte mir erklärt, die Kühe hätten Reitgras gefressen und jetzt glaubten sie, Reiter zu sein, und wollten gleich aufsteigen. So lief ich denn, so schnell ich konnte, aus dem Stall und rief laut in den Hausflur: »Vatter, kommt, die Bleß hat wieder Reitgras gefress'.«

Vater kam sofort und band die Kuh an. Mutter aber schickte mich am Mittag des folgenden Tages zu den Kebericks-Leuten, ob nicht der Kebericks-Vatter am andern Tag die Bleß in den Stierstall treiben könnte.

Kebericks-Vatter lag hinterm Tisch auf der Bank und sagte zu mir, warum denn nicht unser Nickel das machen tät, der wär doch groß genug dafür. Da begann die Kebericks-Mutter mit ihm zu schimpfen, sie fuchtelte dabei mit dem Abtrockentuch in der Luft herum: »O du rauhlich Schwein ohne Gott und Gebot, dat du et net weißt, dat man e Jung von knapp fufzehn Jahren net in de Stierstall schickt!« Kebericks-Vatter versetzte mit gleichmütiger Stimme: »O du Drecksmerdel, du hast Grund, dene Jungen einen Ochs für en Stier vorzumachen! Dann geh du doch mit dem Sauluder von Bleß, du weißt ja, wie dat geht!« »O so en Schand«, schrie die Kebericks-Mutter, »wärst du verdammte Hurebock doch krepiert, ehe du mir neun Kinder –, oh, ich kann et net sagen vor dem kleine Jung elo, mit wat für einem Abtritt ich verheirat bin!« Und nun setzte die Stimme von Kebericks-Vatter wieder ein, laut und ruhig, es war mir, als sängen die beiden eine Litanei aus Schimpf- und Schmutzworten. Mit dem einen Fuß wollte ich aus dem kleinen Hause hinauseilen, der andere Fuß wurde von einer dunklen Neugier festgehalten.

Da packte mich Kebericks-Mutter, als Kebericks-Vatter sie von neuem zu beschimpfen begann. Sie schob mich zur Tür hinaus, ging mit mir hinters Haus und rief ihren Sohn Matz, der in einem winzigen Schuppen dabei war, ein uraltes Fahrrad zu flicken. Er war der Jüngste und noch nicht wie die übrigen Söhne der Kebericks-Mutter zu den Soldaten eingezogen. Sie sagte zu ihm in befehlendem Tonfall: »Du gehst jetzt mit dem Jung un bringst den Ainerts-Leuten ihre Kuh zum Stier.«

»Gehste mit, Steffchen?« fragte Matz leise, kaum daß seine Mutter fortgegangen war, und lachte mich aus seinen Schlitzaugen an.

»Ach«, sagte ich ebenso leise und scharrte mit dem Schuh in dem nassen Schmutz, der vor dem Schuppen lag. Ich wagte dem Matz nicht in das dicke, rote Gesicht zu blicken; ich genierte mich, weil ich noch so klein war und nicht wußte, was die Erwachsenen meinten, wenn sie über Ochs und Stier sprachen und die Bleß ein Sauluder nannten und nicht duldeten, daß ein Junge mit in den Stierstall ging.

»Du gehst mit«, fuhr Matz leise fort, »du wartest draußen un guckst unterm Tor durch. Wenn dann de Stier kommt und die alte Sau beklettert –«

»Aber – unser Bleß is kein Sau!« sagte ich und schüttelte den Kopf.

»Un wat für eine! Dat wirst du sehn, wenn de Stier kommt un aufspringt.«

»Warum springt er denn auf? Hat er auch Reitgras gefressen?«

Matz schaute mich plötzlich auf eine seltsam neugierige Weise an, so als hätte er mich noch nie gesehen. »Weißte wirklich net, wat de Stier auf der Kuh macht?«

Ich schüttelte tief errötend den Kopf, ich wußte, daß ich allen Grund hatte, mich zu schämen, denn Matz hatte das gefragt, als wüßten es alle übrigen Menschen. Matz lachte und er flüsterte mir ins Ohr, ich müßt mitkommen. Ich sollt bis zur Corneliuspforte vorausgehen und am Ende des Dorfes auf ihn warten. Ich versprach es ihm und ging nach Hause. Dort gab ich vor, ich hätt die Beiträge für den Schutzengelverein einzusammeln. »Du mit deinem Schutzengelverein«, höhnte Franziska. »Du trinkst doch Wein un damit biste doch schon net mehr drin!«

Ich gab ihr keine Antwort. Sie hatte recht. Eigentlich durfte ich als Mitglied des Schutzengelvereins keinen Wein und überhaupt keinen Alkohol trinken. Aber ich dachte mir, wenn ich statt des Monatsbeitrages von fünf Pfennig freiwillig zehn zahlte, wäre es schon gut. Den Heidenkindern lag ja nichts daran, ob ich Wein trank oder nicht, wenn nur das Geld zusammenkam, das notwendig war, um sie zu taufen und zu erziehen.

Ich ging also mit meinem Büchlein über den Drischhübel, öffnete da und dort, wo die Schutzengel wohnten, die Tür, bat um den Beitrag, und sobald die Mutter des Schulkameraden das Geldstück – es kam meist aus einer Tasse oder einem Töpfchen im Porzellanschrank – gegeben hatte, zog ich mit einem herzlichen Dank im Namen der Heidenkinder weiter.

Einige der Frauen lobten meinen Eifer und sie fragten mich, ob es wahr wär, daß ich für Pastohr studieren würde. Ich sagte ja, das auch, aber ich tät auch gern zuerst mal in den Krieg gehen. Darüber wurden einige der Frauen aufgebracht, andere lachten und sagten, sie hofften, daß der Krieg nicht solange dauern tät. Über dem Erzählen nun mit den Frauen hatte ich ganz vergessen, daß ich an der Corneliuspforte auf Matz warten sollte. Als ich mich der heimlichen Verabredung erinnerte, war es zu spät; es läutete schon die Betglocke, und ich war sehr zufrieden, daß ich nicht zum Stierstall gegangen war. Die Bleß stand wieder im Stall, und ich hatte die Beiträge für diesen Monat zusammen. Nickel erzählte ich flüsternd in der Futterküche, daß mich Matz in den Stierstall hatte mitnehmen wollen.

»De Matz is e Schwein«, sagte Nickel ruhig.

»Warum dat denn?« fragte ich, das Herz klopfte mir bange, und zugleich war ich sehr neugierig.

»De Stier«, sagte Nickel bedächtig, »dat is noch nix für Schuljungen! Dat können nur Männer sehn!«

»Is denn de Matz schon e Mann?« fragte ich.

»Ja, der is schon einer«, sagte Nickel widerwillig, ich merkte, daß er es gern verneint hätte. Daß Matz ein Mann war und Dinge wußte und sehen konnte, die ich noch nicht wußte, das hätte ihn mir nicht zu etwas Besonderem gemacht. Aber ich wußte, daß Nickel recht hatte: Matz war außerdem ein Schwein. So oft er mich sah, lachte er auf eine höhnische und zugleich vertraute Weise. Manchmal machte ich auf dem Nachhauseweg von der Schule einen Umweg, um an dem Keberickshaus vorüberzukommen. Wenn ich aber dann Matz sah, lief ich so schnell vorüber, daß die Bücher und die Griffeldose in meinem Ranzen auf und ab hüpften.

Eines Tages, es war schon im Frühjahr, als ich wieder den kleinen Umweg gemacht hatte und am Keberickshaus vorüberlaufen wollte, sprang Matz mitten auf die Straße, als hätte er auf mich gelauert. Er hatte wohl die andern Schuljungen kommen sehen und nun gedacht, daß ich heute vielleicht auch an seinem Hause vorüberkäme. Er breitete beide Arme von sich wie ein Hampelmann, und so sprang auch seine dralle, kurze Gestalt auf dem Pflaster hin und her, nicht anders, als hinge er an einem Faden. Und leise, wie das so seine Art war, rief er: »Na, haste noch immer Angst vor dem Stier?«

Auf der Straßenseite den Kebericks-Leuten gegenüber gab es den Metzgerladen und einen Staketenzaun, dort versuchte ich, unter seinem Arm durchzuschlüpfen. Aber er hielt mich fest, packte mich an beiden Schultern und kam mir mit dem Gesicht näher. Es war rot, und seine Schlitzaugen funkelten. »Du«, sagte er, »wenn du zu uns kommst, kannste in unser schön Bibel gucken.« Als ich noch schwankte, sagte Matz: »Ich leih dir de Bibel, du kannst se mit nach Hause holen – für ein paar Tag!« Die Bibel, all die schönen Bilder, die anzuschauen mir seit Jahren verwehrt war, nun sollte es sein, daß ich sie alle auf einmal zu sehen bekam? Ich überlegte nicht weiter, sondern trat neben Matz in das kleine Haus. Er führte mich gleich durch die Hintertür vor den Schuppen, es wär niemand da, sagte er leise, während wir in das schmutzige Höfchen traten. Er lachte dabei. »Nur de Tappert da«, sagte er und wies auf einen städtisch gekleideten, etwa sechsjährigen Jungen, den ich noch nie gesehen hatte. Den Jungen hätt seine Mutter in die Pflege genommen, er könnt nicht reden. »Sein Eltern genieren sich, un da hann sie ihn uns abgegeben, den Friedrich Wilhelm, ja so heißt er. Friedrich Wilhelm, grins net so dämlich!«

Matz' Roheit gegen den Kleinen machte mich traurig. Doch genierte ich mich in Gegenwart von Matz, zu Friedrich Wilhelm freundlich zu sein. Der Junge hatte wirres, schwarzes Haar, ließ den Kopf meist ein wenig in den Nacken hängen und stieß von Zeit zu Zeit ganz hohe Laute hinten im Halse heraus. Dann sprang er in die Höhe, drehte sich hüpfend auf einem Bein im Kreise, wurde wieder stiller und lächelte vor sich hin, als hätte er Angst und wollt es nicht zeigen.

Matz wies auf den Schuppen und sagte, da sollt ich warten, er ginge jetzt die Bibel holen. Er griff Friedrich Wilhelm und führte ihn ins Haus. Schließlich kam er wieder, zeigte mir die Bibel und legte sie auf einen alten Tisch im Schuppen, auf dem allerlei eiserne Werkzeuge lagen, Wildwestromane, eine umgestürzte Petroleumkanne, leere Zigarettenschachteln aus Blech und viel Krimskrams, – lauter Sachen, die man zuerst hätte, so empfand ich, wegräumen müssen, ehe man das schöne Buch auf den Tisch legte. Matz suchte eine Weile in dem Buch, ich sah, wie sein rotes Gesicht glühend wurde. Schließlich sagte er: »Ah, hier, guck mal, is dat schön?«

Er zeigte mit dem Finger auf einen Stier, der auf einer Erhöhung wie auf einem Altar stand. Um ihn tanzten halbnackte Frauen. »Die sagen immer: dat goldene Kalb. Et is de Stier, sag ich, de goldene Stier! Dat hättst du sehen müssen – hier – hier«, und er griff nach dem Stummel eines breiten, roten Schreinerbleistifts und machte unter dem Stier einen Strich. Dann blickte er mich grinsend an. Ich ahnte etwas, ohne zu verstehen. Matz war mir so widerlich, daß ich am liebsten hinausgelaufen wäre, aber ich hatte die Hand auf der Bibel und wollte sie nicht zurücklassen. Da kam er mir mit dem Mund ganz nahe und flüsterte mir ins Ohr, ich sollt die Kuh sein, er wär der Stier. Ich fühlte sofort, er meinte etwas Ernstes, es war kein Spiel oder Scherz, was er im Sinn hatte. Und dann sah ich es, was er wollte. Einen besonderen Abscheu empfand ich stets vor Regenwürmern, in diesem Augenblick war es mir, als hätte ich ein Bündel solcher Würmer im Magen liegen. Ich wandte mich ab und blickte zur Türe hinaus. Doch lief ich auch nicht fort. Denn obgleich ich Matz widerlich fand, schämte ich mich, vor ihm wie ein kleiner Junge zu fühlen und zu handeln. Indem sprang Friedrich Wilhelm zum Küchenfenster heraus. So dumm war er also nicht, wie Matz es vermutete. Der ergriff mit einem wilden Fluch einige Fahrradspeichen, sprang auf den Jungen zu, aber Friedrich Wilhelm war plötzlich wie ein Wiesel so flink. Er lief auf die Straße, Matz hinter ihm drein. Und nun rannte auch ich, als wäre ein anderer, unsichtbarer Matz hinter mir, aus dem Höfchen. Ich ging einige Stunden ziellos durch das Dorf, ehe ich es wagte, nach Hause zu gehen.

Die folgenden Tage sah ich überall, wo ich war, den hilflosen kleinen Jungen vor mir. Und Matz sah ich, wie der dem Stier mit dem Bleistift den Strich unter den Leib gemacht hatte und dann selber plötzlich vor mir stand wie ein Menschenstier. Des Nachts war ich im Stierstall. Ich träumte, wie ich unter dem Hoftor lag, durch den Spalt zwischen Boden und Holz schaute, und wie dann der Stier kam. Er sah aus wie ein Berg mit Beinen. Die Bleß aber brüllte, und bei jedem Brüllen wurde sie kleiner. Der Stier blickte suchend umher. Schließlich war die Bleß im Boden verschwunden, aber nun brüllte sie aus der Tiefe. Immer aufgeregter suchte der Stier. Da entdeckte er mich hinter dem Tor. Er erhob sich auf die Hinterbeine und stürzte auf das Tor zu, durchstieß es mit den Hörnern und rannte mir, der ich aufgesprungen war, die Corneliuspforte herunter nach, durch das ganze Dorf bis auf den Spielesplatz. Plötzlich fiel mir ein, daß der Stier mir überall hin nachkommen könnte, nur nicht in die Kirche. So eilte ich auf die Kirche zu, aber der Stier war schon so nahe hinter mir, daß ich das Tor nicht zur Zeit öffnen konnte. So liefen wir um die Kirche herum, immer schneller, bis plötzlich die Glocken zu läuten begannen. Nun endlich riß ich die Kirchentür auf und rief laut etwas wie: »Macht de Glock an!«

Ich hatte Nickel mit meinem Schrei geweckt. Es läutete zur Frühmesse, er fragte mich, was ich denn so Schreckliches geträumt hätt. Ich erzählte ihm meinen Traum, aber von dem, was im Höfchen der Kebericks-Leute geschehen war, teilte ich ihm nichts mit.

Der freudenreiche Rosenkranz und der Kriegsgefangene Dimitri

In diesen Tagen machte ich mit Mutter einen Besuch in der Gegend von Föhren. Der Feldwebel meines Bruders war auf Urlaub, so hatten wir erfahren. Mutter wollte Martins militärischen Vorgesetzten sehen und ihm, wenn es anging, ein Geschenk machen. Sie wollte ihm auch sagen, daß er unsern Martin möglichst nicht in Lebensgefahr bringen dürft.

Wir gingen zu Fuß, es war ein milder, schöner Märztag. Als wir am Azertwald entlangkamen – wir hatten über die kommenden Frühjahrsarbeiten auf den Feldern gesprochen –, fragte ich Mutter ohne jeden Übergang: »Mutter, sagt mir doch mal, bin ich auch mit unserm Vatter verwandt?«

»Wat sollste sein? Jessasmarja! Mit deinem Vatter? Kommst du aber heut auf Gedanken! Aber sicher biste mit deinem Vatter verwandt!«

»Aber net all Kinder sein mit ihrem Vatter verwandt?«

»Nein, dat is, wenn sie einen Stiefvatter oder Pflegevatter hann.«

»Ich weiß, dat Christkindchen war net mit seinem Vatter verwandt.«

»Ja, dem sein Vatter is ja Gott.« Und Mutter schlug vor, wir könnten doch jetzt den schmerzhaften Rosenkranz beten, da wir doch in der Fastenzeit wären. Ich merkte sofort, warum sie beten wollte, und so sagte ich: gleich hinter Azert, wenn wir die Steip hinter uns hätten, könnten wir mit dem Rosenkranz anfangen. Aber ich hätt vorher noch ein paar Fragen.

»Nun, dann frag schon!«

»Ja, Mutter, wenn die Bleß jetzt e Kälbchen kriegt, dat is doch mit dem Stier verwandt?«

»Dat schon! Aber dem Kälbchen is dat einerlei, un du mußt auch net eso viel fragen!«

»Ja, aber Mutter, ich bin doch schon eso groß! Un ich weiß immer noch net, wie die Kinder auf die Welt kommen. Und auch dat mit dem Stier und der Bleß – nix weiß ich.«

Ich kam nicht weiter. Scham und Ärger quetschten mir die Stimme fort. Mutter aber sagte:

»Wat soll ich dir sagen, Knechtchen! Dat is sicher: du kommst aus mir un aus deinem Vatter, da kannste Gift drauf nehmen!«

»Aber wie dat Ganze geht!«

Ich sagte das und blickte über die Wiesen hinüber, wo drunten die Mühle von Onkel Hannes lag, er war vor einem halben Jahr verstorben. Ich hätte Mutter jetzt nicht anblicken können. Sie schaute ebenso gegen den Azertwald hinüber. So gingen wir eine Weile. Endlich sagte sie: »Ach geh, beten wir doch jetzt schon den Rosenkranz, wir können ja auch den freudenreichen beten! Un wat du da wissen willst, darüber kann man doch net schwätzen. Mir hat et auch kein Mensch gesagt, un doch hab ich en Hott voll Kinder, siehste. Un du ges ja Pastohr, und da brauchst du et sowieso net ze wissen!«

Und sie schlug das Kreuz, zog ihren Rosenkranz hervor, sagte das Glaubensbekenntnis, und zehnmal hörte ich dann aus ihrem Munde: ‚– die Frucht deines Leibes, Jesus, den du, o Jungfrau, vom Heiligen Geist empfangen hast.'

Die Luft war frisch und spitz. Wolken zogen mit drallen, silbernen Bäuchen nach Westen, der Wald duftete herüber und während ich so neben der Mutter respondierend einherschritt, merkte ich, wie mir langsam die Frage nach dem Stier gleichgültiger wurde. Ich war geboren, ich war da, das dralle Bäuchlein unter der Seidenschürze, das ich immer wieder während des freudenreichen Rosenkranzes mit einem zärtlichen Blick streifte, hatte mich getragen, über Felder und Wiesen und Wege bis zum Tage der Geburt. Die Mutter hatte ein ganzes Fäßchen Rotwein, so erzählte sie mir, während der neun Monate ausgetrunken, und sie war stets guter Laune gewesen. Und als ich während der Hafenernte geboren wurde, war sie am zweiten Tag schon aufgestanden, um den Schnittern die Pfannkuchen zu bakken, »dat konnt ich der Magd net anvertrauen, die Mägd schludern immer, wenn de Frau im Bett liegt.«

Mutter war überhaupt an diesem Frühjahrstag von einer besonderen Fröhlichkeit erfüllt. Wir fanden Martins Feldwebel in einem winzigen und sehr armen Hause wohnen. Sein Vater, der Dorfschuster, war sehr stolz auf seinen Sohn. Der Feldwebel saß zuerst in Hemdsärmeln da. Als er vernommen hatte, weswegen Mutter gekommen war, ging er fort und kam wieder und trug eine feldgraue Uniform. Die schöne Mütze hing er ans Zapfenbrett hinter der Tür. Er sprach Hochdeutsch mit Mutter und er schien vor ihr großen Respekt zu haben. Von Martin sagte er: »Kein schlechter Soldat!«

»Aber auch kein guter, hoff ich«, sagte Mutter und schob die Brauen in die Stirn. »Sonst soll der mal wat von mir ze hören kriegen!«

»Na, na, Frau Ainert, wir müssen alle unsere Pflicht tun. Sonst verlieren wir den Krieg!«

»Um Gottes willen«, sagte Mutter erschrocken, »ich hab jetzt soviel Kriegsanleihe gezeichnet, und da wollt ihr den Krieg verlieren!«

»Eben nicht«, sagte der Feldwebel, »wir müssen ihn gewinnen!«

»Dat mein ich auch. Aber macht voran! Wir sind jetzt im dritten Jahr. Dat is ja kein Krieg mehr, dat is en Prozeß!«

Sie begann nun den Feldwebel zu fragen, ob Martin als Fahrer immer ganz nach vorn müßt. Ob er nicht die Sachen schon ein bißchen vorher abladen könnt? »Mit all dem Pulver und Teufelszeug auf so einem Wagen! Wenn sie ihm da reinschießen, hab ich gehört, geht dat alles auf einmal los! Dä Jung is noch net einundzwanzig alt! Die Pferd werden doch wild un schlagen um sich. Un wenn dann so ein Pferd sich im Geschirr verzottelt un et is Nacht un er darf kein Licht machen ... Un dazu dann noch die Luft voller Pulver un Blei! Ich möcht mal wissen, wie so en arme Jung dat schaffen soll!«

»Oh, er macht es ganz gut«, sagte der Feldwebel, »mitten durch! Er kann uns ja nicht aufsitzen lassen.«

»Ich versteh«, sagte Mutter, »er muß ja an die andern denken! Aber könntet Ihr ihm jetzt net mal wieder vierzehn Tag Urlaub geben oder ein bißchen mehr? Wenn ich ihn dann zurückschick, dann sollt Ihr Euch net beschweren können, Herr Feldwebel! Ich hab als nochmal heimlich geschlachtet, ich tät ihm en Schinken mitgeben! Un Wurst un Speck, dat er sich krumm buckelt!«

»Ja«, sagte der Feldwebel, »das läßt sich schon machen.« Sein Vater, der Dorfschuster, stellte nun Schinken auf den Tisch und eine Flasche Wein. Aber Mutter wehrte ab – nein, nein, sie wollte sich keineswegs aufhalten. Und unter vielen Komplimenten trank sie dann doch ein Gläschen Wein und aß ein Stückchen Schinken. Endlich verabschiedeten wir uns von dem Feldwebel und seinem Vater.

Als wir weit genug vom Haus des Dorfschusters entfernt waren, sagte Mutter: »Et is e Glück, dat de Feldwebel elo von armen Leuten herstammt. Da können wir dem Martin schön helfen.«

Keinen Monat dauerte es, und Martin kam auf Urlaub. Er war ein ‚staatser' Mann geworden, sagten die Mutter und die Schwestern. Vater sprach zu ihm mit leiserer Stimme als sonst und er neigte oft den Kopf seinem Ältesten zu. Dann machte Martin ein ernstes und stolzes Gesicht. Mutter war immer in seiner Nähe. Morgens kam sie, in jeder Hand ein Ei, und fragte: »Soll ich dir se mit Speck machen oder soll ich dir se in Kognak schlagen?« Ich gönnte Martin die Eier, aber nicht ganz diese Stimme der Mutter, die, seit sie Martin um sich hatte, wie umgewandelt war. Sie begann wieder beim Bettenmachen zu singen. Und zwar sang sie – dabei war es doch noch nicht Ostern –: ‚Freu dich, du Himmelskönigin!' Seit der Krieg begonnen hatte, war sie nicht mehr zum Singen zu bewegen gewesen. Und wie oft hatte ich angehalten: »Mutter, singt doch emol!« Darauf hatte sie stets dasselbe gesagt: »Singen, ich? Ich hab keinen Grund ze singen!« Nun aber sang sie und zog mit dem Bettstecken sanft über die Federkissen, bis sie drall und glatt waren und legte darauf den Stecken an das Fußende des Bettes, immerzu singend. Ich wußte genau, wer die Ursache ihrer Freude war. Martin aber war gegen Mutter genauso schweigsam und düster wie gegen alle. Nur selten erzählte er und dann nur in Andeutungen von der Front. Diese Verschwiegenheit gefiel Vater, er konnte das Erzählen über den Krieg nicht ausstehen. »Ja, Martin«, so ähnlich sprach er manchmal, »ihr draußen habt viel gesehen. Nun müßt ihr auch noch lernen, et ze vergessen!«

Wenn Martin die Kühe anschirrte, um mit den Geschwistern aufs Feld hinauszufahren – es war die Zeit, die Rummeln zu säen und die Kartoffeln zu setzen, – dann sah er ein wenig freundlicher aus. Aber er war grob gegen das Vieh und schlug manchmal auf die Kühe ein, daß ich zu weinen begann. Auch ich erhielt einmal die Geißelschnur um die Beine, daß man die Striemen noch nach Tagen sah. Aber wenn ich dann hörte, wie es vom Westen her pochte, und Martin im Krieg mitten drin stehen sah, verzieh ich ihm schnell sein rohes Wesen, seine Flüche und auch seine schlimmen, ungläubigen Redensarten, welche mich oft in große Verwirrung brachten. So pflegte er mir immer aufs neue die Frage zu stellen, auf welcher Seite denn Gott, der Vater aller Menschen, diesen Krieg als Helfer und Beschützer mitmachen tät, ob ich es vielleicht wüßte. Ich empfand diese Frage nicht nur als durchaus gottlos, sondern auch als einen Zweifel an der gerechten und heiligen Sache der Deutschen, wie der Lehrer Tipphenne zu sagen pflegte. Natürlich stand Gott auf deutscher Seite. Ich wies sogar auf die Inschrift seiner Koppelschnalle. War da nicht geschrieben: Mit Gott für Kaiser und Vaterland? Mit Gott, und das hieß doch: Gott ist mit uns! Die Russen zum Beispiel hatten das auf ihrer Schnalle nicht stehen.

Es gab seit einigen Monaten viele russische Gefangene im Ort. Als die ersten angekommen waren, liefen wir Jungen nicht anders wie kläffende Dorfköter den Kolonnen, die durch Schweich zogen, nach und riefen »Russki kaputt.« Und sie zeigten alle Zähne, lachten und riefen leise: »Russki nix kaputt.«

Wir besuchten die Russen im Tanzsaal der Wirtschaft, wo sie sich ihre Pritschen aufgeschlagen hatten. Sie saßen dort, sangen, schnitzten seltsame Vögel aus Holz und machten aus Löffelstielen Ringe. Wir staunten die fremden Männer an und begannen mit ihnen zu koppeln, so nannten wir Jungen es, wenn wir Tauschgeschäfte miteinander machten. Für ein Päckchen Tabak bekamen wir einen Vogel, der feierlich wie der Heilige Geist die Schwingen breitete. Schon Wochen später nahmen sich die Bauern Russen ins Haus, und bald gingen sie auf die Felder, keiner lief fort, auch ohne daß die dicken Landwehrmänner auf sie aufgepaßt hätten.

Eines Tages, als Martin auf Urlaub daheim war, begegneten wir dem Russen Dimitri von den Weinrichs-Leuten, die in einem uralten Haus in der Hofstraße wohnten. Ich hatte Dimitri einige Male gesehen und mit ihm ein paar Worte gewechselt, wenn er abends in der offenstehenden Scheune Mandoline spielte. Er war ein kleiner schwarzhaariger und noch ziemlich junger Mann. Wenn er lachte, zeigte er unter seinem Schnurrbärtchen mehr weiße Zähne, als ich jemals in einem Schweicher Munde gesehen hatte. Als wir nun zum Sauerborn fuhren, blieben wir mit unserm Wagen stecken. Es hatte geregnet, und der Bach, der den Weg sonst als niedrige Lache überquerte, war angeschwollen und hatte den Lehmboden tief aufgeweicht. Martin begann zu fluchen und auf die Kühe einzuschlagen. Da kam über das Feld der kleine, schwarze Russe gesprungen. »Nix Kuhchen schlagen. Kamerad«, sagte er zu Martin und lächelte ihn bittend an. Meinem Bruder stieg das Blut ins Gesicht. »Wat willste, Dreckruss'?« fragte er drohend. »Helfen, Kamerad. helfen!« Wir waren alle auf dem Wagen geblieben, um durch den Bach zu kommen: Martin, Nickel, Franziska und ich. Dimitri aber watete zu uns ins Wasser, nahm Franziska auf den Arm und trug sie hinüber, dann mich. Als er Nickel tragen wollte, sprang der mit beiden Füßen ins Wasser. »Ich laß mich doch net von em Russ' tragen«, rief er. Aber Dimitri lächelte nur. Dann ging er zu dem Hinterrad, das mir in meinen Spielen immer als das böse Rad vorgekommen war, und begann, indem er meinem Bruder einen Wink gab, in die Speichen zu packen. Der Wagen bewegte sich. Als wir wieder festen Boden unter den Füßen hatten, streichelte Dimitri den Kühen die Köpfe und sagte: »Gute Kuhchen! Milch, Wagen, Kälbchen, viel, viel gut!«

»Verstehst du was von Kühen?« fragte Martin ein wenig freundlicher. »Nein, nix Kuhchen! Pferdchen, viel Pferdchen!« »Wär mir auch lieber«, knurrte Martin, »wenn ich mal selbständig bin, fahr ich mit Pferden. Küh gehören in den Stall.«

Wir bedankten uns bei Dimitri. In den nächsten Wochen besuchte ich ihn manchmal bei den Weinrichs-Leuten. Eines Tages dann, wir waren in der Scheuer beim Häckselmachen, bat mich Dimitri, ich sollt ihm ein deutsches Gedicht aufsagen. Ich erzählte ihm, daß ich ein Kriegsgedicht gemacht hätte, und ich trug es ihm vor. Er ließ plötzlich das Schwungrad los und hielt sich die Ohren zu. »Stjopuschka«, rief er flehend, »o nix gut! Krieg nix gut! Gedicht von Krieg nix gut!« Aber da hörte ich in meinem Innern des Lehrers Tipphenne Stimme, was er uns gerade in den letzten Tagen aufs neue eingeprägt hatte: welche Grausamkeiten die Russen in Ostpreußen begangen hätten, und daß Rußland die ganze Welt erobern wolle. Und wir hätten nicht eher Ruhe vor den Russen, bis wir sie alle hinter den Ural zurückgetrieben hätten.

So trat ich ganz langsam auf der Tenne drei Schritte

rückwärts, hob beide Arme und begann, indem ich Dimitri herausfordernd ins Gesicht sah, das Gedicht, das wir in der Schule gelernt hatten:

‚Der Russenkerl, der falsche Wicht,
Er schlug der Menschheit ins Gesicht,
Trägt Mord und Blut in deutsches Land!
Er brach den Frieden, er allein,
Ihr deutschen Männer, tränkt's ihm ein.
Wer uns verfolgt mit Hohn und Spott,
Den schlagen wir, es hilft uns Gott!'

Ich merkte, daß Dimitri den Sinn der Worte verstand. Denn seine Augen wurden zuerst immer größer, bis das Weiß rund um die schwarze Pupille sichtbar wurde. Sein Mund stand ihm offen, und langsam kam er mir so näher, noch während ich deklamierte. Ich fürchtete schon, er wolle mir eine Ohrfeige geben, aber dann blieb er stehen, seine Augen schlossen sich, seine Hände fuhren an die Brust, dann vors Gesicht. Er wandte sich plötzlich ab und ging ohne ein Wort zur Häckselmaschine. Ich stand mitten auf der Tenne und wußte nicht, was ich tun sollte. Dimitri hätte in Zorn geraten und sich mit mir zanken sollen, das hatte ich gewollt. Er sollte wissen, daß wir die Russen und ihre Taten kannten, und daß ich trotz alledem mit ihm gut Freund bleiben würde. Meine Freundschaft sollte für ihn wie ein Geschenk aus Großmut sein. Aber Dimitri kümmerte sich nicht mehr um mich, er kehrte mir den Rücken zu und drehte das Rad. Ich wartete sicher eine Minute, dann ging ich davon. Ich war dem Weinen nahe. Später sah ich Dimitri noch einige Male auf der Straße, aber er blickte über mich weg, er sah mich nicht mehr.

Gespielte Arbeit, in der Zisterne und allerlei Fluchtversuche

Martins Urlaub war schnell vorüber. Als Nickel und ich ihn an die Bahn gebracht hatten, kamen wir, um einige Jahre älter geworden, nach Hause zurück. Denn solange Martin da war, galten wir als die kleinen Jungen; als er wieder fort war, rückten wir beide auf: Nickel an Martins und ich an Nickels Stelle. Das bedeutete, daß wir vor allem auf dem Felde Arbeiten tun mußten, die in der Zeit des Friedens nur von Männern, von ganz erwachsenen Leuten verrichtet wurden.

Aber die Arbeit bedrückte uns nicht. Wir waren allein auf dem Feld mit den Tieren und taten alles wie im Spiel. Nickel und zumal ich hatten den Kopf derart voll von Wildtöter- und Trappergeschichten, daß, wenn wir anspannten, aus den Kühen Ochsen wurden, aus dem Leiterwagen ein Planwagen, aus den landwirtschaftlichen Geräten fernzielende Büchsen, die der Schrecken der Hopis waren. In diesem Spiel war Nickel nicht mehr mein Bruder, sondern ein befreundeter Pionierfarmer, den ich bald als Jäger, bald als Regierungsgesandter besuchte, um ihm in seinem Kampf gegen die Rothäute beizustehen. Ich nannte ihn deshalb auch Nik oder wegen seiner hellblonden Haare Weißkopf, welchen Namen die Familie bald übernahm, ohne zu wissen, daß er aus unsern Spielen stammte.

Kaum daß der Wagen fuhr, fingen wir an, Hochdeutsch zu sprechen, und das war der Beginn des Spiels. Ich spuckte über das böse Hinterrad vor meinen Füßen und begann, aber möglichst leise, denn keiner der Vorübergehenden sollte hören, daß wir Städterdeutsch sprachen und wilde Flüche hervorstießen: »Gottverdammtes Hundewetter! Tät lieber am Feuer liegen und einen Whisky trinken. Wir müssen die Augen aufsperren. Ich habe gestern abend am Silberberg Spuren gesehen – Hopis – sicher fünfzig. Am Schlangenfluß werden wir auf sie stoßen.« Nik aber zog ruhig, kaum daß wir aus der Felsenschlucht, das heißt, aus dem Ort heraus waren, sein Tonpfeifchen hervor und murmelte: »Laß sie kommen, old Jim! Sie werden sich blutige Köpfe holen. Mit Nik Weißkopf und seiner Todesbüchse ist nicht zu spaßen.«

Unterwegs spähten wir dann nach allen Seiten. Der Käs-Pitter oder Uhlen-Bärend, die uns begegneten, konnten nicht ahnen, daß wir in dem einen von ihnen einen undurchsichtigen Schnapshändler, in dem andern einen weißen Überläufer, einen als Trapper verkleideten Spion der Hopis erblickten. Auf dem Feld, wenn die Arbeit begann, nahm das Spiel andere Formen an. Während Nickel säte und ich mit der Egge die Saat einzueggen hatte, arbeiteten wir auf Niks vorgeschobener Farm. Jeden Augenblick konnten uns aus dem Walde Pfeilschüsse treffen. Aber Pero, unser Hund, war schon fast ein Wundertier. Er verstand zuerst zwar nicht, warum wir ihn immer gegen den Wald hinjagten, aber nach und nach fand er sich in unser Spiel hinein. Denn er pirschte, schlich und sprang dann plötzlich mit wildem Gebell hinter einer Bäuerin her, die ahnungslos aus dem Walde kam, daß wir ihn nur mit scharfen Pfiffen zurückrufen konnten.

Es war in diesem Frühjahr, kurz bevor Martin in Urlaub gekommen war, als Nickel und ich in der Langfuhr das große Stück Hafer säten. Ich hatte schlecht geeggt, und Nikkel war, nachdem er mir, vom Spiel befeuert, furchtbare Vorwürfe gemacht hatte, mit der Egge nochmals über das andere Ende des Ackers gegangen. Zornig hatte ich mich geweigert, als Sheriff neben den Ochsen herzugehen und sie zu führen. So blieb ich am Wagen stehen. Schließlich hatte ich mir den Säesack umgehängt und war am Rand des Ackers hin und her gegangen und säte zum Spiel. Indem sah ich, wie eine feinaussehende Frau die Langfuhr herunterspazierte, sie kam gewiß von der Staatsbahn. Als sie mich bemerkte, blieb sie stehen und fragte mich, – wie, ob ich denn schon säen könnte? Ich nickte gewichtig, ohne ein Wort zu entgegnen.

»Ja, wie alt bist du denn?«

»Ich werde im Juni dieses Jahres zehn!«

Da hob die feine Frau beide Hände in die Höhe und rief: »Mein Gott, armes Deutschland, die Kinder säen, und die Greise ernten!«

Ich fand diesen Ausspruch so schön, daß ich ihn hernach Nickel erzählte. Aber der zündete sich, wie er es nach jeder Arbeit tat, die Tonpfeife an und sagte: »Die dumme Kuh, wir sein kein Kinder mehr. Wir sein Männer! Da, zieh emal!« Es war zum ersten Mal, daß ich meine Lippen an das irdene Röhrchen setzte und den Rauch einzog. Hinter dem Wagen verborgen, denn wir konnten von der Straße gesehen werden, rauchten wir beide die Pfeife mit ernster Miene zu Ende. Ich hätte gern nach dem zweiten Zug aufgehört, aber nachdem Nik Weißkopf mir sozusagen die Friedenspfeife reichte, konnte ich nicht gut sagen, daß sein Bergtabak mir ein Gefühl verursachte, als hätte ich im Mund einen Igel und in den Eingeweiden Schmierseife. Doch mußte ich, noch ehe die Pfeife zu Ende geraucht war, plötzlich in großer Eile hinter einen dicken Birnbaum entweichen. Nickel sagte, als ich bleich und ziemlich beschämt zurückkehrte: »Dat macht nix. Man muß sich gewöhnen. Nur dat du so grün bist, dat is schlimm. Die zu Haus dürfen et net merken, dat wir geraucht hann.«

Sie merkten es wirklich nicht, aber etwas anderes begannen sie langsam zu merken, zumal Lischen und Franziska, daß ich nämlich nie richtig dort war, wo ich gerade saß und stand. Meine Bücher kamen mir ja selbst ein wenig wie Flugballons vor, auf denen ich, indem der Leib einfach liegen blieb, in den Himmel aufstieg. Lischen und Franziska ärgerten sich darüber und riefen mich öfters, als es nötig war, so schien es wenigstens mir, in den Alltag zurück. Ich saß da, die Finger in den Ohren, über einem Buch, und sie riefen mich beim Namen und verlangten von mir etwas im Vergleich zu dem, was ich gerade gelesen hatte, vollständig Nichtiges, ja, Unpassendes, und das an einem Tag viele Male.

Als wir in der Schule die Geschichte vom ägyptischen Joseph zum zweiten Mal und nun ausführlicher durchnahmen, stand es mir plötzlich sonnenklar vor den Augen, daß auch Lischen und Franziska und manchmal sogar Katharina – sie freilich, ohne es zu wissen und zu wollen – mich in eine Zisterne warfen, wenn sie mich nämlich in den Keller schickten zum Rummelnputzen oder ins Dorf zum Milchaustragen oder in die Futterküche, in den Stall, aufs Feld. Alle diese Aufträge kamen mir halb wie eine Strafe vor – und wie ein Zeitverlust, das vor allem.

Eines Tages nun, es war August, machten wir uns gerade zu Hause zur Ausfahrt auf den Acker fertig. Das Korn sollte eingeholt werden. Ich zog, als ich mich unbeobachtet glaubte, hinter dem wie ein Spiegel nach vorn geneigten Bild der Heiligen Familie ein Buch hervor und steckte es ein. Es war Coopers ‚Lederstrumpf'. Einer von den Soldaten, die bei uns zum Eierkauf eingekehrt und einen Nachmittag lang unsere Gäste gewesen waren, hatte mir eine Woche später mit einer schönen Widmung das Buch geschickt. Ich hatte es bereits unter meiner Bluse, deren Gummiband um den Leib einen Bausch bildete, in dem sich Bücher gut verbergen ließen. Lischen aber hatte gesehen, daß ich etwas hinter dem Bild herausgeholt hatte. »Wat haste da? E Buch, seht ihr, e Buch! De Kerdel geht aufs Kornfeld mit Büchern!« Sie sagte das mit einer Miene, als enthülle sie mit diesen Worten den andern ein Vorhaben, das so schändlich war, daß bis zu diesem Augenblick so etwas keiner hinter mir vermutet hätte. Sie hatte mir das Buch aus dem Blusenbausch herausgenommen und auf den Tisch gelegt. Ich hatte nichts entgegnet. Erst als wir auf dem Feld waren und Lischen und Franziska und auch Mutter meine Ungeschicklichkeit tadelten und mich schließlich zum Ährenlesen über den Acker schickten, und als Lis nun auch noch rief, das sei die einzige Arbeit, für die ich nicht zu dumm wär, – erst jetzt öffnete mir der Zorn den Mund. Ich trug gerade, als ich den schimpflichen Befehl zum Ährenlesen erhielt, eine Garbe zum Wagen. Ich stellte sie hin und rief laut: »Dat geht mir noch mit euch wie dem ägyptischen Joseph mit seinen Brüdern. Eure Garben werden sich vor meiner Garbe verbeugen. Dann laßt ihr mich endlich in Frieden!«

Zu meinem Glück war Vater nicht da. Die Geschwister waren im ersten Augenblick wie vom Schlag gerührt. Selbst Katharina und Nickel schienen über meinen Ausspruch empört zu sein. Mutter und Franziska riefen mir etwas zu, während Lis schreiend mit der umgekehrten Gabel gegen mich anlief. Ich warf ihr meine Garbe zwischen die Füße und rannte, so schnell ich konnte, davon. Erst gegen Abend zeigte ich mich wieder zu Hause. Niemand hatte Vater, der immer heftiger an seiner Herzkrankheit litt, den Vorfall erzählt. Lischen hatte seit diesem Tage einen unüberwindlichen Verdacht gegen mich. Wenn die Rede darauf kam, daß ich Priester werden sollte, sagte sie: »Dänelo? Priester? E zweite Martin Luther ziehn wir uns groß!«

Ich wußte von diesem Manne nur den Namen und daß er zuerst Mönch gewesen war und dann eine Nonne geheiratet hatte. Außerdem war er gegen den Papst aufgestanden, und seit seiner Zeit gab es die Protestanten. Für den Kaplan war Luther einer der schlimmsten Menschen überhaupt auf Gottes Erde. Daß Luther überdies in der Hölle sei, wußte der Kaplan zwar nicht mit Bestimmtheit, aber es sei doch beinahe mit Sicherheit anzunehmen, so sagte er. Er schloß dann, wie er es nach ähnlichen Äußerungen tat, streng die Lippen und zog sie einigemal zur Bekräftigung des Gesagten in die Wangen zurück. Was mich darum an Lischens düsterer Vorhersage am meisten beeindruckte, war die verstärkte Aussicht, in die Hölle zu kommen. Wenn ich nun vor der ganzen Familie erklärte, der Herr Dechant hätt mir in der Beichte gesagt, ich wär gar kein schlimmer Junge, und in die Hölle kämen viel weniger Leute hinein, als man glaubte, so stimmten die Aussprüche der hohen Autorität, die ich anrief, nur zu einem geringen Teil.

Der Dechant war zwar sehr sanft zu mir. Sein Beichtstuhl stand mitten in der Sakristei, die an kalten Tagen gewärmt war. Es roch da nach Weihrauch, Wein, Seide und dem Stärkemehl, das in dem feinen Linnen hinter den Türen der Sakristeischränke saß. Der Dechant hatte weißes Haar, sprach leise und lächelte immer ein wenig auf den hagren Wangen. Meine Sünden schienen gar keinen Eindruck auf ihn zu machen. Wenn ich gestand, daß ich öfters fünf Pfennig aus dem Senfnäpfchen zum Naschen nahm, sagte er: »Nun - das ist nicht gerade gestohlen! Aber das Naschen – das Naschen! Was kaufst du dir denn?«

»Bisquitplätzchen – und – Makrönchen!«

»Ja! Und erwischt man dich, dann lügst du?«

»Ja – oft! Aber nur, wenn es nicht anders geht.«

»Wenn es nicht anders geht! Lügen darf man nie – nie!«

»Aber wenn ich Geschichten erzähle, ist das auch gelogen?«

»Geschichten? Erzählst du gerne Geschichten?«

»Sehr gern!«

»Und wer hört dir zu?«

»Unser Nickel! Und Herings-Pittchen und Büdelichs-Bebbchen.«

»So, so! In einer Geschichte darfst du lügen. Das ist ja dann wirklich passiert, in deiner Geschichte. Jeder weiß ja, daß es eine Geschichte ist.«

Vater war in dieser Hinsicht viel strenger als der Dechant. Wenn wir beide manchmal die Kühe auf den Wegrainen hüteten, während die Geschwister die Äpfel pflückten oder Kartoffeln gruben, da erzählte er mir von den Heiligen, –

meist waren es Märtyrer. Einmal gab ich ihm sozusagen als Antwort auch eine Märtyrergeschichte. Der Heilige hatte einen langen Namen, den ich selber eine Minute vorher noch nicht wußte. Der heidnische Kaiser ließ ihm Spinnen die Nase hinaufkriechen, mit der Knopflochschere ließ er ihm Löcher in die Ohren zwicken und mit dem heißen Bügeleisen den nackten Bauch verbrennen. Dann ließ er ihm die Haare ausraufen und ihn in eine Jauchegrube stecken, bis zur Nase. Die Reihe der Martern nahm kein Ende und kein Ende die Geduld und die Tapferkeit des Zeugen für die Wahrheit. Schließlich wurde er enthauptet. Soviel wußte ich aus dem Leben der Märtyrer, daß, wenn der Kopf fiel, meistens keine Wunder mehr geschahen. Es gab allerdings auch Fälle, wo der Enthauptete seinen Kopf auflas und dorthin trug, wo er begraben sein wollte. Meinen Märtyrer dagegen ließ ich gleich nach der Enthauptung mit dem Leib in den Himmel einziehen, nur den Kopf behielt ich zum Zeugnis für die Ungläubigen zurück.

Vater hatte ruhig zugehört. Als ich fertig war, sagte er: »Dat is ja erstunken und erlogen!« Ich war bestürzt und schämte mich furchtbar, ich wagte nicht einmal das Wort des Dechanten zu meiner Verteidigung anzuführen, daß die Lügen in Geschichten keine Lügen seien. Überhaupt lag um Vater in diesem Herbst ein großer Ernst. Oft sprach er zu mir von der Rechenschaft, die der Mensch für seine Gedanken, Worte und Taten nach seinem Tod ablegen müßte. Und von der Ewigkeit sprach er: »Sieh mal, Steffchen, da sitzt en Mück auf diesem Ring un will dat Ende von dem Ring finden. Sie läuft einmal herum, zweimal herum. Einen Tag läuft se herum, hundert Tage, hundert Jahre – un wo is dat End? Findt de Mück je dat End? ... Ja, wir werden immer da sein – aber entweder glücklich oder unglücklich! Darf man dann so leichtsinnig leben, wie de meisten et tun?«

Wenn ich in der weichen, braunen Erde des Ackers kniete und aus dem Streifen, der aus den goldenen Punkten der

Kartoffeln gebildet war, die dicken Knollen in den einen und die dünnen in den andern Korb auflesen sollte, verwandelte ich mich im stillen in einen Engel des Gerichtes. Die dicken Kartoffeln, die wirklich dicken, erkannte man auf den ersten Blick; auch die wirklich dünnen, diese armseligen Klicker, die für die Schweine bestimmt waren. Aber da gab es die mittelgroßen Kartoffeln. Welche waren als dick, welche als dünn anzusprechen? Gehörten sie folglich in den Korb zur Rechten oder zur Linken? Und durfte ich ihr Schicksal einfach mit leichter Hand bestimmen? Oder galt es nicht, bei jeder abzuwägen, ob sie noch soeben zu den dicken oder nicht doch schon zu den dünnen gehörte? Oft nahm ich eine Kartoffel noch einmal aus dem Korb der dünnen heraus, verglich sie mit einer mitteldicken und tat sie nach rechts. Dann geschah es, daß Lischens Schatten oder auch der von Mutter plötzlich über mich fiel, und daß ihre Stimmen mich aus meinem Gerechtigkeitsspiel aufstörten.

Sobald das Korn reif und die Ähren trocken waren, konnte man auf den Feldern, die nahe am Dorf lagen, vor allem aber in den Scheuern, heute im Oberstift, morgen in der Reihgasse oder im Uhlengarten, einen summenden und, kam man näher, einen laut weinenden Ton vernehmen, der seine Klage auf ein eintöniges U gestellt hatte. Das war die Stimme der Dreschmaschine, welche im Dorf bald zur Stimme des Herbstes wurde. In dem hohen Jaulen klang für mich überdies etwas wie ein Psalm. Dieser weinerliche Gebetston wurde noch deutlicher, wenn die Dreschmaschine auf der Tenne unserer Scheuer stand. Früher hatten an derselben Stelle die Drescher mit den Flegeln ihren zuerst vom Stroh gedämpften und dann immer heller werdenden Takt geschlagen. Nun stand der riesige Kastenwagen mit den kleinen Metallrädern auf dem Lehm-Estrich. Am Eingang der Scheuer hatte der fahrbare Motor beigedreht. Ein Draht, der durch Stangen mit der Lichtleitung in Verbindung gebracht wurde, holte den Strom in den Motor. Ich schaute jedesmal genau zu, wenn man die Stangen hochhob und die Hebel am Motor bewegte. Dann lief ich schnell an der Dreschmaschine vorbei, um zu sehen, wie ihr der Hofseite zugewandter Teil sich zu bewegen begann. Wenn nämlich der Mann, der auf der Maschine stand und die Garben vom Strohspeicher herab zugereicht erhielt, den goldenen Herbst zwischen die reißenden Metallwalzen gleiten ließ, dann brach der hohe, klagende Summton ein, die Maschine schluckte brummend, schlang das Stroh herab und würgte, aber kaum, daß sie leerer lief, fiel sie in den hohen, bekümmerten Psalmodierton zurück. Am Ende der Maschine aber, wo das gedroschene Stroh wieder erschien, bewegte sich der in schmale Wippbretter zerteilte Unterteil des Maules heftig auf und ab. Jedesmal, wenn die Maschine sich hier zu bewegen begann und das gedroschene Stroh wie pures Gold von den auf und ab wippenden Brettern vorwärts geschüttelt wurde und dann die Rutsche herabglitt auf den Arbeltisch, wo ein Mann stand, die gedroschene Garbe auffing und zum Binden weiterreichte, – jedesmal stand ich zu diesem Beginn des Dreschfestes neben der Maschine. Ich schrie vor Lust mit den andern auf, wenn der schüttelnde Kasten auf seinen Wippbrettern wie mit spielenden Armen uns die erste gedroschene Garbe zeigte.

Die Männer, die oben im Kornspeicher die Garben herabwarfen, anreichten und auf der Maschine aufschnitten, waren vom eigentlichen Dreschfest, das sich im Hof abspielte, wo das gedroschene Stroh gebunden und aufgestapelt wurde, ziemlich abgetrennt. Manchmal, wenn ein Lachen bis unters Hahnengebälk der Scheune drang, guckten sie neugierig durch die Ritzen und Luken herab und warteten auf den Augenblick, da die Garben alle hindurch wären und sie sich zu den andern gesellen könnten, die vom Summen der Maschine, dem Lachen der Mädchen und dem genossenen Apfelwein immer ausgelassener wurden. Der Mann aber auf der Maschine, der die Garben zwischen die Metallwalzen einließ, durfte nicht allzusehr auf das Lachen achten. Vielmehr mußte er zusehen, daß die Garben in schönem Ineinander in die Maschine glitten, nicht zuviel und nicht zuwenig auf einmal, und vor allem mußte er achtgeben, die Finger und den Arm nicht zu tief in das Stroh zu stecken, – die zwei gegeneinander laufenden, scharf gezähnten Metallwalzen rissen alles, was sie bekamen, mit sich fort.

In diesem Jahr stand Nickel auf der Maschine und gab die Garben ein. Weil man mich nicht hinter der Maschine haben wollte, wo man die Mädchen küßte und in die Garben hineinband und auf den Strohberg hinaufwarf, hatte ich Kaf zu tragen. So nannten wir die Spreu. Wo das Korn in die eingespannten Säcke rann und sie beim Schütteln der Maschine drall füllte, bis ein Mann sie aushakte und forttrug, dort gab es auch die Öffnung für die Spreu. Sie rieselte nicht wie das Korn, sie flockte unhörbar in den Sack, blähte ihn kraftlos auf, drängte spitzig durch den hänfenen Behälter, und wenn ich die Säcke wechselte, drang mir der trockene Staub in Nase und Mund. Während ich den Spreusack ins Kafhaus trug, kletterten unterwegs hundert Spelze an ihren Widerhaken mir den Hals entlang zwischen Haut und Hemd, so daß ich mich unaufhörlich juckte und schließlich diese Arbeit als eine Strafe empfand.

Plötzlich sah ich neben dem Motorwagen ein Mädchen stehen – Kätta! Das Jucken auf meiner Haut war vergessen. Ich ging zu ihr hin. In diesem Augenblick kam Herings-Pittchen über die Straße. Wir standen ein bißchen beieinander, hörten der Maschine zu, sahen das Korn durch das Fensterchen in den Sack rieseln, und ich zeigte Herings-Pittchen, wie man den Spreusack anklemmte und ausklemmte. Er wollte es sofort nachmachen, und da kam mir der Gedanke, daß er für mich die Spreu ins Kafhaus tragen könnte, während ich mit Kätta auf den Berg der Garben steigen wollte. Pittchen sagte sofort ja, aber als er sah, wie glücklich ich war, begann er Forderungen zu stellen. Wir handelten eine Weile, und ich verpflichtete mich, ihm fünf Pfennige, drei Hauchbildchen und zwei große Glasklicker und ein Dutzend Spielknöpfe dafür zu geben. Wir beschworen den Pakt mit den vorher angehauchten und dann kreuzweise übereinandergelegten rechten Zeigefingern. Jetzt trat Pittchen zur Spreuklappe, Kätta und ich gingen am Haus entlang, bogen bei der Hofeinfahrt ein und kletterten auf den goldenen Garbenberg hinauf. Fast der ganze Raum zwischen dem Kuhstall, den Schweineställen und dem Garten lag von den Garben mannshoch bedeckt; an einigen Stellen türmte sich das Stroh bis zur Höhe des Schuppens, der über dem Schweinestall lag.

Wir suchten uns ein stilles Plätzchen auf den Garben in der Einfahrt. Hier sah uns niemand, denn zwischen uns und dem lauten Treiben hinter der Scheuer sprang die Stallecke vor. Wir setzten uns voreinander und blickten uns lange an. Der Septemberhimmel über uns war blau und weiß. Manchmal strich ein Wind über den goldenen Garbenberg. Die Stimme der Dreschmaschine summte hoch und sehnsüchtig, so fühlte ich, ohne daß ich wußte, wonach ich eigentlich so innig verlangte. Und dann sank die Stimme der Maschine herab, würgte und knurrte und stieg wieder hoch. Wieder hörten wir die Garben durch ihr stählernes Eingeweide gehen und ihre Stimme versinken. Das Stroh roch nach Acker und Kraut, nach Herbst und Mühle und Stall. Manchmal drang durch das unaufhörliche Lachen der Binder hinter der Maschine der hohe Schrei eines Mädchens.

»Sind das deine Schwestern?« fragte Kätta plötzlich. Ich wußte es nicht, viele Mädchen aus dem Dorfe halfen mit. Aber das wußte ich wohl, daß auch meine Schwestern am Dreschfest lachen und schreien und küssen und mit den Jungen umhertollen durften. Solange es hell war und keines der Paare sich von der allgemeinen Lustbarkeit trennte, hatte Vater, der sonst keine Ausgelassenheit duldete, nichts gegen die Küsse und Juchzer der jungen Leute einzuwenden. Er erschien manchmal mit dem irdenen Krug, und sogleich legte sich der Lärm ein wenig. Er schenkte ein, stellte Fragen, ließ den aufs neue gefüllten Krug im kühlen Wasser des Troges stehen und ging wieder. Ich hatte ihn, ehe ich mit Kätta auf den Garbenberg gegangen war, einigemal im Hof gesehen. Er setzte sich auf einen Stapel Holz oder eine umgestülpte Tonne und starrte mit seinen fast blinden Augen in die Richtung, wo die Dreschmaschine summte und die jungen Leute die Strohseile drehten, Garben banden und forttrugen – und dabei lachten und schrien und auf jede erdenkliche Art ihren Mutwillen ausließen. Oft ging er, ein schmerzliches Lächeln um den hängenden Schnurrbart, für ein Weilchen in sein Schlafzimmer, um sich auf dem Bett ein wenig auszustrecken.

»Unse Vatter is krank«, sagte ich zu Kätta.

»Mein Vater ist im Krieg«, sagte sie ebenso. »Was sollen wir denn spielen?« fragte sie gleich hinterher.

»Wir bauen uns en Haus aus den Garben«, schlug ich vor.

»Sind wir denn verheiratet?« fragte sie sofort.

»Ja«, sagte ich, »wir sein verheiratet.« Und ich begann ein Haus zu bauen, das aber mehr wie ein tiefes, enges Nest aussah. »Un du bis jetzt krank«, sagte ich leise. »Ja, Kätta, un de Dreschmaschin is en schlimmes Tier, dat uns sucht un fressen will. Un wir können net fort, du bis ja krank. Un ich hab hier in dem goldenen Berg en Zauber drin. Wenn dat große Tier kommt un uns fressen will, steck ich den ganzen Berg in Flammen. Un wir verbrennen un steigen im Rauch zum Himmel auf, un dat große Tier kann uns net kriegen.«

»Ja, ich bin sehr krank«, sagte Kätta und legte ihren Kopf an meine Brust. Ich streichelte ihr das helle Haar, die Wangen und küßte ihren Mund. Sie machte die Augen nicht auf. Sie lächelte ein wenig.

»Ich bin so krank!« seufzte sie, »und das große Tier summt und brummt.«

»Hab keine Angst, wenn ich et will, fliegen wir fort. Un wir sein immer beieinander, immer – oben in der Luft. Eine weiße Wolke sein wir zwei. Wir ziehen fort – wir ziehen weit fort – ganz weit fort.« In meiner Brust war ein süßer Schmerz, jedesmal wenn ich auf Kätta niederblickte und sie küßte.

Plötzlich hörten wir einen Schritt auf den Garben. »Komm, Kätta, wir müssen noch tiefer schlüpfen«, flüsterte ich. So drängten wir in die Spalte zwischen den Garben hinab. Wir sahen niemanden mehr. Der Schritt über uns kam näher, ich hatte Kättas Atem auf meinem Gesicht. »Et is dat Pittchen«, sagte ich, »hörste?« Pittchen rief leise unsere Namen. Ich kletterte hinauf, steckte meinen Kopf aus dem Stroh und sah Pittchen dastehen. Er sah wie ein gerupftes Huhn aus, so dicht bedeckte ihn Spreu. Selbst die schwarzen, glatten Haare waren stachelig von den Kornborsten. »Die hann mich in de Kafsack gesteckt«, sagte er weinerlich, »un euer Lis sucht dich. Un se will dir deine faule Rücke bummsen, wenn se dich kriegt, so hat se gesagt.«

»Dann gehn wir lieber alle gleich fort«, sagte ich sofort. Wir kletterten über das Tor und drückten uns dicht an der Gartenmauer entlang, bis von der Dreschmaschine nur noch der hohe, klagende Sington übrigblieb. Ich hörte den Zorn der Schwestern wie Wespen und Hornissen darin summen, den Zorn, den sie an diesem Abend hätten, wenn ich wiederkäme und die Garben bereits wieder an ihrem Platz auf dem Strohspeicher lägen.

Die Kühe

Im Herbst dieses Jahres trieb ich die Kühe öfters als sonst auf eine unserer Wiesen, denn wir müßten mit dem Heu verständig umgehen, so sagte die Mutter. Manchmal arbeiteten die Geschwister auf einem Feld in der Nachbarschaft.

Vater kam dann zu mir und hockte sich neben mich, und wir schauten den weidenden oder wiederkäuenden Kühen zu. Ich hatte das Bedürfnis, etwas zu sagen, was Vater gefiel. Er sah aus, als ertrüge er unaufhörlich Schmerzen, die er seiner Umgebung verheimlichte. So lobte ich denn die Kühe und sagte, daß sie so gute Tiere wären. Er nickte sofort und meinte – ja, die Kühe und überhaupt so ein kleiner Berg wie Marscheid, wie schön es doch wär, von hier über den Azertwald hinzuschauen und in die Wolken hinauf. Oder man guckte einfach zwischen das Gras. »Da passiert soviel wie im Dorf«, murmelte er. »E Mensch, dä Augen im Kopf hat un dät net alles hann will un dä spürt, wie jedes Hälmchen auf Gottes Hand wächst un jede Keberick auf seiner Hand herumkrabbelt ... Un wie darum alles, wat du siehst, so unbegreiflich is wie de Herrgott im Brot!«

Ich liebte es, wenn Vater so mit suchender Stimme und die blauen, fast blinden Augen in die Ferne gerichtet, mit mir sprach.

»Un de Küh sein doch auch Gott sein Kinder!« sagte ich leise und voll Überzeugung.

»Er hat alles gemacht, un ihm gehört alles«, antwortete Vater. Und er riet mir, von den Kühen zu lernen. Sie wären so stark und doch selbstlos, und wenn man ihre großen, schönen Häupter unter dem ausgreifenden Hörnerpaar säh, könnt man nicht begreifen, daß sie sich unter das Joch beugten, und doch täten sie es. Manch einer sagte: aus Dummheit! Was aber die Menschen dumm nennten, machte die Klugheit der Kühe aus. Sie lebten mit den Menschen zusammen, gehorsam gegen Gott, der es vielen Tieren auferlegt hätt, dem Menschen zu folgen und in seinem Willen den Willen des Schöpfers zu spüren und zu vollziehen. Darum trügen wir auch die Verantwortung für die Tiere und sorgten für sie.

Ich hörte Vater zu, als spräche ein Engel zu mir. Ich glaubte ihm jedes Wort, und was ihm mein Herz zumal öffnete, war die unbestimmte Angst, seine Stimme könnte plötzlich zu sprechen aufhören, und wenn ich auf den Platz blickte, wo er saß, könnte der leer sein, und ich wär auf Marscheid ganz allein bei den Kühen.

Wir sprachen noch eine Weile. Schließlich stand er auf und befahl mir, beim Sinken der Sonne aufzubrechen und die Kühe heimzutreiben, ich sollt aber den Tieren Zeit lassen. – Ich sah ihn den Berg hinabgehen, zur Mühle von Onkel Hannes. Die Tante war seit dem Tode ihres Mannes in ihrer Trauer ein wenig schwierig geworden, und so ging er hinab, um sie aufzumuntern. Er konnte in seiner langsamen und bedächtigen Art soviel närrisches Zeug reden, daß selbst ältere Frauen immerzu auflachten und ihn einen alten Narren schalten.

Bis zum Sonnenuntergang waren es gewiß noch zwei Stunden. Ich hatte Durst und ging zur Braun. Ich fuhr ihr streichelnd über die Schulterblätter, aber sie weidete weiter. So kniete ich mich hin, packte an das Euter und ließ mit melkendem Griff einen Strahl herausspritzen und zielte damit in meinen Mund. Jetzt erst hob sie den Kopf und blickte sich um. Als sie erkannte, wer es war, der an ihr melkte, ließ sie einen leisen, gequetschten Ton durch die Nase hören. Ich hörte daraus die Worte: »Ach, du Kalb bis et, ich hab's wohl gemerkt!«

Es gab am Wiesenrand einen unzugänglichen Busch aus Heckenröschen, Ebereschen, Schlehen und Brombeeren. Ich begann ihn stets, wenn ich auf Marscheid war, nach Früchten zu durchstöbern. Die tiefblauen Schlehen, auf denen ein Schleier wie aus Milch lag, machten mir wohl lange Zähne, aber wenn ich sie aß, war's mir, als äße ich den Strauch, ja, den ganzen Busch, in welchem die Nachzügler des Jahres leise raschelten und summten. Viele Käfer waren schon schlafen gegangen. Und Schmetterlinge gab es gar keine. Ich sammelte Hagebutten und entkernte sie. Die Schale aß ich und die Kerne bewahrte ich, um sie am Abend Franziska den

Nacken hinab unters Hemd zu schieben – sie juckten so schön. Darauf begann ich, mein Königreich mit einem Steinwall gegen Norden zu verteidigen und aus Schlehenzweigen eine Hebebrücke zu bauen, die über einen Abgrund führte. Dieser Abgrund trennte Stadt und Ackerland in meinem Reich. Wenn feindliche Heere heranzogen, konnten wir uns über die Brücke in die Stadt zurückziehen, doch mußten wir zusehen, wie unsere Felder verwüstet wurden. So entschloß ich mich, um das Ackerland einen fünf Meter tiefen und zehn Meter breiten Graben zu ziehen und einen Fluß umzulenken und ihn durch diesen Graben zu führen; das war eine Arbeit von drei Jahren. Der Kanonendonner aus dem Westen klang nicht viel lauter als das Pochen meines Herzens zu meinen Gedanken. Während dieser drei Jahre, so überlegte ich, dürfte es keinen Krieg geben. Ich schloß Verträge nach allen Seiten, aber ich baute zugleich drei Kastelle, die den Bau des großen Grabens gegen außen zu schützen hätten. Alle Bürger vom achtzehnten bis zum sechzigsten Lebensjahr müßten drei Stunden täglich am Kanal arbeiten. Doch erließ ich ein Edikt, daß alle Gelehrten, alle Pastöre, Schullehrer, Ärzte und Apotheker täglich nur eine Stunde zu arbeiten brauchten. Ich als König verpflichtete mich öffentlich, einmal in der Woche eine halbe Stunde zu arbeiten, länger konnte ich nicht, weil ich ja regieren mußte und überhaupt für körperliche Arbeit nicht so begabt war.

Als alles soweit geplant war, die Brücke sich über den Abgrund spannte und im Kanal bereits Wasser stand, war ich müde geworden. So streckte ich mich aus und rief den Kühen, welche ich inzwischen zu meinem Hohen Rat ernannt hatte, zu, daß sie mich, wenn es an der Zeit wär, heimzugehen, doch bitte wecken sollten. Sie lagen in meiner Nachbarschaft und waren beim Wiederkäuen. Sonst pflegte ich mich an den Bauch der Braun zu betten, ihren Magengeräuschen zu lauschen und darüber einzuschlafen. An diesem späten Septembernachmittag war es noch ziemlich warm, und so legte ich mich auf die Wiese, blickte über den blauen Azertwald hin und schlief ein. Ich träumte von meinem Königreich. Doch wußte ich beim Erwachen nur soviel, daß ich in den Kanal gefallen sei. Die Kälte des Wassers war es, die mich erwachen ließ. Ein Frösteln überlief mich. Ich blickte um mich und sah: die Sonne war untergegangen.

Als ich nun aufsprang und nach den Kühen ausblickte, sah ich die herbstkahlen Wiesen von Marscheid vor mir liegen. Nichts gab es, was sich bewegte. Nur am Himmel zogen schwere Wolken gegen Osten mit Bäuchen, die mich an meine Kühe erinnerten. Oder hatten sich die Tiere verwandelt, um auf den Himmelswiesen zu weiden? Es war die helle Verzweiflung, die mir diesen nur auf einen Sprung sich ins Licht wagenden Gedanken eingab. Ich rannte atemlos auf die Höhe, von wo ich die Wiesen auch gegen die Nordseite übersehen konnte. Aber nirgendwo auf ganz Marscheid, das nun grau und blau in sanften Wölbungen, Flächen und Stufen absinkend vor mir lag, gab es etwas, das einer Kuh glich.

Endlich wagte ich, nach den Kühen zu rufen. Der Griff der Angst, der meinen Hals drosselte, machte meine Stimme kläglich dünn. Ich lief zum Bahndamm hinab, eilte durch die Unterführung und stöberte an dem kleinen Bach entlang, immerzu die Namen der Kühe rufend. Ich drang halb bis zum Azertwald vor, doch ich bekam Angst, in dem großen Schweigen der beginnenden Nacht und inmitten der gestaltlos werdenden Büsche und Bäume noch weiter umherzuirren.

So machte ich mich denn schließlich nach Hause auf. Es war mir nämlich langsam klargeworden, daß ich sonst nirgendwohin gehen könnte. Und vielleicht wußte Vater einen Rat. Man rief gar den Gemeindediener Donner, der hatte ja auch mich schon einmal, als ich verlorengegangen war, ausgeschellt. Er würde durch alle Dörfer der Nachbarschaft gehen, die Schelle rühren und die Kühe suchen. Aber da hörte ich, als ich auf der Chaussee einsam einherschritt, nicht schnell und nicht langsam, eben wie ein armer Sünder, der nach Hause muß, – da hörte ich wieder die Trommelstöcke des Krieges, die auf das dunkelnde Fell der Abendluft ihre seltsam ungleichen Wirbel schlugen. Sofort fielen mir die Soldaten ein, die hungrigen Städter, die Vagabunden, Zigeuner und all das unbestimmbare Volk, das in solch schlimmer Zeit durch das Land zog. Wenn sie die Kühe ohne Hirten erspäht hatten, waren sie damit in den Azertwald, und was dort geschehen sein konnte, wollte ich mir nicht weiter ausmalen. In der Zeitung las ich oft von Dingen, die schlimmer waren als die Abschlachtung von drei Kühen. Ich dachte an Vater und vor allem an Mutter, was sie sagen würden, wenn ich ohne Kühe heimkäme. Und an das Zetern Lischens und all die gerechten Vorwürfe seitens der andern Geschwister. War ich nicht wirklich das, was vor allem Lischen in mir sah: ein fauler, liederlicher Kerl, der keine Arbeit ernst nahm und nur seinem Spiel und seinen Träumen lebte? Ich begann, von Reue und Angst in gleichem Maße angetrieben, vor mich hinzuweinen. Zwischendurch nannte ich die Namen der Kühe, vorwurfsvoll und klagend, als könnte ich sie mit ihren Namen aus dem Dunkel hervorlocken. Wenn sie dann nicht kamen, stieß ich in jählings aufflammender Wut ihre Namen wie Drohungen aus: »Wart nur, Braun, du bist die Älteste! Du hast et gemacht! Fortzulaufen, ohne mir eppes ze sagen! So eine aal Kuh wie du sollt sich schämen. Un wir waren so gut miteinander! Aber jetzt – wenn ich dich in de Finger kriege! Einen Ring zieh ich dir durch de Nas, du aal Kraak, du Aas, du Ludervieh, mit dem Besenstiel hau ich dir über de Rippen!«

Aber sooft ich meine Wut ganz in Worte gebracht hatte, fiel es mir schwer auf die Seele, daß meine Drohungen ganz umsonst seien, denn ich würde ja die Kühe nie mehr wiedersehen. Je näher ich unserem Hause kam, desto schwerer wurden meine Beine. Es war inzwischen so dunkel geworden, daß kein Mensch mich erkennen konnte, und mir war's von Herzen recht. Endlich erblickte ich das eiserne Hoftor neben unserm Haus. Wie feindlich starrte mich das Eisen an, das unbestimmt in einem dünnen Stückchen Mond stand und bis in den Himmel zu wachsen schien. Das Tor hatte ein Gesicht und vor allem eine Stimme bekommen. Knarrenden Tons sagte es, als ich das kalte Eisen anfaßte: »Ah, da kommt er!«

Ich wußte nicht, wie ich die wenigen Schritte der Einfahrt zurücklegen könnte. An der Ecke war der Stall, und ich hörte Vaters Stimme. Meine Knie wurden weich, ich stützte mich mit der Schulter, in den Ohren hörte ich ein Sausen. Wieder begann ich zu weinen. Ich hatte keine Angst vor der Strafe, im Gegenteil, ich verlangte nach der Strafe, nach einer großen Strafe! Doch sollte sie bald vorüber sein, und auch das Gesicht des Vaters und der Mutter sollte mit meiner Strafe verwandelt sein, – aber die Kühe, ja, die würden, mochte meine Strafe noch so groß sein und mochte ich sie noch so bußfertig ertragen, nicht wiederkommen.

Und da stand mein Vater vor mir. Er war einfach um die Stallecke vor mich hingetreten. Ich hörte seine Stimme. Was er sagte, verstand ich zuerst nicht. Doch daß seine Stimme mild, ja, fast freundlich klang, das hatte ich sofort hinter seinen Worten vernommen.

»Wat weinste denn hier herum?« hörte ich ihn fragen. »Wo kommste her?« fragte er weiter. »Un wo sein de Küh?«

Nun schluchzte ich auf vor Weh, ich rief: »O Vatter, Vatter, ich hab mein Küh verloren!« Offenbar war Vater über meinen Schmerzensausbruch ein wenig erschrocken. So packte er mich stumm von hinten mit beiden Armen und schwang mich mit einer großen Bewegung in den Stall hinein. Im elektrischen Licht, dessen Helligkeit ich noch nie so angenehm empfunden hatte, sah ich Kühe – drei Kühe nebeneinander stehen: die Braun, die Bleß und die Trine.

Sie zupften sich das Heu aus der Raufe und fraßen. Ich ließ den Atem gehen und seufzte einmal tief auf. Ich sagte zu Vater: »Ich hab gespielt un dann sein ich eingeschlafen; un dann sein ich wach geworden, un da waren se fort.«

»Ja, so geht dat«, sagte Vater ruhig, »so geht dat immer, wenn man zur falschen Zeit schläft.« Er reichte mir, indem er das sagte, einen Kuhkamm und eine Bürste. »So, nun putz sie mal e bißchen! Jetzt weißt du et: de Küh sein lebendig! Un klug! Un heut warste bei ihnen in der Schul. Ja, die alt Braun hat dir heut en Lektion erteilt.« Er schwieg und trat zwischen Braun und Bleß und blickte mich über den schönen, geraden Rücken der Braun an. Er legte die Hände auf das glänzende Fell und lächelte zu mir herüber. So, sagte er, – ich dürft diese Geschichte nie vergessen. Und nie vergessen, was ich alles auf dem Nachhauseweg gefühlt hätt. Wenn ich einmal älter würd, dann wüßt ich es, daß sich jeder Mensch genauso wie ich heute auf dem Nachhauseweg ins himmlische Vaterhaus befinden tät, zum Vater aller Väter. Und ohne Kühe! »Weißt du – uns allen is vom Himmelsvater en Herd Küh anvertraut: unsere Kräfte un Talente un all die Taten un Werke, die aus ihnen entstammen. Ja, un da erwachen wir plötzlich auf der Weide der Welt un wir sein allein. Wir wissen dann auf den ersten Blick, et is Zeit zum Nachhausgehn. De Sonn is untergegangen. Un jetzt heißt et: ich will mich aufmachen und zu meinem Vater gehn – allein – ohne Küh! Ja, wenn wir nun net hoffen dürften, dat nix verloren geht! Aber wir hoffen fest, dat unser Küh uns vorausgegangen sein, dat sie den Weg von selber gefunden hann, un dat kein einzige unterwegs verloren gangen is, nein, dat sie auf uns warten, dort, wo alles zusammenkommt, wat wir verloren glaubten.«

Ich hatte das Kämmen und Bürsten vergessen. Seine Stimme ging über mich fort. Ich hätte nicht verstanden, was er meinte, wäre mir nicht diese Geschichte zugestoßen, dieser schreckliche Heimweg und diese freudenvolle Ankunft im Stall. Nun aber verstand ich ihn und ich merkte sofort, daß er von seinem Tode sprach. Ich wurde wieder traurig, aber nun auf eine stille Weise. Ich spürte den warmen Leib der Braun, ich hörte sie kauen, und sie kam mir wie das Leben selber vor, und ich wollte nicht einsehen, daß Vater, der auf der andern Seite der Kuh stand, dieses Leben nicht fester in seiner Hand hielt.

Als wir beide in die Stube traten, begannen alle Geschwister zu lachen und Fragen zu stellen. Nachdem der Vater ziemlich kurz und leichthin erklärt hatte, wie alles passiert war, sagte die Mutter, aber ihre Stimme war gar nicht vorwurfsvoll: »Ich sag ja, du bist ze dumm, mit der Kuh ze tanzen, wenn man dir den Schwanz in de Hand gibt!«

»Aber wenn er Pastohr wird«, sagte Lis, »schläft er auf der Kanzel ein, un die Leut laufen ihm fort!«

Darauf sagte der Vater in abschließendem Ton, daß das Predigen nicht den Pastor ausmachen tät. Und es wär viel schwerer, Gedanken und Träume auf die Weide zu führen und zu hüten und fett heimzubringen, als Kühe. Und er glaubte nunmal, daß ich zu einem solchen Hütejungen bestimmt wär.

Die Stelzen und der Tod

Das Stelzenlaufen im Dorfe hatte begonnen, es setzte genau mit den ersten Herbstregen ein. Der beste Stelzenläufer war ein Junge, der erst seit kurzem in Schweich wohnte. Er hieß Hermann, und seine Stelzen waren so hoch, daß er, wenn er sie ein wenig spreizte, einfach über mich weggehen konnte. Das tat er eines Tages so oft, bis ich mich darüber ärgerte. Doch da sprang er auf einer einzigen Stelze um mich im Kreise herum, schrie und lachte mich aus und nannte mich einen Schwartemagen. Die andern Jungen, vor allem Herings-Pittchen, der mir sogar den Tornister trug, wenn ich es wollte, schauten mit Bewunderung zu Hermann auf und begannen über mich zu lachen. Auch die Mädchen fanden es komisch, wenn Hermann über mich wegging. Einmal war sogar Kätta dabei. Sie rief mir zu, ich solle doch den Hermann von den Stelzen herunterwerfen. Aber als ich es tun wollte, machte er ein paar Schritte und war schon vor meinem Zorn sicher und höhnte von fern, und wieder lachten die andern um mich her. So machte ich mich denn eines Tages zum Schreiner Jul auf und erklärte ihm, daß ich Stelzen haben müßt, aber besonders hohe und schöne, wie ich sie mir selbst nicht machen könnt.

Jul blickte mich freundlich an und nickte. Er hatte in seiner Ehe mit Caritas noch immer keinen Jungen bekommen, sie gebar ihm ein Mädchen ums andere. Ich ermunterte ihn oft, wenn er mir gestand, wie gern er einen Jungen gehabt hätt, mit den Worten, die ich von den Erwachsenen gehört hatte: der Junge käm schon eines Tages, er dürft nur die Flinte nicht ins Korn werfen. An diesem Morgen sagte er mit seiner leisen, immer belegten Stimme, daß er mir ein Paar Stelzen machen tät – wie für einen eigenen Sohn. Und so sahen sie denn auch aus, als ich sie mir am Nachmittag des folgenden Tages abholen ging: gute Schreinerarbeit aus bestem Holz mit gedrechselten Knöpfen oben und eingesetzten verstellbaren Gehblättern. Was mir aber besonders gefiel: Jul hatte den Stelzen mit Ölfarbe blauweiße Ringelstrümpfe angezogen, die bis zu den weißen Knöpfen gingen. Die Farbe war noch nicht trocken, und so mußte ich noch einen weiteren Tag warten. Im Traum sprang ich auf meinen neuen Gehstangen über Hermann fort. Doch kam mir wohl auch in Erinnerung, daß ich noch nie auf Stelzen gestanden hatte. Das bewirkte, daß die Stangen noch höher wurden, und daß ich schließlich oben in den Wolken ging, ganz allein, und überhaupt nicht mehr wußte, wohin ich den Fuß meiner Stelzen setzte, bis ich umfiel und sausend durch die Luft der Erde zustürzte. Ich erwachte --

und überlegte sofort, wo ich am besten das Stelzengehen erlernen könnte. In unserm Hof ging es nicht, weil Mutter es sicherlich nicht duldete, daß ich auf so hohen Holzbeinen umhertrat. Sie würde immer an das Umfallen denken und an gebrochene Beine. So beschloß ich, hinter dem Haus der Schleimers-Leute das neue Gehen zu erlernen.

Als ich die Stelzen nach Hause trug, erwischten mich ein paar Stelzer. In ihrer Mitte, alle überragend, ging Hermann. Sie höhnten, wohin ich mit diesen bunten Fahnenstangen wollte? In den Zirkus? Und warum ich meine Stelzen auf der Schulter trüge? Warum ich nicht aufstiege? Dabei sprangen sie umher, lachten und schrien und ließen mich nicht eher von der Stelle, bis ich eine meiner Stelzen schwang und ihnen damit die verlängerten Beine unterm Leibe wegzuschlagen drohte. Als nun einige absprangen und mich verprügeln wollten, kam mein Bruder Nickel, der den Radau bis hinter unser Haus gehört hatte, mit der Peitsche gelaufen. Aber sie waren auf ihren Storchenbeinen im Augenblick auf und davon.

Nickel betrachtete meine neuen Stelzen und schüttelte den Kopf. Sie wären zwar schön, sagte er, aber zu auffällig, man müßt die Farbe abkratzen, sonst gäben die andern keine Ruhe. Ich sah wohl ein, daß Nickel recht hatte, aber ich konnte nicht Juls Werk aus Rücksicht auf den Neid der andern verhunzen. So packte ich meine Stelzen und ging damit vor das Haus von Schleimers-Matti. Eigentlich sahen es meine Eltern nicht gern, daß ich mit Matti spielte. Seine Mutter war eine grobknochige Frau aus der Eifel. Sie sprach noch breiter als die Schweicher und pflegte mitten im Vormittag vor die Tür ihres aus rotem Sandstein errichteten Häuschens zu treten, irgendein Spülwasser in die Kulang zu entleeren und dabei laut zu denken: »So – un jetzt gehn ich de Töppcher ausschütten, un dann machen ich de Betten, un dann gehn ich Grundbirnen schälen, un dann geb ich der Geiß ze fressen.« Manchmal auch pflegten Kebericks-

Mutter und Schleimers-Mutter einander über die Straße weg eine Redeschlacht zu liefern, indem eine die andere aller möglichen Schandtaten bezichtigte. Und so hatte es mir zumal meine Mutter untersagt, in das winzige Haus der Nachbarsleute hineinzugehen, weil sie fürchtete, ich könne von Sachen und Vorkommnissen erfahren, die zu meinen Jahren noch nicht paßten.

Ich rief also, ohne das Haus zu betreten, Matti vor die Tür, zeigte ihm meine Stelzen und fragte ihn, ob ich nicht hinter ihrem Hause einmal darauf gehen könnte. Das Wort lernen vermied ich, denn ich fürchtete mich, ihm und auch mir selber einzugestehen, daß ich ja noch nicht wußte, ob ich überhaupt das Gehen auf so hohen Stelzen erlernen würde. Er nahm mir sofort eine der Stelzen ab, fuhr mit der Hand darüber, als liebkoste er das Holz und sagte endlich mit seiner stets angestrengten und tief aus der Brust kommenden Stimme: »De Stelzen sein schön!« Darauf ging er vor mir durch das Gäßchen, das zwischen Schleimers Häuschen und der Brandmauer unseres Hauses hindurch auf das Hinterhöfchen führte. Es war vom Garten, Hühner- und Ziegenstall umgeben und von den zwei Fenstern des Schlafzimmers, wo ich Mattis Mutter die Betten machen sah – und hörte, denn sie sprach immerzu mit sich selbst. Ich bat nun Matti, mir die eine Stelze zu geben. Vom Holzbock, auf den ich geklettert war, wollte ich auf die Stelzen steigen. Aber Matti blieb stehen, wo er stand, hielt die Stelze mit beiden Händen quer vor sich und lächelte mich von unten herauf an – angstvoll, glaubte ich, und höhnisch zugleich – und stieß mit gequetschter Stimme und ein paarmal zwischendurch schluckend die Worte hervor: »Ich hab keine, du kannst se mir – schenken!« Ich stand auf dem Holzbock und hielt meine Stelze in der Hand und konnte vor Schrecken kein Wort herausbringen. »Matti«, sagte ich endlich, »Matti!« Mir war, als müßte ich ihn aus einem Traum wecken. Ich verstand seinen Wunsch, und die Schönheit meiner Stelzen konnte mir gar nicht besser bestätigt werden. Zugleich empfand ich diesen Wunsch als etwas Ungeheuerliches. Und die mir verbliebene Stelze packend, rief ich nun drohend: »Gib mir de Stelz!« Matti blieb ruhig stehen. Die Haut auf seinen sonst schlaffen Backen spannte sich, er grinste mich an. »Gib mir de Stelz!« schrie ich nun noch drohender. Er schüttelte nur den Kopf – langsam, als wäre er sehr müde. Da sprang ich vom Holzbock, stützte mich dabei auf die eine Stelze, und es gelang mir ein Sprung, der mich bis vor seine Füße brachte. Ich prallte mit Absicht heftig gegen ihn. Ich ließ meine Stelze fallen und packte mit beiden Händen die seine. Jedoch es war, als ob seine Hände zu einem Schraubstock geworden wären. Ich kniete und riß seinen Körper mit der Stange herauf, aber seine Fäuste öffneten sich nicht. Ich sah, wie sein Gesicht immer bleicher und von einem süßlichen Lachen verzerrt wurde. Auf einmal kam ein entsetzliches Röcheln durch seine Nase. Seine Lippen waren violett, und ich hörte ihn lallen: »Ich muß sterben – ich muß sterben!« Ich ließ von ihm ab und starrte ihn erschrocken an. Da stieß er jenen Schrei aus, den ich schon einmal gehört hatte und an den ich mich jetzt erinnerte. Ich ließ die Stelze los, warf selber vor Entsetzen die Arme in die Höhe, nur um atmen zu können.

Das Kammerfenster wurde aufgestoßen, und nun erschreckte mich die Stimme von Mattis Mutter. Derweil kniete ich noch immer da, starrte den zuckenden Körper an und konnte mich vor Furcht nicht bewegen. Erst da Mattis Mutter, ein Handtuch vor sich haltend, als liefe sie dem nassen Lappen nach, herbeigestürzt kam, entwich ich wie ein Schatten an unserer Hausmauer entlang. Ich hatte die Stelzen für eine gute Stunde vergessen. Die Furcht, an Mattis Anfall die Schuld zu haben, ließ mich nicht los. Ich erzählte Nickel, was geschehen war. Er sagte, ich könnt jetzt nicht gut nach den Stelzen fragen, ich sollt morgen hingehen; morgen hätt Matti den Anfall überwunden.

Ich sah Matti am folgenden Nachmittag an der Kulang vor dem kleinen Hause stehen. Er hatte die Hände in den Taschen seiner langen Hosen und blickte zum Himmel hinauf. Als er mich sah, überzog sich sein bleiches Gesicht mit jenem grinsenden Lächeln, das ich so schwer verstehen konnte.

Ich trat auf ihn zu und fragte ihn sofort nach den Stelzen, – meine Eltern, so log ich, wollten sie sehen. Er lächelte nun, in die Pfütze aus Spülwasser guckend, die in der Kulang stand, und spuckte einmal durch die Zähne, genau in die Mitte der Pfütze. Matti wußte, wie oft ich es vergeblich versucht hatte, ihm diese Art des Spuckens nachzumachen. Darauf wandte er sich um, immer noch die Hände in den Hosentaschen und sagte: »Komm, du kriegst se«, und ging vor mir hinters Haus.

Er führte mich wieder zum Holzblock. Daneben stand ein Klotz zum Hacken des Holzes. Er stellte sich neben mich, zeigte mit dem Finger auf ein Häufchen Kleinholz und sagte: »Da – da – sein se!« Er stotterte, so erregt war er. Jetzt erst erblickte ich ein Stück Holz, das rundherum blauweiße Ringe hatte und genauso groß war, um in einen Ofen zu passen. Mir war es plötzlich, als hätte mir jemand mit den Stelzen, die ich suchte, gegen die Stirn geschlagen. Ich bückte mich und nun entdeckte ich viele solcher Holzstücke. Ich zog eins ums andere aus dem Haufen hervor und legte Stück um Stück aneinander, wie Leute tun, die aus dem Abfalleimer die Scherben einer Vase zusammensuchen. Nur – während diese Finder mit jedem Stückchen der Vase, das sie hervorklauben, fröhlicher werden, wurde ich, indem mein Fund vollständiger wurde, immer trauriger. Als die Stelzen auf der Erde lagen, scheinbar ganz und doch geknickt und kraftlos wie ein Knochengerippe, da begann ich zu weinen. Ich war so traurig, daß mich der Zorn nicht anfallen konnte. Über die armen, schönen Stelzen war ich traurig, über meinen Verlust, aber ebenso über

Mattis Tat, ich war ganz sicher, daß er es war, der sie zersägt hatte. So fragte ich ihn denn, indem ich meine Tränen trocknete, warum er das getan habe. »Weil«, so sagte er eifrig und schluckte einmal, »weil ich se ja net brauchen kann, weil – weil ich de fallende Krankheit hab.« Und er nickte, als stimmte er sich selber zu, sein grinsendes Lächeln war sogar in diesem Augenblick vergangen.

Ich starrte ihn an, etwas in meinem Innern war geneigt, ihm recht zu geben. Daß ihm die Stelzen gar nicht gehörten, das hatte ich für einen Augenblick ganz übersehen, so überrascht war ich von seinen Worten. Doch dann sah ich wieder sein Gesicht und ging ohne etwas zu sagen davon; der Gestank im Höfchen und Mattis breiige Miene vermischten sich für mich auf eine Weise, daß ich ihn nicht länger ansehen konnte.

Nur Nickel hatte von meinem Unglück mit den Stelzen erfahren. Doch auch mit ihm konnte ich über den staunenden Schmerz, den mir dieser Verlust bereitete, nicht sprechen. Matti hatte mir einen Traum gestohlen, ehe ich ihn geträumt hatte. Als Jul mich einige Tage später fragte, wie es sich auf den Stelzen ginge, sagte ich: »Ach, et is herrlich, Jul, et is mir, als ging ich durch de Wolken.« Er bat mich, doch einmal zu kommen und ihm zu zeigen, wie ich's könnte. Ich versprach es ihm. Die nächsten drei Wochen wagte ich nicht, an Juls Schreinerei vorbeizugehen. Da hörte ich, daß er eingezogen wär und in den nächsten Tagen in die Garnison einrücken müßt. Ich machte mich auf und ging zu ihm. Ich sagte ihm, ich hätte gehört, daß er ins Feld müßt, und da wär ich doch gern noch einmal vorbeigekommen, um ihm ‚Guten Tag' zu sagen.

Jul sah sehr ernst aus. Ich bemerkte, daß er dabei war, einen Sarg zu machen, einen mittelgroßen.

»Warum bis du net mal auf deinen Stelzen hiergewesen?« In seiner Stimme lag offener Vorwurf. Ich sagte ihm, nach einer Ausrede suchend, mitten in den Sarg blickend: der

Schleimers-Matti hätt mir die Stelzen gestohlen ... Ich konnte Jul unmöglich sagen, daß er sie zersägt und im Ofen verfeuert hatte. Jul hob den Kopf: »Der Matti? Weißt du denn net, dat er gestorben is – dat dies hier sein Sarg is?« »De Matti? Schleimers-Matti?« Ich starrte Jul an. Und ich hörte, daß Matti in der letzten Nacht zu den Schwestern ins Krankenhaus gebracht worden war und gegen Morgen gestorben sei.

Jul reichte mir, wie er es zu tun pflegte, wenn ich ihn besuchte, schweigend ein Stück Glaspapier, ich sollte Mattis Sargdeckel ein wenig polieren. Schließlich meinte er, ich könnt mir ja jetzt von den Schleimers-Leuten die Stelzen wiedergeben lassen. Ich nickte, sagte: ja, das würd ich versuchen! Und während ich das Holz glättete, dachte ich daran, aber mit ganz ruhigem Herzen, wie das alles mit den Stelzen gekommen war: wie Jul sie mit soviel Liebe gemacht hatte und wie ich und Matti mit soviel Inbrunst darum gerungen und gestritten hatten; und wie es keinem von uns beiden vergönnt war, auch nur einen Schritt auf den Stelzen zu machen; und wie er, der Zerstörer meiner Freude, die Stelzen nun vergessen hatte, wie ich ihm das Holz seines Sarges bereitete, und wie die Stelzen selber längst zu Asche und Rauch geworden waren. Da nun kam mir eine Träne: sie war salzig wie alle anderen Tränen, und doch wirkte darin ein mildes Licht, das meine Traurigkeit tröstete.

Die geheimnisvolle Tür

Vater hatte eine Ziehharmonika, auf der er manchmal, wenn die Jungen zu uns kamen und mit den Schwestern tanzen wollten, aufspielte. Auch an Sonntagnachmittagen saß er, wenn das Wetter schön war, auf der niedrigen Gartenmauer, den Rücken gegen den Eisenzaun gelehnt, schaute in den Himmel und spielte vor sich hin. Seit der Krieg begonnen hatte, holte er die Ziehharmonika immer seltener hervor. Denn Mutter, die selber nicht mehr sang, seit Martin im Felde stand, schalt ihn des öfteren wegen seines Musizierens auf der bunten Harmonika. Oder sie fragte, ob er etwa den Kanonendonner mit seinen Liedern und Tänzen übertönen wollt. Dem Vater gingen diese Vorwürfe sehr nahe.

Eines Tages, als Mutter ihm wieder seine Musik als Leichtsinn vorgehalten hatte, stand er auf, ging in das gute Zimmer, wo die Harmonika stand, tat ein Tuch darüber, hängte den Riemen um und entfernte sich mit dem Instrument. Niemand wußte, wo er hinging. Als er spät am Abend wiederkam, hatte er die Harmonika nicht mehr bei sich. Ich wagte ihn auch nicht zu fragen, wo sie geblieben war. Der Vater war von diesem Tage an sehr schweigsam.

Manchmal begann er bei Tisch mit Mutter über den Krieg und die Kriegsanleihe zu sprechen. Er sagte, es wär höchste Zeit, daß wir die Anleihe zurückziehen oder verkaufen täten, und für das Geld Ländereien angingen. Mutter wurde jedesmal heftig, wenn er auf diese Sachen zu reden kam. Ich hörte immer wieder das Wort Zinsen aus ihrem Munde – Zinsen, die wir nicht verlieren dürften.

Am Ende der Wilzgasse lag ein großes Haus, das sollte verkauft werden. Vater wollte es erwerben, aber Mutter sträubte sich dagegen mit einer Heftigkeit, die den Frieden des Hauses für viele Tage zerstörte. Ich fand Vater an einem dieser Abende im Stall auf dem Melkschemel kauern, und als ich näherkam, hörte ich, wie er leise schluchzte. Daß ein Mann wie mein Vater weinen könnte, hatte ich bis zur Stunde nicht gewußt. Über den Grund seiner Traurigkeit wagte ich nicht nachzudenken. Leise ging ich aus dem Stall hinaus, er sollte es nicht merken, daß ich gesehen hatte, wie er weinte. Vater hatte sich zu seinem hängenden Schnurrbart in diesen Wochen den Bart auf dem Kinn und den

Backen stehenlassen. Er sah plötzlich so viel älter aus, denn der Bart war voll weißer Haare. Mutter konnte den Bart ebensowenig wie die Musik ausstehen und sie sprach so oft und so lange darüber, bis Vater nachgab, den Bart an Kinn und Backen abschnitt und sich wieder rasierte.

Als einige Wochen danach Lischen beim Kaffeetisch erzählte, der Jude Salm hätt das Fricken-Haus, das Vater hatte erwerben wollen, gekauft, sagte Vater laut: »Nun ja, im Haus von dene Juden is auch noch Ordnung. Da haben die Mannsleut noch eppes ze sagen. Ich aber kann nix tun – un weiß doch ganz genau: de Salm rettet sein Geld, un wir verlieren et. Dat geschieht eurer Mutter recht, sie hat et net anders gewollt. Ich hab mich net für mich gesorgt, sondern für mein Kinder. Ich werd dat End von dem Krieg net erleben. Aber et wird schrecklich sein. Und ihr könnt dann mit eurem Papiergeld, wie dat unsern Urgroßeltern in de französisch Revolution passiert is, den Abtritt tapezieren. Ihr werdet noch an mich denken. Aber kein Wort mehr darüber! Dat Rechnen mit Zahlen is für mich vorüber!« Er stand auf und schob seinen Stuhl, wiewohl die andern mit dem Kaffeetrinken noch nicht fertig waren, leise unter den Tisch und ging hinaus.

Mutter sagte: »Wat sollen wir mit em neuen Haus machen, dat hier is schon ze groß. Und wat täten die Leut sagen. Un Steuern hann wir auch schon genug ze zahlen, un ein paar tausend Mark Zinsen im Jahr, – wer will denn darauf verzichten, wenn er net verrückt is. Vieh im Stall, Schweiß im Hemd un Geld auf der Bank, – dann hann de Urenkel noch Brot im Schrank!«

»Ja, wenn wir aber den Krieg verlieren, wie Vatter sagt?« wagte Katharina zu fragen. Mutter fuhr zornig gegen sie herum: »Fängst du auch an? Dein Vatter weiß viel, aber noch lang net alles! De Feldwebel vom Martin un all die andern Soldaten, die wir hier im Haus hatten – kein einziger glaubt so eppes, dat wir den Krieg verlieren!«

Es wurde, offenbar weil Vater bei Mutter heimlich darauf bestanden hatte, seit diesem Tag voll Zank und Aufregung niemals mehr über den Ausgang des Krieges, über Kriegsanleihe und ähnliche Dinge gesprochen. Mitte Oktober legte sich unser Vater ins Bett. Die Mutter zog aus dem Schlafzimmer der Eltern aus und schlief nun im ersten Stock bei den Schwestern. Nasenvögelchen kam. Er sprach so laut im Krankenzimmer, daß wir es in der Küche hören konnten. Er sagte, was der Vater wußte, daß Herz und Nieren krank seien.

Manchmal ging ich zu dem Kranken hinein. Der mit einem Vorhang verdunkelte Raum war nun zu einem Krankenzimmer geworden. Neben dem Kopfende des Bettes stand ein Nachttischchen und ein Nachtstuhl. Aus allerlei Fläschchen roch es scharf, fremdartig und, für meine Nase, gefährlich. Denn was da in den dunklen Glasbehältern war und heilen sollte, erinnerte mich zugleich an die Krankheit, und die wiederum an den Tod. Aber jedesmal, wenn mich dieser Gedanke, daß Vater sterben könnte, angriff, verstellte ich mich vor dem Gedanken wie vor einem gefährlichen Tier; ich tat, als erkennte ich ihn nicht und ich sprach leise mit Vater über die Kühe, den Hund und den Hahn. Es waren ganz kleine Geschichten. Ich erzählte etwa: »De Pero hat den Huhnepitter aufs Faß gejagt. Und da hat de Huhnepitter mit den Flügeln geschlagen un Kikeriki gerufen. Un' da hat Lischen dem Pero durchs Küchenfenster Wasser übergeschüttet. Da hat sich de Pero richtig geschämt.« Vater aber stieß den Atem durch die Nase, als lachte er.

Bald kamen Nachbarsleute, Vater zu besuchen, alle, die mit ihm gut Freund waren. Als Caritas kam, hörte ich im Krankenzimmer fröhliches Lachen. Hernach, als ich mehr heimlich bei den Erwachsenen stand, um herauszubringen, weshalb sie gelacht hätten, hörte ich, daß Vater den Versuch gemacht hätt, in seinem Bett auf die Seite zu rutschen, es wär ihm aber vor lauter Schmerzen und Schwäche nicht geglückt. Trotzdem hätt er gesagt und dabei gelacht: »Komm, Caritas, leg dich e bißchen zu mir, ich sein noch net tot!« Warum das aber die Frauen so zum Lachen gereizt hatte, konnte ich nicht verstehen. Vater hatte doch keine ansteckende Krankheit, warum also sollte Caritas sich nicht ein wenig zu ihm legen und ihn streicheln? Nun, da er krank war, so schien mir, brauchte er doch mehr als sonst Zärtlichkeit. Und ich stellte mir vor, ich wär krank und Kätta käme mich besuchen. Wie wohl es mir dann gewiß täte, wenn sie neben mir läge, ihr Gesicht ganz dicht an dem meinen. Und indem ich in ihre Augen schaute, tät sich der Schmerz ein wenig legen.

Ich merkte, wie Vater sich freute, wenn ich zu ihm hereinschlich und ihm etwas erzählte. Aber es wurde mir immer schwerer, zu ihm hineinzugehen; – ich spürte, daß er nicht mehr ganz bei uns war. Er lag unter der Decke, die Augen geschlossen, manchmal rührte sich seine Hand. Wenn ich wieder hinausging, hatte er mich nicht einmal angeschaut. Dann ging ich in den Stall und weinte, aber auch hier sah ich, daß die Kühe sich um meinen Schmerz nicht kümmerten. Pero dagegen sah sofort, wenn ich traurig war. Er wedelte mit dem Schwanz, blickte mich an, dann schaute er gegen die Hühner hin, als wollte er sich etwas ausdenken, wie er mich erfreuen könnte. Aber nachdem er mich mit einem verzagten Blick schräg aus den Augenwinkeln von unten her angesehn hatte, ging er langsam weg. Er verkroch sich in seine Hütte, legte den Kopf auf die gekreuzten Vorderbeine und blickte in die Höhe. Seine Hütte stand unter dem Kammerfenster, hinter dem der kranke Vater in der Dunkelheit lag und nicht schlief und nicht wachte.

Bei Tisch wurde wenig über Vater geredet. Mutter sah bekümmert aus. Einmal klagte sie in unser aller Gegenwart darüber, daß sie eine so ungeschickte Hand hätt und keinem Kranken helfen könnt. Sie lobte Katharina, die nun Tag und Nacht in Vaters Nähe war.

Wir hatten Mitte November die Runkelrüben geerntet, Allerseelen war vorüber, und es regnete Tag und Nacht. Vater war schon zweimal versehen worden. Als ich zum ersten Mal das Glöckchen des Ministranten im Hausflur vernahm, lief ich schnell in den Stall. Ich wußte es zu gut: wenn diese dünne Schellenstimme in einem Hause ertönte, dann läutete bald hinterher vom Kirchturm die Totenglocke, – es zinkte, wie die Leute sagten.

Eines Abends stand auf einmal Martin in der Stube. Mutter hing an seinem Halse und weinte. Er blickte düster auf sie herab. Ich sah, wie er sein Koppel abschnallte, an das Zapfenbrett hing, und nun hörte ich, wie er leise fragte: »Is et wirklich so ernst?« Niemand gab ihm eine Antwort. Da ließ er sich auf die Bank hinter dem Tisch fallen und verbarg seinen dunklen Kopf in den großen Händen, und ich sah, wie seine Schultern immer auf und ab zuckten.

In der darauffolgenden Nacht wurde die Mansardentür, wo ich mit Nickel schlief, zu sehr früher Morgenstunde aufgestoßen. Ein schrilles Rufen weckte uns, und ich hörte, als ich aus dem Traume fiel, Lischen sagen: »Kommt, ihr Jungen, wenn ihr den Vater noch einmal lebend sehn wollt.«

Vor dieser Stunde hatten wir uns schon seit Wochen jeden Tag und jede Nacht gefürchtet, – nun war sie da. Ich saß im Bett und hörte den Regen aufs Dach rauschen. Ich konnte das nasse Strählen und Bürsten auf dem Schiefer gut hören: die Tür, die aus der Mansarde auf den Speicher ging, stand offen. Nickel war schon dabei, in die Hosen zu schlüpfen, er flüsterte ein paar Mal: »Komm, Steffchen, komm!« Ich fand in der Aufregung meine Hose nicht, grapste suchend nach dem Schalter und machte Licht, Nickel sprang bereits die Treppe hinunter. Ich roch das Korn, das in einem Winkel des Speichers lag, – der Vorrat des Jahres. Die Räucherkammer mischte in den Ruch der Kornfelder einen Hauch von Wacholder, Buchenscheiten und Schinken. Und die Äpfel – soviel Äpfel! Ich stand plötzlich neben dem Vater im Sauerborn, auf Klingelrech, überall, wo wir Bäume hatten.

Der Weg vom zweiten Stock in das Erdgeschoß kam mir lang vor. Und doch bewegte ich mich mit purzelnder Eile abwärts, ich wollte den letzten Augenblick nicht verfehlen und wiederum spürte ich eine furchtbare Angst, meinen Platz neben dem Bett des Vaters zu erreichen. Ich mußte durch lauter kleine Erinnerungen durch, die sich wie große Spinnweben quer über meinen Weg spannten, zerrissen und an mir hängen blieben. Ich hörte Vater zur Weihnachtsmette uns mit Gesang wecken und hörte ihn zum Alltagswecken auf die Stufen der Treppe klopfen. Ich sah ihn die Ziehharmonika auseinanderziehen, die glühende Kohle mit bloßen Fingern aus dem Ofen nehmen und hurtig auf die Pfeife tun. Ich sah ihn still und feierlich in die Kirche hereintreten und sah ihn versonnen mit mir auf der Weide bei den Kühen sitzen.

Als ich in die Kammer trat, erschrak ich: im Frühlicht knieten die Mutter, die drei Schwestern und die zwei Brüder nebeneinander auf den Bohlen. Und ich hörte voll Angst, ja Grauen die eintönige Stimme der Nonne, die seit zwei Tagen zum Pflegen des Vaters bei uns weilte, gerade die Worte beten: »– deines Leibes, Jesus, der für uns ist gekreuzigt worden.« Die Stimmen der Geschwister antworteten: »Heilige Maria, Mutter Gottes, bitte für uns Sünder, jetzt und in der Stunde unseres Todes. Amen.« Und wieder begann die Stimme der Nonne mit dem Ave, und wieder antworteten die Geschwister mit denselben Worten. In das eintönige Gebet des Rosenkranzes mischte sich das Schluchzen der Mutter und das Gluckern des Regens in der Traufe, die am Dach über dem Kammerfenster hinlief. Ich konnte zuerst nicht mitbeten. Es war mir, als ob ich damit in den Tod des Vaters einwilligen würde.

Er lag ohne Regung in den Kissen, die Augen waren geschlossen. Der dunkelblonde, halb ergraute, lang herabhängende Schnurrbart ließ sein Gesicht noch länger erscheinen, als es war. Nichts rührte sich an ihm, nur der große Kehlkopf bewegte sich manchmal schluckend auf und ab. Auf diese in immer größeren Abständen kommende Bewegung hatte ich meine ganze Aufmerksamkeit gerichtet – nur auf sie. Dies einzige und letzte sichtbare Zeichen des Lebens in seinem Gesicht wirkte auf mich hell, es war wie aus Licht. Plötzlich hörte ich die sanfte Stimme Katharinas an meinem Ohr. Sie sagte liebreich und tröstend meinen Namen und bat mich, mitzubeten. Von uns allen hatte sie den Vater gewiß am meisten geliebt und war nun doch am ruhigsten. Ich betete mit vorsichtiger Stimme mit. Aber das Ave war noch nicht zu Ende, als ich sah, wie die helle Bewegung unter dem Kinn des Vaters langsamer wurde, und wie der Kehlkopf in seiner Bewegung nach oben auf halbem Wege stehenblieb, etwa wie eine Kugel, die immer langsamer dahinrollt, bis sie liegenbleibt.

Da weinte ich, von einer unsagbaren Angst gepackt, laut auf. Katharina legte mir die Arme um den Hals, und die Nonne erhob sich, beugte sich über das steinerne Gesicht und nickte. An dieser schweren Verneigung des verschleierten Kopfes einer Fremden erkannte ich die Nachbarschaft des Todes. Ich wußte es nunmehr, daß alles, was der Tod tut, unabänderlich ist. Und so fühlte ich langsam, daß mein Weinen ihn nicht rühren konnte, daß ich also für mich allein weinte und nichts weiter tat, als es mir durch die Tränen ein wenig leichter zu machen.

Ich verließ das Sterbezimmer. Mir kam es vor, als hätte ich Stunden geweint. Erst als der Tote auf dem Paradebett lag, sagte ich zu den Frauen, die ihn herrichteten: »So, und nun hab ich genug geweint.« Sie waren dabei, der

Leiche Geldstücke auf die Augenlider zu legen. Mit sanfter Freundlichkeit bestätigten sie mir, daß ich wirklich genug geweint hätte.

»Du hast ja lange geweint«, sagte die Nonne, »mehr Tränen verlangt dein Vater für heute nicht von dir.« An dieser Bemerkung der Nonne wurde mir klar, daß mich die Frauen nicht richtig verstanden hatten. Ich hatte meine Tränen nicht abgemessen und wußte genau, daß auch Vater, der ja nun im Himmel war, sie mir nicht nachmaß. Mein ‚genug' bedeutete, daß ich nicht länger weinen konnte, daß es nicht mehr ging, daß keine Tränen mehr in mir waren. Und so lange hatte ich wahrscheinlich auch nur deshalb geweint, weil ich klug meinem Schmerz beikommen und ihn mit Tränen ersäufen wollte. Denn ich merkte: das Herz war heiß, und die Tränen, die darüber hinliefen, löschten die quälende Glut drinnen. So konnte ich wirklich vor der langen, starren Gestalt in dem steifen, weißen Hemd dastehen und sie ohne Tränen betrachten. Erst als die Schreiner am nächsten Tag die Leiche in den Sarg legten und ihn zunagelten, und als alle im Haus aufs neue laut zu klagen begannen, flossen auch wiederum meine Tränen. Bis dahin hatte die weißgekleidete, große Gestalt zwischen Blumen und Kerzen dagelegen wie das Bild eines frommen Schläfers, dessen Hände noch tief im Schlaf das Kreuz umschlingen. Die Nachbarn waren gekommen, hatten still gebetet, die Leiche mit Weihwasser besprengt und waren wieder gegangen, nachdem sie Mutter die Hand gedrückt und ihr versichert hatten, daß ihr Mann es nun besser hätt, als man es auf dieser traurigen Erde überhaupt wüßt. Mutter sagte dann, wenn sie die Besucher gut kannte, daß sie es ihrem Mann bald nachmachen tät, eine Witwe wär ein traurigerer Anblick als ein leeres Haus und eine Schwalbe im Käfig.

Schon am zweiten Tag, noch ehe der Sarg geschlossen wurde, trafen die zum Begräbnis geladenen Verwandten ein, Vaters und Mutters Brüder. Das Haus wurde immer voller, obwohl einige in der Gastwirtschaft schliefen. Mutter hatte viel zu tun und zu denken, die Schwestern liefen auf und ab und hin und her, es hieß ja, den Begräbnisschmaus für viele Gäste zu richten. Ich freute mich, daß so viele Leute gekommen, und wir nicht in unserm Kummer allein waren.

Am dritten Tag um zehn Uhr kam der Kaplan. Katharina hätte Vater am liebsten ‚mit drei Herren' begraben lassen, so hieß es, wenn der Pfarrer mit dem Diakon und Subdiakon hinter dem Sarg herging. Mutter aber hatte mit Rücksicht auf den Krieg und das Geschwätz der Leute, wie sie sagte, bestimmt, daß die Beerdigung ganz einfach wär. Der Sarg wurde in die Kirche getragen, wo das Requiem gesungen wurde.

Ich ging mit Mutter und den Geschwistern hinter dem Sarg, den sechs Männer trugen. Der Kaplan sang mit dem Küster das ‚Miserere', die Bauern aber beteten den Rosenkranz und in jedem ‚Ave' stand die Bitte: ‚Herr, gib den Seelen im Fegfeuer die ewige Ruh' – ‚Das ewige Licht leuchte ihnen', so setzte der Gegenchor ein und führte das ‚Ave' zu Ende. Die düsteren, harten Stimmen der Bauern und dazwischen die weichen Klagestimmen der Frauen und die ahnungslosen, hellen der Kinder füllten die nassen Straßen, durch die wir zogen. Man sah den November, es regnete nicht, doch spürte man ihn auf der Haut. Die Prozession aber schuf mit ihrem starken, vielstimmigen, unaufhörlichen Gebet rings um sich her etwas wie eine Wand, wie eine Muschelwand, schimmernd und gewunden, und aus der Tiefe summte es leise.

In dieser Tiefe, schon ganz weit fort, sah ich Vater; von dort, wo er nun bereits war, kam das leise Sausen. Die Gänge zum ‚Bildchen' kamen mir in den Sinn, da ich zwischen den betenden Frauen einhergegangen war. Auch damals gedachte man der Armen Seelen, und auch damals vernahm ich dies zarte Sausen, es stieg aus dem Wasser der

Dhron, wo das Christkind unter den Wellen lag und immerzu starb. Ich fühlte plötzlich, wie weit dies Christkind im Wasser nun hinter mir lag. Nein, solche Stimmen hörte ich nicht mehr aus dem Wasser. Aber nun würde ich die Stimme des Vaters hören. Was hatte er mir alles vom Tode erzählt! Und jetzt ging ich hinter seinem Sarg. Auch das war eine Erzählung, eine aus bitter riechendem Buchsbaum, aus süß duftendem Wachs und Weihrauch, aus weißen und violetten Astern, aus dem eintönigen Seufzen des ‚Miserere' und dem inständigen Strömen der Stimmen in dem wiederkehrenden ‚Ave'. Ich ging wie im Traum dahin. Bilder durchzogen mich und Stimmen. Ich sah Farben, Gegenstände – und doch war ich nicht eigentlich dort, wo mich die andern sahen. Ich war auch nicht so traurig, wie ich vielleicht aussah. Ich ging ja nicht nur hinter, ich ging, so war es mir, auf diesem Sarg, wie auf einem hohen Berg, wie auf Rupproth. Es klang hohl aus der Tiefe, aber man konnte weit sehen. Auch Mutter wird sterben, sagte ich mir, und Katharina und Kätta und alle Geschwister, und dann sterbe ich, der Jüngste! Und diese Bauern, die den Sarg tragen, die sich einbilden, daß sie stärker wären als Vater und darum traurig mitleidige Mienen machen, – sie alle werden sterben. Auch der Kaplan, der Küster, und der Junge vor uns, der das Kreuz trägt, und alle Leute hinter uns mit ihren Kränzen. Ja, sie legen Vater Kränze aufs Grab und tun so, als wäre das ein Abschied für lange Zeit. Alle sterben sie, alle, alle! Und ich freute mich darüber. Warum sollten sie leben, wenn Vater doch auch gestorben war?

Als wir dem Friedhof näherkamen, empfand ich dunkel den Antrieb, zwischen dem, was in dem Sarg war, und dem Bild meines Vaters, wie es in mir lebendig war, genau und streng zu unterscheiden. Ich sah den Berg Erde von fern und das viereckige Loch daneben, und mir war, als griffe mir der Tod erst jetzt richtig ans Herz. »Nun wird es ernst«, sagte eine Stimme in mir. Diese Stimme hatte ich einigemal in mir vernommen, etwa wenn ich, um Prügel zu bekommen, über die Schulbank gelegt wurde. Die Stimme behob die letzte Ungewißheit: nein, es gab kein Entweichen und kein Zurück mehr. Eben darum wirkte die Stimme auf mich ermunternd, ja, es war sogar, wenn man sich an sie gewöhnt hatte, etwas wie Heiterkeit darin. »Mein Gott, mein Gott«, so hätte ich am liebsten aufgeschrien, als ich Mutter unter ihrem Schleier an dieses furchtbare Loch, über dem der Sarg schwebte, treten sah. Und dann legte der Totengräber einen Hebel herum, und der Sarg sank lautlos in die Tiefe. Jeder von uns rang in diesem Augenblick nach Luft, um nicht laut zu weinen. Ich hörte selbst meinen Bruder Martin durch die Nase atmen. Als der Kaplan mit Weihrauch und Weihwasser die Grube segnete und dann Erde hineinwarf, sagte ich mir, daß es höchste Zeit für mich sei, einzusehen, daß die Reste des Körpers nun einfach mit Erde bedeckt werden müßten, und zwar schnell und ohne viel ausführliche Gefühle. Ich erinnerte mich des Tages, als wir die Bäumchen pflanzten, und als Vater mir erklärt hatte, daß in der Grube ein Stück Holz verfault, daß aber lebendiges Wurzelholz in der Erde weiterlebt und Früchte trägt. Ich unterschied, soviel hatte ich in der Schule und aus dem Mund des Vaters inzwischen gelernt, mit Eifer und Kälte und Genauigkeit. Und ich blickte zu dem Berg Rupproth hinauf. Dort oben, wo die braunen Wolken die Lücke bildeten, daß es blau hereinleuchtete in unsern November: dort ist er – immer – im Licht – ohne Schmerzen – selig. Ich betete zu ihm. Nein, ich wollte nicht mehr weinen! Warum ihn kränken? Hatte er mir umsonst so oft vom Tode gesprochen, daß er die Tür sei zu jenem anderen Leben, eine Tür, durch welche wir eintraten, wenn dieses Leben zu ertragen uns erlassen würde.

Als die Reihe an mich kam, Erde auf den Sarg zu schütten, war es für mich, als wäre ich beim Bäumchenpflanzen.

Ich ging neben der Mutter nach Hause. Als wir durch die

Richtstraße kamen, seufzte sie plötzlich: »Ach, du arme Jung, nu haste keinen Vatter mehr!«

»Doch, Mutter«, sagte ich, »Vatter hat mir gesagt, dat er immer für uns sorgt, dat er uns nie im Stich läßt.«

Darauf fragte ich Mutter, wann ich denn von zu Hause wegkäme, »ins Studium«, fügte ich hinzu und schaute sie an, ich konnte ihr Gesicht hinter dem Schleier nicht erkennen.

»Aber du willst doch jetzt net von uns weggehn?« antwortete sie, als wiese sie eine unverständliche Zumutung zurück. »De Vatter tot, un Martin geht wieder fort ...« Ich konnte nichts darauf entgegnen, ich sah, wie unter dem schwarzen Schleier das Taschentuch sich gegen ihre Augen hob.

Als wir nach Hause kamen, war das Haus voll fetter Festgerüche. Das Essen dauerte sehr lange, es saßen gewiß zwanzig Personen an den Tischen. Man sprach das Tischgebet, löffelte behutsam die Suppe und reichte flüsternd einander das Brot zu. Auch noch überm Fisch war das Schweigen ziemlich ungelenk. Als dann die Schwestern Wein eingossen – die Männer hatten schon vor Tisch einige Hefenschnäpse getrunken –, gab es da und dort ein unvorsichtig klingendes Geräusch. Die Messer und Gabeln begannen lauter im Rindfleisch zu arbeiten, das Flüstern bekam Stimme, und nach dem zweiten oder dritten Glas lachte plötzlich der Mann von Vaters Schwester, der alte Forster, wie sie ihn nannten, und er sagte zu Mutter gewandt: »Ja, Suschen, siehste, nu hat de Steff et doch fertiggebracht, wat er mit all seine fromme Reden zu seine Lebtage net fertiggekriegt: dat ich, der alte Forster, in de Kirch gang bin. Seit dreißig Jahren war ich heut zum ersten Mal drin. Un et hat sich nix verändert.«

»Forster, Forster«, sagte Mutter mit ernstem Gesicht, »et wird langsam Zeit für dich, in de Kirch ze gehn!«

»De Kirch is doch kei Frosch, die hupft doch net fort!«

Einige lachten. »Dat Wirtshaus auch net«, sagte Mutter gleich darauf, und nun lachten fast alle am Tisch.

Damit war das Eis der feierlichen Traurigkeit gebrochen. Einige begannen auf den Verstorbenen zu trinken und Geschichten zu erzählen. Man berichtete über den Tisch weg manche Erinnerung, die oftmals, wenn sie bis zur andern Tischseite weitererzählt wurde, viel komischer geworden war und hier plötzlich ein lautes Gelächter hervorrief.

Am Ende der Mahlzeit blieben alle sitzen und tranken so lange Wein, bis der Kaffee hereingetragen wurde. Die Männer sprachen nun nicht nur über den Toten, sondern auch über ihre Jungen, die im Krieg waren, über Verwundete und Gefallene aus den Familien, die man kannte und überhaupt über den Krieg, über die Bombenangriffe auf Trier, über die Not der Städter, welche sich jetzt langsam ihrer Verwandten auf dem Lande erinnerten, nachdem sie durch so viele Jahre nicht mehr den Weg dorthin zurückgefunden hatten, wo ihr Großvater oder ihre Großmutter oder gar eines ihrer Eltern die Schollen getreten hatte. »Aber jetzt, wupps, sein se da«, rief Onkel Pitter, »un all auf einmal! Un wat wollen se?« Er riß die grauen, glotzenden Augen weit auf und strählte sich den Bart. »Ei, die kommen extra aus der Stadt, um mir ze verzehlen, wie gut et in em Kuhstall riecht. Habt ihr dat schon emal gehört? Un de Schwein sein so liebe und appetitliche Tierchen, sagte dat Elinorchen! Un früher gefiel ihne nix bei uns, net emal de Abtritt war ihne gut genug. Dä sollte net neben dem Mist auf dem Hof stehen, o nä, im Haus muß dä sein, neben der Küch oder neben dem Bett! So wat Unanständiges – im Haus!! Wenn unsre Schwein, hab ich dene Städtern gesagt, zum Scheißen vor de Tür gehen könnten, täten sie et, so proper sein de Schwein. Aber wat soll man sich wundern! Et sein komisch Leut: se schaffen net, se schwitzen net, se schlafen net, dene is net zu helfen. Et sein arm Leut, un man soll net ze hart zu ihne sein.«

Fast alle stimmten nun Onkel Pitter bei, und manche begannen aufzuzählen, wer aus der Verwandtschaft bei ihnen gewesen wär, und was sie gegeben hätten.

Nach dem Kaffee wurde der ‚Engel des Herrn‘ gebetet, und bei der Fürbitte für die Verstorbenen hörte ich plötzlich einige der Frauen aufschluchzen. Dann standen sie auf, traten alle einzeln an Mutter heran, sagten ihr ein paar gute Worte, und die meisten von ihnen gingen heim oder ins Dorf oder zur Bahn. Bald waren die Stuben leer, und die Trauer plusterte sich wie ein Vogel auf und wurde größer und füllte mit ihrem alles durchstechenden, scharfen Gefieder das ganze Haus. Vom Keller bis zum Dachgebälk ging ein Stöhnen und Knistern, kein Raum ertrug uns, die Zurückgebliebenen. Wir gingen hin und her, als suchten wir etwas, das soeben noch da und nun unauffindbar geworden war. Nur Mutter war in Vaters Sterbezimmer gegangen und an diesem Abend nicht mehr herausgekommen.

Spiel auf dem Grabstein

Von unsern Verwandten aus der Stadt hatten wir einen alten Grabstein gegen Butter und Mehl eingetauscht. Aus einem gewaltigen Sockel, der so aussah, als hätte man rohe Felsblöcke zusammengekarrt, ragte ein Kreuz von zwei Eichenstämmen, aber auch sie waren aus Stein gemeißelt. Mit einer dicken Schicht grüngrauer Ölfarbe war der Stein schöngemacht worden, und so hatten meine Zinnsoldaten, die auf den Vorsprüngen des Felsengeklüftes und in den Kaminen himmelan kletterten, besonders gut aufzupassen, zumal nach einem Regen ging und stieg es sich auf den mit Ölfarbe gestrichenen Bergen sehr schlecht. Aber meine Soldaten waren an ein entsagungsreiches und tapferes Leben gewöhnt. Wie oft war jeder einzelne von ihnen auf der Hobelbank bald auf Nickels bald auf meiner Seite unterm Hagel der Schuhnägel-Granaten stumm gefallen und am andern Tag wieder in den Kampf gezogen.

Nickel, der nun fünfzehn alt war und auch nicht mehr so viel Zeit zum Spielen hatte wie ich, hatte das Leben eines Feldherrn beendet. Was mich betraf, so hatte ich mir Mutters ewige Fragen, wie ich noch immer Krieg spielen könnte, schließlich zu Herzen genommen. Ich hatte meine Soldaten auf ein Kampffeld anderer Art gebracht. Ich hatte sie nicht umgießen können, da es keine Formen gab für den Beruf, den sie ausübten. Im Grunde war das Spiel auf dem Grabstein ja auch ein Beruf, zu dem soldatische Eigenschaften erforderlich waren. Die blinkenden Kerlchen hatten die Spitze des Berges zu erreichen, die Plattform also, wo das Kreuz errichtet war. Freilich, wenn sie oben waren, gab es für sie nichts weiter zu tun als wieder hinabzusteigen. Ähnlich wie auf der Hobelbank wurden die Soldaten von mir bewegt und zugleich, wenn sie an ihren neuen Plätzen standen, ebenfalls von mir mit allen möglichen Gefahren und Naturkatastrophen heimgesucht. Ihre Waffen nutzten ihnen in diesen Kämpfen nichts. Es kam für sie nur darauf an, auf der Stelle zu verharren und nicht umzufallen oder in den Abgrund zu stürzen. Manchmal, wenn sie auf einem nur fingerbreiten Vorsprung über der schwindelnden Tiefe standen, kam ihnen, von meinem zitternden Finger gelenkt, ein fürchterliches Untier entgegen: eine Raupe oder gar ein Hirschhornkäfer. Dann schlug mein Herz schneller, wenn ich sah, mit welcher Ruhe sie dastanden.

O wie tapfer waren sie doch! Selbst im Hinabstürzen behielten sie die einmal angenommene Haltung, und ihr Glanz ließ nicht nach, wenn sie unten am Fuße des Berges dalagen. Um ihre Tapferkeit noch leuchtender zu machen, ließ ich die Gefahren wachsen; mit einer Gießkanne verursachte ich fürchterliche Wolkenbrüche, Sturzbäche bildeten sich und strudelten gegen die silberglänzende Gruppe der Bergsoldaten. Der schwarze Kater, den ich über das Kreuz gesetzt hatte und mit einer Wurstpelle lockte, glitt den Berg wie der Tod selber herab. Aber meine Tapferen standen unerschüttert da, bis die Tatze oder das Wasser den einen und andern oder gleich auf einmal ein halbes Dutzend in die Tiefe stieß. Nach einem solchen Unglück sprach ich meinen kleinen Helden Mut zu und rückte sie alle einige Zentimeter weiter. Und nun gab es einen Erdrutsch, oder einer glitt, von meinem Finger angetippt, aus und riß einige Kameraden in die Tiefe mit, oder ich machte mit einem Pappdeckel einen plötzlichen Sturm, warf von der Ferne mit Erdklumpen, ließ Klicker durch die Rillen der Felsen laufen, kurz, der Gefahren war kein Ende. Und selbst dann noch, wenn sie den Weg zur Höhe einmal wegen zu großer Verluste abbrachen und zu den gestürzten Kameraden zentimeterweise hinabstiegen, nahmen die Tükken des Berges nicht ab. Ja, die Gefahren mehrten sich oft im selben Maße, als sie sich den toten oder verwundeten Kameraden näherten, und oft waren es hernach nur noch zwei oder drei, denen die schwere Aufgabe gestellt war, den Kameraden den letzten Dienst zu erweisen.

Es war an einem lichten Märztag. Wie so oft hockte ich vor dem Grabstein. Ich war gerade dabei, in einem kleinen, roten Blechauto, das man mir zu Weihnachten geschenkt hatte, die toten Zinnsoldaten alle zu einem großen Grabe hinzufahren, als ich plötzlich hinter mir Martins Stimme hörte. Er war leicht verwundet worden und durfte nun vierzehn Tage bei uns sein. Er hatte sein Fahrrad neben sich und blickte auf mein Spiel mit düsterer Miene herab und fragte, was ich da wieder für Dummheiten triebe. Ich entgegnete nichts. Wenn mir jemand beim Spielen zuschaute, schämte ich mich, als täte ich etwas Ungeziemendes.

»Ah, du spielst Krieg?« fragte Martin. Ich verneinte das. Ja, ob das denn keine Soldaten wären, fragte er darauf. Und ich: nein, das seien früher Soldaten gewesen, jetzt wären es –, ich suchte nach einem Namen. Da wir in der Schule soeben das Osterlied gelernt hatten: ‚Heil dem Todesüberwinder, Heil dem Held auf Golgatha!' sagte ich, obschon ich keine Lust verspürte, es Martin mitzuteilen: »Dat sein – Todesüberwinder!«

»Wat sein dat?« Martin machte ein unwirsches Gesicht wie ein Schwerhöriger.

»Todesüberwinder«, wiederholte ich nun mit einem gewissen Trotz und schob das rote Automobilchen, das voller toter Zinnsoldaten lag, ein bißchen weiter von mir fort.

»Dann mach mir dat mal vor – dat Todesüberwinden!« Ich vernahm in seiner Stimme die höhnische Herablassung des Erwachsenen. So antwortete ich wiederum aus purem Trotz und zeigte ihm in wenigen Worten, ohne aber das Eigentliche des Spiels wirklich zu beschreiben, was meine Soldaten taten und was sie erlitten und wie sie starben.

»Un die da sein jetzt tot?« fragte er, scheinbar ernsthaft.

Ich nickte.

»Un die hann also den Tod überwunden?«

Wieder nickte ich.

»Un wie hann se dat gemacht?«

»Se hatten kein Angst«, sagte ich ruhig.

»Wat, kein Angst – kein Angst vorm Tod?« Ich merkte, daß Martin sich über meine Worte ärgerte. »Sogar Bleisoldaten hann Angst vorm Tod!« sagte er, und ich fühlte etwas Drohendes in der Luft.

»Mein Soldaten net«, sagte ich stolz, »die wissen ja, dat se immer auferstehen! Die sein all schon hundertmal gestorben. Un auch der Dechant hat gesagt –«

»Ach, hör mir auf mit dem Dechant. Die Pfaffen wissen genau, wat se sagen!«

»Auch Vatter hat gesagt, dat wir keine Angst zu haben brauchen. Dat Grab is nur en Tür, hat er gesagt.«

»Laß mal de Vatter in Ruh«, sagte er schnell, und nach einer kurzen Pause fügte er mit einer Stimme, die ganz dunkel und verhangen war, hinzu: »Ja, un dein Soldaten da im Auto sein also tot?«

Ich nickte.

Er kam mit seinem Fahrrad dem Auto ein Stück näher. Nun erst bemerkte ich, wie klein das rote Spielzeug aus Blech war.

»Und die sein also hundertmal tot gewesen und hundertmal wieder lebendig geworden?«

Ich blickte trotzig auf mein Autochen, ohne zu meinem Bruder aufzuschauen. Da sah ich, wie der Gummireifen des Rades dem Autochen noch näher kam – immer näher. Plötzlich wußte ich, was Martin wollte. Ich sollte schreien – für mein Autochen und die Zinnsoldaten bitten, daß er nicht drüber wegfuhr und mein Spielzeug zerstörte. Und da schrie ich auch wirklich – und versuchte, das Rad fortzudrücken.

»Aber et sein doch Todesüberwinder«, hörte ich die Stimme des Bruders über mir böse auflachen, »du hast nur gespielt. Jetzt machen wir mal Ernst!« Ich hörte kaum noch, was er sagte. Nur das Rad sah ich und die glänzenden Speichen. Langsam bewegte es sich vorwärts, packte das Autochen von der Seite her und überfuhr es mitsamt den Soldaten darin. Schließlich ging das Hinterrad über das schon zusammengequetschte und verbeulte Spielzeug, und als ich aus meinem Entsetzen erwachte, sah ich Wagen und Soldaten zu einem roten und silbrigen Blechfladen ineinander zerdrückt. Ich weinte leise vor mich hin, zog die Zinnsoldaten vorsichtig heraus und legte sie alle in mein Taschentuch. Sie waren fast alle verbogen und verstümmelt. Nickel, der neugierig aus der Scheune trat, erzählte ich, was geschehen war. Er legte einige der verbogenen Soldaten auf seine Hand und sagte: »Ach, die gießen wir heut abend neu, da brauchste doch net ze weinen!« Das Autochen freilich hielt auch Nickel für verloren. Er schüttelte traurig den Kopf und sagte zu mir: »Weißte, Steffchen, de Martin meint dat net eso schlimm, aber dat schön Autochen is kaputt!«

Ich erzählte Mutter, daß Martin mir über mein Autochen gefahren wär, und auch den Schwestern erzählte ich es. Aber niemand - auch Mutter nicht – machte Martin deswegen einen Vorwurf. Er saß und ging zwischen uns umher, schwarz, groß und grob, und wenn er sprach, bebte die Lehne der Bank und übertrug dies Beben in meinen Rücken. Er war übrigens nicht Gefreiter geworden, wie ein Nachbar es uns schon vor einem halben Jahr von sich mitgeteilt hatte. Er wär immer noch gemeiner Fahrer, sagte Martin, und wenn er hätte noch weniger werden können, wär er's bestimmt geworden. Über den Krieg sprach er nie ein Wort. Nur einmal, als wir beim Kartoffelsetzen hoch auf Maroul standen und das dumpfe Pochen aus dem Westen den ganzen Tag nicht aufhörte, wies er auf einen der langen Lazarettzüge, die unter uns auf dem Bahndamm langsam gegen Föhren krochen, und sagte auf seine schwerlippige, düstere Weise: »Die hann et geschafft!« Er fügte hinzu, es wär vielleicht doch besser, die Hälfte seiner Knochen für immer mit nach Hause zu bringen, als mit einem feinen Herzschuß vor Verdun eingebuddelt zu werden.

Ich schämte mich im stillen über diese Aussprüche meines Bruders. Die andern Jungen im Ort wurden Unteroffiziere und Feldwebel; einer, der zwar studiert hatte, war sogar Hauptmann geworden. Ich stellte mir vor, was Lehrer Tipphenne wohl sagte, wenn er erführe, daß Martin wegen besonderer Tapferkeit vor dem Feind von einem General mit einem hohen Orden ausgezeichnet und zum Offizier befördert worden wär. Denn in der Schule sprach man nun viel mehr von der deutschen Tapferkeit als von deutschen Siegen. Zumal von unseren jungen Helden zu erzählen, war Tipphennes Lieblingsbeschäftigung geworden. Er malte uns auch die Siegfriedstellung an die Tafel, nannte sie uneinnehmbar wie Walhall, und als in diesem Frühjahr die ersten Nachrichten von der russischen Revolution in unserem Dorfe anlangten, verkündigte Tipphenne aufs neue den baldigen Sieg. Er las uns ein Gedicht vor, darin die letzten Zeilen hießen:

‚Und wie vor Barbarossa einst
Das stolze Mailand auf den Knien erschien,
So kniet der Feind schon unsichtbar
Und wartet auf den Spruch der Brudermonarchien.'

Wir wußten alle: das war sein Gedicht. Und Tipphenne sah es uns an, daß wir den Verfasser kannten.

Die drei Unterweisungen

In diesen Wochen traf ich auf dem Weg zur alten Schule, wo wir auf die erste Kommunion vorbereitet wurden, Dimitri. Er fuhr Dünger und ging vorne neben der Zu-der-Hand-Kuh. Er sah sehr niedergeschlagen aus. Während viele der russischen Kriegsgefangenen längst bäuerliche Kleidung trugen, ging er immer noch in seinem kurzen Soldatenrock und der flachen Mütze. Ich trat, gerade als er über die Brücke vor der alten Schule fuhr, schnell auf ihn zu und rief ihn an, als müßte ich ihn aus seinen schwermütigen Gedanken wecken: »Dimitri!« Er hob den Kopf und sagte sofort: »Stjopa – Stjopuschka!« Er hatte mir also verziehen, ich hörte es aus seiner Stimme.

»Nun kommst du bald nach Hause!« sagte ich.

Er hielt die Kühe an, dann wandte er sich mir zu, betrachtete mich mit einem sanften Lächeln und schüttelte schließlich den Kopf.

»Wohin du?« fragte er.

»In die alte Schul! Ich geh dies Jahr zur ersten Kommunion.«

Seine Augen hatten sich sehr weit aufgetan, wie damals in der Scheune, als er so erschrocken vor mir zurückgewichen war.

»Du – bete für Dimitri, Stjopa«, flüsterte er. »Du, schau,

so nah mit Gott!« Er legte eine Hand auf die andere, »so nah mit heiligstem Erlöser!« Er ließ die Hände sinken und legte die Rechte der Zu-der-Hand-Kuh zwischen die Hörner. »Wir nicht mehr Feinde«, murmelte er. »Und bald Ostern! Du mir verzeihen, was Rußland ist. Ich dir verzeihen, was Deutschland ist. Wir singen: Christus lebt! Tod ist tot! O Pas-cha! O – und wenn heiligster Erlöser dir so nah, bete für Väterchen Zar und Dimitri!« Damit legte er mir beide Hände auf die Schultern, seine Augen blickten über mich in einem trockenen Brennen hinweg. Gleich darauf wandte er sich ab und fuhr, ohne noch ein Wort zu sagen, weiter.

In der nun folgenden Unterrichtsstunde sprach der Dechant über die wahrhafte, wirkliche und wesentliche Gegenwart Christi in der Hostie. Hinter dem weißhaarigen, milde und heiter sprechenden Priester, der auf mich wie die Verkörperung eines vornehmen – wir sagten feinen! – Mannes wirkte, sah ich die ganze Stunde hindurch den braunen, schwarzhaarigen Dimitri mit dem flammenden Augenweiß und den strahlenden Zähnen stehen. »O Pas-cha!« hörte ich Dimitris Stimme inbrünstig und in beinahe singendem Tone sagen. Und den Dechanten hörte ich sagen: »Was nun bedeutet erstens: Christus ist wahrhaft zugegen? Wahrhaft bedeutet: Brot und Wein sind nicht etwa nur Zeichen, die uns – –«

»O Pas-cha!« Die Worte des Dechanten blieben mir im Ohr stecken. Ich gab mir Mühe, aufmerksam zu sein. Aber ich konnte nicht verstehen und noch weniger etwas fühlen.

»Was nun bedeutet: wirklich? Wirklich bedeutet: Christus ist nicht sinnbildlich zugegen, so als wäre die Eucharistie nur – –«

Wahrhaft und wirklich! Ich versuchte den Unterschied herauszubekommen. Aber mein Verstand war solche Wege noch nie gegangen. Zeichen und Sinnbild waren etwas Verschiedenes, gewiß, das sah ich ein, weil ich der Überzeugung war, daß jedes Wort etwas anderes bedeutet, sonst brauchte es ja nicht da zu sein. Zeichen und Sinnbild ... Ich versuchte nachzudenken. aber die helle, heitere Stimme des Priesters ging ruhig weiter.

»O Pas-cha! Du sein so nah bei Gott.« Ich sah Dimitris Hände sich zueinander bewegen.

»Und was bedeutet: Christus ist in der Eucharistie wesentlich zugegen? Wesentlich bedeutet: er ist in den Gestalten von Brot und Wein nicht nur als eine – –«

Mein Verstand kam sich vor wie ein Kreisel, den man nicht mit der Peitschenschnur, sondern mit dem Stock antreiben will, und trifft man ihn dann, ist das Spiel aus. Ja, noch schlimmer: jener Traum, da ich hoch in der Luft auf Stelzen ging und nicht wußte, wo ich unter den Wolken die Stelzen aufsetzte, hatte sich nun an mir verwirklicht.

»O Pas-cha! Christus lebt! Tod ist tot!« Ich ließ mich in Dimitris Stimme hineinsinken – nein, ich stürzte hinein. Sie war wie ein Brunnen. Man brauchte sich nur fallen zu lassen und stieg in den Himmel auf; fallend, steigend – steigend, fallend – in den anderen Himmel drunten im Brunnen. Im Hinabstürzen brauchte ich nicht mehr zu wissen, was Zeichen und Sinnbild und Kraft waren und warum sie sich voneinander unterschieden und vor allem: in welcher Weise sie verschieden waren von der Art der Gegenwart Christi im Sakrament.

Der Dechant stellte zum Schluß der Stunde einige Fragen. Er wolle wissen, so sagte er, ob wir auch aufgemerkt hätten. Er rief mich als dritten oder vierten auf, nachdem eine Reihe Antworten gekommen waren, die ihn offenbar nicht zufriedengestellt hatten. So gab ich denn das mit meinen eigenen Worten zur Antwort, was in meinem Gedächtnis ohne Zusammenhang umherlag. Ich sah, wie das bleiche, zarte Gesicht des Greises mir ermunternd zunickte. Als ich fertig war, sagte er: »Recht so, gut, gut!«

Nach der Stunde winkte er mich, während die übrigen den Schulraum verließen, zu sich heran und sagte: »Ich hab gesehen, du hast gut aufgepaßt. Diese Stunde war für dich sehr wichtig. Hättest du heute, da wir über die Eucharistie sprachen, mit den Fingern gespielt oder zum Fenster hinausgeschaut, nun, siehst du, ich würde vielleicht den Brief nicht schreiben, den ich noch heute schreiben werde.« Und er teilte mir mit, daß er im Auftrag meines Vaters es in die Hand genommen habe, mir zum Eintritt in ein klösterliches Kolleg zu verhelfen. Er sei noch am Aussuchen. Zu gegebener Zeit werde er mir Nachricht geben. Ich hätte damit zu rechnen, daß ich noch im Herbst dieses Jahres von zu Hause fort müsse. »Vielleicht nach Holland«, sagte er, mich nachdenklich anblickend. Nun schaute er mich genau an: »Wenn ich sagte, diese Unterrichtsstunde war für dich entscheidend, – meine ich das so: ein Junge, den die Lehre von der Eucharistie kalt läßt, soll nicht Priester werden.«

Ich schöpfte tief Atem. Gerne hätte ich gesprochen. Aber ich kam mir so dumm, unwissend und klein vor. Und ich hatte zugleich eine große Angst, der Dechant könnte merken, daß ich von wahrhaft, wirklich und wesentlich keine Silbe verstanden hatte, und daß meine Aufmerksamkeit kalt und heuchlerisch gewesen war und vor allem: daß mein Herz gar nicht in der Schule bei ihm, dem Dechanten, sondern bei dem russischen Kriegsgefangenen Dimitri gewesen war und noch immer »O Pas-cha!« sang und »Christus lebt! Tod ist tot!« Aber ich wußte genau, daß ich nicht die Wahrheit sagen durfte und auch nicht sagen konnte. Ich verließ also den Dechanten mit einer verlegenen Verbeugung.

Es gab daheim in der guten Stube eine große Schachtel. Darin lag ein Buch, das hieß ‚Christlicher Hausfreund'. Mein Vater hatte es noch kurz vor seinem Tode gekauft. Es war eines der wenigen Bücher, die es in unserm Haus gab.

Seit dem Tod des Vaters und dem Beginn des Kommunionunterrichtes pflegte ich im Laufe des Nachmittags, wenn mich die Familie nicht zur Feldarbeit brauchte, in das gute Zimmer zu schleichen, leise die Türe zu schließen, das Buch aus seinem Pappbehälter zu holen – es war sehr groß und dick – und vorsichtig auf die grüne Tischdecke zu legen. Dann setzte ich mich auf das ebenso grüne Sofa, und nach einigen Minuten war für mich Schweich an der Mosel, das Haus in der Wilzgasse und selbst die gute Stube in den Seiten des ‚Christlichen Hausfreundes' versunken. Schon der Duft des Buches hatte die Kraft, mich fast unmittelbar in eine andere Welt hinüberzutragen. Daß die Wörter, die unter den Bildern rechtsaußen standen, die Namen der Maler seien, hatte mir niemand gesagt, ich wußte es einfach. Bei den Gedichten stand ja auch der Name des Dichters darunter oder darüber. Und jemand mußte ja das Bild gemacht haben. Ich las die Namen, die ich fast alle nicht zu betonen wußte, im Flüsterton und mit derselben Ehrfurcht, die ich beim Anblick des zu dem Namen gehörenden Bildes empfunden hatte. Bellinis und Raffaels Madonnen blickten mich an, ich konnte mit den Fingern, ohne daß mich jemand tadelte, über die volltönenden Farben tasten, über die Wangen des Christkindes und die Gewänder der schönen Mutter. Ich war bei Tobias und dem Engel des Cima da Conegliano – dieser Name klang mir ein wenig wie Karnickel – und ich stand in diesem Licht, das alles vergoldet, an diesem fröhlichen Bach und vor diesen Bergen, die in mir soviel Sehnsucht erweckten; denn sie waren so blau und klar und so ungefährlich wie dieser kleine Fisch, bei dessen Anblick ich nicht begreifen konnte, daß Tobias Angst vor ihm hatte. Ich hörte die Engel der Brüder van Eyck musizieren, und beim Anblick des einen, der einen Geigenbogen über ein mir unbekanntes Instrument führte, dachte ich an Clara, die ohne mich zu fragen über Rupproth in den Himmel entwichen war. Vor Signorellis ‚Verdammten' aber empfand ich Angst. Die gepanzerten Engel sahen so hart aus und die grünbraunen, glatten Teufel so grausam, daß ich den Knäuel der nackten, verdammten Menschen nur mit flüchtigen Blicken streifte.

Unter den andern Bildern, die nicht farbig waren und auch nicht von so großen Malern zu sein schienen, stand jedesmal ein erklärender Satz. Ich stieß oft auf Wörter, die ich nicht verstand. Da gab es ein Bild, darauf ein Mann an einem leeren Tische saß, ein richtig verzweifelter Mann. Die Frau, mager und verhärmt, trat von hinten an ihn heran und suchte auf ihn einzureden. Darunter stand: ‚Bittere Tage des Streikes.' Ich hielt dies Wort für eine schlimmere Form des Streites, und da ich sah, daß der Streit nicht zwischen den Eheleuten herrschte, mußte es ein Streit draußen in der Welt sein. Auf einem anderen Bild trat ein Mönch mit einer bittenden Gebärde in eine Gefängniszelle, in der ein Mann mit entsetzten Augen auf der Pritsche saß und sich mit der Hand ins Haar fuhr. Darunter standen die Worte: ‚Zehn Jahre Zuchthaus.' Ich war oft und lange bei dem Verurteilten in der Zelle, ließ mir von ihm erzählen, was er getan hatte, und begann mit ihm mir allerlei auszudenken, wie man sich die Zeit vertreiben könnte. Ich riet ihm, er solle Bilder malen, ganz genau gemalte Bilder, in denen man umherwandeln, ja, sich verlieren könnte. Oder Bilder wie die von Fra Angelico, auf denen der Himmel offensteht. Und ich wiederholte dem unglücklichen Mann immer wieder den Satz: ‚Selig sind die Trauernden, denn sie werden getröstet werden.' Ich sagte ihm sogar, daß dieser Satz auf Seite 706 desselben Buches stehe. Ja, er könne ja nachts aus seiner Zelle heraus durch das ganze Buch wandern, wie durch einen großen Palast, auf dessen Wänden die ganze Welt gemalt sei; in der Nacht könne ihn keiner hindern zu gehen, wohin es ihn treibe.

Oft auch war ich beim verlorenen Sohn. Ich machte mit ihm den schlimmen Abschied von Vater und Mutter mit, und hier konnte ich ihn am wenigsten verstehen. Ich tadelte seinen Übermut und seine harte, lieblose Art, wie er sich über Vaters Bitten und Mutters Tränen hinwegsetzte. Aber kaum waren wir allein, auf den Pferden, in der hellen Frühjahrslandschaft, da verstand ich ihn, ich wäre auch so gerne in die Ferne gezogen. Beim Wein allerdings und bei den Mädchen wurde ich ein wenig unsicher. Er trieb es zu toll. Und ich sah ja, wie die eine ihm in die Tasche am Gürtel griff, während die andere die Arme um ihn schlang und ihn küßte. Und er stieß den Becher um und ließ den guten Wein umkommen. Der fette Wirt aber schrieb immerzu an, und wenn ich an die Unterschrift des Bildes dachte, wurde mir angst und bange für den närrischen jungen Mann, der mir aber trotz allem wie ein Freund vorkam.

Schließlich kam das Erwachen, auch für mich. Ich wußte zwar, wie die Geschichte ging, aber jedesmal dieser graue Morgen! Ein wüster Kopf, kein Pfennig Geld, sogar die Kleider hatte er versetzt. Nun waren die Leute auf einmal nicht mehr freundlich zu uns. Sie schüttelten die Köpfe, blickten hämisch drein und gaben uns nicht einmal ein Stück Brot. Die Unterschriften wurden immer drohender – bis wir dann bei den Schweinen saßen und an allerlei dachten, auch an zu Hause, an Vater und Mutter. Ich machte ihm Mut, ich wußte ja, wie die Geschichte auszugehen hatte. »Geh, Fridolin«, so hieß er für mich, »geh, das ist doch kein Leben mehr! Und außerdem – dein Vater wartet auf dich!« Er wollte es nicht glauben, er lachte über mich. »Wenn der mich sieht, hetzt er den Hund auf mich, und recht hätte er!« Aber ich gab keine Ruhe. Dann war es die Scham vor dem älteren Bruder, die ihn zurückhielt – und darin verstand ich ihn sehr gut. Ich stellte mir Martin vor und Lischen, die so fleißig und ordentlich waren. Wenn ich, nachdem ich mein Erbteil, etwa in Köln, verpraßt hätte, nun eines Tages nach Hause käme, mein Gott, das wäre das Schlimmste! Aber nein – das Gesicht des Vaters, das verhärmte, schmal gewordene Gesicht, das wäre das Schlimmste. Schließlich hatte ich Fridolin doch so weit. »Laß Martin sagen, was er will, es geht ja nicht um ihn, es geht um dich – und deinen Vater und deine Mutter!«

Wir machten uns auf. Der Augenblick, da Fridolin zu Boden fiel, und Vater und Mutter ihm entgegenliefen, machte mich jedesmal ganz glücklich. »Siehst du«, sagte ich hernach zu ihm, »war es nun nicht das einzig Richtige, was wir tun konnten!«

Oft nun, wenn ich so im guten Zimmer durch das Tor des ‚Christlichen Hausfreundes' in eine andere Welt entwichen war, wurde nach mir im Hof und im Hause gerufen, und ich konnte nicht antworten, weil ich ja nicht da war. Daraus erwuchs mir, aber auch Mutter und den Geschwistern, mancher Verdruß, bis dann eines Tages der Brief aus dem Collegium Josephinum aus Holland ankam, in welchem stand, daß die Empfehlung des Herrn Dechanten aus Schweich mir noch im Herbst dieses Jahres die Pforte der Studienanstalt öffnen werde. Da ich mitten im Jahr in die Klasse eintrete, müsse ich sofort mit dem Studium des Lateins beginnen. Nach einer Reihe genauer Anweisungen über Paßvorschriften, Wäsche und Kleider, die ich mitzubringen hätte, empfahl der geistliche Direktor mich dem Schutz der Engel.

Meine Schwester Lis war es, die diesen Brief der Familie mit einem vor Feierlichkeit geröteten Gesicht vorlas. Als sie den Satz von den Engeln las, bebte ihre nüchterne Stimme und sie begann, kaum daß sie den Namen des Direktors gelesen hatte, leise zu weinen. Auch Mutter und Katharina weinten. Ich war sehr verlegen. Nickel schaute mich mit einer gewissen Ehrerbietung an, schließlich wurde er rot im Gesicht und ging hinaus. Ich wußte, warum. Auch er hatte beim Kaplan Lateinstunden nehmen sollen, doch war er, statt in die Stunde zu gehen, in der Hölle hängen geblieben. So hieß ein schmaler Abkürzungsweg, der zum Pfarrhaus führte. Hier in der Hölle hatte er auf der kleinen Holzbrücke über dem Bierbach mit Jungen Karten gespielt und war dann brav zur rechten Zeit nach Hause gekommen, bis der Kaplan eines Tages Mutter fragte, wann Nickel denn eigentlich mit den Stunden beginnen wolle. Auch Mutter und die Schwestern hatten sofort verstanden, warum Nickel aus der Stube gegangen war. »Ja, du«, rief ihm Mutter nach. Und zu mir gewandt sagte sie: »Ich hoffe ja, dat du net in der Höll' Lateinstunden nimmst!«

Ich sagte ihr sofort, daß ich beim Kaplan keine Stunde nehmen tät. Er könnt mich ebenso wenig leiden wie ich ihn. Mutter meinte, der Lehrer Burx verständ Latein, der hätt doch eine Zeitlang für Pastor studiert. Ich sah Burx in einem ganz neuen Licht.

Mutter ging also zu Burx, und er erklärte sich bereit, mir Lateinstunden zu geben. Mutter schärfte mir ein, daß ich aber auch gut lernen müßt, denn die Stunden würden nicht mit Geld, sondern mit Öl bezahlt, und das war damals sehr teuer. Der Unterricht sollte erst nach dem Weißen Sonntag beginnen, denn das Latein durfte die Vorbereitungen zur ersten Kommunion nicht stören.

Der große Tag

In der Woche vor Ostern begann Katharina damit, Vaters schwarzen Mantel auseinanderzutrennen, um mir daraus den Kommunionanzug zu machen. Die Frauen lobten den Stoff, der gar nicht aufzutragen wär, und Katharina sagte zu mir, als niemand in der Stube war, daß es keinen besseren Stoff auf der Welt gäb als diesen, den Vater so viele Jahre sonntags zum Kirchgang angezogen hätt. Während der Anzug langsam entstand, sprach sie fast ausschließlich von Vater und dem Weißen Sonntag.

Der Kaplan lieh uns, obwohl er nicht den vorbereitenden Unterricht gegeben hatte, einige Büchlein, die wir zur Vorbereitung auf den großen Tag lesen sollten. Die Geschichten handelten fast alle von Jungen und Mädchen, welche die erste heilige Kommunion im Zustand der Todsünde empfangen hatten und ganz plötzlich auf schauerliche Weise gestorben waren. Darauf waren sie ihren Eltern oder Erziehern erschienen, von Flammen umgeben, und klagten sich an, daß sie in der Beichte aus Scham eine Sünde verschwiegen hätten. Diese Sünde war nie genau genannt, doch soviel konnte man erkennen, daß es sich jedesmal um Unkeuschheit handelte. Ich las die Geschichten mit derselben Hingebung, mit der ich alles las, was mir Gruseln verursachte. Auch die Neugier, was diese mir gleichaltrigen Jungen und Mädchen wohl getan haben könnten, trieb mich an, sehr genau zu lesen. Ich dachte wieder an Matz und Friedrich Wilhelm und bei der Beichte trug ich dem Dechanten alles noch einmal ganz genau vor. Ich erzählte ihm auch, weshalb ich in so großer Sorge sei, und er bat mich, ihm doch das Büchlein, in dem ich diese Geschichten gelesen hatte, ins Pfarrhaus zu bringen.

Ich war schon einmal im Pfarrhaus gewesen, aber nur in dem Raum, der gleich hinter der Haustür lag. Dort gab es ein Fensterchen in der Wand und neben dem Fensterchen eine Schelle. Ich freute mich schon auf diese Schelle, denn kaum drückte man darauf, so steckte die Pfarrköchin den Kopf durch das Fensterchen heraus. Als ich diesmal mit dem Buch kam, fragte mich die Köchin, was ich wünschte und wie ich hieße. Ich sagte ihr, daß ich dem Herrn Dechant dies Buch zeigen sollte, und nannte meinen Namen.

Ich versuchte, als das Fensterchen wieder geschlossen war, durch die große zweiflügelige Glastür zu schauen, durch die man in das innere Haus trat. In weißen Sprossen war buntes Glas eingelassen, so daß alles, was dahinter war, in Flammen zu stehn oder am Erfrieren zu sein schien.

Endlich wurde mir geöffnet, und die Köchin führte mich über die schwarzweißen Fliesen zu einer Tür, die aus Leder war. Hinter dieser Tür befand sich noch eine zweite, und ich hätte mich nicht gewundert, wenn nun auch noch eine dritte Tür dagewesen wäre, derart war meine Ehrfurcht, die ich ohnehin vor dem Dechanten hatte, angewachsen durch das Warten, durch all das bunte Glas und vor allem durch die zwei Türen. Ich sah gar nicht, wie es im Zimmer bei ihm aussah. Er ließ mich neben seinen Sessel treten, schob seine Brille in die Stirn und setzte darunter eine andre und las in dem Buch, das ich ihm behutsam auf den Tisch gelegt hatte. Er blätterte in den Seiten hin und her. Schließlich blickte er auf und fragte, ob der Herr Kaplan mir dies Buch gegeben habe? Ich bejahte. Er legte es vor sich auf den Tisch und sagte, ich solle es dalassen, er gebe das Buch selbst dem Herrn Kaplan zurück. Dann lehnte er sich in den Sessel zurück und sagte mit seiner leisen, ruhigen Stimme: »Hast du eigentlich das Lied auswendig gelernt, das ich euch aufgegeben habe?«

Ich fragte: »Welches?«

Und er: »‚Deinem Heiland, deinem Lehrer.' Sag's mal auf!«

Ich konnte nur die ersten zwei Strophen.

»Siehst du«, sagte er fast streng, »du kannst es nicht! Schnell nach Hause! Das mußt du ganz können. Und dann noch: ‚Menschen, dient aus frohem Triebe heut dem Heiland Jesus Christ.' Und dann noch – warte: ‚Beim letzten Abendmahle.' Und noch eins: ‚Kommt her, ihr Kreaturen all.' Die mußt du alle können«, er hob den Finger, »paß auf, ich hör dich noch vor dem Weißen Sonntag ab, wenn ich dich irgendwo sehe!«

Er gab mir, als er mich entließ, einen Klaps auf die Schulter. Ich eilte heim und setzte mich in die gute Stube, nahm das Gesangbuch und begann zu lernen. Draußen hörte ich Mutter und die Geschwister, wie sie die Kuchenbleche zum Backofen trugen. Katharina hatte den Anzug schon fast fertig. Sie begann nun mit dem Hemd, dessen Bördchen fast wie Manschetten aussahen.

Am Tage vor dem Weißen Sonntag ging sie mit mir in die Richtgasse zu Johaentjes, um den schwarzen Hut und das weiße Sträußchen für den Aufschlag des Anzugs zu kaufen und die Kerze mit dem weißen Spitzentaschentuch. Mein Taufpate, der als Jäger zu Fuß an der Front stand, hatte mir ein Gesangbuch schicken lassen; von der Got, die in einem fernen Dorfe wohnte, erhielt ich ein paar schöne schwarze Knöpfschuhe.

Katharina sagte mir immer wieder, ich sollt mich um all das nicht kümmern, sondern meinen Geist nur auf das eine richten, um dessentwillen dieser Tag für mich so groß wär.

Nickel nahm mir am Abend, als wir schon im Bett lagen, das Gesangbuch aus der Hand, ich überprüfte und überdachte noch immer die mir vom Dechant aufgegebenen Lieder.

Am Morgen war ich früh wach. Katharina half mir beim Waschen und Ankleiden. Als ich fertig war und an der Tür bereitstand, um zu Herings-Pittchen hinüberzugehen, der ja auch zur ersten Kommunion ging, trat Mutter auf mich zu und weinte. Ich begriff zuerst ihre Tränen nicht. Da sagte sie: »Ach, dat de Vatter heut net bei uns is!« Ich konnte nicht weinen. Ich küßte sie nur und ging über die Straße zu Pittchen.

Er mußte immerzu lachen. Auch ihn zog seine älteste Schwester an. Ich zeigte ihm meine Hemdbördchen und sagte, es wären Manschetten. Voll Schreck merkte ich, daß ich eine Lüge gesagt hatte. Seine Schwester tadelte mich, weil ich an so etwas Dummes denken könnte. Heute morgen dürften wir beide nur an Gott denken. Mir kam das trotz meiner großen Freude und Feierlichkeit sehr schwer vor. Einen Augenblick überschattete mich, als ich so neben Pittchen dahinging, etwas wie Traurigkeit. Sogar an diesem heutigen Morgen hatte ich gelogen. Und allzu oft dachte ich an den schönen, schwarzen Anzug auf meinem Leib. Pittchen hatte lange Hosen, wie die meisten Jungen. Ich trug wie auch sonst kurze, weil Katharina fand, die langen machten so einen kleinen Jungen zu alt und zu wichtig. Wir redeten kaum etwas unterwegs. Nur einmal sagte Pittchen, daß der

Lehrer Husmann, dem Herings-Mutter den Haushalt führte, ihm zur Kommunion zehn Mark geschenkt hätt. Ich fragte, was er damit machen tät. »Ich kauf mir en Uhr«, sagte er. Eine Uhr? Daran hatte ich noch nie gedacht.

An der alten Schule stellten wir uns auf – immer zwei Jungen nebeneinander. Mir kamen die sonst so wilden und plumpen Jungen, die meist in geflickten, grobstoffigen Anzügen umherliefen, in ihren schneeweißen Hemden und den schwarzen Anzügen ganz verwandelt vor. Sie rochen auch nicht wie sonst nach kaltem Wirsing und ranzigem Schuhfett, sondern nach dem Stärkemehl in den Stehkragen, nach dem Wachs der Kerzen, dem Goldschnitt und dem Kalikoeinband ihrer neuen Gesangbücher.

Die Lehrer Burx und Tipphenne standen ordnend neben uns. Auch sie hatten Festtagskleider an, nämlich den ‚Gehstduhintermich' oder ‚Schwalbenschwanz', wie wir bei uns dies Festtagsgewand der Männer nannten. Tipphenne, den ich sonst nur im grünen Lodenjöppchen kannte, hatte sogar eine Perle in der Krawatte. Die Gesichter der Lehrer strahlten Milde und Nachsicht aus, und als Burx schließlich einem Jungen die Kerze anzündete und dann mir, und als wir nun das Licht weitergaben und Tipphenne mit seiner klaren Stimme das Lied anstimmte: ‚Preiset, alle Nationen, den verborgnen Gott im Brot' –, und als wir uns in Bewegung setzten und die Brücke erreichten, da fiel mir – es war wohl das Wort ‚alle Nationen' daran schuld – die Begegnung mit Dimitri ein. Hier auf dieser Brücke war es geschehen, hier hatte er zu mir gesagt: »O Pas-cha!« Hier hatte er die Hände aneinandergedrückt, um mir zu zeigen, wie nahe ich heute dem heiligsten Erlöser sein würde. Hier hatte er mich angefleht, für den Zaren zu beten und für ihn. Dimitri, den russischen Kriegsgefangenen in Schweich.

Und Tipphenne, der immer so kriegerisch war und Gedichte gegen die andern Nationen schrieb, er sang heute: ‚Preiset, alle Nationen!' Mir kam nicht nur die eigne Person und die meiner Mitschüler, nein, auch die Lehrer, der ganze Ort, die ganze Welt kamen mir wie verwandelt vor:

‚Unter Menschen will er wohnen,
Nah sein unser aller Not.'

Die Sonne schien. Die Glocken läuteten. Man hörte nichts von dem drohenden Gepoch der Kanonen im Westen. Trotzdem dachte ich einen Augenblick an Martin, der auch an diesem Tage, auch jetzt in dieser Stunde gegen die Franzosen kämpfte. Wo ist Gott, hörte ich ihn wieder fragen, auf der Seite der Franzosen oder der Deutschen? Aber ich hatte keine Zeit, weiter nachzudenken. Ich sang, ich wollte glücklich sein:

‚Tanze, du erlöste Erde,
Was da lebt, zum Liede werde:
Ihm, der in sich selber wohnt
Und in unsern Tempeln thront.'

Als wir diese Stelle des Liedes sangen, bog die Reihe der lichttragenden Jungen und Mädchen auf den Kirchplatz. Immer noch hallten die Glocken. Man hätte laut sprechen müssen, um ein Wort zu verstehen. Ich blickte vor mich nieder, weil ich wußte, daß fromme Neugier uns musterte. Vielleicht standen auch Mutter und die Geschwister vor der Kirche, aber ich wollte niemanden sehen. Da spürte ich, als ich durch das Kirchenportal trat, wie mich eine Hand am Oberarm faßte. Beinahe erschrocken blickte ich auf und sah – in Dimitris weitaufgerissene Augen. »Stjopuschka, nicht mich vergessen – und nicht –«, das Folgende konnte ich nicht verstehen, obwohl er meinem Ohr ganz nahe gekommen war: die Orgel hatte mit ihrem Brausen seine Worte hinweggenommen. Ich hörte die Pfeifen und Bässe wie einen himmlischen Sturm. Als ich das Holz des Gestühls unter den Knien und Ellbogen spürte, atmete ich auf. Ich fühlte, wie meine Knie zitterten und meinen Leib eine fast angenehme Leichtigkeit durchzog. Immer wieder, wenn ich die Augen schloß, sah ich Dimitris Augenweiß und sah, wie seine Hände langsam einander näher kamen. Und wieder zitterte ich. Diese Nähe – sie ist zu groß! Ich hörte die Worte des Vorbeters, hörte: es ist derselbe Leib, der in der Krippe lag; der in der Barke saß, als es stürmte; derselbe, der am Kreuz hing; es ist der Gottmensch, der in den Himmel auffuhr, der wiederkommt zu richten die Lebendigen und die Toten, der in der Herrlichkeit des Vaters wohnt!

Ich befand mich wie in einem furchtbaren, erhabenen, unbegreiflichen Märchen, nur daß alles, was geschah, von mir und allen, die an diesem Fest der Begegnung teilnahmen, stark und ruhig geglaubt wurde.

Dimitri aber hatte durch seine zweimalige Bitte mich auf einen Blickpunkt hingewiesen, der ohne ihn mir niemals so deutlich und stark und überzeugend vor die Seele getreten wäre: nämlich auf meine Macht über den göttlichen Besucher. Zwar hatte uns der Dechant einmal im Unterricht gesagt: »Stellt euch vor, der Kaiser käme in euer Haus zu Besuch. Was würdet ihr nicht alles tun, um das Haus zu säubern und zu schmücken, um den hohen Gast artig zu empfangen!«

Doch daß wir in diesem Augenblick eine besondere Macht über den Kaiser hätten, davon hatte er nichts gesagt. Aber Dimitri! Und hatte er nicht recht: wenn Gott sich mir selber gab – zur Speise gab, konnte er mir dann noch eine Bitte abschlagen?

Als die Wandlung vorüber war und die Glöckchen zur Kommunion einluden, als auf der Empore wieder die Orgel einsetzte und die ganze Gemeinde anstimmte: ‚Deinem Heiland, deinem Lehrer'; und als wir der Vorschrift gemäß die Hände vor der Brust aneinanderlegten, aus der Bank heraustraten und zum Priesterchor hinaufschritten, und der greise Dechant inmitten von Lichtern und Weihrauchwolken und Blumen aus dem funkelnden Kelch uns die bleiche Hostie über das ausgespannte Linnen reichte, da fühlte ich mein junges Leben zu einer Höhe erhoben, von der wieder herabzusteigen in den Tag, und selbst in einen festlichen Tag wie diesen, eine schmerzliche Ernüchterung bedeuten mußte.

Aber ich hatte meinem göttlichen Gast alles vorgetragen, was ich von ihm wünschte: ich wollte Priester werden. Vater sollte aus dem Fegfeuer, falls er da noch wäre, sofort in den Himmel kommen. Und Dimitri sollte bald nach Rußland heimkehren, der Zar sollte Frieden mit unserm Kaiser machen, alle Fürsten sollten Frieden schließen und alle Völker sich miteinander versöhnen! Und die Soldaten sollten heimkehren – auch Martin! Die Städter sollten Brot haben! Und der Schreiner Jul, mein Freund, sollte nicht mehr an die Front kommen, und Mutter wieder ein bißchen fröhlicher werden!

Als ich die Kirche verließ, stand Dimitri vor der Pforte. Er trat schnell auf mich zu und blickte mich an. Dann griff er in die Tasche und zog etwas hervor, – es war in ein Stück Zeitung eingewickelt. Es sei ein Stückchen braunes Glas, dachte ich zuerst und konnte nicht recht verstehen, warum er es mir schenkte. Aber er hielt es mir, während wir von den Kirchgängern wie von dunklem, langsam strömendem Wasser umgeben waren, mit zwei Fingern gegen das Licht. Und er sprach mehrmals und leise das Wort Achat aus. Und er fragte: »Siehst du?«

Den durchsichtigen, gelblichen Stein durchzogen dunklere und hellere Bänder, fast wie in einem frischen Buchenbrett. Aber die Mitte durchzog statt des Streifens eine winzige Malerei. Ich sah einen Waldrand, nur einige Millimeter große Fichten waren es oder Tannen. Hinter ihnen stiegen die Kuppeln von phantastischen Gebäuden auf. »Kirchen«, flüsterte Dimitri, »russische Kirchen«, wiederholte er. »Fünf Kirchen nebeneinander und Türme vom Gouvernementspalast. Und Häuschen. Und wieder Bäume. Viel Bäume. Und darüber Himmel – großer Himmel ohne Ende. Und davor: Erde – Erde – Erde! Rußland!«

Ich war entzückt und fragte ihn, ob er das gemalt hätt. Aber nun wurde das geheimnisvolle Lächeln, das die ganze Zeit, da er mir den Achat zeigte, um sein Schnurrbärtchen gespielt hatte, noch stärker, noch seliger. »Hat Gott gemalt«, flüsterte er, »ist im Achat! Und Achat ist aus Deutschland. Hat mir russischer Freund gebracht aus Idar-Oberstein. Stein aus dein Heimat! Und ist Rußland! Wie gemalt von Russen, genau – genau! Ja, hat Gott gemalt – auf deutschen Stein hat Gott gemalt Mütterchen Rußland.«

Ich wickelte das Geschenk vorsichtig ein und steckte es in die Rocktasche. Ich wollte mich bedanken, aber Dimitri wehrte mit den Händen ab. Wir waren ein paar Schritte weitergegangen, da blieb er wieder stehen. Er flüsterte und zeigte auf sein Herz: »Du hast gebetet für mich, Brüderchen – ich nach Hause kommen! Ich im Herzen es weiß!« Dann gab er mir die Hand und durchquerte im Davongehen eilig den Haufen Sonntagsleute, die den kriegsgefangenen Russen in seiner Soldatenmütze und den sträußchengeschmückten Erstkommunikanten neugierig und auch befremdet betrachteten.

Zu Hause fand ich alle bereit, zu Tisch zu gehen. Mutter hatte keine Gäste eingeladen, es erwarteten mich auch keinerlei Geschenke. Ich entbehrte nichts, und doch erfüllte es mich mit Wehmut und Verwunderung, daß dieser Tag dahinging wie die andern. Die Familie saß um den Tisch und aß; auch ich aß, und es schmeckte mir sogar. Die Schwestern spülten das Geschirr, wir tranken Kaffee und gingen dann in die Andacht. Hernach machte ich mit Herings-Pittchen einen kleinen Spaziergang auf den Friedhof zu den Gräbern unserer Väter. Der große Grabstein, auf welchem meine Zinnsoldaten auf- und abgestiegen waren, stand nun an dem Kopfende des Grabes. Eine schwarze Tafel mit goldenen Lettern erzählte, wer hier lag.

Wir wollten noch nicht gleich nach Hause gehen. So schlenderten wir den Bierbach entlang bis hinters Dorf. Es gab da am Bach eine Kiesgrube, in deren verlassenen Kaulen das Wasser trübe Tümpel gebildet hatte. Darin laichten die Frösche, und Herings-Pittchen überkam plötzlich die Lust am Fröschefangen. Lehrer Husmann, so sagte er, äß so gern Froschschenkel. Ich erinnerte mich, daß auch Mutter uns noch vor kurzem erzählt hatte, wie gut Froschschenkel schmeckten. Wir malten uns aus, während wir immer tiefer auf den schmalen, nassen Erdrainstreifen in das Reich der Tümpel eindrangen, welche Freude wir mit einer Portion Froschschenkel nach Hause bringen würden. Pittchen hatte schon sein Messer, das ihm sein Bruder zum Fest geschenkt hatte, aufgeklinkt und schnitt einen Weidenzweig. Auf dieser Rute, so erklärte er mir eifrig, würden die Hinterteile der Frösche aufgereiht. Wir sollten also beide die Frösche fangen, ich hätte sie totzuschlagen, während er ihnen mit seinem neuen Messer die Hinterbeine abschneiden tät. Hinterher wollten wir die Beute brüderlich teilen.

Als ich schließlich merkte, daß Pittchen mit dem Fröschefangen ernst machen wollte, und ich mich selber schon dabei sah, wie ich die glitschigen Tiere packte und sie mit dem Kopf auf einen Stein schlug, daß sie die Hinterbeine lang von sich streckten – ich hatte es einige Male gesehen –, da begann ich mit Ausreden. Daß man am Erstkommuniontag nicht töten dürft, genierte ich mich, Pittchen zu sagen. So wies ich denn darauf hin, daß dies Fröschefangen zu den knechtlichen Arbeiten rechnen tät und darum am Sonntag nicht erlaubt wär. Außerdem – und das überzeugte Pittchen sofort – unsere neuen schwarzen Anzüge! Wie die hernach aussähen! Und dann bekämen wir zu Hause sogar am Weißen Sonntag zumindest eine Predigt.

So beschlossen wir, an diesem Tag keine Frösche zu fangen. Aber, so schlug Pittchen vor, in diesem Jahr müßten wir es lernen. Man könnt sogar damit viel Geld verdienen. Er würd den Kinderwagen, den er sonst zum Zeitungsaustragen gebrauchen tät, mitbringen. Darein würden wir die gefangenen Froschschenkel legen und sie verkaufen: beim Bürgermeister, beim Apotheker, beim Dechanten und bei allen feinen Leuten, die was von Froschschenkeln verstünden, schloß er und ließ den Weidenzweig unter seinem Messer stückchenweise zu Boden fallen.

Auf dem Nachhauseweg trennten wir uns. Er ging zum Lehrer Husmann, um seine Mutter abzuholen.

Es dunkelte langsam. Dort, wo die Richtstraße und die Wilzgasse aneinanderstießen, sah ich einen schmalen, in den Schultern gebeugten Mann stehen. Es war der Juden-Willi. Seine Eltern waren tot, und der etwa Dreißigjährige lebte bei einem geizigen Verwandten, der auf Willis großes Vermögen, wie es hieß, die Hand gelegt hatte und den armen, schwachsinnigen Menschen darben ließ. Willi stand den ganzen Tag auf der Straße. Wenn er einen oder gar mehrere von uns Schuljungen sah, humpelte er, die Hände in den Taschen, in großer Eile davon. Wir aber liefen ihm, sooft uns die Laune überfiel, johlend nach, umstellten ihn und schrien: »Willi, beiß in de Schinken!« Ich hatte bis zu dieser Stunde noch nie etwas anderes zu Willi gesagt als diese böse Neckerei, über deren Sinn ich nie nachdachte, welche aber den Juden-Willi stets aufs neue in eine derartige Aufregung versetzte, daß er sich in die Finger biß und dunkel gestammelte Verwünschungen gegen uns ausstieß.

Als ich an diesem Abend, da ich voll Schwermut über das nahe Ende des großen Tages nach Hause ging, Willi im Winkel der beiden Gassen dastehen sah, ging ich schnell auf ihn zu und rief leise: »Willi, net fortlaufen, Willi – hier!« Und ich gab ihm die fünfundzwanzig Pfennige, die mir Katharina geschenkt hatte, ich sollte mir dafür etwas Süßes kaufen. Willi betrachtete zuerst in äußerstem Mißtrauen das Geld, und da es stark dämmerte, mußte er es sehr nah an die Augen bringen. Kaum daß er es als echt erkannt hatte, blickte er mich nun ebenso mißtrauisch prüfend an. Endlich aber war es mir, als ob sein gelbes, wie ein alter Vorhang zerfälteltes Gesicht plötzlich von innen erleuchtet würde. Seine in trostlosem Grimm versunkenen Augen öffneten sich weit, und ich sah: der Juden-Willi lächelte. Und während er die rechte Faust, darin das Geld war, an seinen Rippen auf und niederrieb, rührte seine Linke vorsichtig an das Sträußchen auf meinem Aufschlag. Ich aber wandte mich und lief unserm Haus zu. Zum zweitenmal an diesem Tage empfand ich den himmlischen Rausch. Die schon dunkle Wilzgasse schien mir von Licht erfüllt. Der Gottmensch selber war es, der von mir fünfundzwanzig Pfennige erhalten und zum Dank gelächelt und mein Kommunionsträußchen – als wollte er mich segnen – berührt hatte. Aber es war auch der Juden-Willi, beiden hatte ich ins Gesicht gesehen, beide waren einen Augenblick für mich eins geworden.

Beim Abendessen empfand ich wie schon am Nachmittag überm Kaffee einen leichten Widerwillen. Ich war so traurig, ohne jemand den Grund genau erklären zu können. Als mich Katharina fragte, was ich hätt, schüttelte ich nur den Kopf. Schließlich erklärte ich ihr – wir waren ganz allein in der guten Stube vorne –, daß ich ihr keinen Kuß mehr geben dürft, auch Mutter nicht – niemandem mehr, den ich bisher besonders lieb gehabt hätt. Katharina fragte, sie war sehr überrascht: »Aber warum dat denn?« Ich erklärte ihr, daß ich dem Juden-Willi keinen Kuß geben könnte, auch Kebericks-Vatter und Schleimers-Mutter nicht, und noch die Namen vieler zählte ich auf, denen ich keinen Kuß geben könnte.

»Aber wofür sollste denn denen en Kuß geben?« fragte Katharina erstaunt.

»Ich muß alle Menschen gern haben«, erklärte ich ihr nun, »wenn ich aber net alle küssen kann, darf ich auch dich un Mutter net küssen.«

»Junge, wo denkste denn hin!« rief Katharina, halb erstaunt, halb ärgerlich. Und sie erklärte mir, daß wir unsere

Eltern und Geschwister und Freunde natürlicherweise mehr liebten als die übrigen Menschen, und daß Gott es so gewollt hätt.

Ich tat so, als stimmte ich ihr zu, und ging bald zu Bett. Nickel hatte noch einen Gang zu tun, und so lag ich allein in der dunklen Mansarde. Plötzlich stand Kättas Bild vor mir. War nicht auch sie heute zur Kommunion gegangen? Und ich hatte sie nicht gesehen, ja, nicht einmal an sie gedacht, nicht ein einziges Mal. Zugleich aber hörte ich eine Stimme in mir, und sie war es, die meine wie Nebel schwebende Traurigkeit nun in Tränen niederschlagen ließ. Die Stimme sagte mir, daß es ganz richtig gewesen sei, wenn ich an diesem Tage Kätta weder gesehen noch gesprochen, ja, nicht einmal an sie gedacht hätte. Ich verstand die Stimme, ich mußte ihr sogar recht geben. Außerdem – das fiel mir in dieser Stunde vor dem Einschlafen, nun da sich mein Zug in die Weite bald verwirklichen sollte, wie eine schwere Last aufs Herz: ich war dabei, fortzugehen, aus meinem Vaterhaus und aus dem Dorf. Und Kätta würde ich niemals wiedersehen. Sie ging, wenn der Krieg zu Ende war, in die Stadt zurück – und würde mich vergessen. Und ich mußte sie vergessen, und den Pero und die Braun und auch die Katze mußte ich vergessen, denn sie blieben, wo sie waren; und wenn ich zurückkam und sie noch am Leben fand, war ich ihnen ein Fremder geworden. Ja, selbst dieses Bett, dieses Zimmer, sogar Nickel und Mutter und die Geschwister – allem und allen würde ich fremd werden. Ich sah den Altar in der Schweicher Kirche vor mir, ich hörte die Orgel, roch den Weihrauch und sah den Dechanten, wie er aus dem Kelch die Hostie hob. Sein bleiches Gesicht kam mir so heiter vor, so hell und in sich ruhend. In dieses Bild sank ich hinein, und der Altar im Traum war noch höher und herrlicher als der in unserer Kirche an jenem Tag.

Noch in der Woche, die dem Weißen Sonntag folgte, ging ich zu Lehrer Burx zur ersten Lateinstunde. Ich war sehr neugierig, wie es im Hause des alten Lehrers aussäh. Eine dicke Frau, die einen Besen in der Hand hielt, öffnete mir.

»Wat willste hier?« fragte sie barsch.

»Ich möcht Lateinstunden haben«, sagte ich nach kurzem Überlegen.

»Was für Stunden?« fragte die Frau überrascht und strich sich eine graue Haarsträhne aus der Stirn. »So eppes!« murmelte sie vor sich hin, öffnete mir die Tür zur guten Stube und rief laut: »Herr Burx! Hier is e Jung, der hätt gern Lateinstunden!«

Ich mußte eine ganze Weile warten. In der Stube stand an der Seite, die den zwei Fenstern gegenüberlag, ein Tisch mit einer braunen Decke und dahinter ein ebenso braunes Sofa. Zwischen den weißen Tüllvorhängen der Fenster ragte der runde Rücken einer Nähmaschine heraus, auf dem Kasten lag ein gesticktes Deckchen. Aus dem Porzellanschrank blickten mich die bleichen, runden Gesichter einiger Teller an. Ein bemalter Soßennapf, den ich von der Seite sah, schien mir eine spöttische Miene zu schneiden, ein wenig wie eine Geiß, ehe sie zustößt. Nun erst entdeckte ich über dem Sofa zwei Bilder, große Fotografien in ovalen, goldenen Rahmen. Die Fotografie auf der rechten Seite stellte eine junge Frau dar, die ein kleines Gesicht und sehr viel Haar auf dem Kopf hatte. Ich wußte, daß unter der glänzenden Welle ein flacher Ball aus Haaren steckte, ich hatte ihn oft gesehen, wenn die Schwestern sich frisierten. Die Frau, deren Hals von einem Stehbördchen eng umschlossen war, blickte mit traurigen Augen vor sich hin in die leere Luft. Der Mann in dem andern Goldrahmen mochte etwa fünfundzwanzig Jahre alt sein. Er hatte einen dicken, an den Enden aufgezwirbelten Schnurrbart, zwischen den Augenbrauen stand eine strenge Falte. Das war, erkannte ich unvermittelt, Lehrer Burx, als er noch jung war; und das traurige Wesen, das so suchend ins Zimmer blickte, war jene Frau, die er geheiratet hatte, obgleich sie doch nichts in die Ehe mitbrachte. Im Zimmer roch es nach Staub und Vergangenheit, kam es mir vor, wie in einer leeren Zuckerdose, wie in einer ausgeräumten Hutschachtel. An der Wand hing ein kleines, zweifächeriges Gestell, dessen Säulen aus braungebeizten, durch einen Draht inwendig miteinander verbundenen Zwirnrollen bestanden. Darin stand ein Buch und eine rosarote, außen mit Silberbronze überzogene Muschel.

Ich hätte gern das Ohr daran gelegt, doch da wurde die Tür geöffnet. Lehrer Burx trat herein. Er antwortete auf meinen Gruß, ging aber gleich, ohne mich anzusehen, an mir vorbei, so wie er auch in der Schule an unsern Bänken vorbeizugehen pflegte, mit strammen, festen Schritten, nur daß er hier in dem kleinen Zimmer sofort am Porzellanschrank angekommen war. Er drehte sich herum, sagte: »Setz dich« und öffnete ein ziemlich zerblättertes Buch.

»Du willst also studieren«, begann er. »In der Schule bist du nie gut – außer in Deutsch, Geschichte und Geographie. Du warst auch immer sehr unaufmerksam. Das Studieren ist schwer, sehr schwer. Besonders das Latein. Du mußt es dir gut überlegen. Und es kostet deine Mutter viel Geld. Also fangen wir mal an. Das hier ist eine lateinische Grammatik. Grammatik nennt man das Buch, in dem die Regeln einer Sprache enthalten sind. Die erste Deklination. Deklination nennt man die Art und Weise, ein Wort zu biegen. Biegen wir also – oder einfach gesagt – deklinieren wir einmal das Wort die Rose. Es gibt im Lateinischen sechs Fälle: der Nominativ, der Vokativ, der Genitiv, der Dativ, der Akkusativ, der Ablativ! Wiederhole!«

Ich wußte nicht, was ich wiederholen sollte, seine Erklärung über die Grammatik, über die Deklination oder die Fälle.

»Siehst du«, sagte er sanft und nickte. »Ich hab's dir ja gesagt: das Studieren ist schwer, sehr schwer. Ich warne dich. Aber hör jetzt mal genau zu. Ich biege oder sagen wir einfach: ich dekliniere Rose – auf Latein: rosa. Hör genau zu:

rosa
rosa
rosae
rosae
rosam
rosa.

Wiederhole!«

Burx hatte diese Wörter sehr schnell und richtig wie ein kleiner Junge vor sich hingeleiert, jede Endung scharf betont und mit der Faust, als schlüge er Nägel in einen Schuh, auf sein Knie geklopft. Als er mich zum Wiederholen aufforderte, fuhr ich aus meinem erstaunten Zuhören auf und raste sozusagen mit dem Wort davon wie auf einem durchgehenden Gaul. Ich betonte es ebenso kräftig auf der letzten Silbe, ohne aber zwischen a und ae und am zu unterscheiden; die Zahl der Fälle hatte sich bei meinem hitzigen Deklamieren stark vermehrt.

»Falsch«, rief er, »es ist alles ganz und gar falsch! Nun ja, ich sagte es dir, es ist schwer. Selbst die erste Deklination, siehst du. Das mußt du alles auswendig lernen. Aber hier steht jetzt ein Satz, ich lese ihn dir vor: Asia est terra. Hörst du – das ist Latein. Asia heißt auf deutsch Asien; est heißt ist; terra heißt Erde. Also übersetze! Ah so – du weißt nicht, was übersetzen ist. Wenn du einen lateinischen Satz ins Deutsche übersetzest, das ist übersetzen. Also: Asia est terra – nun?« »Asien ist Erde!« sagte ich mit leise zitternder Stimme. Ich war mir des Augenblickes ganz bewußt: ja, das war Latein; ich konnte es verstehen.

»Erde?« sagte Burx und räusperte sich, »nun, das soll doch wohl eigentlich heißen: Asien ist ein Land!«

Die Stunde dauerte nicht lange. Burx gab mir das Buch mit und zeigte mir, was ich auswendig zu lernen hätte. Auf dem Nachhauseweg, es ging langsam gegen Abend, sah ich, wie in der Reihgasse aus dem Stall der Geidens-Leute ein weißes Pferd herausgeführt wurde. Es schien noch sehr jung zu sein. Nur zögernd ließ es sich führen, vielleicht gefiel ihm das harte Pflaster nicht. Ein paar Männer warteten auf der Straße, sie betrachteten das junge Tier, sprachen miteinander und nickten. Der Schimmel schien im Dämmer zu wachsen, ja, mir war es, als wäre die Straße heller geworden. Da stieg der junge Hengst auf die Hinterbeine. Der Mann, der ihn an der Kandare hielt, lachte. Auch ich lachte vor Vergnügen. Noch einmal stellte sich der Schimmel auf die Hinterbeine, er wieherte. Da stieß mich jemand an, es war eine Frau, die ich nicht kannte. Sie zeigte auf die Erde, und da sah ich die lateinische Grammatik des Lehrers Burx mitten in einem frischen Kuhfladen liegen. Vor Schrecken konnte ich mich zuerst nicht bewegen. Ich hatte keinen Blick mehr für den Schimmel, welcher, wie mir vorkam, an diesem Unglück allein schuld war. Vorsichtig kratzte ich mit einem Stück Schiefer den Kuhdreck ab. Ich sah, wie einige der Leute, die das Pferd betrachtet hatten, nun über mich lachten.

Ich erzählte Katharina, was geschehen war, und wir begannen zu zweit, die Grammatik zu säubern. Da der grünlich-graue Flecken auf dem Einband nicht zu tilgen war, nähte Katharina aus schwarzem Lüsterstoff eine Buchhülle darum. Ich entdeckte den Namen des Lehrers Burx auf dem in vielen Farben gesprenkelten Vorsatzblatt. »Dies Buch gehört Balthasar Burx. Konvikt Prüm 1869.« Als ich diesen zart und sorgfältig geschriebenen Namen erblickte und die Jahreszahl dahinter, sah ich plötzlich den alten und dicken Lehrer Burx immer kleiner und schmaler werden, bis er ein

Junge war wie ich. Aber ebenso plötzlich sah ich mich größer und dicker werden. Mein Gesicht konnte ich in diesem Bild, das ich von mir selber hatte, nicht sehen. Denn ich konnte mir nicht vorstellen, daß ich einmal graues Haar haben würde und Runzeln im Gesicht, – das war zu komisch.

Nach kaum drei Wochen bemerkte ich zu meinem großen Erstaunen, daß der Lehrer Burx nur noch die erste und zweite Deklination konnte. Denn als wir die dritte durchnahmen, stellte er nur noch Fragen und nickte immer ernst und aufmunternd, auch wenn ich demselben Wort bald um, bald ium als Genitivendung des Plurals anhängte. Ich sagte mir, daß er entweder meine Fehler überhaupt nicht merke, oder daß er sie merkte, aber mich nicht verbessern konnte und darum nun freundlich tat, als hätte ich es richtig gesagt. Zuerst hatte ich ein Gefühl von Beschämung, daß ich es besser wußte. Aber schließlich empfand ich etwas wie Mitleid für den alten Mann, der von Stunde zu Stunde immer kleinlauter wurde und kaum noch ein lateinisches Wort hervorbrachte. Er sagte meist nur: »Was heißt das?« Oder: »Übersetz mal den Satz!« Oder: »Jetzt hör ich dich mal die Vokabeln ab!«

Eines Tages nun, als ich ein Päckchen Latein übersetzen sollte, blieb ich vor einem Satz hilflos stehen und kam nicht weiter. »Na?« sagte er mehrmals ermutigend. Als ich trotz allen Suchens das Subjekt nicht finden konnte, stand er auf, blickte mich ernst an und nickte entschlossen. »Ich habe es dir vorausgesagt«, begann er, »das Latein ist schwer, sehr schwer! Und ich will ehrlich sein, die dritte Deklination ist der schwerste Teil dieser Sprache. All diese Ausnahmen! Vor allem das i, das mal da, mal dort ist, muß einem in Fleisch und Blut übergehen. Was mich betrifft, so hab ich diese Deklination nie ganz überwunden. Vielleicht wäre es darum besser, wenn du dir jetzt einen neuen Lehrer suchtest, der mehr weiß als ich. Ich merke jetzt erst, wie viel ich vergessen habe – ich werde allmählich alt.«

Diese Worte von Lehrer Burx ergriffen mich so sehr, daß ich zu Boden blickte und fast zu weinen begonnen hätte. Ein Gefühl der Wärme und Bewunderung erfüllte mich, und ich freute mich noch nachträglich, daß ich die Unwissenheit des alten Lehrers nie mißbraucht hatte.

Ich fand auch bald einen neuen Lateinlehrer. Es war ein Primaner, der krank gewesen war und bei seiner Tante in Schweich zur Erholung wohnte. Er trug eine goldene Brille, hinter der mich zwei schwarze Augen glotzend anblickten, als wäre ich ein eigenartiges Ding oder Tier, das man nicht genau genug betrachten könnte. Aber er blickte immer so, wohin sich auch seine Augen richteten. In der ersten Stunde redete er fast nur Latein, indem er Verse von Dichtern zitierte, um mir zu zeigen, wie schön das klinge. Ich wagte kaum Atem zu schöpfen oder ihn, wenn er beim Aussprechen der Verse die Lippen verzog und die großen Zähne bleckte, genau anzusehen. Wenn sein Mund diese harten, klingenden Silben hervorschüttelte, sah ich stets ein wenig die Dreschmaschine, wie sie die Wippbretter auf und ab wirbeln ließ, damit das goldene Stroh herauskomme. Der Achtzehnjährige kam mir hundert Jahre älter als ich vor und hundert Jahre überlegener. Der Strahl, der unter seinen buschigen Brauen hervorschoß, wenn ich das »i«, an dem selbst Lehrer Burx gescheitert war, einmal ausließ, tat mir fast körperlich weh; aber ebenso wohl tat mir sein hilfreiches, erwartungsvolles Lächeln, wenn ich im Fallstrick einer Endung zappelte und mich zu befreien trachtete und mir das schließlich gelang: dann strahlte sein sonst so ernstes, gelbes und ein wenig verbeultes Gesicht, er nickte, lächelte, sagte sogar manchmal: »Optime!«, und ich schöpfte tief Atem.

Traf er mich irgendwo im Ort, nahm er keine Rücksicht auf mein Tun oder unsere Umgebung, sondern streckte den Finger gegen mich aus und rief mit seinem halbfertigen Baß: »Wörter, die man deklinieren kann, sind?« Und ich rief wie zur Begrüßung: »Nomina!«

»Die Nomina stellen sich dar in – los!«

»In Genera, Numeri und Casus!«

»Bilde dir nichts ein, Bursche«, rief er dann etwa, »das weiß ein Lateiner bereits in matris gremio!«

Der Sommer kam, und ich ging noch einmal über alle Wiesen, rechte Heu und Grummet zusammen und wirbelte das trocknende Gras mit der Gabel empor. Ich spürte den Wind und den Heuduft auf Marscheid und Klingelrech, auf der Sauerwiese und an der Lehmbach, dort wo der Judenfriedhof am kleinen Bache lag. Ich trank Apfelwein aus dem irdenen Krug, füllte dem Bruder den Holzbecher, darin der Wetzstein steckte, im gluckernden Bach und sah ihm zu, wie er das schmale Holzgefäß hinten an seinen Gürtel hängte. Ich sah Hasen davonhoppeln, die Lerchen vor den Schritten der Schnitter aus dem Gras aufsteigen, ich hörte sie droben im Himmel in der Morgenfrühe und suchte sie mit gekniffenen Augen, wenn ich gegen die im Tau funkelnde Morgensonne blickte. Der Geruch des frischgeschnittenen Grases hüllte mich ein, bis die Sonne stärker wurde. Abends lag ich hoch oben auf dem Heuwagen ausgestreckt, die Stunde des Weges von der Wiese hinter den Weiden bis ins Dorf in betäubendem Heuduft kam mir vor wie eine Fahrt durch die Ewigkeit. Meine Rechte hielt sich, wenn der Wagen hin und her schaukelte, am Wiesbaum, während meine Augen immerzu in der Weite des Sommerhimmels schwelgerisch umherirrten, als lägen in diesem ziehenden Blau meine Wiesen, meine Wälder und die Felder meiner Aussaat.

Ich dachte an meinen neuen Lateinlehrer, aber auch an Burx; ich hatte ihn nun hinter mir gelassen. Agricola robustus est. Ach, ich verstand es schon, ich behielt ganze Sätze im Kopf. In stabula quattuor equi et septem vaccae sunt. Gewiß, das Studium war schwer, aber der kleine Burx im Konvikt hatte es eben nicht durchgehalten. Nikolaus Cusanus, der war seinem Vater weggelaufen, um zu studieren.

Und er schrieb hernach Latein wie Deutsch und war doch auch nur ein kleiner Junge aus Kues an der Mosel gewesen. Warum der Kaplan darüber so verwundert tat? Cur, Romani, Sabinas raptavistis? Alles konnte man hernach erfahren, wenn man die alten Bücher zu lesen verstand. Bücher so dick wie der ‚Christliche Hausfreund'. Und was stand nicht schon allein in diesem Buch, das doch nur auf deutsch geschrieben war! Wie ein Wagen war das Latein, wie ein Heuwagen! Ich fuhr ganz weit weg, bis in die Zeiten Christi und in noch frühere Zeit – eines Tages würde ich bis in die Zeiten Abrahams kommen. Ich streckte mich auf meinem Duftpolster aus, und ein Frösteln überlief mich; ich wußte, da ich in das saugende Himmelsblau blickte, wirklich nicht mehr genau, wo ich war.

Ich trug in diesen Wochen die Burxsche Grammatik (er hatte vergessen, sie zurückzufordern, und mir war seine Vergeßlichkeit wegen des grünlichen Fleckens auf dem Deckel mehr als recht) im Bausch meiner Bluse direkt auf dem Bauch.

Einmal traf mich mein jugendlicher Lateinlehrer mitten auf dem Spielesplatz. Als er mich seiner Gewohnheit gemäß mit Fragen überfiel und ich die Antwort nicht wußte, griff ich unter die Bluse und zog die Grammatik hervor. Als der sonst so ernste Primaner das sah, hüpfte er mit beiden Beinen in die Höhe und lachte so laut, daß die Leute stehenblieben. Dann fragte er mich und wies kurz auf das steinerne Kreuz, warum ich die Mütze vor dem Kreuz gezogen hätte, er habe mich beobachtet. Ich merkte, wie ich errötete, und gestand ihm so offen, wie ich es niemand sonst gegenüber fertiggebracht hätte, daß ich unter Menschenfurcht litte, so drückte ich mich aus. Die Schweicher aber seien sehr spöttisch, und einer müsse es genauso machen wie der andere, sonst begännen sie über ihn zu reden. Da sie das Kreuz nicht grüßten, hätte ich es tun wollen – ihnen zum Trotz.

»Ach ja, richtig, du willst ja geistlich werden.«

»Nicht deshalb«, sagte ich, »aber was soll ich mich vor den Schweichern fürchten?«

»Könntest du denn auch in der Badehose durch den Ort gehen?« Er blickte mich an und legte ein bißchen den Kopf zurück. Ich entgegnete ihm darauf, daß ich keine Badehose hätte, und selbst wenn ich eine besäße, könnte ich das nicht tun, da ich in solchem Aufzug Ärgernis erregte.

»Ärgernis? Womit?« Wieder lachte der Primaner auf diese laute, ungehemmte Weise und warf die Hände in die Luft. »O sancta simplicitas!« Er klopfte mir auf die Schulter. Wir gingen ziellos durch den Ort. Ich hatte meinen Auftrag vergessen. Alles, was ich sah, kam mir gleichgültiger, aber auch schöner und entrückter vor. Ich sah bereits mit den Augen des Abschieds die Gassen und Häuser an und ich empfand ein wenig Mitleid mit den Menschen, die in dieser engen Umgebung ihr Leben verbringen sollten.

Mein junger Lateinlehrer ging gerne spazieren. Er erklärte mir oft, das gehöre zu einem Humanisten: spazierengehen, richtig atmen, schwitzen! »Sit mens sana in corpore sano«, damit schloß er solche Belehrungen stets ab.

An diesem Junitag stiegen wir langsam den Berg Rupproth hinan. Ich erzählte ihm allerlei, auch von Clara, die in meiner Abwesenheit gestorben sei, von Dimitri, Kätta, auch von meinem Vater. Als wir die Höhe erklommen hatten und auf die schiefergrauen Dächer und in die Straßen von Schweich hinabblicken konnten und weit hinschauten über die Wiesen und Felder, die das Dorf umgaben, und den glänzenden Bogen der Mosel mit den Augen nachzogen – bis gen Trier, wo die Türme in das helle Sommerblau stachen, da hörten wir das leise, unregelmäßige Pochen in der Luft, im Sommer war's nur von den Bergen oder abends zu vernehmen.

Plötzlich wandte er sich mir zu, als wären wir in der Lateinstunde und befahl mir, den Satz ‚Horas non numero nisi serenas' zu übersetzen. Nach einer Weile gemeinsamen Bemühens, und als er merkte, daß ich den Satz verstanden hatte, setzte er ihn mit dem Sprichwort gleich: ‚Mach es wie die Sonnenuhr, zähl die heitren Stunden nur.'

Und nun fragte er vor sich in die Luft, als wäre ich nicht da, wie es denn für einen ehrlichen Menschen im Jahre 1917 möglich sei, auch nur eine heitere Stunde zu zählen. Dieser Krieg dauere jetzt drei Jahre und er könne noch weitere drei Jahre dauern. In drei Jahren werde er einundzwanzig, und wahrscheinlich nütze ihm seine Krankheit nicht mehr länger, und auch er müsse noch vor Verdun oder in Flandern sterben.

Da stellte ich mich schnell vor ihn hin und sagte – nein, der Krieg sei noch in diesem Jahr zu Ende. Er blickte mich mit derselben Miene an wie auf dem Spieles, als er mich fragte, ob ich in der Badehose durch den Ort gehen würde. »Woher weißt du das?« sagte er.

Mir war's, als sänke ich plötzlich in die Erde ein. Niemals konnte ich ihm sagen, daß ich Gott selber, als er mein Gast war, darum angefleht hatte; und daß er mir, während er in meiner Seele weilte, doch keine Bitte abschlagen konnte. Als ich nun in das Gesicht meines jungen Lateinlehrers blickte, in dieses sehr ernste und kluge Gesicht, das bald so begeistert und bald so nüchtern sein konnte, fuhr etwas wie ein kühler Wind über meine Stirn – etwas, das aus Ahnung, Scham, Ernüchterung und aus einer seltsamen Angst gemischt war, aus der Angst nämlich, ich könnte einfach ein Dummkopf sein und alles falsch verstanden haben.

Ich dachte später oft an diesen Spaziergang. Die große Angst, meine Gebete könnten wirklich nur die Wünsche eines kleinen, dummen Jungen sein, wollte ich in der Weise überwinden, daß ich jedes Friedensgerücht auftrieb und nach Hause trug. Fand ich keines, machte ich mir selber meine Friedenstauben und oftmals aus so plumpem Stoff, daß meine Begeisterung, mit der ich sie aufsteigen ließ, meine

Zuhörer nur für einen halben oder ganzen Tag täuschen und hinreißen konnte. Eines Tages brachte ich Mutter und den Geschwistern das Mittagessen nach Maroul, wo sie Kartoffeln gruben. Kaum sah ich ihre Kopftücher in der Reihe blinken, lief ich die Höhe hinan, stellte die Erbsensuppe unter den Apfelbaum und sprang über den aufgegrabenen Acker, wo die Kartoffeln wie frischgegrabenes Gold glänzten.

»Hört auf mit Graben«, rief ich schon von weitem, »wir hann Frieden! Frieden, ja! De Poincaré is erschosse worden!«

Die Frauen ließen die Kärste auf den Acker fallen, blickten einander an, schrien auf; Mutter stützte sich auf den umgedrehten Karst, als wäre sie schwindlig geworden. Sie hustete, aber ich sah, als ich ganz nahe gekommen war, daß sie lächelte. »Wer is erschosse worden?« fragte sie, noch immer hustend und lächelnd. Ich wies gen Westen hin, wo man im herbstlichen Dunst Trier liegen sah. »Dann kommt de Martin bald heim«, sagte sie leise. Doch, indem die Mutter so gegen Westen blickte, reckte sie das Ohr: »Aber – die Kanonen – sein noch dran!« Sie sprach das in die Luft und sah mich darauf mit einem fragenden und schließlich durchdringenden Blick an. »Oh, du dumme Jung!« sagte sie endlich und wandte sich von mir ab. Ob sie mich in diesem Augenblick als den Urheber des Friedensmärchens durchschaute oder als seinen leichtgläubigen Verbreiter angesehen hatte, konnte ich nicht erkennen. Aber seit ich das hungrige Lauschen und sein Abbrechen in diese abgrundtiefe Enttäuschung im Gesicht der Mutter bemerkt hatte, war mir die Lust am Herablügen des Friedens vergangen. Und wenn ein anderer einmal von dem fernen, verklärten Tag sprach, hielt ich auch ihn für einen Lügenfabrikanten. Selbst das Gebet des Papstes um den Frieden, das oft in der Kirche und bei uns zu Hause jeden Abend nach dem Tischgebet gesprochen wurde, kam mir ein wenig wie eine Ausflucht in himmlische Hoffnungen vor. Und wenn

Katharina und Lischen mit den Worten begannen: »In der Angst und Not eines Krieges, der die Völker und Nationen in ihrem Bestande bedroht –«, kniete ich, auf den Sitz meines Stuhles gestützt, da und hörte zu wie einer, der es besser weiß. Denn oftmals, wenn das Gebet zu Ende war, drang in die Stille das Klirren der Fensterscheiben; die Kanonen beteten nicht mit.

Und Dimitri, für den ich doch auch gebetet hatte, kehrte nicht nach Rußland heim, sondern starb an einem verrosteten Nagel, den er sich in die Hand gestoßen und zu gering geachtet hatte. Er wurde, als es schon zu spät war, nach Trier gebracht und auch dort begraben. Ich erfuhr von seinem überstürzten Sterben, als ich mich zu einigen Abschiedsbesuchen auf den Weg gemacht hatte: zum Friedhof, zum Pfarrer, zu den Lehrern und in die Häuser einiger uns befreundeter Familien. Die Weinerts-Leute weinten um Dimitri, als wäre er ihr Sohn und Bruder gewesen. Ich weinte erst, als ich auf dem Friedhof an Vaters Grab stand. Ich kam mir auf eine besondere Weise allein und im Stich gelassen vor. Was hatte wohl Dimitri zuletzt von mir gedacht, zuletzt, als er sah, daß er nun doch nicht nach Hause kam, sondern in der Fremde sterben mußte? Mein Gebet war zu nichts nütze gewesen. Die Grabsteine, die mich an diesem späten Nachmittag regungslos umstanden, sie kamen mir plötzlich wie eine unabsehbare Schar von Betern vor, die zu Stein geworden waren, während sie doch die Arme unablässig zum Himmel reckten. Der Buchsbaum roch bitter. Ich erinnerte mich an Büdelichs-Theiß, den Schmied, der gegen Zahnschmerzen sich ein Stückchen Buchsbaumwurzel in den hohlen Zahn schob. Er war inzwischen auch gestorben; in derselben Reihe wie Vater lag er. Ich las die Namen auf den Grabsteinen links und rechts neben Vaters Grab. ‚Herr, dein Wille geschehe' stand auf jeder Gedenktafel, oder: ‚Der Herr hat's gegeben, der Herr hat's genommen, der Name des Herrn sei gebenedeit.'

Ich las die Worte und hörte hinter ihnen Vaters Stimme. Ich ging mit ihm in einem suchend hin und her springenden Erinnern zur Mühle von Onkel Hannes am Azertwald; ich saß neben ihm auf Marscheid, stand ihm im Stall gegenüber, – sah ihn auf dem Pferd sitzen, im Eishaus stehen, den Weg hinauf ins Hölzewäldchen neben dem Leiterwagen gehen, – sein Kopf sank nach vorne, die Schultern hoben sich, ein blaues Wölkchen stieg hinter seinem Kopf in die Luft. Ich seufzte dann tief und weinte jäh auf. Bisher hatte ich nie daran gedacht, daß die Zeit auf der Mühle im Dhrontal wirklich vergangen sei, die Zeit, da ich kleine Blumen aß, weil sie schön waren; die Zeit, da ich in den Brunnen guckte und Vater mich in den Traum gewiegt hatte ... Jetzt, als ich an seinem Grab stand und ihn das Hölzewäldchen hinaufgehen sah, wußte ich es, – ja, auf einmal fiel es mir ein, als ich das blaue Tabakswölkchen hinter seinem Kopf in die Luft steigen sah: diese Zeit war vergangen, und auch die Zeit in Schweich war vergangen. Ich fühlte es, als ich vom Grab des Vaters Abschied genommen hatte und durch die schon abendlichen Straßen ging.

Im Zellenpfützweg hörte ich aus einer offenstehenden Stalltür das Gebrüll einiger Kühe. Ich verhielt den Schritt und lauschte. Ich hörte den alten Uhlen-Bärend mit sich selber sprechen. Das helle Zirpen, das war der Milchstrahl, der in einen fast leeren Zinkeimer gemolken wurde. Ich ging weiter, den Bierbach entlang. Es fiel mir ein, wie ich einmal hinterm Dorf durch sein schmutziges, vom Regen geschwollenes Wasser gepatscht war. Die Betglocke begann zu läuten. Ich hörte Mutters und der Geschwister Stimme, wenn sie mich, als ich noch klein war, beim ersten Ton der Abendglocke ins Haus riefen. »Nach der Betglock kommt de Meier un hebt de Stein auf«, so hieß es, und ich schlüpfte jedesmal schnell durch die Haustür und oft schaute ich heimlich zum Fenster hinaus, wann denn der Meier käm. Er war in meinen Augen ein starker Mann, er mußte nicht nur alle

Pflastersteine auf allen Straßen aufheben, sondern sie auch wieder hinlegen am andern Morgen. Wie der heilige Nikolaus ja nicht nur nach Schweich kam, sondern auch nach Issel und Kirsch und Longuich und Kenn und auch nach Trier ging – und noch in viele andere Dörfer.

Ich kam mir auf diesem abendlichen Gang durch das Dorf schon sehr erwachsen vor. Die Zeit, da der Meier das Straßenpflaster abends wegnahm, war für mich vorüber. Morgen würde ich den ganzen Tag in der Eisenbahn sitzen – mit Katharina – einen ganzen Tag. Ich hörte die Lokomotive bereits pfeifen und sah ihre Dampfwolke niedrig über dem Zug liegen, über dem Zug, in dem ich säße mit Katharina. In Köln war der Dom, ich sah mich hineingehen, ich fühlte, wie mir ein seliges Gruseln vor den Säulen den Rücken herablief.

Ich trat in Mandels Ecke langsam an den Telefonmast. Es war schon dunkel, und so konnte ich meine Hand an den Fichtenstamm legen, niemand sah mich; und falls mich doch jemand gesehen hätte, konnte er nicht wissen, daß diese Telefonstange eine der Säulen im Kölner Dom darstellte, eine der gruselig hohen und dicken und gewiß nach Weihrauch duftenden Säulen; morgen schon dürfte ich sie sehen und anrühren. Als ich meinen Kopf an den Stamm drückte – ich tat es schon fast, als erinnerte ich mich einer kindlichen Übung –, da hörte ich wieder die Stimmen in den Drähten, hörte ich die Ferne, die Welt, die hinter Föhren, Salmrohr, Wengerohr lag; hörte ich die Stimmen hinter der Grenze – in Holland drüben, im Collegium Josephinum. »Komm-komm-komm an der Schnur-Schnur-Schnur!« So begannen sie zu sprechen, als wäre ich noch der Knirps aus der Zeit, da die Elektrizität nach Schweich kam. Bald wurden die Stimmen, die mit mir telefonierten, ernsthafter. »Komm-komm-komm durch die Langfuhr-fuhr.« »Ja«, antwortete ich, »morgen geh ich mit Katharina die Langfuhr hinauf zum Bahnhof, morgen früh um fünf Uhr.« Die Stimmen droben in den Drähten summten weiter. Sie sagten nur, daß sie auf mich warteten – an der Grenze, ja, das »Collegium-um-um Josephinum-um« stehe an der Grenze und warte auf mich. Ich stellte mir, wie so oft schon, das Collegium Josephinum vor. Alles, was ich mir wünschte, war in diesem großen Haus enthalten. Es war sicher sehr groß, größer als das Priesterseminar in Trier, nur daß ein Collegium sehr viel schöner war, das sagte schon der Name. Es lag wohl mitten in sanft gehügelten Wiesen. Kleine Seen glänzten, umschützt von dem goldenen Grün alter Linden und Nußbäume. Wir saßen in Booten und ruderten. Und wir sprachen Latein miteinander, sangen Lieder im Dahinrudern. Vögel zogen über unsern Booten in der Luft Kreise, Vögel, die uns kannten. Sie kamen, wenn wir sie lockten, näher und setzten sich uns auf die ausgestreckte Hand. Es gab keinen Zank in den Booten und keinen Lärm in dem ehrwürdigen, schönen Haus, in welchem ich gewiß ein Zimmer für mich ganz allein hätte – mit Büchern und Blumen und einer Katze, die auf einem grünen Sofa lag. Und niemand kam, um mich zu stören, ich brauchte keine Rummeln mehr zu putzen und keinen Häcksel zu machen. Ich las Bücher, schaute mir Bilder an, und wenn die Glocke läutete, zog ich mir ein langes, weißes Gewand an und ging in die Kirche und sang mit den andern Psalmen zum Lobe Gottes. Nur eins konnte ich mir nicht vorstellen: wie eine Grenze aussah. Wahrscheinlich bestand sie in einer Treppe oder in einem schönen Fluß, über den da und dort Brücken führten. Vielleicht auch war es nur ein bunter Strich auf dem Boden, so hatten wir bis jetzt die Grenze in einem unserer Spiele dargestellt, das ‚Herr, ich bin auf deinem Berg' hieß, ja, um den ‚Berg des Herrn' war einfach ein Kreidestrich gezogen.

Die Stimmen droben in den Telefondrähten mischten sich ein. Wieder hörte ich ihnen zu. Es gab so vieles, was ich noch nicht wußte. Aber morgen, wenn ich über die

Grenze trat, wenn ich ins Collegium Josephinum feierlich aufgenommen wurde, dann – dann ... Tränen traten mir in die Augen. Das Summen im Holz erregte mich so stark, daß ich den Fichtenstamm losließ und nach Hause ging.

Mitten in der guten Stube, in die ich leise eintrat, stand ein großer Koffer. Er war fertig gepackt. Ich merkte es erst, als ich ihn hochheben wollte. Ich erschrak ein wenig, denn ich bekam ihn nicht von der Stelle.

Inhalt

Adolf Schröder

Der fremde Junge

Roman. 344 Seiten. SP 2597

Robert Bilkowsky, den alle nur Bob nennen, fährt tagsüber Taxi. Die Nächte verbringt er in seinem Atelier. Er ist Maler. Eines Abends findet er einen zehnjährigen Jungen in seiner Wohnung. Bob ist ratlos. Das Kind spricht keinen Ton, sondern verständigt sich mit ihm über Zeichensprache und schreibt verschlüsselte Botschaften auf Papierflieger. Irgend etwas in Bob weigert sich, den Jungen zur Polizei zu bringen. Er fühlt sich auf geheimnisvolle Weise angezogen, traumatische Kindheitserinnerungen werden in ihm wach, und so beginnt eine seltsame Freundschaft, in deren Entwicklung Bob sich immer mehr mit dem Jungen identifiziert. Obwohl ihm das Kind seinen Tagesablauf durcheinanderbringt, seine Freunde ihn warnen, läßt er sich nicht davon abbringen. Er muß hinter das Geheimnis dieses wundersamen Jungen kommen.

Stephen Krawczyk

Das irdische Kind

Roman. 266 Seiten. SP 2526

Das verbundene Bein von Onkel Alfred, Großmutters Groschenring und Onkel Kurt, der zu festlichen Anlässen immer denselben Nadelstreifenanzug anzieht – leichtfüßig, anrührend und unsentimental erzählt Stephan Krawczyk seine Kindheit und Jugend. Lauter private Weltereignisse, lauter intime Fotos aus dem Familienalbum, die stellvertretend für eine ganze Generation stehen. Stephan Krawczyk, neben Wolf Biermann bekanntester Liedermacher der ehemaligen DDR, erzählt aus dem Dorf Weida mit dem Flüßchen Auma präzise, herzlich und so privat, daß eines klar wird: Das Leben läßt sich nicht zurückrechnen auf dürre politische Daten.

SERIE PIPER

Margit Schreiner

Nackte Väter

Roman. 135 Seiten. SP 2686

Liebevoll und verwundert der Blick zurück – der Vater ist gerade gestorben, und die Mutter übergibt der Tochter ein ungewöhnliches Andenken an den Vater zur treuen Aufbewahrung. Es ist der Ausgangspunkt, von dem aus sie in die Geschichte der innigen, aber auch schmerzhaften Vater-Tochter-Beziehung eintaucht: Mit viel hintergründigem Humor erinnert sie sich an die väterliche Fürsorge, an die Trost-Brotkrumen in der Kinderschürze, an die körperliche Präsenz des Vaters. Seine am offenen Fenster nackt und unbekümmert absolvierte Morgengymnastik hatte Mutter und Tochter zunehmend Kopfschmerzen bereitet, denn der Vater war an Alzheimer erkrankt und hatte mehr und mehr alle Schamhaftigkeit verloren. Ein langes Sterben folgte.

»Schreiners Roman ist eine Chronik des Verdrängten, und darin liegt sein Reiz. Eine Erzählerin, die in der Mitte des Lebens steht, begibt sich an die Ränder des Bewußtseins, widmet sich den ersten und den letzten Tagen ... Auf diese Weise aktiviert die Autorin beim Leser verschüttete Erinnerungen – vor allem daran, daß sich im Kleinen, fast Vergessenen der Kern des Daseins verbergen kann.«
Der Spiegel

SERIE PIPER

Marcel Pagnol

Marcel

Eine Kindheit in der Provence. Aus dem Französischen von Pamela Wedekind. 276 Seiten. SP 2426

Marseille um die Jahrhundertwende: Eine fünfköpfige Familie bricht auf zu Ferien in der Provence – und hier beginnt für den elfjährigen Marcel ein Sommer voller Schönheit und Abenteuer in den Wiesen und Hügeln der Estaque inmitten von Zikaden und dem Lavendel- und Rosmarinduft der Hochebene. Sein bester Freund, der Bauernjunge Lili, führt ihn zu den geheimen Höhlen und verborgenen Quellen und zeigt ihm die beste Methode, geflügelte Ameisen zu fangen. Der leichte und poetische Ton besticht durch den zärtlichen Blick, in dem Arglosigkeit und Ironie verschmelzen und der kindliche Kosmos wiederaufersteht.

Marcel und Isabelle

Die Zeit der Geheimnisse. Eine Kindheit in der Provence. Aus dem Französischen von Pamela Wedekind. 195 Seiten. SP 2427

Die paradiesische Ferienidylle des elfjährigen Stadtjungen Marcel, der den Sommer mit seiner Familie in der Provence verbringt, erfährt einen jähen Einbruch in Form eines blonden, verzogenen Geschöpfs, das sich vor Schlangen fürchtet: Die tyrannische Isabelle tritt in Marcels Leben und macht ihn zu ihrem Knappen. Nun eröffnet sich das ganze Spektrum kindlicher Liebe, die in ihrer Absolutheit und Grausamkeit Marcel in heillose Verwirrung stürzt, ihn aber zugleich auch die großen Dinge des Lebens erahnen läßt. Behutsam nähert sich Marcel Pagnol seiner eigenen Kindheit und bewahrt dadurch Distanz, aber auch Zärtlichkeit und Ironie.

Die Wasser der Hügel

Roman. Aus dem Französischen von Pamela Wedekind. 423 Seiten. SP 2428

Die Eiserne Maske

Der Sonnenkönig und das Geheimnis des großen Unbekannten. Aus dem Französischen von Pamela Wedekind. Vorwort von Kasimir Edschmid. 272 Seiten. SP 2775

SERIE PIPER

Wolfdietrich Schnurre

Als Vaters Bart noch rot war
Ein Roman in Geschichten. 318 Seiten. SP 2454

»Als Vaters Bart noch rot war« ist Wolfdietrich Schnurres berühmtestes Buch. In diesen leisen, poetischen Alltagsgeschichten über ein eigenwilliges Paar, den arbeitslosen und alleinerziehenden Vater und seinen gewitzten Sohn Bruno, läßt Schnurre das Berlin der zwanziger und dreißiger Jahre wiederauferstehen. In anrührender Unmittelbarkeit erzählt er von Rummelplätzen, Hinterhofmusikanten, Osterspaziergängen oder von einer Tanne, die zu Weihnachten aus einer öffentlichen Parkanlage »ausgeliehen« wird. Diese Geschichten zeichnen aber auch ein Bild vom Berlin der Weltwirtschaftskrise, von der drükkenden Arbeitslosigkeit und vom Heraufkommen der Nazi-Herrschaft.

Als Vater sich den Bart abnahm
Erzählungen. Aus dem Nachlaß herausgegeben von Marina Schnurre. 202 Seiten. SP 2316

Mit Wolfdietrich Schnurres Vater-und-Sohn-Geschichten ist eine ganze Generation herangewachsen. In seinem Nachlaß fanden sich noch weitere Geschichten – die Schnurres Verleger seinerzeit allzu »leger«, zu liberal, zu anstößig fand. Sie sind in dieser Fortsetzung versammelt. In den widerborstig liebenswürdigen, unangepaßten Szenen findet sich nicht nur Schnurres erzählerischer Schwung wieder, in Charme und Delikatesse des Tons übertreffen sie manchmal gar die bekannten Geschichten.

»Da ist er wieder, dieser unverkennbare Schnurre-Ton: leise, ironisch und voll von menschenfreundlicher Melancholie. Ein Mann steht im Mittelpunkt, der sich nicht verbiegen läßt – aller Arbeitslosennot und allen politischen Versuchungen zum Trotz. Gerade dafür wird er von seinem Sohn geliebt.«
Brigitte

Josef Škvorecký

Eine prima Saison

Ein Roman über die wichtigsten Dinge des Lebens. Aus dem Tschechischen von Marcela Euler. Mit einem Beitrag von Walter Klier. 284 Seiten. SP 2804

Danny ist sechzehn. Und folglich hinter den Mädchen her. Seine Flammen wechseln ständig: Da sind Irena und Alena, die beiden reizenden Zwillingstöchter des strengen Herrn Rat, Marie mit den wollenen Kniestrümpfen, die hexenhafte Karla-Marie, die langbeinige Tänzerin Kristýna An die zwanzig Versuche hat Danny schon unternommen, aber diesmal – das steht für ihn fest – muß es mädchenmäßig eine prima Saison werden. Heiter, jung, leichtlebig und scheinbar unbeschwert läßt sich dieser Roman zunächst an. Aber die reine Idylle ist er nicht. Denn seine Geschichte spielt in jener Zeit, als die Tschechoslowakei als »Protektorat Böhmen und Mähren« unter Nazi-Okkupation stand. Zwischen Schülerlieben und Jazzbegeisterung tauchen die Gespenster von Krieg und Diktatur auf, die das harmlose Leben des Provinzstädtchens Kostelec bedrohen.

»Poetisch verklärt und nicht ohne Nostalgie schildert Škvorecký, wie immer derselbe Gymnasiast Danny in Kostelec immer anderen und oft auch wieder denselben Mädchen hinterherjagt. Aufgrund welcher Intrigen und schicksalsträchtigen Verhängnisse Danny, das Glück vor Augen und sehr greifbar nah, die Irenas, Alenas oder Maries dann doch nicht bekommt, warum er statt des längstverdienten Beischlafs Mathematikunterricht erhält, Berge besteigen oder bis zur Ohnmacht Rum trinken muß – das macht den handlungsträchtigen Inhalt dieser poetischen Erzählungen aus.«

Frankfurter Rundschau

SERIE PIPER

SERIE PIPER

Monika Helfer

Oskar und Lilli

Roman. 283 Seiten. SP 2165

Die ebenso heitere wie schmerzliche Geschichte zweier Kinder, die ihren Platz in der Welt suchen.

»So etwas Unsentimentales über das Zusammenleben der unterschiedlichen Generationen habe ich schon lange nicht mehr gelesen.«
Süddeutsche Zeitung

Die wilden Kinder

Roman. 155 Seiten. SP 659

»Monika Helfers Buch ist klug, witzig, klarsichtig und von der ersten bis zur letzten Zeile ein Lesevergnügen«, begeisterte sich die »Neue Zürcher Zeitung« über die Geschichten von Bella und Angela. In einer chaotischen Welt der Erwachsenen versuchen sie mit Frechheit, Phantasie und viel Mut ihre Träume vom großen Glück (Angela) und von der kleinen, aber sicheren Ordnung (Bella) zu realisieren.

Ich lieb Dich überhaupt nicht mehr

Roman. 263 Seiten. SP 1343

Der Neffe

Erzählung. 125 Seiten. SP 1829

Drei Wochen soll Isabella, großstädtische Exzentrikerin aus Berlin, ihren elfjährigen Neffen in der österreichischen Provinz hüten. Albert freut sich auf die Zeit der Freiheit und auf exotische Abenteuer. Nicht weniger erwartungsvoll ist Isabella: Gerade einer verunglückten Liebschaft entronnen, wittert sie in der Provinz das geeignete Revier für ein paar sexuelle Raubzüge. Doch wo zwei die gleichen Interessen verfolgen, kommt es früher oder später zum Krieg. Als Isabellas Liebhaber zum Dauergast wird, ist Alberts Toleranz am Ende... Was wie eine leichte Sommergeschichte beginnt, entwickelt sich zunehmend zu einer Horrorstory, ebenso amüsant wie verstörend, ebenso schön erfunden wie wahr.

Uwe Bork

Väter, Söhne und andere Irre
127 Seiten. SP 2530

Eigentlich sind sie eine ganz normale Familie: ein Vater, eine Mutter, ein Sohn, eine Tochter und eine Katze. Aber genau diese Mischung reicht aus, um dem alltäglichen Wahnsinn und dem familiären Chaos schutzlos ausgeliefert zu sein. In zweiundzwanzig Miniaturen erzählt ein nichtsdestotrotz leidenschaftlicher Vater und Ehemann von dem Zimmer seines Sohnes, das einer offenen Baustelle gleicht, oder den wallenden Klamotten in der Größe XXL, ohne die der das Haus nicht mehr verläßt. Doch keiner der Beteiligten möchte eine Minute auf dieses nervenaufreibende, aber liebevolle Familienleben verzichten. Nur einmal wäre es fast zur Scheidung gekommen, als der Vater die Idee hatte, sich einen Motorroller anzuschaffen ... – Väter, Söhne und andere Irre: Was in dieser Familie passiert, ist durchaus kein Einzelfall. Es kommt in den besten Familien vor.

Ist was, Papa?
Geschichten aus einer Familie.
127 Seiten. SP 2696

Ein Sack Flöhe zu hüten ist einfacher, als mit einem halbwüchsigen Sohn, einer kapriziösen Tochter und der Angetrauten den Familienalltag zu meistern. Und genau deswegen plant Papa einen Urlaub, in dem sich alle mal so richtig erholen können vom ganz normalen Familienstreß. Doch welche Illusion! Ein gemeinsamer und harmonischer Familienurlaub? Mitnichten! Der fünfzehnjährige Filius hat schließlich ganz andere Vorstellungen als seine lieben Eltern, und die kleine Tochter ist gerade so richtig in Fahrt, ihren höchst eigenen Willen zu entwickeln. In zweiundzwanzig Geschichten erzählt ein leidenschaftlicher Vater und Ehemann von seinem turbulenten Leben und gibt die tröstliche Gewißheit: Bei anderen ist es genauso!